CB045361

Adeus, meu livro!

Kenzaburo Oe

Adeus, meu livro!

Tradução do japonês e notas
Jefferson José Teixeira

Título original: *Sayonara, watashi no hon yo!* (さようなら、私の本よ!)
© Kenzaburo Oe, 2005
© Editora Estação Liberdade, 2023, para esta tradução
Todos os direitos reservados.

As citações de poemas de T. S. Eliot foram extraídas de: *Poesia*, trad. Ivan Junqueira, 2. ed., São Paulo: Nova Fronteira, 1981, por acordo.

PREPARAÇÃO Claudia Mesquita
REVISÃO Thaisa Burani
EDITOR ASSISTENTE Luis Campagnoli
SUPERVISÃO EDITORIAL Letícia Howes
FOTOGRAFIA DE CAPA Grande reservatório subterrâneo, Saitama (Tóquio), adaptação de foto de Akira Kii
EDIÇÃO DE ARTE Miguel Simon
EDITOR Angel Bojadsen

A EDIÇÃO DESTA OBRA CONTOU COM SUBSÍDIO DO PROGRAMA DE APOIO À TRADUÇÃO E PUBLICAÇÃO DA FUNDAÇÃO JAPÃO

CIP-BRASIL. CATALOGAÇÃO NA PUBLICAÇÃO
SINDICATO NACIONAL DOS EDITORES DE LIVROS, RJ

O24a

Oe, Kenzaburo, 1935-
    Adeus, meu livro! / Kenzaburo Oe ; tradução do japonês e notas Jefferson José Teixeira. - 1. ed. - São Paulo : Estação Liberdade, 2023.
    448 p. ; 23 cm.

    Tradução de: Sayonara, watashi no hon yo!
    ISBN 978-65-86068-73-3

    1. Romance japonês. I. Teixeira, Jefferson José. II. Título.

	CDD: 895.63
22-81533	CDU: 82-31(52)

Meri Gleice Rodrigues de Souza - Bibliotecária - CRB-7/6439
08/12/2022   13/12/2022

Nenhuma parte desta obra pode ser reproduzida, adaptada, multiplicada ou divulgada de nenhuma forma (em particular por meios de reprografia ou processos digitais) sem autorização expressa da editora, e sempre em conformidade com a legislação em vigor.

Esta publicação segue as normas do Acordo Ortográfico da Língua Portuguesa, Decreto nº 6.583, de 29 de setembro de 2008.

EDITORA ESTAÇÃO LIBERDADE LTDA.
Rua Dona Elisa, 116 | Barra Funda
01155-030 São Paulo – SP | Tel.: (11) 3660 3180
www.estacaoliberdade.com.br

さようなら、私の本よ！

SUMÁRIO

Parte I
QUE ME FALEM ANTES DO DELÍRIO DOS VELHOS   11

Prólogo
Vejam! Ei-los de volta   13

Capítulo 1
A Casa Gerontion   51

Capítulo 2
Lendo Eliot   81

Capítulo 3
Retomando a "Problemática Mishima"   109

Capítulo 4
A provocação pela câmera de vídeo   135

Parte II
A COMUNICAÇÃO DOS MORTOS SE PROPAGA — LÍNGUA DE FOGO   163

Capítulo 5
Confinamento ambíguo   165

Capítulo 6
O "Plano Mishima-von Zohn"   187

Capítulo 7
"Entre chiens et loups"   215

Capítulo 8
O *Romance de Robinson*   243

Capítulo 9
O súbito anticlímax (1)   267

Capítulo 10
O súbito anticlímax (2)   293

Parte III
DEVEMOS ESTAR IMÓVEIS E CONTUDO MOVER-NOS   311

Capítulo 11
Aprendendo como *Unbuild*   313

Capítulo 12
A superioridade da *atitude incomum*   339

Capítulo 13
A Casa Gerontion é explodida   367

Capítulo 14
A obra conjunta do *pseudo-couple*   391

Capítulo final
"As evidências"   413

Parte I

Que me falem antes do delírio dos velhos

Que não me falem
Da sabedoria dos velhos, mas antes de seu delírio,
De seu medo do medo e do frenesi.
T. S. Eliot, tradução de Junzaburo Nishiwaki[1]

---

1. Todas as citações a poemas de Eliot foram extraídas de: *Poesia*, trad. Ivan Junqueira, 2. ed., São Paulo: Nova Fronteira, 1981. A menção a Junzaburo Nishiwaki refere-se às citações do original, ou seja, a tradução do inglês para o japonês.

Prólogo
Vejam! Ei-los de volta

1

Internado devido ao grave ferimento provocado por um ato de violência e à idade avançada, não era incomum Kogito Choko sentir-se por vezes desorientado com as visitas inesperadas em seu quarto no hospital. Ele tinha vontade de instalar debaixo da cama, por conta própria, um enorme tubo que lhe servisse de refúgio. Contudo, mesmo informado da vinda de Shigeru Tsubaki, com quem não mantinha contato havia longos anos, só acreditou que ele realmente o visitaria ao vê-lo surgir diante de si, causando-lhe uma impressão inusitada. Imbuído de nostálgico contentamento, Kogito pôs de lado a lembrança das desavenças acumuladas entre ambos.

— Em uma de suas primeiras obras, havia uma estranha citação profetizadora deste nosso enfrentamento na vertical e na horizontal de agora — comentou Shigeru, utilizando um palavreado antiquado, marcado por um sotaque estrangeiro.

— Em qual romance foi isso? Quando se leva um golpe na cabeça, mesmo convalescendo fisicamente, permanece alguma incerteza e insegurança sobre como as coisas afloram na memória.

— Imaginei que algo assim pudesse ocorrer. Por isso, dei uma passada em sua casa em Seijo, conversei sobre isso com Chikashi e recebi de Ma-chan[1] um velho livro de bolso.

Shigeru tirou o livro do bolso de seu casaco, do tipo usado pelos soldados norte-americanos na guerra, e leu as primeiras linhas, que ele provavelmente reconfirmara no metrô durante sua vinda.

> *Na calada da noite, enquanto cortava com desvelo até o último fio de cabelo das narinas com um depilador nasal giratório Rotex — procurando deixá-las lisas como as dos símios — de um nariz que, acima de suas pernas bem vivas, não mais sairia para as ruas poeirentas, um indivíduo, aparentando ter fugido da ala psiquiátrica do mesmo hospital ou apenas um louco por ali passando, seja como for causando estranhamento em sua condição de homem, não obstante a compleição miúda e esquálida, o rosto bem redondo e repleto de pelos à semelhança de um monge Dharma hirsuto, sentou-se de súbito meio de lado ao pé da cama dele e vociferou, espumando pela boca: — Afinal, quem é você, quem é, quem é?*

Shigeru riu com gosto.

— Você continua escrevendo nesse estilo extremamente rebuscado? Foi John quem traduziu esse romance para o inglês, não foi? Na época, eu obtinha meu sustento dando aulas de idiomas no Instituto de Pesquisas Orientais devido aos problemas na Faculdade de Arquitetura. Usei a versão bilíngue do texto com as minhas turmas, mas os estudantes procedentes do Japão

---

1. Diminutivo carinhoso de Maki.

confessavam se sentir mais à vontade lendo o texto em inglês do que no original, japonês. Porém, Kogi[2], como leitor não me sinto incomodado com o estilo que você *produziu*, porque o *entrelaçamento* de ficção e realidade é interessante. Um exemplo é o depilador nasal Rotex, um presente meu, pois você gosta desse tipo de aparelho.

Algo raro após estar enfermo: Kogito foi capaz de responder celeremente a Shigeru, ou seja, ao homem que o chamava de Kogi, esse sobrevivente que compartilhara com ele a vida nas florestas de Shikoku.

— Foi também você, Shige, quem me contou dos pelos nas narinas dos símios! Citou o artigo no *New York Times* sobre os macacos no zoológico de Ueno, cujos pelos nasais cresciam como forma de proteção devido à poluição atmosférica em Tóquio. Foi na época em que você vivia metade do tempo no Japão e a outra metade nos Estados Unidos.

— O ar em Tóquio ficou mais puro durante o mandato do prefeito Minobe, cuja eleição você apoiou. Os macacos não necessitam mais de pelos nas fossas nasais. Lembro de ter ouvido algo parecido.

Porém, o reencontro iniciado de forma tão agradável — passaram-se quinze ou vinte anos?, Kogito tenteava com a noção de tempo dos anciãos tanto mais vaga quanto mais próximo é o passado — logo se tornou solene.

— Aconteceu algo quando passei em sua casa hoje. Antes, Ma-chan me informou por e-mail sobre sua recuperação física, mas confidenciou estar preocupada se você teria retornado

---

2. Diminutivo carinhoso de Kogito (assim como Shige para Shigeru).

psicologicamente para o lado de cá. Ela também deve ter conversado com você acerca disso.

Shigeru abordou o assunto dessa forma.

— Quando eu, Chikashi e Ma-chan conversávamos sobre isso, Akari, que estava do nosso lado ouvindo, indagou: "Papai vai se suicidar?"

— Acabei de retornar ao mundo dos vivos...

— Realmente — assentiu Shigeru, deixando entrever, dissimulada em seu rosto familiar, uma severidade característica da idade. — Sabe, Kogi, mesmo sendo curto o tempo que nos resta neste mundo, o fato de ter retornado demonstra, a meu ver, sua intenção de continuar a viver! Mas o problema é a apreensão que causa a Ma-chan e Akari. Chikashi é um caso à parte, ainda mais cruel se levarmos em conta o que aconteceu com Goro Hanawa. O fato de a palavra "suicídio" estar incorporada ao vocabulário de Akari sem dúvida tem a ver com o que aconteceu a Goro. Mas você mesmo escreveu anteriormente que pretendia definir para Akari todas as coisas existentes neste mundo. Então, como você definirá "suicídio" para ele? Pondo diante dele um cadáver de cabelos encanecidos?

— Mas não acabei de lhe dizer que retornei à vida?

Kogito ouvia a própria voz lamuriosa. No entanto, o fato de Maki se mostrar tão preocupada deveria ser culpa sua, por se comportar infantilmente, algo de fato incondizente com sua idade.

— Por isso, decidi que neste verão serei seu vizinho na casa de Kita-Karu.[3] Cheguei a essa conclusão depois de conversar com Ma-chan e Chikashi. Você deve ter ouvido até certo ponto

---

3. Forma abreviada do nome da cidade de Kita-Karuizawa.

PARTE I : QUE ME FALEM ANTES DO DELÍRIO DOS VELHOS

sobre o processo de compra e venda da casa, correto? Regressarei à Califórnia, mas retornarei em julho. É por motivos pessoais, portanto você não precisa meter caraminholas na cabeça sobre isso. Continuarei trocando e-mails com Ma-chan para alinhavar os detalhes. Embora não pretenda seguir a carreira de escritor do pai, o texto dela nos e-mails é bastante interessante. Mas ela deve ter puxado isso do tio, por intermédio de Chikashi, não é mesmo?

2

No início do período de convalescença, apesar da sensibilidade menos aguçada de ancião, Kogito começou a se conscientizar de que dentro dele habitava um outro eu, uma duplicata com *atitude incomum*, como uma impressão a cores fora de registro. Originalmente, sempre esteve ali seu eu escritor de longa data, mas o outro eu aparentava ser o protagonista de um romance que ele, sem sucesso, pretendera produzir quando jovem ou que seu eu jovem estava ávido por escrever.

Bem, quando Shigeru de fato apareceu, o nome dele com certeza já figurava nas conversas recentes entre Kogito e os membros de sua família. Para começar, Chikashi lhe transmitia notícias recentes sobre ele. Porém, Kogito sentia que havia sido esse outro eu que surgira em seu íntimo quem chamara Shigeru.

— Aparentemente, tio Shige vai se aposentar do trabalho na Costa Oeste dos Estados Unidos — foi o primeiro comentário de Chikashi. — Ele mencionou isso na carta em que desejava suas melhoras e perguntava se você já podia receber visitas.

Pouco tempo depois, Shigeru explicou que pretendia viver os dias ociosos da aposentadoria no Japão e, por não aguentar o verão de Tóquio, indagava se haveria um lugar apropriado em Kita-Karuizawa.

Kogito se lembrava de ter respondido o e-mail recebido por Maki expressando-se com lentidão. Desde que tivera a experiência de estar entre a vida e a morte e voltara para o lado dos vivos, criara o hábito de falar pausadamente, e a filha, que sempre cuidou dele no hospital, foi a primeira a se acostumar com essa condição.

— Será que Shige vem? Há quantos anos não nos vemos? O que diz sua mãe? Se ele pretende vir para Kita-Karu, não haveria inconveniente em alugar ou vender para ele a casa mais nova e, depois de ele receber alta do hospital, eu poderia me mudar para a primeira residência que ele construiu.

— Mamãe disse que seria maravilhoso se as coisas caminhassem dessa forma. Mas estava preocupada se conseguiriam se entender, levando em conta que você e tio Shige tiveram enfrentamentos homéricos no passado.

— Tem razão. Desde crianças, brigamos inúmeras vezes. Mas, se Shige não se importar mais com isso, será um prazer recebê-lo.

Somente mais tarde, Kogito percebeu que, enquanto seu velho eu escritor respondia assim, seu outro eu esperava que coisas insólitas pudessem mesmo ocorrer ao reencontrar Shigeru.

3

Kogito confirmara a *atitude incomum* desse outro eu que, embora ainda pudesse ser considerado jovem, sem sombra de dúvida envelhecia. Apesar de ter decidido levar uma vida serena como romancista até se tornar um ancião, não pretendia pressionar seu outro eu com *atitude incomum*.

Mesmo assim, desejava tomar cuidado também para que outras pessoas não percebessem a *atitude incomum* de seu outro eu vivendo de modo mais tranquilo, para que ele não sobressaísse. Até porque talvez chegasse o dia em que Kogito, cuja vida remanescente não deveria ser tão longa, acabasse explodindo enredado por esse ser de identidade desconhecida. Enquanto isso, levaria uma vida serena. Era o que imaginava.

Ele não conseguia esquecer o sonho angustiante que tivera assim que foi transferido da UTI para o quarto individual. No devaneio, ele dormia no quarto espaçoso no qual uma sinalização fluorescente piscava "Ala Coletiva de Convalescença". O leito estreito parecia ainda mais apertado e incômodo porque o compartilhava com um alemão ligeiramente obeso — mesmo na penumbra, ele o identificara como um velho conhecido — que, deitado de lado, com os cotovelos elevados, lia um livro. Havia um dispositivo de leitura com luz também fluorescente instalado na armação de seus óculos. O alemão começou a recitar um trecho exalando o hálito alcóolico como o caranguejo que expele uma espuma tépida.

Kogito lembrou que o mesmo lhe acontecera trinta anos antes em um seminário de verão na Universidade de Harvard.

— É a recriação em sonho daquele episódio — convenceu-se ele, e, lembrando haver traduzido aquela passagem semelhante a um poema, recitou-a juntamente com o alemão:

Adeus, meu livro! O olho vivo se cerra, e o inventado imita.
Onegin voltará altivo — mas seu feitor o longe habita.[4]

Quando Kogito deu por si, o alemão do sonho desaparecera e ele dormia só. Na superfície do chão escuro ao redor do leito, várias pessoas pretejadas, de ar insone, jaziam encolhidas, a respiração suspensa.

— São personagens que eu criei — Kogito teve um pensamento assustador. — Estava certo de me haver afastado delas a passos largos, mas eis-me de volta. É minha obrigação zelar por elas.

O colega alemão de quarto partiu em defesa de Nabokov em um seminário no qual o caráter duvidoso de *Lolita* fora duramente criticado, explicando se tratar de um escritor exilado que acumulara atividades fantásticas em Berlim antes mesmo de todos terem nascido. Vendo-se mesmo assim ignorado, o alemão despendeu todo um dia na biblioteca da universidade até descobrir *O dom*, obra representativa do período em que Nabokov escrevia em russo, e tirou Kogito à força da cama, de madrugada, para ler as linhas finais do livro.

Kogito tomou emprestada a tradução em inglês e, ao lê-la, apesar de desconhecer as demais obras de Nabokov, sentiu

---

4. Vladimir Nabokov, *O dom*, trad. José Rubens Siqueira, São Paulo: Alfaguara, 2017. Na versão em japonês citada, *Onegin* foi substituído por "O homem cujo amor foi rejeitado".

como se devesse acreditar no futuro do jovem escritor retratado no livro, que refletia sobre suas obras enquanto flanava à noite ao lado da namorada pelas alamedas enfileiradas de tílias de Berlim.

    Por outro lado, pensou que era agora um escritor ancião, com seu trabalho praticamente encerrado, e que retornara para este mundo do qual deveria ter se afastado. E, naquele momento, precisava cuidar do produto de sua imaginação espalhado ociosamente pelo chão escuro da "Ala Coletiva de Convalescença". Seria isso possível ou não? Além do quê, ele deveria zelar, a partir dali, não apenas pelos produtos inventados por seus olhos...

4

Kogito compreendeu um outro poema de forma nova e realista ao longo das contínuas noites indormidas durante o período de convalescença.

    Quando estava gravemente ferido, ponderou se iria para o outro lado assim mesmo ou se retrocederia, optando por regressar para o lado de cá, escolha que esgotou todas as suas energias mentais. Ao menos era como se sentia. Ao contrário do alívio que representava se transferir para o lado de lá, regressar para o lado de cá representava suportar um sofrimento físico. Na realidade, ele chorou e gritou devido à dor no coração, chocando as pessoas que o velavam à cabeceira do leito.

E no Kogito que retornara para o lado de cá, havia a convicção de que chegara mentalmente são até o ponto de bifurcação entre a vida e a morte. Ter passado por essa experiência não significava ter aprofundado a conscientização sobre o sentido da morte ou sobre o que seria o pós-morte.

Quando finalmente vislumbrou a porta de entrada do lado de lá, apesar de não precisar sofrer se esperasse de pé diante de algo semelhante a uma placa de ferro bem negra até que se abrisse, preferiu deliberadamente se lançar contra ela. Como já estava previamente preparado para isso, bateu com força contra a porta e voltou. Imbuído das lembranças nítidas dessa experiência, sentiu que, dali em diante, vivendo na mesma sociedade, no mesmo mundo, estaria mais próximo dos mortos do que dos vivos.

Em seguida, lembrou-se do poema de Eliot que não conseguira esquecer embora achasse que não o compreendera bem até aquele momento.

— Então era esse o sentido do poema — intuiu ele profundamente.

E o poema, sobrepondo-se à tradução de Junzaburo Nishiwaki, não mais largou o insone Kogito em seu leito.

Morremos com os agonizantes:
Vê, eles nos deixam, e com eles seguimos.
Nascemos com os mortos:
Vê, eles retornam, e nos trazem consigo.

5

Por volta do momento em que essa conscientização se arraigou no âmago de Kogito, esposa e filha reconheciam a perturbação ocorrida no chefe da família, porém demonstravam também empenho para lidar serenamente com o caso.

No quarto do hospital, ao conversarem em família, Chikashi revelou o seguinte ao marido:

— Ma-chan parece sentir que você está vivendo com pessoas já falecidas, inclusive Goro.

— Eu mesmo já havia notado. Mas não me dou conta disso em meio à luminosidade do dia. Ao dormir, começo a sonhar e por isso logo desperto e, na cama, de olhos abertos, os amigos mortos presentes no sonho figuram-se mais reais do que muitas pessoas vivas. É isso.

Ao ouvir o pai responder dessa forma, Maki, de temperamento em geral acanhado, dirigiu a ele um olhar no qual até o branco dos olhos se turvou, como a sombra do sol sobre uma poça d'água, dizendo-lhe algo, ao que tudo indicava, preparado de antemão.

— Papai, ao relembrar professores e amigos já falecidos, você sente como se mantivesse com eles um diálogo? Sabia que tinha esse hábito. Depois da morte de tio Goro, você não parou de conversar com o gravador, não foi? Quando perguntei a mamãe, ela me respondeu que talvez tivesse relação com o fato de você ter sido escritor por boa parte da vida... E tem algo a mais e bem diferente. Parece que você quer viver com um outro você... Às vezes, sinto isso. Bem tarde da noite, você conversa com alguém provavelmente jovem e o chama de Kogi! Uma vez, parecendo consolar esse jovem que choramingava, você se pôs a planger enquanto escutava. Era como se tentasse imitar a voz chorosa desse jovem interlocutor...

Quando Kogito se calou diante da filha — que, apesar do temperamento prudente beirando a covardia, não vacilava quando começava a avançar em determinada direção —, Chikashi veio ao seu socorro.

— E você não sentiu medo, Ma-chan?

— Cheguei a pensar nisso no dia seguinte. Até então, ficava tensa quando estávamos apenas eu e papai, mas, dessa vez, não. Creio que consegui me sentir naturalmente bem. E depois disso, mesmo durante o dia...

— Durante o dia seu pai certamente não sonha, não é?

— Não se trata disso — se opôs Maki à mãe numa atitude rara. — O que eu queria dizer é que não teria problema mesmo se sentisse papai agora em companhia desse jovem...

Kogito entendeu que nos últimos tempos a filha compreendia seus sentimentos.

— Embora seja diferente com seus amigos mortos, você também conversa bastante com tio Shige.

— Você acha? Tem razão, ele irrompe com invulgar frequência em meus sonhos.

— Seria porque nos últimos tempos Ma-chan tem se correspondido por e-mail com ele?

— Mesmo acamado, recebo essas informações. Mas, nas minhas lembranças, é o jovem Shige que aparece, igual ao meu outro eu jovem, como disse Ma-chan.

— Aproveitando que falamos sobre tio Shige, devo dizer que as conversas estão avançando a contento graças às trocas de e-mails dele com Ma-chan, e há, inclusive, uma nova proposta.

Pensando nas finanças da família, comecei também a considerar a venda do terreno e da casa de Kita-Karuizawa. No entanto, ao contrário da casa construída mais recentemente, a pequena casa anterior foi planejada por tio Shige e é representativa de quando era um jovem arquiteto, não é verdade? Gostaria de mantê-la, mas todos os compradores apresentados pelo Sindicato da Vila Universitária querem comprar o terreno e a casa em um pacote único e demolir a casa antiga. O Sindicato também tem por diretriz não fracionar o terreno em pequenos lotes. Quando Ma-chan consultou tio Shige sobre o caso, iniciou-se a troca de e-mails entre os dois. O que ele deseja agora é apenas manter a casa pequena como local para a sua convalescença e usar a outra casa, incluindo o terreno, como sua *base operacional* e de seus jovens amigos. Pagaríamos um aluguel para usar a casa menor. Tendo tio Shige como vizinho, quem sabe vocês voltem a manter uma relação como a de outrora. Seria, a meu ver, excelente.

— Se Shige propõe isso na atual fase de negociações, é sinal de que não há problema da parte dele, não? Levando em conta meu antigo relacionamento com ele, nada tenho a opor.

Estimuladas pela atitude de Kogito, Maki e Chikashi levaram para a cabeceira da cama os documentos relativos à casa de Kita-Karuizawa.

— Mas, pelo que eu saiba, Shige ainda não vai se aposentar da Faculdade de Arquitetura de San Diego, estou errado? Por que estaria tão ansioso para regressar ao país natal que ele tanto odeia? Chegando até mesmo a falar sobre criar uma *base operacional*!

— Tio Shige comentou ter ficado abalado com os atos terroristas de 11 de Setembro e ter perdido apreço pelos rumos que os Estados Unidos tomaram depois. Além disso, para surpresa de Maki, ele está preocupado com o seu acidente. Alega que muitas coisas perderiam a razão de ser se a relação entre vocês terminasse dessa forma. Que, para ambos, toda a existência mútua teria sido em vão.

Kogito ficou calado. Não tinha como negar. Porque tivera o mesmo pensamento em relação a Shige, constatando, assim, a *problematização* de uma das aflições impossíveis de solucionar nas inúmeras noites após o grave ferimento...

Provavelmente incentivada pelo ar entediado e sereno do esposo, Chikashi lhe entregou um grande espelho de mão para que ele observasse o próprio rosto, algo que não demonstrara disposição de fazer desde a cirurgia. E com a perseverança de quem não desiste de algo necessário ao seu interlocutor, seja em relação ao esposo ou ao irmão Goro, esperou com calma até que Kogito se mirasse no espelho.

Informaram-lhe que a cirurgia visava reduzir a pressão cerebral que se elevara a um nível arriscado. Após seccionar o crânio e realizar os procedimentos necessários — e, coincidentemente, Akari passara por algo semelhante —, o local, onde uma placa de plástico fora implantada e a pele reposicionada, formava uma profunda concavidade que luzia avermelhada sob a luz proveniente da janela aberta.

Enquanto esperava Kogito abaixar o espelho de mão, Chikashi lhe informou o seguinte:

— Como parece ter alguém transitando em frente de casa com uma esplêndida câmera digital, mesmo depois de ter alta é bom tomar cuidado para não ser fotografado enquanto passeia despreocupadamente.

— Devo dar um jeito de escapar dele, assim como na época em que aquele indivíduo que se autodenominava direitista vivia me espionando.

— Você já não é mais jovem... O melhor é não sair de casa.

— Não há ninguém em particular que eu queira encontrar. Também não me desagrada ficar trancado em casa.

— Se tudo der certo em relação a Kita-Karuizawa, seria maravilhoso você ter no tio Shige alguém, de idade semelhante à sua, com quem conversar — exclamou Maki. — Ao ouvir a conversa dos dois jovens de madrugada, senti que era importante para você. Afinal, até agora, você quase não falou sobre tio Shige, não é? E você pode achar esquisito, mas, na troca de e-mails, constatei que ele é interessante.

— Conheço tio Shige melhor do que Ma-chan e concordo — afirmou Chikashi. — Depois do acidente, percebi algo estranho ao me dedicar à leitura de seus romances. A partir de certo momento, você começou a ser criticado por ser escritor de romances do eu[5], não é? Creio que posso contestar as críticas inclusive a partir de nossas experiências a dois. Mas, deixando isso de lado, você provavelmente tem escrito apenas sobre pessoas com quem de fato conviveu. Entretanto, nunca escreveu sobre tio Shige, estou errada? É realmente inusitado o empenho em eliminar de seus romances qualquer menção a ele.

Servindo-se do privilégio comum àqueles deitados em um leito hospitalar, Kogito cerrou os olhos como se estivesse

---

5. Na língua original, *Watakushi Shosetsu* ou *Shi Shosetsu*. Gênero literário japonês, geralmente escrito em primeira pessoa, que incorpora elementos autobiográficos.

extenuado pelo esforço despendido. Nesse meio tempo, admitiu que, se pensasse em escrever agora sobre Shige, estaria livre como nunca para fazê-lo, mesmo sem poder dar alguma explicação fácil à esposa e à filha. E pensou que esse sentimento advinha de sua reconciliação após a morte da mãe em meio aos sonhos angustiantes que passara a ter em sua cabeça repleta de sangue.

6

Em um mês de março, dois anos antes do final da guerra, Shigeru Tsubaki, um par de anos mais velho do que Kogito, chegou sozinho, ainda criança, proveniente da China, às florestas de Shikoku. A mãe de Kogito foi até Nagasaki recepcioná-lo. A jovialidade excepcional e o jeito de andar da mãe, como que impulsionada por molas, animavam Kogito. No resto desse dia e por todo o dia seguinte, Kogito visitou diversas vezes a casa da colina em que Shigeru iria morar e cuja limpeza fora realizada pela mãe. A casa tinha um jardim frontal de onde se descortinavam todos os telhados das residências do fundo do vale e, vista da parte de baixo, parecia flutuar sobre um conjunto de pessegueiros brancos em plena floração. Kogito agitava uma vara de bambu para impedir que as flores fossem espalhadas pelos bulbuis, que vinham lhes sugar o néctar.

A mãe de Shigeru nascera na casa da colina. Quando recebeu de herança a enorme residência, ela a reconstruiu como casa térrea. A avó de Kogito sempre cuidara da propriedade. A residência se tornou também o local de encontro de jovens das redondezas que se autodenominavam discípulos do pai de Kogito. Cada qual tinha um *motivo* físico para não ter sido recrutado durante a guerra. Nos feriados, recebiam também a visita de oficiais do regimento de Matsuyama. O pai, impedido de exercer seu empreendimento familiar devido às restrições impostas pelo governo, vivia sozinho no local, que utilizava como escritório, com uma moça de parentesco distante que se ocupava das tarefas domésticas.

Porém, quando ficou decidido que Shigeru retornaria ao Japão para se preparar para o ingresso no ginásio em Matsuyama, o pai se transferiu para um centro de treinamento de jovens construído onde outrora se situava a residência secundária do avô de Kogito, num local intermediário da estrada que ligava o vale a Matsuyama.

Foi bom que a casa estivesse vazia para ser entregue a Shigeru, porém todos os preparativos para recebê-lo acabaram tornando-se tarefa da mãe de Kogito. Ao contrário do pai, que se eximiu de toda responsabilidade no que se referia ao menino, Kogito e a irmã mais nova, Asa, viam com naturalidade a mãe se devotar à genitora de Shigeru, filha da antiga família da casa da colina. A mãe de Shigeru era para ela uma amiga especial. Não apenas a mãe como também as duas crianças estavam entusiasmadas com a vinda ao vale do filho da "tia de Xangai".

Ao entardecer, Shigeru chegou no caminhão da empresa do pai. Após subir pelo caminho de paralelepípedos em direção à colina, o caminhão estacionou em um espaço ao lado da pracinha, ao pé de um muro de pedras. A mãe de Kogito foi a primeira a descer do assento da cabine do motorista. Portando um lenço de estampa xadrez, sem sequer virar o rosto para olhar os filhos, instruiu os homens do vale a descarregar as bagagens do compartimento de carga. Nesse ínterim, Shigeru desceu lentamente. Os bicos arredondados de seus sapatos de couro brilhavam sob o sol crepuscular. Shigeru percebeu rápido a presença de Kogito, aproximou-se dele dando quatro ou cinco passos e, estancando a uma curta distância, o encarou. A gola do casaco preto de lã grossa reluzente deixava entrever o uniforme estudantil abotoado até o pescoço. O rosto oblongo e pardacento era severo como o de um adulto, mas os olhos e as sobrancelhas assemelhavam-se aos das bonecas decorativas da Festa das Meninas. Shigeru dirigiu-se a um Kogito calado e inerte.

— Então você é o Kogi? Apesar de sua maneira de escrever nada ter de diferente da dos garotos da cidade, vejo que não passa de um nativo dos confins das montanhas! Você afirmava que poderia ser meu substituto caso eu precisasse de um no futuro, mas, garoto, você não é nem um pouco parecido comigo!

Preocupado com a bagagem que estava sendo descarregada, Shigeru deu a volta até o compartimento de carga do veículo. Sem se importar com Asa, que o seguia atrapalhada, Kogito voltou até a casa dando de cara para o caminho ao longo do rio e, entrando pelo hall de terra batida e escura, seguiu em direção ao quarto das crianças. Nem sequer acendeu a luz, desejando esconder o rosto vermelho de cólera de todos os objetos existentes na casa.

A pedido da mãe, a partir do dia seguinte Kogito trabalharia por um tempo para Shigeru, com quem frequentaria a mesma escola pública. Embora Asa asseverasse que o irmão e Shigeru agiam amigavelmente ao menos nas primeiras semanas,

Kogito não se recordava de ter sido tratado em pé de igualdade pelo garoto. Parecia-lhe que Shigeru evitava olhar para seu rosto ao falar com ele.

Quando a vida de Shigeru no vale começou a entrar no ritmo, a mãe de Kogito deixou de lhe pedir para cuidar do menino. Chegava assim ao fim o período de relacionamento amigável entre os dois. Após o encerramento das aulas e pelo longo tempo até que o crepúsculo caísse de fato, fosse no pátio da escola ou no espaço do vale onde brincavam as crianças, Kogito ficava fora da área de atuação de Shigeru. Era o que Kogito recordava, embora as lembranças de Asa se mostrassem desfocadas. Na realidade, também lhe vinham à mente os nítidos momentos em que passavam sobre o tatame, onde livros se enfileiravam, apenas eles dois, um de frente para o outro.

Em seguida, Shigeru começou a se relacionar com as crianças evacuadas de cidades da região de Kansai, pertencentes a uma classe privilegiada, enquanto as da vila orbitavam ao redor delas como se fossem seus criados. Isso tornava visivelmente vulgar o trabalho que Kogito aceitara por obrigação. Ele dava um jeito de se retirar para locais onde não precisasse encontrar os membros do grupo de Shigeru ou qualquer aluno da escola. Com uma enciclopédia da flora enfiada no bolso costurado pela mãe em formato de saco na parte interna da jaqueta, Kogito passava o tempo dentro do bosque.

Nessa época, ocorreu um incidente escabroso. A "tia de Xangai" confiara a Shigeru um binóculo de fabricação alemã como presente para Kogito. Por ter grande apreço pelo objeto, na falta de outro nacional, acabou por acondicioná-lo no altar da família. Em uma noite de eclipse lunar, Kogito subiu o monte Jingamori carregando o binóculo para admirar do alto o fundo do vale. No entanto, ele e a mãe acabaram intimados pela polícia do distrito vizinho.

Enquanto aguardavam dentro de uma saleta escura, com o binóculo posto sobre uma mesa bastante arranhada, o pai apareceu num triciclo motorizado vindo do centro de treinamento do lado oposto entre o vilarejo do vale e o distrito vizinho. Por fim, apenas o binóculo foi confiscado, e Kogito e a mãe retornaram para o vilarejo a pé por falta de ônibus naquele horário tardio. Alguns dias depois, ao lado da usina apartada da área residencial para a qual os jovens recrutas coletavam óleo de pinho, Kogito foi parado por um velho camponês local que lhe indagou:

— Que diabos você anda fazendo? Moleque, você queria mandar sinais para os aviões inimigos cruzando por sobre as montanhas vindos da baía de Tosa?

Kogito sabia que, além dos membros da família, apenas Shigeru tinha conhecimento sobre o presente da "tia de Xangai".

Foi o primeiro inverno desde o início da vida de Shigeru no vale. Todos os estudantes da escola formavam uma massa de corpos trêmulos e esquálidos no campo de atletismo situado entre as leivas dos arrozais, sujos pela neve e pela lama. Dali, eles seguiriam o caminho que atravessa o vale e subiriam os degraus de pedra do santuário Mishima, enfileirando-se diante do ponto mais alto de sua construção principal para rezar pela vitória do Japão na guerra. Esperavam pelo diretor da escola, que os guiaria. Porém o homem estava atrasado, como de hábito nos últimos tempos, e os professores não pensavam em apressá-lo.

Shigeru e seus companheiros vieram na direção de Kogito abrindo caminho por entre os meninos de rostos soturnos devido ao frio, forçando-os a recuar.

— Sua mãe não é amiga da minha. Ela foi levada para Xangai como empregada doméstica. Foi trabalhar como minha ama-seca. Depois do trabalho terminado, meu pai enfiou você no ventre dela e depois a mandou para estes rincões montanhosos. Mas ai de você se começar a me chamar de *irmãozinho*: vai se arrepender, e muito!

Kogito lançou-se sobre Shigeru, que tinha um palmo a mais de altura do que ele, e os dois, atracados, rolaram pelo solo enlameado de neve derretida. Ele estava sem camiseta de baixo e, pressionado pelo ombro roliço e alvo de Shigeru, seu casaco, abotoado com um único botão de cerâmica, expunha o torso franzino e de tonalidade terrosa. No entanto, Kogito conseguiu, sabe-se lá como, segurar a pedra lançada por um dos companheiros de Shigeru e, segurando-a com firmeza, golpeu a cabeça de cabelos cortados como os de um almofadinha. Depois de se tornar escritor, Kogito descreveu inúmeras vezes essa cena sem jamais mencionar que o menino que lutava procurava matar o adversário — ou seja, ele jamais escreveu sobre seu impulso violento.

Em outra ocasião, um ancião que encontrou por acaso na entrada da grande ponte lhe disse:

— Vixe, que pirralho terrível é você!

A partir de então e até o dia de deixar o vale para entrar na escola de ensino médio do distrito vizinho, Kogito nunca mais foi verdadeiramente aceito como amigo pelos outros meninos. Porém o que Shigeru bradara naquela manhã não virou fofoca no vale, e Kogito se absteve de questionar sua mãe sobre a veracidade ou não da difamação. Apesar disso, os pormenores do ocorrido naquele dia chegaram indubitavelmente aos ouvidos maternos. E, mais do que tudo, Kogito sentia-se envergonhado por ter se envolvido no incidente.

Foi apenas em março do ano seguinte que, pela primeira vez, conversou sobre o caso olhando nos olhos da mãe, algo que por muito tempo evitara fazer. Shigeru passara nas provas do ginásio e se preparava para deixar a casa da colina e se mudar para Matsuyama. A mãe de Kogito se encarregara de todas as formalidades e preparativos. Em determinado momento, Kogito ouviu dizer que Shigeru havia distribuído entre os amigos que amealhara naqueles dois anos não somente os materiais didáticos que usara nos estudos para as provas como também os livros interessantes trazidos de Xangai. Asa transmitiu à mãe o boato que ouvira de que desagradava a Shigeru a ideia de partir deixando os livros na casa da colina, por não desejar que os membros da família Choko, que administravam a propriedade, viessem a usá-los livremente.

Pouco depois da mudança de Shigeru, a mãe enfiou arroz branco em meias militares, costurou-as, e partiu para Matsuyama. Kogito imaginou que se tratasse de um presente para Shigeru, que passara a viver em um pensionato sob o sistema de racionamento. Mesmo no vale as condições alimentares das famílias sem ocupação na agricultura eram difíceis, e quando a mãe acordou cedo e saiu, ele e Asa sentiram no fundo que estavam sendo tratados com injustiça.

Quando a mãe voltou à noite, coberta de poeira, encolhida, cansada e de mau humor, retirou da grande bolsa em que pusera os sacos de arroz livros de presente para Asa e Kogito. Asa abriu um deles e começou a ler, sentada à mesa de jantar baixa onde a mãe arrumara o jantar atrasado. Kogito, porém, não tocou nos dele. Depois de comer pouco e em completo silêncio, ia saindo para seu quarto quando foi interpelado pela mãe.

PARTE I : QUE ME FALEM ANTES DO DELÍRIO DOS VELHOS

— Visitei famílias que poderiam ter livros e elas aceitaram trocá-los pelo nosso arroz, por isso leia-os você também, Kogi! Não pedi a Shige que lhe desse os dele!

Assim, começou uma nova era de leituras para Kogito, que tinha em mãos *As aventuras de Huckleberry Finn* e *A maravilhosa viagem de Nils Holgersson*.

As aventuras de Huckleberry Finn consistia na edição em dois tomos da editora Iwanami Bunko e não era estranho que alguma família, temerosa de novo bombardeio aéreo como o que incendiou Matsuyama, a alienasse trocando-a por arroz. Porém, mesmo em seu coração pueril, Kogito sentiu que a tradução da obra de Selma Lagerlöf não era do tipo de livro encadernado que se obtivesse com facilidade. Alguns dias depois, ele descobriu que a versão do livro era uma tradução feita para uma pesquisa por um autodidata estudioso da língua sueca, que a publicou por conta própria. Provavelmente, o livro fora obtido de alguma colega da Universidade Feminina de Tóquio pela "tia de Xangai", que o presenteou a Shigeru e que acabou sendo repassado para Kogito…

Uma vez mais, a mãe tentava se intrometer entre Kogito e Shigeru. Com a derrota do Japão na guerra e depois da morte cruel do pai, que acabou sucedido pelos jovens do centro de treinamento, Kogito perdeu as esperanças de ingressar no ginásio em Matsuyama. Porém, com a instalação de uma escola ginasial no vilarejo sob o novo sistema educacional, ele foi admitido e recebeu a informação de que Shigeru, que estava matriculado no ginásio de Matsuyama, voltaria para ingressar na escola colegial do distrito vizinho devido ao estabelecimento do novo sistema de distritos escolares. Ao se formar no novo sistema ginasial, Kogito enfim estudaria na mesma escola colegial de Shigeru, e os dois poderiam eventualmente se tornar amigos.

A ida da mãe a Matsuyama tinha por objetivo confirmar isso. Contudo, ao regressar sem ter qualquer resultado positivo, ela apenas expressava uma complexa fadiga, impensável enquanto estava no vale, que a deixou prostrada na cama por dois ou três dias.

No verão do ano seguinte, quando a família de Shigeru retornou de Xangai, foi possível compreender como todos os planos da mãe desmoronaram. A mulher que voltara acompanhando o pai não era a amiga de infância que dera à luz Shigeru. O último trabalho que a mãe prestou à família de Shigeru consistiu na venda da casa da colina e o valor remetido seria usado como investimento em um projeto que o pai de Shigeru iria iniciar em Tóquio. E Shigeru, naturalmente, foi se juntar ao pai na capital. Na época, a mãe não contou aos filhos, mas fora informada pelo pai de Shigeru apenas que a "tia de Xangai", por vontade própria, decidira continuar vivendo na China.

O reencontro com Shigeru se deu um ano após o nascimento de Akari, depois de Kogito começar sua carreira de escritor e casar com Chikashi. Por convite de novos amigos, que incluíam poetas e atrizes da nova escola de teatro, Kogito adquiriu em Kita-Karuizawa um lote de terreno em um bosque de bétulas e ciprestes baixos. Ele publicara um romance longo sobre o filho, Akari, que nascera com uma má-formação craniana. Utilizou o dinheiro obtido do prêmio literário outorgado ao romance na compra do terreno com a ideia de viver em um chalé nas montanhas com o filho, cujos problemas intelectuais provavelmente apareceriam no futuro. Ocorre que não tinha nenhum plano de construir de imediato.

Todavia, em um projeto conjunto de uma grande construtora imobiliária e uma revista de arquitetura financiada e recém-lançada por ela, realizou-se um concurso com o intuito de socorrer jovens ligados às artes e sem recursos para construir a casa própria. Bastaria ao jovem escritor descrever sua ideia de chalé dos sonhos. Se fosse selecionado, um jovem arquiteto apresentaria um projeto baseado no texto. Ao final de novo concurso, a construtora patrocinadora executaria o projeto vencedor.

Kogito redigiu um ensaio intitulado "A Casa Gerontion", ou "A Casa do Pequeno Velho", título que expressava o segundo momento de sua vida, em que se mostrava aficionado pela obra de T. S. Eliot. O ensaio foi selecionado, e o arquiteto cuja planta arquitetônica baseada em seu texto ganhou o concurso foi, na realidade, Shigeru Tsubaki, que apareceu diante dele após um longo tempo sem contato.

7

No momento em que Kogito concordou com a proposta de vender todo o terreno de Kita-Karuizawa e a mais nova das duas casas construídas, Maki se dedicou a escrever mensagens por e-mail sobre as condições de venda definidas. Ela desejava muito, mais até do que Kogito imaginava, que Shigeru e os amigos fossem morar em Kita-Karu, tão perto que suas vozes fossem escutadas pelo pai enquanto ele se recuperasse, desde a alta hospitalar, em meados de julho, e por todo o mês de agosto naquele verão, previsto para ser bastante quente. Kogito indagou Chikashi sobre isso.

— Ma-chan sente-se próxima a Shige, com quem se familiarizou quando criança, não acha? Tanto ele quanto Goro ficavam encantados com ela quando vinham nos visitar. Sem dúvida, ele a mimava de verdade. Porém, deixando essa história entre mim e Shige de lado, apesar de muito tempo ter se passado, quando ele foi expulso da Universidade na Califórnia por assédio sexual, e o caso ter sido noticiado nas revistas semanais, Ma-chan era uma estudante muito sensível em relação a esse tipo de coisas…

— Mas ela está longe de julgar as pessoas pelas reportagens divulgadas na mídia, em parte em função do ocorrido com Goro. Tampouco se abala quando comentam coisas rudes sobre você na internet — respondeu Chikashi. — Além disso, lembra-se do verão que ela e Akari passaram na casa de Shikoku? Naquela época, sua mãe contou a eles como tio Shige tinha sido uma criança interessante. E parece que também lhes falou da alegria que sentia ao ver você e ele juntos.

— Que eu me recorde, foi bem curto o período no vale em que eu e Shige éramos bem próximos. Depois disso, houve uma longa lacuna e nunca entramos em contato mesmo quando vim para Tóquio e estudávamos na mesma universidade. Creio que passaríamos a vida sem nos reencontrar se não fosse o acontecimento relacionado à Casa Gerontion.

— Mesmo assim, quando se reencontraram, logo iniciaram uma intensa relação, não foi? Lembro bem, pois eu era uma das partes. Não apenas Goro, logicamente, como também Toru Takamura estava envolvido. Notei como Shigeru era alguém realmente especial para você. Muitas coisas aconteceram depois disso.

Kogito também perguntou a Maki sobre suas impressões concretas a respeito de Shigeru. Por alguma razão, a filha obteve informações sobre Shigeru com Asa, irmã de Kogito, e com seu tio Goro.

— Perguntei à tia Asa se ela acreditava que tio Shige teria servido de modelo para algum personagem do livro que você escreveu sobre a vida das crianças na floresta. Ela me confidenciou que era bastante estranho você não ter escrito nada sobre ele ou a "tia de Xangai". Também perguntei ao tio Goro se você costumava comentar com ele sobre tio Shige na escola colegial onde se conheceram. Ele me garantiu nunca ter ouvido você falar sobre tio Shige, mas que sentia existir dentro de você alguém servindo como modelo da maneira de viver que você diligentemente tentava alcançar. Disse também que quando conheceu tio Shige percebeu que ele era o modelo que você buscava desde os tempos de criança. Em suma, minhas impressões baseiam-se principalmente nas conversas sobre a infância de tio Shige que eu ouvia de você, mas também no que vovó me contou sobre a lenda das *árvores pessoais*. Cada pessoa do vale tinha a sua *árvore pessoal* na floresta, em cuja raiz repousava seu espírito antes do nascimento e para a qual retornava quando a pessoa morria após se afastar do corpo. Era essa a história, não? Achei particularmente interessante que, se as crianças do vale esperassem sob sua *árvore pessoal*, encontrariam com seu eu idoso. Você se lembra de eu ter lhe dito que precisaria de coragem para ir até a *árvore pessoal* e esperar por seu eu idoso? Foi quando li o ensaio que você escreveu e mamãe ilustrou. Você me explicou que fizera aquilo com tio Shige logo depois de ele retornar ao vale, quando vocês dois ainda viviam juntos como bons amigos.

Chikashi, que ao lado deles verificava as faturas hospitalares, interveio na conversa.

— Li o ensaio e me pareceu que você intencionalmente omitia algo. Por isso, antes de começar a esboçar as ilustrações, pedi para dar detalhes. Quando você e tio Shige, ainda crianças, subiram até a floresta, ele carregava um pedaço de madeira e disse que a usaria caso o velho que você se tornaria aparecesse. Lembra disso? No meu desenho, há apenas um ancião e uma criança, um de frente para o outro, com a árvore no meio, e a criança tem algo nas mãos e parece se defender, não? Recebi cartas de leitores que também sentiram o mesmo. Não acredito que o seu eu criança seria capaz de atacar o idoso que futuramente se tornaria. Mesmo assim, imaginei que seria realista mostrar uma criança com o instinto de autodefesa ao ficar face a face com um idoso desconhecido em plena floresta. Por esse motivo, acredito que o seu eu criança se fez acompanhar de tio Shige, cuja presença serviu para apaziguar seu espírito.

— Concordo com você. Tio Shige causou muitos problemas. Não o chamaria de criminoso, mas é inacreditável que agisse tão violentamente, a ponto de ser internado em um hospital psiquiátrico. E também acho inconcebível agora que troco mensagem com ele por e-mail. Mas, quando vocês dois adentraram a floresta ainda crianças, creio que ele levou o pedaço de madeira para proteger a si próprio e a você, papai.

Chikashi não fez um comentário em relação a isso. Porém Kogito percebeu que Maki compartilhava o mesmo sentimento da mãe. De posse das informações sobre o estilo de vida incomum de tio Shige, a mãe de Kogito passara a elas uma firme confiança nele. E, salvo pelos dormitórios ou alojamentos de professores disponibilizados pelas universidades estrangeiras, Kogito nunca convivera sob o mesmo teto com alguém que não fosse da própria família e, assim, elas avançavam no plano, para elas perfeitamente natural, de fazer com que ele tivesse a companhia de Shigeru no mesmo espaço dentro da propriedade por todo o verão.

Inexistia um cálculo premeditado por trás desse plano, mas elas não poderiam afastar Akari do hospital universitário que ele há tempos frequentava para acompanhar Kogito a um lugar distante e mais fresco onde ele passaria o verão após o ferimento. Devia ser esse o sentimento. Nenhum dos amigos ainda vivos de Kogito teria tempo e veleidade suficientes para tanto, e nenhum estudante sacrificaria as férias de verão por ele, que jamais lecionara em uma universidade japonesa.

Enfim, o fato de Shigeru ter feito essa proposta permitiu não somente a Chikashi e Maki encontrar um comprador desejável para o terreno e para a casa, como representou, também, uma sorte inesperada para a família.

— Mesmo assim, agora que estamos no fim de nossas vidas, Shige procura preencher as lacunas do que não conseguimos fazer no início delas! — declarou Kogito, habituado a se entregar a solilóquios, após se certificar de que Chikashi e Maki haviam saído do quarto de hospital.

8

Na manhã seguinte, Kogito acordou cedo e, após aguardar a rotina matinal do hospital, voltou a dormir. Ao despertar, por volta do meio-dia, percebeu a presença de Maki, que estava sentada com as costas eretas em uma cadeira que puxara para perto da cama. Ela olhava para o pai e o branco de seus olhos, geralmente anuviados, tinham a cor de um líquido instilado com sangue. Kogito lembrava-se de tê-la visto desse jeito uma vez e sentiu a iminência de um vago perigo.

— Defini por e-mail com tio Shige todas as condições do negócio, mas... — começou a dizer Maki, que estivera esperando o pai despertar.

— Ele indicou alguma nova condição?

— Não é isso. Tem a ver comigo... Mamãe sabia desde o início, mas... Há algo que devo lhe contar... Você também deve imaginar que as coisas estão caminhando muitíssimo bem, uma vez que as negociações com tio Shige começaram por mera coincidência, não?

— Porque houve uma longa *pausa* em nossa relação e, na situação em que estou, se não fosse por você e sua mãe, talvez não houvesse ninguém que pudesse levar o caso adiante!

— A partir da segunda semana de julho, os jovens que vão morar com tio Shige devem chegar a Kita-Karuizawa. Eles já devem estar no Japão. Tio Shige está agora na Coreia do Sul para uma conferência sobre as relações entre arquitetura e política e depois retornará aos Estados Unidos a fim de resolver algumas questões burocráticas antes de vir para o Japão. Só então começará o programa em Kita-Karu. A essa altura, pelos nossos cálculos, você já deverá ter tido alta do hospital.

— É um programa conjunto entre dois grupos de pessoas, não? Há aspectos complexos nisso — afirmou Kogito, mas em seguida não houve clima para ele naturalmente agradecer-lhe.

PARTE I : QUE ME FALEM ANTES DO DELÍRIO DOS VELHOS

Procurando se animar, Maki assentia firmemente com a cabeça.

— Há algumas coisas que seria injusto ocultar de você. Desde que mamãe e eu tivemos de pensar sobre a alta hospitalar, desejávamos ter alguém de confiança capaz de colaborar conosco e conversamos sobre isso. Tio Goro, Takamura e o editor Kanazawa já faleceram. E conforme nós os enumerávamos, mamãe citou o nome de tio Shige. Por isso, perguntei a ele por e-mail se não teria algum plano de vir em breve ao Japão, tudo começou a partir daí. E por pura *coincidência* ele parece ter recebido meu e-mail justo quando examinava diversas possibilidades, pois pretendia encerrar o trabalho na universidade. E com isso ele se pôs a pensar seriamente em algum trabalho que pudesse executar depois de regressar ao Japão. Ao mesmo tempo, a sua recuperação parecia progredir a olhos vistos. A ponto de mamãe se surpreender.

— Eu não havia percebido! — disse Kogito, apreensivo com a própria falta de sagacidade.

— Agora que as coisas enfim foram definidas e que obtivemos sua concordância, reli os e-mails trocados com tio Shige até o momento. E acho que seria injusto você se encontrar com ele ignorando o teor de nossas mensagens.

— Bem, entendi — disse Kogito. — Você sempre se revolta quando falo desse jeito, como se estivesse adiantando as coisas, mas você trouxe cópias que imprimiu dos e-mails que transmitiu a Shige comentando sobre mim? Você acha que a situação se esclarecerá depois de eu os ler?

— Em vez disso, gostaria que você lesse toda a resposta de tio Shige ao meu e-mail — pediu Maki retornando à sua voz desanimada. — É bem longa.

Ma-chan, mesmo tendo até certo ponto consultado sua mãe, você sofre sozinha por não poder conversar com Kogi. Acho que tudo se resume ao seguinte.

Conforme você menciona, seu pai dialoga com pessoas que parecem se materializar diante dele, em sonho ou quando, após despertar, ele as traz à força do sonho que estava tendo. Comenta que ele conversa como se insistisse energicamente. E me diz que o professor Koroku Musumi, Takamura e Goro são os principais interlocutores. Mas parece que até eu surjo de vez em quando.

Kogi parece estar retornando à época em que era jovem quando, obviamente, você não o conhecia, e imagino que seja um sofrimento para você estar por perto ouvindo-o insistir com voz aguda e até mesmo chorar. De madrugada, quando você está só! Afinal, será que ele não se dá conta de que talvez você esteja ouvindo as coisas que ele diz?

Quando soube disso pelas suas mensagens, o que mais me deixou desgostoso foi o fato de ele ter recomeçado. Você acrescentou em seu e-mail que, após a morte súbita de Goro, Kogi se comunicava com ele pelo gravador Tagame. No ano seguinte, eu estava em Berlim para participar da finalização do projeto de revitalização da Postdamer Platz, mas, mesmo sabendo que Kogi viera ensinar na Universidade Livre de Berlim, não fui encontrá-lo e voltei para os Estados Unidos fazendo antes uma parada em Tóquio. Como eu e Kogi continuávamos brigados, foi uma boa oportunidade para prestar minhas condolências a Chikashi pela morte do irmão. Na época, pude ver você, Ma-chan, já uma moça, e Akari, calmo e adulto.

PARTE I : QUE ME FALEM ANTES DO DELÍRIO DOS VELHOS

E ouvi de Chikashi o que acontecia. Disse-me ela que de madrugada era penoso ouvir a voz de Kogi descendo do andar superior feito um gotejamento de água — essa era a metáfora mais apropriada — em sua pretensa conversa com Goro, o que a deixava apreensiva em relação ao marido. Também na época, pensei com meus botões: "Pronto, Kogi recomeçou." É hábito dele desde menino. Percebi pouco depois de ter chegado ao vilarejo e de iniciarmos uma amizade. Você contou que sua avó confessou que ficava feliz vendo Kogi e eu juntos, e era verdade. Mesmo Kogi fingindo ter se esquecido disso.

Depois, chegou o outono, a estação dos tufões. Desde que um jovem chinês que visitara nossa casa em Xangai contou sobre terríveis enchentes em seu país natal, eu morria de medo achando que uma grande inundação semelhante pudesse ocorrer no vale.

Choveu copiosamente por vários dias consecutivos. Como as cidades foram incendiadas pelos bombardeios aéreos, era uma época de grandes desflorestamentos, com inúmeros caminhões carregados de madeira cruzando o vale. As águas do rio do vale logo transbordaram. E, por fim, houve o aviso de que uma grande inundação ocorreria, mas sua tia Asa não queria sair da casa da mãe, e apenas Kogi veio se alojar na casa da colina. Eu estava tão feliz por deitarmos com os travesseiros lado a lado que não conseguia dormir. Porém, quando achava que Kogi pegara logo no sono, lá estava ele acordado e falando com bastante eloquência.

Eu também ouvira sua avó contar que, quando as pessoas do vale morriam, elas subiam na forma de espírito para a raiz de suas árvores pessoais na floresta e nela permaneciam, renascendo

45

posteriormente ao descer para o vale. Eu temia que Kogi estivesse possuído por um desses espíritos. Com as chuvas fortes, os vendavais e, por nossa casa estar cercada pela floresta pelos três lados, o barulho da água do rio batendo contra a fachada, o fragor da tempestade era terrível! Mas o que mais me causava pavor era a voz de Kogi falando sem parar.

Lógico, Kogi tem sotaque da região... Deve tê-lo mantido até hoje, não é? No entanto, falava como se estivesse literalmente lendo o texto de um livro! Isso não significaria que, desde aquela época, ele pensava em ganhar a vida usando o dialeto de Tóquio após deixar o vilarejo do vale? Porém a conversa girava em torno de histórias ocorridas no vale, como fugas de camponeses ou o assassinato do próprio irmão, um líder revolucionário, pelo seu bisavô. Talvez os monólogos dele fossem um treinamento pessoal para se tornar escritor. Mesmo com medo e furioso, acabei escutando!

Depois que o tufão passou e as águas do rio no vale ficaram límpidas, refletindo os raios reluzentes do sol do meio-dia, quando pedi para me contar de novo as histórias sobre as fugas e a revolução, ele ficou assustado e se enfureceu dizendo que ouvira a avó contar as histórias, mas que ele próprio não seria capaz de falar sobre elas, e acho que foi esse um dos motivos que levaram ao término de nossa amizade. Como se tivesse afirmado algo inesperado, suas orelhas grandes ficaram vermelhas, ele franziu o cenho e se zangou comigo!

Mesmo agora, ele não se espantaria se soubesse que você o ouve quando ele fala dormindo e que com a capacidade de memória que herdou dele você se lembra de tudo o que ele falou?

PARTE I : QUE ME FALEM ANTES DO DELÍRIO DOS VELHOS

Conhecemos seu temperamento discreto, Ma-chan, e mesmo me confidenciando que Kogi fala dormindo ou em estado de sonolência, não revelou o que ele fala. Você não cita em seus e-mails nenhuma das palavras que ele proferiu em sonho. Você deve sofrer com isso. Porque, em minhas lembranças, você será sempre uma menininha calma que agora enfrenta sozinha todas as palavras pronunciadas por Kogi.

Mesmo assim, Ma-chan, acredito que havia em seus e-mails uma única pista nítida do teor das conversas noturnas de Kogi. Então, permita-me dar minha opinião. Se eu estiver correto em minha suposição, é sinal de que, como filha de Kogi, seria uma palavra mais difícil de pronunciar do que qualquer outra.

Chikashi vive ocupada e, no lugar dela, você está gerenciando a correspondência endereçada a Kogi, não é mesmo? Em uma das cartas, ou melhor dizendo, em uma determinada categoria de cartas, o remetente se alegra com o acidente que Kogi sofreu e escreve que, apesar da distância, continuaria a criticá-lo até vê-lo se suicidar, pois, mesmo que se curasse da lesão na cabeça, não se curaria do ferimento no coração. Você escreveu que foram muitas e muitas cartas assim. Disse que havia até ilustrações de dois enforcados um ao lado do outro com a explicação: "Primeiro foi seu cunhado, o próximo será você."

Se minha suposição for a mesma que a atormenta e a palavra "suicídio" revelada naquele e-mail for talvez a principal ouvida entre as palavras ditas por Kogi enquanto sonha, a situação realmente se complica.

Vou lhe dar uma sugestão. Fazendo uma ligação entre a questão do imóvel que construí, objeto da consulta que recebi de Chikashi, e as suas apreensões, que acha de eu morar no Japão estabelecendo uma base operacional em Kita-Karuizawa? Eu e meus amigos nos instalaríamos na casa maior dentro da mesma propriedade e, se Kogi for morar na Casa Gerontion original, eu e ele conviveríamos depois de tanto tempo bem próximos um do outro e poderíamos manter conversas diárias, não é?

9

Kogito ergueu os olhos em direção a Maki, paralisada na mesma postura de antes. Cabisbaixa, lágrimas escorriam pelas faces de seu rosto arredondado e de alvura flavescente como a de um papel opaco. Chikashi, que aparecera no quarto sem ser notada, aproximou-se por trás e, como uma hera senescente a se agarrar a uma árvore jovem, porém maciça, abraçou os ombros *rijos* da filha. Kogito pressentiu que a esposa se preparava para proteger a filha de um acesso de raiva irracional que ele provavelmente teria. De fato, exibindo a serena compostura de alguém com força suficiente para reagir a ela, Chikashi declarou:

—Também estou feliz que tio Shige tenha concordado em vir, graças ao esforço de Ma-chan. Porém, assim como nenhum de *nós* pôde fazer algo por Goro, tio Shige, Ma-chan e eu talvez não possamos fazer nada por você. Portanto, desejamos que tudo corra bem. Por isso, Ma-chan, se estiver aflita com os e-mails de tio Shige que mostrou ao seu pai, mande uma nova mensagem a ele, que está agora na Coreia, e pergunte se não poderia dar uma passada em Tóquio após a conferência. Que acha de pedir a ele para conversar com seu pai antes de os dois iniciarem uma vida conjunta em Kita-Karuizawa?

Assim, a visita de Shigeru, embora prevista, pareceu repentina e se concretizou ultrapassando o vácuo de um relacionamento de longos anos.

Capítulo 1
A Casa Gerontion

1

No dia da alta hospitalar, após descansar na cama do escritório, Kogito entrou na biblioteca do outro lado do corredor. Nesse momento, foi assomado por uma *vertigem*. Apesar disso, ainda de pé, repensou o significado da palavra *vertigem*.

Até então, o vocábulo denotava para ele sobretudo a sensação de tontura ou deslumbre. Naquele momento, porém, estava mais ligada à *turvação*. Ele continuou de pé, imóvel, em meio à completa escuridão. Escolheu um livro apenas e retornou para a cama. Era a primeira antologia de poemas de Eliot que comprara, uma edição bilíngue dos poemas originais com a respectiva tradução e notas explicativas de Motohiro Fukase.

Kogito retirou a sobrecapa que envolvia o livro e contemplou em minúcias a capa feita de tecido, algo raro na época. A cor verde-claro desbotara e, da *borda* superior, descia uma *mancha* marrom. Ele o comprara na livraria da cooperativa universitária no inverno de seus dezenove anos. Segurou o livro com ambas as mãos e abriu-o na página inicial do poema "Gerontion". O livro abriu aparentemente de forma natural na página do poema por estar marcada pelas constantes aberturas. Seduzido de imediato pelo estilo do poema traduzido por Motohiro Fukase, percebeu que podia vislumbrar nitidamente nos versos seu entusiasmo de cinquenta anos antes.

> *Eis-me aqui, um velho em tempo de seca,*
> *Um jovem lê para mim, enquanto espero a chuva.*
> *Jamais estive entre as ígneas colunas*
> *Nem combati sob as centelhas de chuva*
> *Nem de cutelo em punho, no salgadio imerso até os joelhos,*
> *Ferroado de moscardos, combati.*
> *Minha casa é uma casa derruída;*

Apenas nove anos haviam se passado desde o término da guerra. Se a data da derrota do Japão fosse tomada por base e contado o número de anos vividos, o tempo de vida de Kogito no pós-guerra ainda era curto. No dia da derrota, ele se libertou do terrível pesadelo de ser enviado aos campos de batalha como soldado, mas pegou-se fantasiando vagamente em seu espírito liberto digladiando de arma em punho. De uma forma que o convencia da impossibilidade de tal oportunidade. Ainda assim, existia um fosso profundo entre ele e o narrador do poema que declarava não ter ido lutar na guerra. E só lhe restava desempenhar o papel de *um jovem* lendo um livro em voz alta.

Apesar de ter comprado o livro com o título *Eliot* principalmente por notar os poemas originais impressos na parte inferior das páginas, agora Kogito se dava conta de que, tanto na primeira vez em que se esforçou em lê-los como quando escreveu o ensaio intitulado "A Casa Gerontion", sua capacidade de compreensão dos poemas originais era bastante limitada. Quando se apresentou para uma sessão de fotos da casa concluída para uma revista de arquitetura, pediram que subisse no andaime de

PARTE I : QUE ME FALEM ANTES DO DELÍRIO DOS VELHOS

madeira remanescente e escrevesse em inglês a estrofe inicial de "Gerontion" na chaminé de concreto aparente. Usaria um tição que sobrara do teste de condição de queima da lareira.

A equipe de uma estação de televisão recém-inaugurada os acompanhava para gravar um programa cultural de curta duração que seria transmitido de madrugada. Pediram a Kogito que recitasse o que acabara de escrever. Depois de exercitar uma ou duas vezes, Shigeru se ofereceu para substituir Kogito e recitou os versos maravilhosamente bem. Kogito ficou deprimido por inteiro, sobretudo ao perceber que era nítido que o menosprezaram.

O pequeno quarto do andar superior, estreito e de pé-direito alto, construído de forma a se apoiar na chaminé de pilar quadrangulado, fora designado como quarto de trabalho de Kogito, mas, após a instalação da escrivaninha, se mostrou exíguo em seus três tatames.

Nesse ponto, Shigeru o projetara realisticamente com base nos seguintes versos:

Minha casa é uma casa derruída;
E no peitoril da janela acocora-se o judeu, o dono,

Kogito, Chikashi e Akari, ainda bebê, passariam o primeiro verão a três nessa casa difícil de habitar, e convidaram Goro e Shigeru para jantar. Goro bebeu até tarde e, quando o acompanharam sob a luz do luar até o hotel das redondezas onde se hospedara, ele revelou a Shigeru que gostava da *delicada artificialidade* do leiaute do andar superior e da chaminé da casa.

Quando Goro voltou a visitá-los na semana seguinte, depois de despender algum tempo se maquiando com uma técnica especial de *make-up* que aprendera em Hollywood, onde pouco antes recebera um papel menor em um filme, postou-se à janela do segundo andar para que tirassem uma foto sua com uma jaqueta de veludo cotelê, sem gravata. Shigeru se encarregou da câmera, exibindo um talento versátil semelhante ao de Goro. Conta-se depois disso que, graças a essa fotografia, Goro foi escolhido para interpretar o papel de filho do chefe de um vilarejo no filme britânico *Lord Jim*.

2

A família de Kogito passava todos os verões na Casa Gerontion, mas o número de filhos aumentou e, conforme cresciam, a casa tornou-se pequena demais. Uma única vez ela passou por uma reforma de ampliação sem alterar o formato original, e, algum tempo depois, ao receber um prêmio literário estrangeiro, Kogito construiu uma segunda residência mais espaçosa nos fundos do terreno. Ela foi batizada de Casa do Mad Old Man, ou seja, a Casa do Velho Louco, em homenagem a um poema de Yeats[1], que se tornara mais um importante poeta para Kogito.

No início de julho, Kogito foi sozinho — ou acompanhado de seu outro eu com *atitude incomum* — para a casa de Kita-Karu. Nos últimos trinta anos, salvo aqueles em que

---

1. William Butler Yeats (1865-1939). Referência ao poema "Why Should Not Old Men Be Mad?".

lecionou em universidades do México, dos Estados Unidos e da Alemanha, ele passara os verões nesse chalé na montanha. Desde a primavera do ano anterior, entretanto, morava com Akari na casa herdada da mãe, em Shikoku. E, no verão, sofrera o acidente e foi hospitalizado.

Chikashi e Maki fizeram uma limpeza em grande escala, do tipo que havia dois anos não se fazia, na Casa do Velho Louco, cedida a Shigeru, e na Casa Gerontion, onde pernoitaram. Durante esse tempo, Kogito ficou com Akari, mas, após confirmar o horário do trem expresso no qual a esposa e a filha retornariam a Tóquio, deixou Akari sozinho em casa e rumou para Karuizawa. Em frente à estação, encontrou-se com Chikashi e Maki, e os três tomaram o mesmo táxi que as trouxera de Kita-Karu; conversaram brevemente.

Apesar do céu nublado mas sem neblina em Karuizawa, era estranho ver que os ombros do casaco de verão de Maki estavam molhados. Enquanto o táxi subia em direção a Asama, a neblina se formou e, no lugar dela, na descida para o lado da província de Gunma, uma garoa começou a cair. Ao cruzar a fronteira entre as províncias, em um declive suave da estrada, o mostrador de temperatura indicava dezessete graus. Havia inúmeros charcos largos pela estrada até a Casa Gerontion, situada em um local um pouco afastado da área de residências de veraneio da Vila Universitária, assim batizada por ter sido criada antes da guerra por um sindicato formado por membros da Universidade Hosei. Enfraquecido fisicamente, Kogito sentiu-se pressionado pela energia emanada dos carvalhos *konara* que ladeavam o caminho, cujas folhas pareciam tingidas por uma espessa demão de tinta verde.

Segundo Shigeru, quando a construção da Casa Gerontion foi concluída, além dos quatro ou cinco gigantescos

pinheiros vermelhos plantados no terreno, havia bétulas-de-
-erman, bétulas brancas japonesas e carvalhos ainda jovens e
fracos, e o pilar quadrangular de concreto aninhado no nível
superior da construção de madeira parecia se projetar por
entre as árvores.

Os pinheiros vermelhos desabaram vinte anos antes sob a
força de um tufão. As altas decíduas cresceram, alcançando altura
surpreendente e dominando o pilar quadrangular e o telhado
da casa. Troncos de dois metros estavam empilhados e, todo verão,
era tarefa de Kogito cortá-los no comprimento adequado para
serem usados na lareira. Apesar de terem em sua maior parte se
esgotado queimando, Kogito já não tinha mais forças para fazer
esse trabalho. As poucas toras restantes expunham suas carcaças
miúdas apodrecidas pelo contato com o solo. Agora, após o
ferimento, Kogito estava de pé em frente à casa, degradada por
toda parte devido aos dois anos de sua ausência.

Ele não teve tempo para se entregar com calma a profundas emoções. Ao pressentir uma presença humana, virou-se
e vislumbrou um homem na faixa dos trinta anos, de pé, cabelo
negro e pele muito alva, um palmo mais alto do que ele, o que
o obrigava a elevar os olhos ao seu interlocutor.

— É o senhor Choko, não? Conseguiu encontrar sua
esposa? Chamo-me Vladimir. Cheguei aqui *em antecipação* ao
senhor Shigeru, mas, como sua esposa e sua filha tiveram de
partir, há coisas que desconheço, como o quadro de distribuição
de energia, por exemplo. Sua esposa gentilmente fez a limpeza
e antes de partir disse que os documentos do chalé estão no seu
escritório, então se não for um incômodo...

Sem dúvida, ele tinha sotaque estrangeiro, mas seu jeito
enérgico de falar e os vocábulos demodês que empregava evocavam

PARTE I : QUE ME FALEM ANTES DO DELÍRIO DOS VELHOS

Shigeru. Kogito assentia em silêncio enquanto o homem continuava a falar com afabilidade.

— O correto seria aguardar pela chegada do senhor Shigeru para que ele procedesse à minha apresentação, mas tomei a liberdade de me dirigir de súbito ao senhor. Na época de estudante, eu era aficionado pelas suas obras.

Mesmo assim, apesar de terem trocado um aperto de mãos, Kogito não lhe dirigiu qualquer saudação, entrando na Casa Gerontion cuja porta Chikashi deixara destrancada.

Ele subiu pela escada que fora mantida na reconstrução da casa, inclusive com as deformações na madeira, entrou no quarto de três tatames que lembrava uma torre e procurou a prateleira de documentos. Ao encontrar o que buscava dentro de uma pasta de plástico, abriu a janela de duas folhas, sem cortina e coberta de poeira, e debruçou-se para fora. Ouvindo o ruído, o homem de pé no gramado que ladeava a varanda ergueu o rosto, que, observado do alto, se assemelhava ao de uma criança.

Kogito agitou a pasta com os documentos. O homem de trinta e poucos anos deixou entrever a expressão de que se continha para não rir. Com ares de inteligente, essa pessoa certamente conhecia a origem da Casa Gerontion. Provavelmente relataria a Shigeru que "o senhor Choko desempenhou o papel do *judeu acocorado ao peitoril da janela*". Na realidade, ele não estava tão distante desse personagem agora...

Kogito lançou a pasta em direção ao homem. Ele a pegou no ar com firmeza.

— Desculpe pelo trabalho! — agradeceu, e dirigiu-se a passos largos para os fundos da propriedade.

No mesmo plano, a Casa do Velho Louco, bloqueada pelo bosque de carvalhos *konara*, não era visível, mas do alto da pequena torre Kogito podia vê-la, assim como o furgão preto estacionado à revelia na mata mais próxima a ela. Por coincidência, a moça asiática — não parecia, no entanto, ser japonesa —, também na casa dos trinta anos de idade, descia nesse momento da cabine do furgão e agitou o braço, semelhante a um bastão roliço, em direção a Kogito. Ele retribuiu com uma exagerada vênia enquanto seu olhar acompanhava o homem se distanciar, caminhando sobre as folhas amareladas do ano caídas por cima das outras marrons-avermelhadas. A moça que descera do veículo foi ao encontro dele tomando cuidado para não escorregar. Chegando ao lado dela, ele se virou na direção de Kogito sem demonstrar nenhum gesto pela mulher e, logo, os dois iniciaram a tarefa de descarregar a bagagem do furgão.

3

Shigeru chegou dois dias depois. Kogito arrumara uma poltrona diante da lareira da sala de estar e instalou uma mesinha de canto e uma estante baixa na qual dispôs dicionários e livros sobre Eliot que Maki lhe enviara, e seu fichário, a uma distância que bastaria esticar um braço para poder pegar algo, quando, ao erguer a cabeça, distinguiu o furgão, que avançara pela entrada mais próxima e desembarcou Shigeru diante da varanda, dando marcha a ré com a mesma velocidade com que viera. Como se desejasse ser visto, Shigeru permanecia de pé, imóvel, de frente para a Casa Gerontion. Apesar da compleição robusta e corpulenta de Shigeru, Kogito ficou chocado ao ver o comportamento sereno de um ancião e não o vigor da meia-idade de quando ele estava de pé à cabeceira de seu leito no hospital.

Para não assustar Shigeru, depois de abrir a ruidosa porta de entrada, fez uma pausa e saiu para a varanda de pedras miúdas e arredondadas incrustadas no concreto.

— Obrigado por me visitar no hospital. Também agradeço pela grande ajuda se colocando entre mim e Maki e sendo o interlocutor dela nos e-mails.

— Você se recuperou bem em menos de um mês, não é mesmo? — comentou Shigeru, a princípio cabisbaixo, mas logo levantando a cabeça e exibindo um ligeiro sorriso indefeso, inusitado. — Você está são e não duvido que já esteja pensando em começar algo, estou errado?

— Que nada, que nada… Nunca me senti tão sem vigor para trabalhar, nem mesmo quando era estudante.

Shigeru fez ouvidos moucos às lamúrias sinceras de Kogito e, pousando a pequena bolsa de viagem sobre o balaústre da varanda, voltou a contemplar a Casa do Velho Louco.

— Você colocou um telhado em formato de guarda-chuva hexagonal e ampliou o andar térreo? O encarregado da ampliação, que foi meu aluno nos Estados Unidos, me enviou uma carta mencionando seu pedido para que ele fizesse o possível para "conservar e revitalizar" a construção que criei. Antes de vir até aqui, dei uma olhada também na outra casa, e é possível perceber que foi obra de um mesmo arquiteto, correto? O conceito de ambas se interliga e se estende em sua inteireza com naturalidade. Imagino que foi um processo complexo, em particular para a reforma desta casa, mas a construtora realizou um ótimo trabalho!

— Exceto pelo homem que executou a obra de canalização, foram os mesmos da sua época! Vê a pequena edícula abandonada na parte de trás? Apesar de ter sido idealizada como biblioteca conjugada com local de trabalho, a cada ano que vínhamos, encontrávamos a tubulação de água estourada. Esse homem carecia de capacidade e vontade para repará-la corretamente. Por isso, Chikashi explicou que não havia jeito senão remodelar a casa pondo abaixo a edícula e, com isso, pediu a ele para se desligar da equipe. O mesmo aconteceu quando construímos a nova casa.

— Chikashi realmente se parece com Goro e com certeza daria uma boa arquiteta! Ela é disciplinada nas relações interpessoais, afinal há muitos enganadores por aí que acabam causando grande transtorno. Obviamente, não é o meu caso, deixemos isso claro.

— Os dois que chegaram aqui antes de você também são disciplinados, em particular Shinshin. Vladimir ainda não mostrou seu verdadeiro eu.

— Eu os instruí a conversar o mínimo possível com você até a minha chegada.

— As coisas não se passaram bem assim. Chikashi disse que era aconselhável manter os vários arbustos que funcionam de separação entre as duas casas para que tenhamos todos uma vida mútua mais tranquila. Antes de retornar, ela me pediu para lhes informar isso. Assim, partiu de mim a conversa com eles. E nossos diálogos se restringiram a isso. Bem, que me diz de entrar e descansar um pouco?

— Aceitarei seu convite e serei breve — concordou Shigeru. — Mais tarde poderemos conversar com calma durante o jantar, em *homenagem* ao nosso reencontro. Vladimir está

PARTE I : QUE ME FALEM ANTES DO DELÍRIO DOS VELHOS

fazendo compras em um grande supermercado localizado na rodovia nacional e Shinshin foi buscá-lo.

Na tarde do dia seguinte à sua chegada, Kogito percebeu a presença de alguém trabalhando no jardim da Casa do Velho Louco. Lembrando-se do que lhe dissera Chikashi, ele se dirigiu para os fundos do terreno. Originalmente adquirido por Kogito, o terreno estava afastado da Vila Universitária e nos fundos havia uma larga depressão abandonada que se transformava em um pântano quando chovia. No prelúdio da bolha econômica, iniciou-se, um pouco mais acima dali, a terraplanagem de um terreno para casas de veraneio desvinculadas da Vila Universitária. Ao vê-lo, Chikashi previu a construção de uma estrada às margens do pântano. O direito de estender a canalização de água era concedido apenas aos membros do Sindicato da Vila Universitária. Assim, além de Chikashi, não apareceram compradores para o terreno rebaixado. Por conta disso, a esposa conseguiu adquiri-lo por um preço módico. Dez anos mais tarde, construíram a Casa do Velho Louco.

Seguindo pela cavidade do solo onde restavam charcos formados pela chuva, Kogito viu Shinshin vindo do alto e avançando no corte com a motosserra até onde começava o bosque de carvalhos *konara*. As moitas de hortênsias em panículas, arálias de cinco folhas e cerejeiras apétalas, entre outras, cuidadas com tanto desvelo por Chikashi, foram cortadas e jaziam no solo formando um monte de folhas verdes que começavam a murchar e de galhos com folhagem coberta por uma pelugem macia na parte posterior. Shinshin explicou a Kogito sobre o plano de pedir a uma empresa especializada para nivelar ali o terreno, abrindo espaço para a construção de um estacionamento, ao que Kogito concordara, pedindo apenas para não mexerem na faixa do terreno pantanoso na parte inferior.

Quando seus ouvidos aguçados de idoso escutaram o barulho da motosserra, ele se arrumou e chegou mesmo a se barbear sem entender bem o porquê; até finalmente sair de casa, acabou dando a Shinshin o tempo necessário para avançar no trabalho. Desde que tivera alta, sempre que se dispunha a fazer algo percebia o quanto suas ações eram de fato vagarosas. Sentiu o cheiro acre da seiva das árvores exalando à sua volta enquanto Shinshin parecia se orgulhar do trabalho.

Com a chegada do outono e as folhas caindo das árvores, a Casa Gerontion, para além dos carvalhos *konara*, certamente exibiria suas formas desnudadas, como temia Chikashi. O mesmo se poderia afirmar sobre a Casa do Velho Louco vista do exíguo quarto no andar superior. O jovem arquiteto, que por ocasião da reforma da pequena velha casa e da nova construção teve as fotos de seu trabalho publicadas na revista de arquitetura, escreveu como explicação das imagens feitas em meio à paisagem invernal que ele construíra ambas as residências — algo que Shigeru logo pôde perceber — pelo método de repetição de um mesmo conceito, com algumas *variações*.

Kogito falou sobre isso a Shinshin. E, quando pensou em se retirar, ela o impediu, justificando que havia terminado o trabalho e gostaria de conversar com ele. Ela retornou trajando uma blusa de seda com gola mao e estampa de flores e, por cima, jaqueta jeans. Trazia uma garrafa PET de chá *oolong* de uma marca típica que um chinês teria escolhido.

Kogito ignorava como continuar o diálogo com a moça de testa arredondada, queixo *côncavo* e pele de aparência macia, alegre com seu trabalho leve. Porém Shinshin procurou incessantemente por um tema comum de conversação. Kogito tentou mais uma vez a mesma conversa mantida com Vladimir quando ele viera devolver a pasta com os documentos que tomara emprestada.

— Vladimir parece preocupado com o célere envelhecimento de Shige! Desde os atos terroristas de 11 de Setembro, ele nota isso, porém Shige me pareceu muito saudável quando veio me visitar no hospital!

— Não é isso — afirmou firmemente Shinshin, exibindo, em seguida, um discreto sorriso com um charme incomum ao das moças japonesas. — O senhor não compreende o contexto dessa minha negativa, não é? Meu japonês não é dos melhores. Também não creio que o senhor Shigeru esteja saudável. Porém, ao contrário do que afirma Vladimir, não tem a ver com o 11 de Setembro. É isso que contesto. Quando o senhor Shigeru lecionou pela primeira vez em San Diego, ele era realmente enérgico. Nem parecia um japonês! Entretanto, desde o falecimento da esposa em virtude de uma grave doença, virou um ancião. O 11 de Setembro ocorreu depois disso.

— Mas Vladimir comentou que, quando as torres gêmeas do World Trade Center desabaram, Shige estava tão próximo que se feriu e, desde então, não se sente bem fisicamente...

— Esse incidente foi noticiado nos jornais japoneses? — contestou Shinshin com tranquilidade. — Bastou olhar para o senhor Shigeru para logo perceber que os prédios desmoronariam daquela maneira. Assistíamos ao choque dos aviões pela televisão do escritório. Ele declarou que estávamos testemunhando uma derrocada. Acrescentou que era o início de um declínio em efeito dominó das maiores metrópoles do mundo.

Kogito recordou que Shigeru, que viera para o vale durante a guerra, tinha o hábito de inventar histórias e, apesar de ele próprio ter idêntica inclinação, sentia-se mal por se perceber ludibriado.

Aceitando o convite de Kogito, Shigeru entrou na casa, mas, imaginando as conversas contraditórias que alternadamente Vladimir e Shinshin poderiam ter tido com Kogito, resolveu traçar uma linha de defesa dizendo:

— Depois de ler Eliot, você converteu em palavras um esboço da casa que desejava construir. Quando intitulou seu ensaio "A Casa Gerontion", eu ainda não gozava de nenhum sentimento em particular por aquele poema. É possível entender bem, ao caminhar por Nova York olhando para o chão, como toda a cidade está enclausurada pelos prédios, por isso, quando vi um espaço se formar na cidade, essa catástrofe também me deixou fisicamente arrasado. Eu me senti, sem dúvida, despedaçado por dentro!

"E no interior de minha cabeça grisalha, ressoou uma estrofe de 'Gerontion'. *Após tanto saber, que perdão? Suponha agora...* É exatamente isso! Também você, quando foi gravemente ferido, não teria ouvido a mesma estrofe?"

Kogito mostrou a Shigeru a lareira, que conservava a forma de quando foi construída. O arquiteto se pôs de pé no exíguo espaço que ligava a sala de jantar ao vestíbulo e admirou a lareira e o local onde Kogito deixava seus materiais e se preparava para ler livros. Depois disso, experimentou sentar um pouco na velha cadeira de junco posta no espaço ao lado da varanda. Kogito explicou o seguinte:

— Chikashi encontrou essa cadeira num antiquário em Karuizawa, desses que há agora por toda a parte com artigos provenientes do sudeste da Ásia. Está em boa condição.

— Trata-se sem dúvida de uma peça bem produzida. Tem uma sólida estrutura de madeiras estreitas amarradas por varetas de bambu e a madeira deve ser especial. Chikashi tem o mesmo olho clínico de Goro para garimpar *coisas* como esta.

— Ainda nesta manhã eu me sentei nela e li a versão de Eliot que você viu tempos atrás. Admirava lentamente todo o texto enquanto consultava o dicionário. Quando jovem, faltava-me paciência para isso. Muitas coisas me vão no coração, mas estou estranhamente tranquilo. Cheguei a pensar tratar-se de algum sinal de declínio motivado pela velhice.

— Declínio da velhice? — questionou Shigeru, ainda refestelado na cadeira de vime. — Eis aí um tópico mais condizente a mim! Experimentei inúmeros declínios durante a adolescência, mas acredito haver limites. Porém, quando a questão é a derrocada na velhice, sinto que é irrestrito.

Depois disso, Shigeru se aprumou na cadeira e começou uma conversa com a mesma energia de quando o visitou no hospital.

— Não há relação com o que falamos agora, mas é irrefutável que as pessoas que conhecemos quando jovens envelhecem... Certa ocasião, eu estava a bordo de um avião sobrevoando o Oceano Pacífico e descobri, encartado no jornal *Asahi*, a versão em inglês de um artigo do *Herald Tribune* sobre você. Havia alusão a algo que Ashihara, o prefeito de Tóquio, declarou em uma entrevista. "Choko... *that man...*" — sim, ele teria falado desse jeito, provavelmente se referindo a você como "*aquele sujeito*"? —, "ele não tem nenhum amigo; o cara é um pervertido e só pensa em si próprio." Nesses termos... Então comecei a contar nos dedos. E me dei conta de que realmente seus amigos morreram um após o outro — lógico, um exemplo é Goro Hanawa, e durante todo o tempo em que perdemos contato, Takamura, e Kanazawa, seu editor, e olhando bem por esse ângulo, acreditava que, por haver entre nós o Oceano Pacífico e eu não lhe mandar notícias minhas, você devia me considerar como um de seus companheiros mortos. Da mesma forma, reconhecia você como um de meus amigos falecidos. Percebi a necessidade de fazer algo para mudar essa situação! Afinal, com o inesperado incidente, quase o perdemos efetivamente, Kogi...

— Tenho a sensação de ter morrido uma vez. E ter depois ressuscitado. Graças a isso, tenho também o sentimento de que tudo o que estava acumulado dentro de mim, como o sedimento no cantinho de uma garrafa, foi purgado! Considerei algo natural você vir se instalar na casa vizinha. Aparentemente, foi uma surpresa para Chikashi. Só depois fui informado que Maki lhe pedira isso por e-mail. Soube também que, em seguida, você recebeu várias consultas de Maki e a aconselhou. Embora devesse estar constrangido com relação a isso, não me sinto assim. Estou feliz em poder ter bons momentos para conversar com você todos os dias! Nunca senti algo parecido. Seja como for, sou grato a você...

Kogito sentiu que estava compartilhando um agradável silêncio com Shigeru, pois ele não esperou pela continuação nem tentou falar algo somente para manter viva a conversa. Pensou que nunca houvera entre ambos um momento de silêncio de tamanha qualidade.

Kogito foi até a cozinha e voltou trazendo uma bandeja com a garrafa de vinho tinto da Califórnia, aberta na noite anterior e ainda bem cheia, pão e um queijo que recebera por correio expresso. Quando foi de novo à cozinha e retornou com as taças, Shigeru checava com cuidado o rótulo do vinho como se tivesse vivido longo tempo naquela região produtora. E a maneira como serviu o vinho nas taças foi, antes de tudo, de grande beleza. Kogito pensou que, agora juntos depois de tantos anos, seria divertido, como Shigeru fizera pouco antes, recitar o trecho de um poema de Eliot que ele tinha em mente. Para Shigeru, a passagem não deveria ser uma mera citação súbita e, talvez, ele até pedisse para se juntar a Kogito nas citações. Durante o tempo em que o contato entre ambos estava rompido, Kogito ter voltado a se apaixonar por *Quatro quartetos* tinha a ver com o fato de ser escritor e, ao mesmo tempo, com algo diferente: a forma como conduzia a vida. Shigeru certamente teria, em paralelo, aprofundado suas leituras de Eliot não apenas na qualidade de professor em várias faculdades de arquitetura em universidades americanas e pesquisador especialista em vilarejos nos quatro cantos do mundo — quem o impulsionara nessa direção fora Hiroshi Ara, um arquiteto amigo de Kogito e, embora Shigeru costumasse afirmar que, comparado a Ara, ele não passava de um amador, com a idade atual, sem dúvida, não rejeitaria o título de especialista —, mas também em sua vida privada. Pois, como Kogito confirmara no curso da vida, a poesia de Eliot abordava o envelhecer e a chegada da velhice, algo que não deveria diferir da maneira como o próprio Shigeru envelhecia.

Shigeru encheu de vinho a taça de Kogito, que bebia calado, absorto em seus pensamentos sobre o assunto e, após encher *generosamente* a própria taça, desandou a falar:

— Por acaso me lembrei de algo. Shinshin tem a tradução em chinês de um dos longos romances que você escreveu ainda jovem e, quando o li — como está escrito em ideogramas simplificados, fui capaz de ler até certo ponto com a ajuda dela —, descobri algo inusitado. Quando você recebeu o prêmio em Estocolmo, duas diferentes antologias de seus romances foram lançadas na China. A pedido de Shinshin, a mãe, que reside na China continental, lhe enviou e ela as leu. De início, Mishima era o objeto das pesquisas dela! O mesmo no caso de Vladimir. Muitas traduções de suas obras foram lançadas na época da União Soviética, mas as de Mishima parecem somente ter sido alvo de uma nova popularidade após a dissolução do país, levando-o a ser considerado de uma geração literária posterior à sua. Shinshin lê suas obras para um estudo comparativo com as de Mishima. A mãe a tem ajudado com isso. Bem, nesse livro, você cita que seu pai o teria aconselhado a não acreditar que outra pessoa fosse capaz de morrer por você, pois seria a pior decadência possível de um ser humano. É invenção? Ou ele realmente lhe disse isso quando você era pequeno?

— Meu pai me disse isso do nada! Lembrando-me disso, escrevi, sem refletir em profundidade, apenas como um enigma que carrego comigo desde os tempos de criança. Porém, no tempo das manifestações estudantis, um jornalista de primeira linha me perguntou com um sorriso piedoso se havia alguém disposto a morrer por Kogito Choko. Ruborizei, convicto de não ter tido a intenção de dizer isso!

Shigeru lançou a Kogito um olhar inquisidor. Após vagar os olhos pelo ar, retomou a conversa munido de um discurso bem elaborado.

— Lembrei-me de algo ao ler essa passagem. As palavras que minha mãe me dizia quando algo me decepcionava: "Você tem um espelho, um *kagemusha*, uma criança que dará a vida por você. Quando estiver sofrendo, lembre-se disso e a coragem brotará em seu interior. Não se esqueça." Como eu não aceitava e questionava a razão dessa criança morrer em lugar de *outrem*, mamãe continuou: "Porque agora você é uma criança e essa outra *pessoa* também é uma criança, mas quando você se tornar adulto, o mesmo terá ocorrido com ela... Porque você e essa *pessoa* estão ligados desde o nascimento..." Após vir me recepcionar quando cheguei a Nagasaki a bordo do Xangaimaru, sua mãe me levou aos confins da floresta, onde fui assaltado por uma desagradável sensação quando me encontrei com você, porque refleti comigo mesmo que você deveria ser essa outra *pessoa*. Nossas mães tinham uma estranha amizade, a ponto de firmarem uma espécie de pacto secreto.

— Meu pai se referia a uma outra criança que morreria em meu lugar, mas sua mãe afirmava que seria eu a morrer por você, não é?

— Mesmo assim, não teria existido um pacto entre nossas mães de nos criar desde pequenos para que cada um de nós desse a vida pelo outro? Antes de eu nascer, minha mãe chamou a sua, uma amiga desde os tempos de infância, para ficar ao lado dela lhe prestando assistência até meu nascimento. Mas, mesmo decorrido um ano, como mamãe não permitia o retorno de sua mãe ao Japão, seu pai foi buscá-la. O casal retornou de Xangai ao Japão, não sem antes visitar Pequim. Você foi concebido nessa viagem.

— Você dava uma versão diferente, e esse foi o motivo de acabarmos brigando e eu acertar sua cabeça. Jamais consegui esquecer aquele incidente do ferimento e voltei a me lembrar dele quando Akari nasceu e, depois, por ocasião de meu recente acidente!

Shigeru permaneceu calado em relação ao que Kogito acabara de dizer.

— Ao ler os e-mails de Ma-chan, pensei que, por termos carregado nos ombros o pacto secreto de nossas mães, seria interessante agora, já idosos, mesmo que por pouco tempo, vivermos de forma a manter contato diário. Foi essa a minha ideia.

4

Shigeru já havia preparado outro tópico de conversação quando Kogito chegou trazendo uma nova garrafa de vinho.

— Vladimir e Shinshin são incríveis, Kogi! Até certo ponto, você já deve ter percebido isso, ou não? Eu, obviamente, mas também você, tivemos a oportunidade de conhecer inúmeros estrangeiros vindos ao Japão para realizar algum tipo de pesquisa, não? E, claro, eles não eram japoneses. Porém, assim como para Vladimir e Shinshin, era evidente para esses estrangeiros que, se um dia o Japão desaparecesse do mapa, não seria objeto de grande relevância?

"Você bem sabe que sempre me autointitulei *pseudonipônico*, não é? Na realidade, apenas nasci e cresci em Xangai, exatamente como as crianças dos expatriados atuais que em algum momento retornam ao Japão. Minha mãe odiava a ideia de ter de regressar a um país derrotado na guerra e se escafedeu com um jovem chinês para algum lugar distante. Alguns até diziam que ela fora para Yan'an. Por isso, ela era, a meu ver, uma mulher inigualável!

"Ao chegar a uma certa idade, fui morar nos Estados Unidos e vivi sem criar vínculos sentimentais, em especial com o Japão. Mesmo assim, quando tinha diante de mim pessoas desejosas de me tratar como japonês, até me orgulhava da condição de *pseudonipônico*. Porém, ao me comparar a Vladimir e Shinshin, constato que nossas posições em relação à nação japonesa são em definitivo como água e vinho.

"Falando com franqueza, mesmo que o Japão desaparecesse em um futuro próximo, aqueles dois não sentiriam absolutamente nada! Se as embaixadas deste país e os vistos japoneses fossem extintos, eles não veriam nisso mudança relevante. Mesmo ocorrendo uma situação semelhante daqui a dois ou três anos, eles não se surpreenderiam. Afinal, eles vieram viver no Japão por vontade própria e estão interessados em aprender a língua e a cultura japonesas.

"Os políticos e os polemistas conservadores frequentemente vaticinam ameaças de que, mantido o ritmo atual, o Japão será destruído, não é? Todavia, no fundo do peito, nem em sonhos esse pessoal crê em semelhante hipótese. Originalmente, o conceito de perecimento inexiste na mente dos japoneses. Esta é a conclusão das minhas observações.

"O mesmo se pode asseverar com relação aos progressistas. Excepcionalmente, nossas mães, quando jovens, parecem ter se relacionado em Xangai e Pequim com jovens pesquisadores japoneses de literatura chinesa que conheceram quando corriam atrás de escritores chineses em visita a Tóquio. Por fim, um deles, um escritor residente em Xangai na época da derrota do Japão na guerra, escreveu um poema intitulado 'Outrora havia um país chamado Japão'. Ele também idealizou um romance de mesma temática. Apesar disso, ignoro se sentiam isso de verdade no fundo de seus corações. Afinal, eles também retornaram ao derrotado Japão. Por essa razão, eu disse acreditar que minha mãe foi uma mulher inigualável!

"De qualquer forma, se for agora a Shinjuku e perguntar aos transeuntes se eles acreditam na possibilidade de o Japão ser extinto no futuro, é provável que não obterá de vivalma resposta afirmativa. Porém, Vladimir e Shinshin com certeza responderiam: 'Por que não?' É assim que eles se sentem diariamente.

"Ao descobrir isso, Kogi, também comecei a ter novas ideias. Pensando em transmiti-las a você, queria, antes de tudo, colocá-lo em contato com os dois. No momento em que se convencer de que são pessoas ímpares, também há um plano que desejo lhe propor…

"Suponhamos que houve um pacto secreto firmado entre nossas mães. Ou seja, elas desejavam acreditar que nós dois nos sacrificaríamos um pelo outro. E, agora que envelhecemos, já levamos a cabo todas as tarefas que tínhamos neste mundo. Sob tais circunstâncias, pode ser interessante se tivermos o firme propósito de tentar realizar coisas novas, não acha? Atos praticados por duas pessoas unidas por um vínculo raro!

"Bem, Shinshin e Vladimir devem ter retornado das compras no supermercado. Hoje à noite, a partir das oito, vamos fazer um jantar para apresentá-los formalmente a você na casa que nos disponibilizou. Hoje pela manhã, liguei para Chikashi em Tóquio e ela me disse que esta deverá ser sua primeira experiência após a alta hospitalar, mas não há motivo para recusar, estou errado? Repito: já estamos velhos. Vamos fazer a sesta e nos refazer da carraspana de vinho."

5

As chuvas da noite anterior haviam transformado a depressão no terreno entre as duas casas em um charco, e Kogito acabou

PARTE I : QUE ME FALEM ANTES DO DELÍRIO DOS VELHOS

desistindo de acessar a Casa do Velho Louco pelos fundos, passando pelo caminho de dentro da propriedade. Seguiu até a estrada administrada pelo Sindicato da Vila Universitária e continuou andando pelo caminho ladeado por árvores que circundava a parte externa do terreno.

Kogito galgou a ladeira à direita de onde o furgão estava estacionado e, no meio do caminho com os pequenos montes de arbustos cortados, divisou a Casa Gerontion através dos carvalhos *konara*. Desceu a partir dali em direção à entrada da Casa do Velho Louco, construída oito anos antes conforme projeto que refletia a concepção da Casa Gerontion. Shinshin parecia atribulada na cozinha, e Kogito foi recepcionado por Vladimir, que trajava uma camisa preta lustrosa de manga comprida, e por Shigeru, que vestia um blêizer bordô-escuro, sem gravata. Constrangido por estar ele próprio com uma camisa de manga curta e gola aberta, Kogito recebeu das mãos de Vladimir uma taça de espumante. Shigeru já exibia sinais evidentes de ebriedade.

— Tecer *comentários* sobre esta casa diante de você soa um tanto inusitado, mas estava justamente dando explicações a Vladimir. Ele ficou admirado com o contraste entre esta casa e aquela onde você reside agora, embora, por enquanto, ele só tenha visto a parte externa da outra casa. De início, como Chikashi pretendia demolir a Casa Gerontion, parecia ter decidido manter o estilo dela nesta daqui. Mas o arquiteto que se encarregou da reforma na Casa Gerontion e aceitou construir esta acabou convencendo Chikashi a manter a outra casa e realizar o projeto da nova construção no mesmo estilo. Estava dizendo isso a ele.

— O senhor Shigeru me mostrou a biblioteca e o escritório no andar superior, mas, comparada às residências de outros escritores que conheço, esta casa tem poucos quadros — afirmou Vladimir. — No lugar deles, há a maquete de um castelo em pedra-sabão, alguns objetos de artesanato, inclusive bonecas matrioskas russas, e um interessante esqueleto mexicano de arame dentro de uma banheira.

— É porque, mais do que encher as paredes de quadros, decidi ampliar o espaço das estantes — justificou-se Kogito e, dirigindo-se a Shigeru, lamuriou-se. — Contudo, ao regressar à casa de Tóquio após ter alta do hospital, os livros da estante não me causaram nenhuma sensação em particular. Há livros que desejo ler, mas, ao pegar um ou dois da estante, logo os abandono. Pedi a Maki para me enviar alguns. Será que os desejos de um velho se exaurem até em relação aos livros?

— Desconheço seus outros desejos, mas, seja como for, hoje à tarde você não estava lendo? — consolou-o Shigeru.

— Disse que são poucos os quadros, mas a gravura do vestíbulo é muito boa — acrescentou Vladimir.

Os três foram até a entrada checar a gravura, cada qual segurando sua taça. Nela, abarcando todo o espaço retangular cercado por linhas grossas, um cão felpudo projetava a cabeçorra com as patas dianteiras fincadas no chão. Sua expressão era mais humana que canina, e a boca bem aberta parecia sorrir. Mesmo assim, via-se o quanto a expressão dos olhos era ameaçadora, um deles branco como se tivesse sido ferido. As vigorosas patas dianteiras cravavam-se nos cascalhos do terreno. As patas traseiras pisoteavam folhas de jornal espalhadas.

Ao lado da indicação feita a lápis macio, do tipo de impressão, constava o ano de 1945 e a assinatura D. A. Siqueiros.

— É *daquele* famoso Siqueiros? — perguntou Shinshin, que trajava uma roupa de seda em estilo chinês.

Ela havia trazido tiras finas de pão francês recheadas com patê de anchova, um molho tipo mexicano e legumes cortados à jardineira anunciados no supermercado como "legumes do planalto local".

— Eu tinha quarenta anos, ou seja, muito tempo atrás, e Musumi, meu professor desde a época da universidade, falecera. Psicologicamente abalado, pedi para ir para a escola de pós-graduação do Colegio de México, na Cidade do México.

— Essa é uma longa história — disse Shigeru, pegando a bandeja das mãos de Shinshin e servindo os canapés, e até mesmo reabastecendo as taças de espumante.

— Deixando de lado a longa conversa, como eu levara metade do dinheiro economizado para cobrir as necessidades da vida diária, ao receber o salário ao final do período acadêmico, não tinha em que utilizá-lo. Portanto, acabei adquirindo essa gravura.

— A obra se intitula *Perro*, o vócabulo em espanhol para cachorro, e foi criada com base nos movimentos de protesto contra a repressão à imprensa.

— Para Kogi, o mais relevante é sem dúvida o ano 1945! Ele sempre foi obcecado por alguns dos anos que se seguiram a 1945.

— Mas, na época, o senhor não passava de uma criança — revidou Shinshin com argúcia.

— É justamente por isso que para sempre... Bem, mas essa é outra longa história — afirmou Shigeru.

— Vamos então ocupar nossos lugares à mesa e ouvir essa história — sugeriu Shinshin recolhendo a bandeja de Shigeru com a dignidade de uma anfitriã. — Senhor Shigeru, trate de moderar na bebida, por favor.

Todos se puseram à mesa, Kogito, sentado diante de uma larga porta envidraçada. De lá, contemplava-se uma área com modernas casas de veraneio enfileiradas, contrastando com as da Vila Universitária, sem nenhuma luz acesa por ser ainda baixa temporada, em completa escuridão crepuscular, juntamente com a floresta ao fundo. Enquanto saboreavam no jantar a comida chinesa ao estilo californiano preparada por Shinshin, atendendo ao pedido que ela lhe fizera pouco antes, Kogito discorreu sobre a vida na floresta de Shikoku antes e após a guerra. Enquanto ouvia, Shigeru indagava detalhes da vida de Shinshin e Vladimir quando crianças, atentando para que Kogito os ouvisse. Foi a oportunidade de os dois jovens se apresentarem. Porém, concluído o jantar, Shigeru, visivelmente bêbado, começou a repetir, de seu jeito costumeiro, a história do encontro com Kogito no vale.

— Vim sozinho da China, onde eram claros os sinais da derrota japonesa, uma mera criança em direção a uma terra desconhecida. Ia encontrar Kogi, a outra metade de mim. Foi-me dito em Xangai que na ilha de Shikoku no Japão, para onde eu iria, estaria minha outra metade, alguém disposto a morrer por mim. Minha mãe era de fato um pouco estranha.

— Porém, algum tempo depois de nos conhecermos, você propôs desistirmos de viver ou morrer um pelo outro, um como metade do outro... Creio que você me disse isso.

— Porque você era muito ingênuo, Kogi, e parecia ter passado toda a infância nos confins das montanhas ansiando por minha chegada. Você precisava muito de outra metade e, mesmo antes de eu chegar de Xangai, você já convivia com outra metade, não? Pelo menos ouvi sua irmã afirmar que era essa a sua intenção.

PARTE I : QUE ME FALEM ANTES DO DELÍRIO DOS VELHOS

Depois de dizer isso, Shigeru contou sobre a tragicômica separação entre Kogito e *esse outro Kogi*. Kogito achou que Shigeru se baseava mais no que ele escrevera em seus romances do que no relato do que Asa realmente presenciara na época, quando ainda era uma criança. Shigeru olhou para Kogito e falou por um tempo.

— Sentindo que tinha chegado a hora de se separar de sua outra metade, você encenou desassociar-se dela, que retornava à floresta. Pretendia *exorcizar* aquele que o possuía? Esconjurar espíritos malignos é um dos pilares de sua literatura e não teria sido um dos motivos de lhe outorgarem aquele prêmio em Estocolmo? Mas uma outra metade apareceu. Era eu, Kogi. Contudo, desde bem cedo você não se deixou iludir em relação a mim. Também por culpa minha. Mas, depois, foi você quem persistiu em manter sua posição. Da mesma forma que exorcizou para sempre sua primeira outra metade. Até nos reencontrarmos na Casa Gerontion, foi um longo tempo para jovens como nós. Depois, veio o período de rompimento. Nesse caso, eu fui o maior culpado. Mas agora, depois de ter estado próximo da morte e retornar, você, nas noites indormidas no hospital, emitia sinais de s.o.s. para mim e para os falecidos professor Musumi, Goro e Takamura, conforme Ma-chan me contou. Por ser eu o único vivo dessa turma, teria ela outra opção a não ser me enviar e-mails? E em consideração ao esforço de Ma-chan, eis-me aqui... Foi o que aconteceu.

Bem, Kogito não poderia simplesmente fazer ouvidos moucos ao que Shigeru contava. Todavia, também era verdade que, com suas palavras, Shigeru procurava provocar o riso em Shinshin e Vladimir. Embora nos últimos tempos Kogito não dispusesse de tempo livre para viajar ao exterior, no passado trabalhara, no intervalo de alguns anos, em universidades estrangeiras. E observou que seus colegas, professores de reconhecido currículo, inseriam na fala elementos capazes de provocar o riso intelectual como meio de expressar sua necessidade de aceitação, ao que seus estudantes respondiam de forma sensível. Era a técnica de discurso também adotada por Shigeru. Assim, ele continuou falando a ponto de levar os dois jovens a perderem até mesmo o sorriso.

— Acredito que quem comete suicídio depois de passar da metade dos sessenta, causado ou não pela bebida, é motivado provavelmente pela insegurança em relação à própria vida cotidiana pressionada pela velhice eminente — começou a dizer Shigeru. — Pelos olhos de um observador externo, o mesmo ocorre com qualquer homem talentoso e realizado na vida. Penso assim desde que Goro se suicidou. Kogi, estou ciente de que você ficará furioso com o que digo. Mas, apenas me baseio na realidade.

"Falando algo básico, as profissões de escritor e diretor de cinema são diferentes. No caso do escritor, depois que alcança popularidade, ou ainda que seus livros não vendam — até mesmo quando há incerteza se o que estiver escrevendo se tornará um livro —, ele não deixa conscientemente de ser escritor. Ou seja, pode continuar a escrever sozinho.

"Contudo, produzir um filme exige altos recursos financeiros. E também uma equipe e a seleção do elenco. Além disso, como atos de liderança, há filmagem, edição e, quando a obra é concluída, também a publicidade. Até certo ponto, torna-se um trabalho de titã rodar um novo filme depois de atingir certa idade. E, em geral, os cineastas ignoram se haverá espectadores para seus filmes dentre as novas gerações. Os jovens diretores populares não param de lançar filmes novos com poder de atrair audiências. 'Será que com minha idade poderei continuar a produzir filmes? O próprio fato de ter dirigido filmes até agora não teria sido mera obra do acaso?' É o tipo de ansiedade que eles enfrentam."

— A partir da idade madura, Goro era do tipo que fazia afirmações pessimistas — admitiu Kogito. — Mas custo a crer que isso tenha escalado a ponto de levá-lo a finalmente cometer suicídio.

Shigeru expressou uma malevolência direta, a ponto de fazê-lo parecer um velho inocente:

— E o que acontece a você? O que vou dizer talvez contradiga a comparação que acabei de estabelecer entre escritores e cineastas. Por exemplo, como era no caso de Mishima? E Tanizaki, que mesmo depois dos setenta criou um tipo de romance capaz de conquistar leitores. A ponto de ser flagrante. Todavia, Mishima não era um tipo tão habilidoso, não acha?

Shigeru fez *menção* de dizer "Tampouco você, por sinal". Porém, no instante seguinte, deu uma guinada quase masoquista, como era de seu feitio:

— E um velho arquiteto não sente insegurança em relação à vida na velhice? Eis mais uma questão a ser analisada. O que acha? Imagine se no meio deste bosque, nesta área de casas de veraneio que nunca esteve na moda, um escritor e um arquiteto idosos cometerem duplo suicídio por enforcamento devido à insegurança que sentiam em relação a suas vidas... Ao contrário de Estragon e Vladimir, cansados de esperar por Godot, há aqui galhos de árvores capazes de balançar o corpo de dois anciãos. Cordas não hão de faltar.

Kogito olhou para o carvalho cujos grossos galhos se projetavam em direção a um dos lados da porta envidraçada. Quando construíram aquela casa, estimando que logo os galhos atingiriam o vidro, Chikashi e o arquiteto divergiam se a árvore deveria ou não ser cortada. A opinião de Chikashi, experiente no que dizia respeito ao crescimento da vegetação da área, acabou vencedora. O carvalho ganhou altura, e hoje seus ramos robustos estendidos sustentam a paisagem observada pela porta envidraçada. Shigeru também ergueu os olhos como se estimasse o estado dos galhos.

— Até esse ponto, o diálogo de Beckett é tão natural e realista que é impossível imaginá-lo de outra forma — comentou Kogito. — No entanto, ao chegar a esse estágio, Beckett não consegue desenvolvê-lo e dar um passo adiante. Ao contrário, nisso reside sua originalidade.

Shigeru *esmoreceu* ao constatar a tranquilidade de Kogito. Em seguida, mostrando-se deveras abatido, disse:

— Entre o primeiro e o segundo ato — supostamente de um dia para o outro —, o envelhecimento de Estragon e Vladimir é sem dúvida impressionante, não? Com certeza, o diálogo entre nós dois não deverá se desenrolar até o enforcamento, mas, nesse ínterim, teremos envelhecido. O que tiver de ser, será. Bem, Kogi, no verão que se anuncia, viveremos com energia e nos divertiremos por um bom tempo no papel de bufões para esses dois jovens!

Capítulo 2
Lendo Eliot

1

Mal começara o jantar e Kogito já tinha o esboço do plano concreto de como seria sua vida na Casa Gerontion. Aprenderia a ler corretamente em voz alta cada estrofe do texto original de Eliot. Shinshin aceitara orientá-lo.

— Shinshin ainda é jovem e o inglês não é sua língua materna. Kogi, o esforço dos jovens chineses que estudam nos Estados Unidos é notável!

— Sou bem mais *avançada na idade* do que aparento. Mas minha pronúncia não está na proporção direta do meu esforço — revidou Shinshin as palavras de Shigeru, visivelmente entusiasmada. — Assisti às aulas de uma professora sul-africana famosa. Suas leituras dos textos eram fantásticas, embora eu não compreendesse bem o que Eliot desejava expressar. Vou poder conversar com o senhor Choko sobre literatura japonesa contemporânea, de suas obras e as de Mishima.

— Vamos definir, Kogi e eu, as condições de seu trabalho. Shinshin, Tóquio está longe de ser o local propício para se trabalhar no verão. Permaneça aqui respirando o ar das montanhas e aceite o papel do *jovem* — neste caso, desempenhado por uma moça — que lê em voz alta os poemas de Eliot!

Shinshin apareceu bem cedo para o encontro na manhã seguinte e, a partir das dez horas, deu início à aula inaugural no local de trabalho em frente à lareira onde Kogito instalara a poltrona.

A primeira poesia escolhida foi, naturalmente, "Gerontion". Shinshin recitou a primeira estrofe do poema no texto fornecido por Kogito. Enquanto ouvia, o escritor procedia a algumas *marcações* a lápis vermelho no texto que por muitos anos utilizara em seu método de estudo autodidata. E com base nas *marcações* — seguindo o método proposto pela professora Shinshin —, ele lia a mesma estrofe em voz alta. Shinshin o corrigia e ele relia. Depois, Shinshin voltava a ler antes de avançar para a estrofe seguinte...

A pronúncia adquirida por Kogito no processo autodidático era viciosa. Era necessário, de início, conscientizar-se dos *infundados vícios* de leitura. Prestar atenção à pronúncia natural de Shinshin mostrou-se útil. Isso, por si só, já constituía uma agradável experiência. Shinshin começara a estudar inglês aos dezoito anos de idade, após se mudar para a Califórnia, mas Kogito considerou boa a pronúncia dela.

No entanto, no primeiro dia de aula, Shinshin pareceu de fato aborrecida com essa metodologia. Na segunda aula, ela foi franca. Quando Shigeru participou das primeiras conversas, ficou decidido que as aulas teriam duração de uma hora, mas Shinshin declarou que seria um tempo demasiado longo. Por isso, mudaram para aulas de quarenta e cinco minutos. Nesse período, seria possível repetir quatro ou cinco vezes pelo método adotado antes.

Com o tempo, Kogito e Shinshin modificaram a posição de seus assentos nas aulas. Ele continuava abancado na poltrona, mas ela se sentou com a cadeira perto da mesa da sala de jantar, em um ângulo mais livre. Com o método adotado, a lição se concentrava nos quarenta e cinco minutos e, depois de concluída, Shinshin circulava pelo cômodo por quinze ou vinte minutos ao acaso fazendo perguntas que Kogito respondia, agora transferido para a cadeira de vime, como em um diálogo descontraído.

Durante essas conversas, Shinshin não mencionava o poema de Eliot lido. Kogito achava estranho, uma vez que ela lia os poemas de modo esplêndido, mas, como ela própria confessara durante o jantar da festa, Shinshin não sentia curiosidade pelo que a poesia de Eliot exprimia. Ela nem sequer demonstrou interesse em pegar, dentre os livros colocados perto da janela baixa ao lado da cadeira de vime, a grande brochura de análise crítica da obra de Eliot, escrito por Lyndall Gordon, justamente a tal acadêmica sul-africana a quem se referira.

Kogito tampouco recomendou os livros a Shinshin. Embora tivesse deixado seu vilarejo rural na China — a uma hora de carro de Qintao, na província de Shandong, onde se cultivam legumes exportados para o Japão — para tentar entrar em uma faculdade de arquitetura nos Estados Unidos, seu interesse foi aos poucos pendendo para a língua e cultura japonesas. Ela obteve o mestrado em economia japonesa e trabalhou em uma empresa comercial do Japão, razão de não estar familiarizada com livros de análise crítica da obra de Eliot.

2

As aulas nas quais Shinshin lia as poesias originais de Eliot eram de início diárias, mas suspensas nos dias em que ela e Vladimir iam de carro a Tóquio. Quando se sentiram mutuamente mais à vontade, Shinshin contou a Kogito as *circunstâncias* que a levaram a se interessar pelo Japão. Explicou que tudo começara pouco depois de chegar aos Estados Unidos como estudante e assistir a *Tampopo*, filme de Goro Hanawa, grande sucesso comercial no país.

Ela falou também, com sua sinceridade bem peculiar, do interesse pelo escritor Kogito Choko devido à relação pessoal com o diretor Hanawa, e que fora Shigeru que a informou sobre o vínculo entre ambos.

— Quando as aulas de leitura de Eliot foram definidas, o senhor Shigeru me contou que o senhor também lia textos desse autor com o diretor Hanawa.

— Se Shige lhe contou isso, você deve estar sabendo também que o fato de ele ter construído a primeira casa nesta propriedade está ligado ao interesse por Eliot compartilhado por nós dois, não? Durante a construção desta casa, Goro aparecia amiúde e, com Shige, conversávamos sobre Eliot. Conheci Goro no segundo ano do colegial, quando aprendi com ele duas ou três poesias de Rimbaud. E poderia afirmar que foi essa a razão de meu interesse pela literatura estrangeira.

— Ele também comentou que, na época, o senhor escrevia poemas.

— Shige deve ter ouvido isso de Goro. Um colega membro do clube literário na nossa turma do colegial me convidou para ajudar na publicação de uma revista do clube. Aceitei, apenas no intuito de reservar um espaço na revista, porque Goro garantiu que escreveria o poema. Quando pedi a ele o original para levá-lo à gráfica, situada no interior da penitenciária de Matsumoto, ele debochou de mim perguntando se eu havia realmente acreditado que ele escrevia poemas. Assim, acabei escrevendo um poema apenas para preencher a página. Como resultado, me dei conta de que não era capaz de escrever poesia.

— Por quê?

— Porque vejo os poetas como pessoas especiais... É óbvio que Rimbaud e Eliot são extraordinários. Mas me refiro às pessoas comuns... Dei-me conta, naquele momento, da diferença existente entre as pessoas que podem se tornar poetas e as que não estão aptas. Achei que eu não poderia me tornar poeta, mas Goro tinha um dom inato para o ofício.

— Disse que comecei a estudar japonês por ter assistido aos filmes do diretor Hanawa, correto? Cada vez que via um filme dele, eu o imaginava um poeta. Por que ele não escrevia poesia?

— Por vezes também me faço a mesma pergunta — respondeu Kogito (embora desde o início Kogito tivesse a sensação de ser um esforço em vão, sentiu-se mesmo assim motivado a falar sobre Goro, algo que não acontecia há tempos). — Com exceção do compositor Toru Takamura... você deve ter ouvido as músicas dele no concerto organizado por Shige na Universidade, não? Com exceção dele, Goro era incomparavelmente o mais original dentre os meus amigos, em suma, ele se enquadrava na minha definição de poeta. Nunca compreendi poemas tão bem quanto quando conversávamos sobre eles. Goro me ensinou sobre Rimbaud quando eu tinha dezesseis ou dezessete anos e, adulto, deixou de falar apaixonadamente sobre poesia, mas, por exemplo, são inesquecíveis as conversas sobre Eliot que tivemos neste local.

"Espanto-me por não ter pensado nisso quando tentava encontrar tópicos para conversar com Shige durante minha permanência neste verão em Kita-Karu. Goro costumava contar histórias interessantes para me motivar a empreender algo novo..."

— O diretor Hanawa participou da concepção do projeto da Casa Gerontion, não?

— Fui eu quem pensou no "Gerontion" de Eliot quando descobri sobre a construtora e o plano conjunto da revista de arquitetura, e foi Shige quem o transformou em projeto arquitetônico, mas Goro deu várias sugestões a Shige durante a construção. Acredito que com o tempo nasceu entre os dois um relacionamento mais intenso do que o que havia entre qualquer um dos dois comigo.

"Na época, minha esposa (você sabe que Goro era irmão dela, não?) também dizia que os vínculos entre Goro e Shige eram especiais. Era mais uma preocupação para ela, além da que já carregava em relação ao futuro de Goro. Na época, ele ainda não passava de um ator com atuação restrita a papéis específicos em alguns filmes estrangeiros. Só bem mais tarde surgiu o desejo de se tornar diretor de cinema. Acho que ela se preocupava por acreditar que a proximidade com Shige poderia fazer com que Goro perdesse a noção de si próprio."

Depois da conversa carregada de sentimentos exageradamente fortes de Kogito e antes de retornar para a casa dos fundos, Shinshin ofereceu uma informação inusitada a respeito de Shige.

— O senhor Shige transformou seu quarto em um verdadeiro harém. Ele recortou páginas de mulheres nuas das revistas semanais e as espalhou por toda parte. Ele afirma que as fotos de nudez da *Playboy* e da *Penthouse* são apenas explícitas, mas os fotógrafos japoneses, em meio às restrições da censura, se empenham em renovar as fotos de nudez e a cada vinda ao Japão isso o impressiona mais do que qualquer novo desenvolvimento industrial.

Com que intenção Shinshin teria falado isso? Será que queria dizer a Kogito que, apesar da idade, Shigeru ainda não perdera o viço, mas que ela própria não mantinha com ele nada além do que o relacionamento existente entre professor e aluna?

Se era essa a intenção, de alguma forma conseguiu transmiti-la, Kogito pensou.

3

Após chegar em Kita-Karu, Kogito se deu conta de que acordava cada vez mais cedo devido à idade avançada. Todas as manhãs, ao se levantar, preparava o café na cafeteira elétrica e comia frugalmente pão com bacon ou queijo, iniciando a leitura de Eliot só depois. Pela manhã, acreditando já ser tarde, descia do dormitório no andar superior para perceber que, naquele horário, o céu visto através das altas árvores apenas começava a embranquecer, lendo então por duas horas até que enfim a luz matinal preenchesse o espaço entre as árvores.

A partir das dez da manhã, depois de ter lido, colocava ordem à volta. Preparava também o café de Shinshin e esperava por sua chegada. Salvo quando tivesse chovido na noite anterior, ela vinha pelo caminho dos fundos envolto pelas árvores. Era interessante seu aspecto de moça chinesa intrépida desde que entrava no campo de visão de Kogito até se tornar uma presença real diante dele.

Quando o crepúsculo irrompia, Shigeru convidava Kogito para um passeio. Um único dia, logo no início, ele viera com Shinshin e a acompanhara na aula de leitura de Eliot. Nesse dia, ele pegou o livro ao lado da lareira que incluía o ensaio "Auditory Imagination", de Helen Gardner, talvez com a intenção de checar se seria útil para as leituras em voz alta de Shinshin. Uma semana depois, Shigeru trouxe Eliot à baila, embora sem fazer referência ao teor do livro.

— Shinshin também anda tensa desde que começou a ler Eliot com você, mas de minha parte evitei qualquer comentário. Hoje ela disse que ler Eliot juntos é bem diferente de quando o fazia na universidade nos Estados Unidos. Também penso assim e deve ser importante para você ouvir lentamente a leitura de "Gerontion". Ela o considera um reflexo do velho que aparece no introito do poema:

> *Eis-me aqui, um velho em tempo de seca,*
> *Um jovem lê para mim, enquanto espero a chuva.*

"Disse-lhe que não se trata de uma encenação sua diante dela. Que essa maneira de prestar atenção ao poema era uma postura realmente sincera, tendo em vista que em toda a sua carreira, sem dúvida, você foi dominado por profundas emoções, como o *velho em tempo de seca*. Por isso, me pus a reler "Gerontion" com os olhos de um escritor, embora não como você… E ao estilo dos escritores de romances do eu… Lendo, percebi: muitos anos se passaram desde que conversamos sobre a Casa Gerontion.

"Algo me preocupa ao pensar nisso. No verão em que nos reencontramos, tínhamos quase a mesma idade de Eliot quando ele escreveu o poema. Mas isso nem passou por nossas cabeças. Por se tratar do grande poeta Eliot, não era nem um pouco estranho para nós. Todavia, Goro reclamou com você! Disse que era seu ponto fraco, Kogito, lidar com o poeta como se *se prostrasse aos pés* dele. Você tomou de volta seu precioso *Eliot* das mãos de Goro. E disse que não era bem assim, mas como o próprio Motohiro Fukase escrevera…

'Apenas no caso de Eliot, as críticas do tipo *se bem que os poemas do extraordinário Eliot, em sua juventude…* não se aplicam. Como poeta, Eliot, muito cedo, aos dezenove anos, era *um velho em tempo de seca*, algo a ser reconhecido para o bem ou para o mal.'

"Dessa forma, você afirmou não pensar em contestar, aos trinta anos, o que Motohiro Fukase, já idoso, mencionara.

"Eu e Goro divergíamos em relação a isso. Desde aquela época, Goro via as coisas com o olhar de diretor de cinema. Ele entendia Gerontion como um personagem de ficção. Tinha acabado de se casar com a filha do dono de uma empresa importadora de filmes estrangeiros e havia viajado por toda a Europa. Disse ter de fato encontrado pessoas como Gerontion. E ele as colocava *sob seu radar*.

"Eu tinha uma imagem muito particular de Gerontion. Seja como for, o idoso que tanto eu quanto Goro imaginávamos era um dono de casa suspeitoso que, ao relembrar sua vida passada, *no peitoril da janela acocorava-se*. Eu e Goro, cada qual ao seu modo, nos apegávamos a essa imagem. Como disse o bardo: '*Não és jovem nem velho,/ Mas como, se após o jantar adormecesses,/ Sonhando que ambos fosses.*'[1] Isso convinha à nossa imaginação de jovens.

"Finalmente, eu e Goro pressentimos a vida agitada que levaríamos. E eis que nos tornamos, no fim das contas, esses idosos. Conscientes disso, assim como Gerontion, sonhávamos em dizer: '*Inquilinos da morada,/ Pensamentos de um cérebro seco numa estação dessecada.*'

"Assim, Goro criticava a maneira como você, Kogi, lia poesia. Era também uma crítica premonitória sobre sua vida. Não era o que Goro dizia? Por não ter ido à guerra e não ter participado das lutas revolucionárias, ele afirmava que você desistira de si mesmo quando era estudante colegial. Não seria um problema se daquele momento em diante você se deixasse levar pela vergonha de uma vida questionável. No entanto, você ficou fascinado apenas pelas ideias filosóficas maravilhosamente expressas, como acontece agora em relação à sua afeição por Eliot. Com o sentimento de viver das lembranças do passado. E, ao escrever seus romances, o fazia com base nessas recordações. Se é para ser questionável, não há por que não viver de fato assim a vida. Você desistira mesmo quando ainda era estudante colegial. A que serve afinal uma vida semelhante?

"Mesmo assim, Kogi, você parecia ver tudo isso com tranquilidade. Goro se agastou e me levou para tomar uns tragos.

---

1. "*Thou hast nor youth nor age. But as if it were an after dinner sleep. Dreaming of both.*" William Shakespeare, *Measure for Measure* (c. 1604), ato III, cena 1, in: *T. S. Eliot — Poesia*, trad. Ivan Junqueira, 2. ed., São Paulo: Nova Fronteira, 1981.

PARTE I : QUE ME FALEM ANTES DO DELÍRIO DOS VELHOS

E disse o seguinte: 'Como escritor, Kogito tenta criar um estilo próprio e, embora seja sem dúvida diferente do romance do eu tradicional, ele pretende continuar escrevendo sobre uma vida sem atrativos com inúmeras citações a Auden ou Blake. Mesmo agora, escreve incansavelmente sobre o nascimento de Akari. Mas por que esse tema seria interessante? Por que primeiro ele não vive uma vida instigante? Como Chikashi foi escolher aquele homem para *compartilhar sua vida*? É-me de todo incompreensível.'

"Nessa noite, Kogi, pensei de repente — mas, levando em consideração termos chegado à idade em que estamos, por favor não vá se zangar — que Goro estivesse me induzindo a tomar Chikashi à força e fugir com ela! Posso imaginar que ele não desejasse ver a talentosa irmã se sacrificando por uma criança atípica e um marido que só escrevia sobre o filho. É algo possível, não?

"Com o passar do tempo, Goro finalmente conseguiu descobrir um interesse particular em Akari. Chegou a rodar um filme sobre ele. Porém, isso só aconteceu porque Chikashi, com talento e perseverança, se empenhou para que o filho de vocês se tornasse compositor. Goro não possuía um fiapo sequer de simpatia humanitária por crianças atípicas. Você deve saber disso melhor do que ninguém."

Após examinar minuciosamente a expressão facial de Kogito, Shigeru mudou a tática de ataque:

— Dentre as críticas que Goro lhe fazia, uma delas era bastante pertinente. Ele a enunciava algumas vezes quando se embebedava. Goro desconfiou quando você começou a redigir ensaios e resenhas críticas de cunho político, logo após se tornar escritor. E se perguntava se você realmente se interessaria por temas políticos. Se você seria realmente esse tipo de pessoa. E quando ele falava desse jeito, eu expressava minha sincera concordância.

"E, agora, acho o seguinte. Seus pensamentos políticos ou sociais constituem a sua ideologia, se pudermos denominá-los assim. Empregando dessa forma a palavra — seu pensamento ou ideologia política ou social, Kogi, não seria o mero uso das palavras? —, tudo surge a partir de um poema de Eliot, "Gerontion". É a minha opinião. Mas longe de mim criticá-lo. Pois não é nada banal que um jovem de dezenove ou vinte anos seja influenciado tão profundamente por um poema e, ainda por cima, em idioma estrangeiro!"

Contido nas palavras de Shigeru durante esse passeio vespertino — depois, com eloquência, na varanda da Casa Gerontion tomando um drinque — havia algo que sensibilizara Kogito.

Tratava-se da crítica feita por Shigeru ao seu *pensamento ou ideologia política ou social*, ou seja, ao seu *uso das palavras*, tudo supostamente *proveniente de "Gerontion"*, conforme divulgado pela mídia japonesa em quase cinquenta anos.

Se fosse isso, faria sentido o que ele começara a empreender agora na Casa Gerontion? Pensando assim, logo lhe brotou a sensação de autorridicularização, mas, fosse como fosse, sentiu que a presença de um parceiro como Shigeru era muito desejável à maneira que passaria o verão.

4

Três ou quatro dias depois, ao convidar Kogito para mais um passeio vespertino, Shigeru indagou-lhe o seguinte:

— Você não planeja escrever sobre Eliot após essas leituras tão fervorosas?

— As palavras do poema circulam dentro de mim, me entorpecendo e me aturdindo, mas não posso afirmar ao certo o que vai na mente desse homem e só me resta lamentar a dificuldade em compreender seus poemas.

— Shinshin me contou ter caído uma vez na gargalhada. Ela ficou preocupada se você se zangaria e a demitiria.

— Foi? Nem me lembrava disso — replicou Kogito com ar distraído.

Ele estava com a atenção focada em Shigeru, que se empenhava, de forma cândida, em se ajustar à intenção de Shinshin.

— Estou pensando em um trabalho interessante e de longo prazo para ela — declarou Shigeru com o rosto graciosamente avermelhado, desde as faces, em que uma barba branca por fazer lhe caía bem, até ao redor dos olhos.

Kogito lembrou do que Shinshin dissera de forma ilustrativa, pouco depois das aulas começarem, sobre o distanciamento existente entre ela e Shigeru. Porém, à parte o *comentário* sobre o "harém de Shigeru", ela não tinha nada a transmitir a Kogito.

Nesse ínterim, Kogito se recordou de algo.

— Shinshin está fazendo um ótimo trabalho. Depois que ela corrige os pontos falhos em minha pronúncia e sotaque, eu me certifico do significado da passagem que acabei de ler, recitando-a em voz alta antes de passar à estrofe seguinte.

Como também consulto o dicionário, em certos momentos o silêncio impera. Nessas horas, ela espera pacientemente calada, e sou-lhe grato por isso. Agora, demos um grande salto de "Gerontion" para *Quatro quartetos*. Já comentei com você sobre como essa série de poemas é importante para mim, correto? De início, lemos "Burnt Norton". E estamos nos versos finais. Na tradução de Nishiwaki, essas cinco linhas são as seguintes — dito isso, Kogito pegou uma das fichas que sempre tinha por perto:

> *Retine o riso oculto*
> *Das crianças na folhagem.*
> *Depressa agora, aqui, agora, sempre.*
> *Absurdo o sombrio tempo devastado*
> *Que antes e após seu rastro alastra.*

"Significa que antes e depois do momento presente se estende um tempo devastador e desolador. Para idosos como nós, *o riso oculto* das crianças toca fundo o coração. Desde o início, era esse o tema do poema: convencer-nos de que não podemos ser indulgentes às características únicas do momento presente.

"Em geral, adotamos o método de ler duas vezes antes de passar à estrofe seguinte, mas, por estar mergulhado em pensamentos ao chegar a esse ponto, me desviei do trabalho. Foi então que Shinshin deu uma gargalhada. Tenho minhas dúvidas se no verso '*Ridiculous the waste sad time*'[2], o termo '*ridiculous*', palavra muito usada pelos estudantes nos Estados Unidos, não

---

2. "Absurdo o sombrio tempo devastado." Em inglês no original.

estaria se sobrepondo à minha expressão facial. De fato, depois de rir, Shinshin se acabrunhou."

— Como isso deixou Shinshin preocupada, resolvi também ler o poema. E quero lhe fazer uma pergunta. Há anos, nem sei bem quantos, Goro foi reconhecido como diretor de filmes populares e chegou a abrir uma produtora em Los Angeles. Do meu lado, foi na época em que fui expulso da universidade em razão de estranhas circunstâncias. Goro e Umeko estavam em San Francisco e, como receberam um pedido para conceder uma entrevista, fui contratado como intérprete.

"A primeira coisa que Goro falou foi sobre o filme que ele rodaria, baseado em um poema de Eliot. O jornalista que o entrevistava — um homem que escrevera um ótimo artigo quando Goro sofreu o ato terrorista — achou que Goro estivesse fazendo uma brincadeira ao estilo japonês. Após o trabalho, ao confirmar com Goro, durante o jantar, o sentido da declaração, compreendi a seriedade sobre a gravação do filme. Ele acrescentou que contava com a sua colaboração, Kogi, no que dizia respeito ao roteiro."

Kogito explicou que aquilo se passara na época em que todos os filmes que Goro produzia faziam sucesso, algo que, no fundo, o cineasta detestava. Por isso, tomou a decisão de produzir um filme que não atraísse espectadores.

Lógico, ele não pretendia produzi-lo no mesmo formato de um filme comercial. Como gramática cinematográfica, faria uma película totalmente original e, nesse sentido, Kogito sentia pela primeira vez a seriedade natural de Goro. Por isso, entusiasmou-se com o projeto.

A ideia surgiu quando Goro, que trabalhava em um estúdio de cinema perto da casa de Kogito, apareceu, sem compromisso, e demonstrou interesse ao ouvir sobre *Quatro quartetos*, que Kogito lia na época em que se apaixonara pela primeira vez pela obra de Eliot. E levou emprestado o exemplar do livro na linda versão inglesa, que Kogito tinha em duplicata, e a *Antologia poética de Eliot*, de Tamotsu Ueda e Yukinobu Kagitani, contendo somente a tradução de "Burnt Norton" dentre os quartetos. Na semana seguinte, Goro apareceu para conversarem sobre o conceito do filme que os poemas lhe inspiraram. Ele declarou que considerava sem paralelos a forma narrativa do poema (ao se interessar por algo, seu jeito de falar revestia-se realmente de excessiva serenidade).

— Eliot constrói uma cena dramática e insere nela um personagem semelhante ao seu *eu*. Não um *eu* individual, mas um *eu* de elevada universalidade, sem com isso perder o frescor. Outros poemas dele também expressam esse tipo de *eu*. Por exemplo, "A canção de amor de J. Alfred Prufrock", que nos encantava quando éramos jovens. Mas "Burnt Norton" é uma poesia à parte. De início, ele definiu claramente os tempos passado e futuro, além do tempo presente, e fez entrar o *eu* no jardim... Com que habilidade! O tranquilo movimento desse *eu*, concomitantemente seu próprio *eu* e o *eu* que o transcende. É de fato cinematográfico. Além disso, transcende *todos os filmes produzidos* até o momento!

"Seu rosto denota incredulidade, mas isso se deve apenas ao fato de você não assistir a muitos filmes. Você também concorda que, antes de Eliot descrever esse *eu* adentrando assim o jardim, não havia poemas que tão bem descreveram um movimento como esse do *eu*? Se assim não fosse, você não teria me recomendado a leitura do poema.

"Na noite passada, eu me vi em sonho caminhando por aquele jardim e gravando a cena dos lótus."

PARTE I : QUE ME FALEM ANTES DO DELÍRIO DOS VELHOS

E, com um lápis grafite macio, Goro sublinhava uma passagem com lindos traços, como um menino que até seus quinze anos fosse apaixonado por desenho:

E o tanque inundado pela água da luz solar,
E os lótus se erguiam, docemente, docemente,
A superfície flamejou no coração da luz,
E eles atrás de nós, no tanque refletidos.
Passou então uma nuvem e o tanque se apagou.
Vai, disse o pássaro, porque as folhas estão cheias de crianças,
Maliciosamente escondidas, a reprimir o riso.

— Enquanto gravava essa cena: as águas fantasmagóricas, os lótus, o reflexo da água no centro da luz..., captava a sensação de tudo isso como tempo presente, ou seja, eu também deveria estar gravando uma vida melhor daquela vivida atualmente.
— Era esse então o propósito original do diretor Goro Hanawa! — exclamou Shigeru, ingenuamente surpreso.

5

Shigeru apareceu no fim de semana, por volta do meio-dia, quando a aula de Kogito com Shinshin estava prestes a terminar. Num lote de terreno localizado à margem da rodovia nacional, onde se agrupam lojas anexas ao supermercado, há um restaurante de culinária francesa. Vladimir jantou ali uma vez quando retornou tarde de Tóquio. Ele elogiou com vivacidade o estabelecimento, o que levou Shigeru a propor realizarem lá um almoço descontraído. Shinshin fez de imediato uma reserva por telefone e voltou às pressas pelo estreito caminho entre as árvores para se trocar. Pouco depois, Vladimir deu uma volta com o furgão preto pela propriedade até a entrada da Casa Gerontion.

Shigeru instalou-se ao lado de Vladimir, lançando a um canto do assento traseiro a tradução em russo de *O templo do pavilhão dourado*, de Mishima, e o texto de Eliot que pegou emprestado de Kogito. Vestida com um traje chinês de seda com estampa florida e uma profunda abertura lateral revelando até próximo de sua coxa, Shinshin sentou-se no assento traseiro e convidou Kogi a se juntar a ela. Tomando ares de líder do grupo, Shigeru virou-se para Kogito e, pela primeira vez desde o reencontro, falou em inglês.

— Em locais onde devemos nos misturar com japoneses, vamos criar uma barreira linguística.

Sobre isso, em um inglês já familiar a Kogito das aulas de leitura de Eliot, Shinshin comentou:

— Basicamente, o senhor Shigeru não costuma falar japonês. Em San Diego, quando entrei pela primeira vez na sala de aula, não o ouvi falar em japonês com os pesquisadores ou estudantes bolsistas vindos do Japão. Excepcionalmente, ele falava comigo em japonês em razão do meu aprendizado do idioma. Vladimir também pediu para conversarem em japonês. Até me espantei ao ver o senhor e ele conversando com naturalidade em sua língua materna. Afinal, mesmo em congressos acadêmicos, o senhor Shigeru utiliza o inglês.

"Vivendo em Tóquio, aprendi que se uma asiática como eu não deseja ser tratada com discriminação pelos japoneses deve preferencialmente falar em inglês. Quando estou conversando em chinês com amigos do continente que reencontro em Tóquio, sinto os japoneses me dirigindo olhares neutros, mas se uso o japonês é como se me vissem como alguém de classe inferior. Em particular, as mulheres japonesas.

"Vladimir afirma que, tão logo sabem que ele é russo, as pessoas mostram respeito cheio de familiaridade quando o ouvem falando japonês. Mesmo assim, por consideração, conversa comigo em inglês quando vamos juntos a Tóquio. Acredito que seja esse o motivo do senhor Shigeru propor usarmos o inglês, hoje, no restaurante."

— Creio que meu inglês será um fardo para vocês...

— Kogi, seu inglês tem melhorado com o passar dos anos, não? — apressou-se em dizer Shigeru. — Há uma frase parecida de Yeats: *"For men improve with the years!"*[3]

— Porém ela continua com *"And yet, and yet..."*, e no entanto, no entanto... — revidou Kogito, deixando entrever um quê de alegria.

O restaurante situava-se ao fundo de um amplo espaço dominado por duas castanheiras gigantescas no qual se enfileiravam, entre outras lojas, um restaurante especializado em lámen, uma livraria, uma loja de presentes e uma lojinha de artigos diversos ao preço único de cem ienes cada. Shigeru pediu para todos o menu composto de sopa de cenoura, terrine de brócolis e guisado de carne bovina. Além disso, após bradar xingamentos

---

3. Em inglês no original [Pois homens melhoram com o tempo; E no entanto, no entanto...]. W.B. Yeats, "Men Improve With The Years", in: *The Wild Swans at Coole*, Nova York: Macmilan, 1919.

ao consultar a lista de vinhos californianos cujas marcas e preços constavam em um cardápio quase do tamanho de um cartão postal — e por isso fora acertada sua decisão de falar apenas em inglês —, acabou selecionando dois deles. Porém, como Vladimir logo demonstrou, o foco do almoço não eram os comes e bebes.

— Gostaria de perguntar-lhe, senhor Choko, sobre a "Problemática Mishima". Tenho curiosidade em saber se os pesquisadores japoneses de literatura geralmente a abordam...

— O que eu desejava transmitir a vocês dois fica bem evidenciado por essa expressão — declarou Shigeru com o rosto franzido após degustar o vinho. — Mais do que a crítica literária a Mishima — e Vladimir está bem a par que você, Kogi, é negativo em relação a isso —, trata-se dos movimentos sociais e dos fundamentos político-culturais que Mishima almejava pôr em prática. Vladimir deseja falar justamente sobre essa questão. No entanto, em primeiro lugar, eu e Kogi vamos lhes oferecer uma introdução.

— Isso mesmo — concordou Kogito.

— Muitas coisas aconteceram entre nós. Depois de nosso primeiro encontro, houve uma lacuna de quase vinte anos até voltarmos a manter uma relação íntima para, em seguida, interrompermos novamente a comunicação. Lógico, tudo começou após minha mudança para os Estados Unidos e ter encontrado, algum tempo depois, na livraria Kinokuniya de Los Angeles, uma antologia de seus contos. Em um deles, você escreve sobre a poesia de Blake e as revelações que ela trouxe à sua convivência com Akari. No conto intitulado "O fantasma de uma pulga", aparece justamente a "Problemática Mishima".

"Nele, você escreveu que uma estudante de Princeton, realizando uma pesquisa sobre 'Violência e sexo em Mishima e

Choko' — era isso mesmo? —, foi entrevistá-lo. De início, ela indagou suas impressões sobre a aparência física de Mishima. Você respondeu que nas fotos ele se apresenta viril e musculoso, mas que na realidade tinha compleição pequena e baixa mesmo para um japonês, e Akari, ao seu lado quando você respondeu, confirmou que Mishima era alguém de baixa estatura e, em voz alta, declarou que ele era 'um homem deste tamanhinho', estendendo a mão com a palma na horizontal a uma altura cerca de trinta centímetros do chão.

"Você criou o episódio como a cena de um romance, mas creio que foi fruto do comportamento demonstrado por Akari aos seis ou sete anos quando nós dois conversávamos sobre Mishima em sua casa."

— Exatamente. As palavras proferidas de súbito por Akari, que ouvia de lado nossa conversa, me impressionaram muito. Usei-as em meu romance.

— Foi um choque também para mim. Em que pese o atraso no desenvolvimento intelectual de Akari, ficou demonstrado que ele tinha a sensibilidade característica de uma criança.

Embora sentisse que Vladimir e Shinshin estavam inteirados das circunstâncias, em princípio Kogito as explicou por alto. Mishima invadiu o quartel-general da seção oriental das Forças de Autodefesa Terrestres em Ichigaya, cometeu *seppuku*[4] e sua cabeça decapitada rolou pelo chão. A foto tirada mostrando-a bem-aprumada no solo foi publicada em apenas alguns jornais. Akari a viu e gravara a imagem na memória.

---

4. Forma de ritual de suicídio tradicional do Japão feudal, praticado pela classe guerreira (sobretudo samurai), no qual ocorre a morte por esventramento.

Isso se passou no ano seguinte ao evento com Mishima, quando ainda fazia frio, e Shigeru, depois de se encarregar da construção de um ginásio de esportes em Sapporo, passou pela casa de Kogito em Seijo levando de presente caranguejos peludos comprados no aeroporto. Mishima tinha uma estranha fobia de caranguejos e são conhecidos os escândalos causados por ele quando lhe serviam caranguejo de rio à mesa de um restaurante. Talvez por isso fosse a intenção de Shigeru conversarem sobre Mishima enquanto comiam os crustáceos.

Kogito e Shigeru estavam sentados face a face com os caranguejos à frente enquanto Akari, sentado no chão, os comia de seu prato. Pouco depois, ele interveio na conversa dos adultos. E de forma eficaz, com sua pequena mão suja de pedaços da carne e do molho de vinagre, shoyu e mirin, mostrou a altura da cabeça decapitada de Mishima aprumada no solo.

— Eu informei a Vladimir que nas minhas conversas sobre Mishima naquela noite com Kogi tratamos de toda nossa "Problemática Mishima".

— Você deve conhecer bem a história sobre o incidente de Mishima — disse Kogito a Vladimir. — Também deve ter lido com frequência seus romances, não? Sendo assim, que acha de começarmos a discutir a "Problemática Mishima" pelo prisma das obras dele, já que podemos a qualquer momento retornar às questões sociais em um sentido mais amplo?

— Também gostaria de fazer dessa forma — respondeu Vladimir. — Primeiramente, gostaria de fazer uma pergunta para o escritor. Conta-se que quando Mishima concebia um romance, somente começava a escrever quando tivesse definido a sentença final. É verdade?

PARTE I : QUE ME FALEM ANTES DO DELÍRIO DOS VELHOS

— Como leitor dos romances de Mishima, o que você acha? Por exemplo, após ter lido todos os volumes do *Mar da fertilidade*, o que sentiu?

— Senti que, no volume *Cavalos selvagens*, a sentença final realmente conclui bem o volume.

Estendendo o pescoço roliço, Shinshin se juntou à discussão:

— Não creio que Mishima tenha escrito o segundo volume almejando apenas escrever aquela sentença. Até entendo caso, ao concluir a obra, ele tenha pensado: "Bom, vou usar essa frase como *desfecho*."

— Se ele tivesse finalizado a obra concebida após imaginar a linha de *desfecho*, não seria contraditório à lenda sobre o processo criativo de Mishima.

— Antes de se lançar a escrever algo, o escritor define objetos, tempo e espaço, e o desenrolar inicial da história. Em geral, não seriam esses normalmente os elementos básicos para se começar a escrever? Dessa forma, conforme progride na escrita, esse *avanço* ganha uma dinâmica própria e aponta ao escritor o que ele quer escrever. Isso também é algo normal. Assim, pela primeira vez o escritor depreende o desenvolvimento da história. Com base nisso, por vezes ele reestrutura partes do que escreveu."

— O senhor Shigeru comentou que esse é o método de escrita que o senhor utiliza em seus romances. Porém, no caso de Mishima, é diferente já que, como escritor de romances, ele é um gênio... O que eu gostaria de perguntar é o seguinte: Mishima tinha um programa de vida bem definido. Em particular, em relação à segunda metade de sua vida, ele havia, a princípio, determinado as últimas palavras que diria como protagonista e, avançando em direção a elas, não teria criado a narrativa de sua vida?

— Em relação às últimas palavras de Mishima em vida… Não foi reportado que ele emitiu um grito no momento do *seppuku*?

— Bem que o senhor Shigeru me confidenciou que o senhor tem uma postura *derisive* em relação a Mishima…

— Kogi, nossa geração tem um jeito *mocking*, quer dizer, uma maneira de zombar das pessoas… Meu comentário foi nesse sentido — revidou Shigeru.

— A meu ver, as últimas palavras de Mishima foram as pronunciadas no discurso aos membros das Forças de Autodefesa reunidos na praça do quartel-general — continuou Vladimir.

— Se for isso, Mishima deve ter sido obrigado a preparar duas versões de seu discurso, não? Ou seja, não entraria em contradição com o fato de ele definir previamente suas últimas palavras? — questionou Shinshin.

Como Vladimir não prestasse atenção nela, Shinshin prosseguiu com seu argumento virando-se para Kogito.

— Discutimos inúmeras vezes sobre esse ponto. Em seu discurso, Mishima incitava os membros das Forças de Autodefesa a deflagrarem um golpe de Estado. Possivelmente, ele próprio não deveria estar tão otimista a ponto de acreditar que, ao ouvirem seu discurso, essas pessoas se apressariam a realizar o golpe de Estado ali mesmo. Porém não teria ele de início cogitado também a possibilidade de seu discurso angariar enorme sucesso e os membros da Força de Autodefesa aplicarem o golpe? Reza a lenda que Mishima era um homem bastante prudente!

— Mas, se o golpe de Estado tivesse sido exitoso, Mishima teria continuado vivo na condição de seu líder. Nesse caso, ainda demoraria até as palavras finais de sua vida serem proferidas.

— Então, qual é a essência de sua pergunta? — Kogito questionou Vladimir, que expressava tranquilidade.

— Mishima levava a sério a ideia de um golpe de Estado das Forças de Autodefesa? Ou seja, ele o idealizou como um programa com possibilidades positivas de se concretizar? O que Mishima pretendia ao iniciar o movimento da Tate no kai, a Sociedade do Escudo? Tendo-a como base, ele incitou, em última análise, as Forças de Autodefesa a darem o golpe de Estado. No entanto, como a ideia não foi aceita, ele acabou se suicidando por esventramento. Se ele tinha de cor uma última sentença imaginando essa possibilidade, pode-se imaginar o quanto seria mórbido."

— Você, particularmente, não pensa assim?

— Minha concepção é próxima à do senhor Choko em relação aos romances, mas acredito que de início Mishima apenas definiu o ponto de partida e alguns desenvolvimentos de uma milícia privada denominada Sociedade do Escudo. Quando, mediante o treinamento de seus membros, ele conseguiu manter uma relação com as Forças de Autodefesa, por ser um escritor famoso, diplomado pela Faculdade de Direito da Universidade de Tóquio, começou também a se relacionar com membros do alto escalão. Com a intensificação, em 1970, dos confrontos estudantis urbanos contra a renovação do Tratado de Cooperação Mútua e Segurança entre os Estados Unidos e o Japão, Mishima foi assaltado pela sensação de uma crise iminente.

"Como alguns oficiais das Forças de Autodefesa pareciam compartilhar de suas ideias e simpatizar também com seu plano de ação, ele não poderia considerar absurda a ideia de um golpe de Estado das Forças de Autodefesa liderado pela Sociedade do Escudo. Li o memorando sobre Mishima redigido por um dos oficiais, que afirmava manter um relacionamento com Mishima acreditando que ele 'recuaria no momento apropriado'. Porém, essa noção não era compartilhada por Mishima. Chegando àquele estágio, talvez já se delineasse em sua mente a *sentença final*.

"O estado de espírito dos jovens integrantes da Sociedade do Escudo conduzia ao radicalismo. Mishima o exaltava nos planos ideológico e emocional. Concomitantemente, Mishima, a quem o senhor Shigeru chama de *arguto*, estava também ciente da inviabilidade de sucesso de um golpe de Estado autônomo da Sociedade do Escudo. Portanto, aproveitando-se da relação mantida até então com as Forças de Autodefesa, tomou o comandante-geral como refém e, após pronunciar o discurso exortando um golpe de Estado, suicidou-se.

"Com a Sociedade do Escudo iniciando a movimentação, não deveria ser difícil para um romancista estruturar essa narrativa, não? E cometendo *seppuku*, a opinião pública japonesa concluiria de uma só tacada que *aquilo era sério*. Segundo o senhor Shigeru, o *seppuku*, acompanhado de jovens formosos, estava enraizado na estética original de Mishima."

— Sendo assim, o pensamento de Vladimir em nada difere do dos japoneses críticos de Mishima, a começar pelo senhor Choko.

— De forma alguma! Shinshin, você deve conhecer bem o que eu vou falar a partir de agora, não?

Vladimir demonstrava forte emoção. Porém respirou fundo e continuou com calma.

— Senhor Choko, creio que, ao chegar a esse ponto, Mishima poderia ter concebido mais uma narrativa. Liderando a Sociedade do Escudo, ele incitaria os membros das Forças de Autodefesa a dar o golpe de Estado e não desistiria após uma primeira derrota. Ao contrário, até mesmo se aproveitaria da repressão governamental após o insucesso. Um plano positivo nessa linha.

"Mesmo que tivesse avançado com essa ideia, as Forças de Autodefesa teriam rido e caçoado dela. Em seguida, o que aconteceria se Mishima se retirasse para o cômodo onde mantinha refém o comandante-geral, iniciasse um embate com os membros das Forças de Autodefesa que tentassem resgatar seu chefe e acabasse capturado? O povo aceitaria suas ideias e ações como sérias?

"Por outro lado, a mídia divulgaria as declarações de Mishima, criminoso confesso, durante o julgamento e, certamente, continuariam a noticiar por algum tempo sua vida de presidiário após a condenação. Com o tempo, Mishima não conquistaria uma sólida reputação de líder político? Após cumprida a pena, ele retornaria com glórias à vida comum, de cabelos embranquecidos, mas com resultados visíveis do treinamento físico contínuo durante o encarceramento.

"Com a agitação em todo o Japão devido à bolha econômica, Mishima se reintegraria à sociedade e reestruturaria a Sociedade do Escudo. Se isso acontecesse, quais seriam as consequências? A bolha econômica explodiria justo no momento em que a nova Sociedade do Escudo acumulava grande poder. Conseguem imaginar tal situação? Será que nesse caso as Forças de Autodefesa novamente não aceitariam com seriedade o segundo plano de golpe de Estado?"

Antes mesmo que Kogito pudesse elaborar uma resposta, Shigeru interveio.

— Vladimir, tenho o seguinte comentário sobre isso. Uma vez que Mishima morreu de fato daquela forma, não seria ele que criaria um plano concreto nos moldes que você sugeriu e que o colocaria em prática. Portanto, sua "Problemática Mishima" deve ser discutida sob uma ótica mais ampla. E isso, por si, Vladimir, faria sentido para você? Mas tudo o que foi dito até aqui se revelou deveras interessante, não acha, Kogi?

— Certamente faz sentido continuarmos a discutir a "Problemática Mishima" desde que nos afastemos da maneira como ele morreu.

Vladimir estava exultante. Seus olhos azuis-claros, as grossas sobrancelhas negras, as faces avermelhadas nas quais sobressaíam as marcas azuladas da barba feita, os volumosos lábios luzidios pela umidade da saliva... Shinshin, que por um tempo permanecera calada ao lado dele, deixou entrever o esboço de um leve sorriso cínico em seu miúdo rosto sarapintado, alvo, como se recoberto por um sopro de poeira.

Considerando encerrada essa etapa das discussões, Shigeru pegou as duas garrafas de vinho, inclinou-as checando seu conteúdo e, após verter na taça o líquido remanescente de uma delas, pôs-se a contemplá-lo. Ao verificar que o sedimento flutuava, fez um gesto para que Shinshin pedisse outra garrafa, mas ela balançou a cabeça em sinal de recusa.

Capítulo 3
Retomando a "Problemática Mishima"

1

Na semana seguinte, de barba escanhoada e trajando terno, Shigeru apareceu na varanda carregando um pacote.

— Pernoitei duas noites em um hotel em Tóquio. Reencontrei dois jovens japoneses que me foram apresentados por um antigo estudante — declarou ele.

Apesar de seu rosto denotar evidentes sinais de cansaço inerentes à idade, mostrava também um aspecto de vívido interesse.

— Informei a Chikashi sobre a nossa vida em Kita-Karu e ganhei dela uma garrafa de uísque irlandês. Já é hora do jantar, que tal tomarmos um trago?

Kogito trouxe da cozinha água, gelo e copos, depois retornou para pegar uma tábua de queijos. Shigeru abriu a garrafa que tirou de dentro da caixa tubiforme. Os dois beberam o uísque contemplando as altas bétulas-de-erman e as bétulas brancas ao entardecer. Era um horário em que, salvo se começasse a chover, o crepúsculo espalhava para além do horizonte sua luz esbranquiçada característica dos planaltos.

— Encontrei-me também com Ma-chan. Akari estava compondo uma peça musical. Ele está escrevendo uma suíte para violoncelo e se ocupa agora de uma giga — disse Shigeru. — Chikashi parecia querer, por meu intermédio, lhe transmitir várias coisas, como pretendo relatar a partir de agora.

— Não teria ela telefonado para você e pedido para ir visitá-la por ser algo difícil de me dizer diretamente?

— Mais do que isso, era eu quem tinha assuntos a tratar. Afinal, agora sou proprietário do terreno e da casa dos fundos.

— De fato, você agora é meu senhorio.

— Chikashi tem por princípio evitar que você se preocupe com questões financeiras. E eu, depois de viver algum tempo aqui, consigo agora visualizar neste local a instalação de uma *base operacional*, juntamente com Vladimir e Shinshin, aproveitando-a no inverno também. Vai ser simples, desde que refaçamos o sistema de calefação. Um conhecido que encontrei por acaso no trem me contou em detalhes que ele também vive aqui desde que, com o trem-bala, a distância até Tóquio reduziu-se para cerca de uma hora.

"Bem, voltando às suas questões financeiras, parece que você consultou seu editor Kanazawa e definiu o uso para o dinheiro que ganhou com o tal prêmio literário, não? Quer dizer, você decidiu reparti-lo em três: uma parte para doação, outra destinada a aumentar o fundo criado para Akari, e o restante para construir esta casa que acabei de adquirir.

"Mas você se feriu gravemente e Chikashi alterou o plano e, seja como for, como vocês viverão na casa de Tóquio, usarão nas despesas os *royalties* das reedições de brochuras e edições de bolso e os direitos sobre as traduções. Vi os comprovantes em suas declarações de renda dos últimos três anos e constatei o arrefecimento drástico da 'literatura pura'… As perspectivas são severas, mas, uma vez que teve alta e retomou a vida na sociedade, o jeito é continuar o trabalho de escritor. Nesse ponto, eu e Chikashi concordamos.

"Quando decide algo, Chikashi é bem pragmática. Como pretendo me instalar aqui, ela pediu para aceitar a revisão de seus manuscritos como forma de incentivá-lo a retomar os romances. Disse que eu seria a pessoa mais apropriada para atuar como revisor caso começasse pelo *Romance de Robinson* que você afirmava que escreveria quando tivesse idade avançada. O *Romance de Robinson*! Kogi, fiquei emocionado que ele seja agora a última esperança de Chikashi! O *Romance de Robinson*, está lembrado?"

Kogito não se recordava.

— De início, também fiquei confuso com o que Chikashi dissera e pedi a Ma-chan que anotasse em um papel as palavras pronunciadas pela mãe. Era *Robinson*… Perguntei em tom de deboche: "Você quer dizer Robinson Crusoé lido com a pronúncia francesa?", mas um instante depois eu me lembrei.

"Foi pouco antes de eu trazer uma de minhas estudantes a Tóquio e passar por uma situação desagradável com ela. Na época, Kogi, você lia Céline. Quando estudante, você era um discípulo de Sartre e não prestava atenção em Céline, inimigo dele. Depois de receber de presente do professor Musumi um exemplar da Pléiade, você ficou fascinado pela obra desse autor.

"Na época, você falava de Céline sem se importar com o estado de ânimo de seus interlocutores. A estudante havia lido *Uma questão pessoal* e, como demonstrasse o desejo de conhecê-lo, eu a levei até sua casa, mas o problema é que ela era judia e, como a maioria dos estudantes americanos na época,

Céline para ela não passava de um reacionário francês, escritor de panfletos antissemitas.

"Por isso, se enfureceu quando ouviu você falar com empolgação sobre ele. Ela me puxou à força querendo voltar para o hotel, mas eu bebia e ignorei seu pedido. Ela retornou sozinha ao hotel, tomou uma droga de uso comum na Califórnia e, ao voltar a sua casa à minha procura, criou comum com o taxista. Na delegacia, ao ser inquirida sobre a droga, acusou você de tê-la oferecido a ela! Ela temia que, se dissesse que trouxera a droga dos Estados Unidos, seria proibida de reingressar no Japão. O caso foi publicado em uma revista semanal de entretenimento recém-lançada na época! Voltei para os Estados Unidos sem desvencilhar você da falsa acusação. A moça também havia me causado imenso transtorno.

"Mas, no que diz respeito exclusivamente àquela noite, não demos atenção a toda a confusão criada e continuamos nossas discussões sobre Céline. Aos poucos, você se embebedou e declarou: 'Já sei. Vou escrever o *Romance de Robinson*. Será o trabalho de minha velhice.' E completou anunciando: 'Shige, você será o coprotagonista do romance.'

"Chikashi lhe perguntou: 'Em seus romances, você escreve sobre nossa família, Goro, sua mãe em Shikoku, mas não alude a tio Shige, seu amigo mais antigo. É estranho, mas seria por estar pensando nesse *Romance de Robinson*?' Você respondeu: 'Devo continuar meu trabalho de escritor como o faço agora, mas, se em determinado momento estiver em um impasse devido à idade, escreverei um romance de aventuras repletas de quiprocós inusitados. Assim, escaparei do beco sem saída em que acabei adentrando por escrever sobre mim e minha família. Será o *Romance de Robinson*, e farei de Shige o coprotagonista!

Nada de interessante aconteceu em minha vida, à exceção de uma circunstância bizarra em meu nascimento. E Shige já estava relacionado a ela. Depois disso, Shige apareceu em diversas situações em minha vida e, seja como for, me arrastou para acontecimentos dolorosos, mas igualmente interessantes. E isso também deve continuar doravante. Interligando essas experiências, a minha vida e a de Shige emergirão entrelaçadas, devendo formar esse romance…'

"E contendo um grito, você disse: 'Podemos afirmar que será uma obra conjunta, minha e de Shigeru Tsubaki. Teremos assim o *Romance de Robinson*!'

"Chikashi se recorda desse episódio. Ela se questiona se o *Romance de Robinson* não teria sido um motivo importante, dentre vários outros, para levar você a decidir morar na casa vizinha à minha em Kita-Karu. Ela disse: 'Deve haver algo especial para Kogito ter falado sobre uma obra conjunta com você, uma vez que ele nunca escreveu um livro a quatro mãos. Se retomar a escrita com o *Romance de Robinson*, vocês dois estarão vivendo no melhor ambiente possível, ele conversando diariamente com você depois de tanto tempo separados, e você sendo o primeiro a ler o que ele escrever.'

"Naquela noite, você falou com muita eloquência sobre o *Romance de Robinson*, está lembrado?"

Mesmo assim, Kogito não se lembrava.

Shigeru acabou desistindo.

— Pelo visto, não se recorda mesmo, Kogi, mas tudo bem, supus que algo assim pudesse ocorrer. Ouvi Ma-chan dizer que há alguns lapsos em sua memória, antes impensáveis. Cheguei a consultá-la sobre isso. De um tempo para cá, Ma-chan aparentemente lê suas anotações e seus originais inéditos e os organiza no computador. Como há um item intitulado *Romance de Robinson*, ela vai confrontá-lo novamente com as anotações em papel. Disse isso e, embora não tenha precisado um prazo, enviará o resultado a Kita-Karu! Kogi, vamos esperar primeiro por isso, ok?

2

Shigeru voltou trazendo mais um plano de trabalho. Durante a Guerra do Vietnã, os cientistas que colaboraram com as pesquisas militares do governo americano criaram o Jason Institute, nome baseado em Jasão, herói da mitologia grega. Alguns jovens pesquisadores dentro das universidades os criticaram. Kogito elaborou um relatório das atividades do instituto para um documentário de TV. Shigeru aceitou o trabalho de coordenação. Após a teletransmissão, descobriu-se que algumas fitas de vídeo não editadas haviam desaparecido, e recaíram sobre Shigeru as suspeitas de que ele as teria fornecido às autoridades universitárias. Não chegando a uma conclusão, esse se tornou um dos principais motivos para a longa discórdia entre Kogito e Shigeru.

Desta vez, Shigeru encontrou-se em Tóquio com o produtor dessa equipe de TV. Sem estabelecer um julgamento de valor sobre o problema anterior, o produtor propôs um plano que desejava sugerir a Kogito, com quem ele não conversara desde então.

O produtor deixara seu trabalho de campo e se tornara administrador em uma produtora de programas televisivos. Ele tinha interesse no velho Kogito, que se recuperava de um grave acidente. Propôs filmar um monólogo de Kogito Choko ou um diálogo dele com Shigeru. Poderia ser feito sem pressa e, se Shigeru aceitasse produzir o programa, ele forneceria a câmera e os demais equipamentos.

Shigeru estava animado com o projeto. Explicou-o primeiramente a Vladimir e Shinshin que, segundo ele, se revelaram entusiasmados com a ideia. Ambos haviam executado esse tipo de trabalho quando equipes de televisão da Rússia e da China continental foram para a Califórnia. Particularmente interessados por cinema, obtiveram conhecimento das técnicas de filmagem. Por isso, assim que os equipamentos de filmagem e as fitas de vídeo chegassem, desejavam eles próprios filmar Kogito.

De sua parte, Kogito se incomodava porque a nova relação que estabelecia com Shigeru e seus companheiros ainda se restringia às aulas de leitura de Eliot com Shinshin. Tão logo Kogito concordou, o equipamento de filmagem de propriedade da empresa do ex-produtor — aparentemente não era de modelo novo — foi enviado.

Havia uma câmera, material de iluminação e gravação e uma enorme quantidade de fitas de vídeo, tudo acomodado em algumas malas de metal leve, utilizadas no transporte para o local de filmagem.

Quando começaram as conversas preparatórias com Shigeru, Vladimir e Shinshin, tornou-se evidente que, mais do que os outros, Shigeru tinha intenção de liderar positivamente o projeto.

— Eu fazia parte da equipe de Goro em seus primórdios como diretor de cinema. A residência dele em Yugawara serviu como set de filmagens de *O funeral*, o qual eu mesmo projetei. Goro havia filmado apenas um curta-metragem e as pessoas naturalmente o viam, mais do que cineasta, como um ator temperamental. Ele me pediu para atentar para que a câmera pudesse se mover livremente, prevendo que um dia filmaria no interior da casa. Foi o que eu fiz. Quando as filmagens começaram, fiquei grudado nele. Kogi, eu vou filmar você!

Assim, na tarde do mesmo dia em que abriu as malas dos equipamentos de filmagem, Shigeru iniciou os preparativos para a realização dos testes.

Shigeru instalou o set de filmagem deslocando todos os móveis de sua posição habitual a um metro de distância na direção leste, inclusive a cadeira utilizada por Kogito nas aulas com Shinshin. A luz que trespassava a janela alta ao longo da chaminé de concreto na parte posterior direita da lareira iluminava Kogito junto com a luz proveniente da janela envidraçada encaixada no lado leste da sala de estar. Shigeru instalou a câmera sobre o consolo da lareira de forma que a parte superior do corpo de Kogito fosse enquadrada pela objetiva quando ele se sentasse na cadeira. Logicamente, apenas a luz natural era insuficiente, por isso pôs o equipamento de iluminação no chão, ao lado direito da cadeira, e um refletor coberto por uma película de alumínio no espaço direcionado ao vestíbulo, ao lado esquerdo da lareira.

Shigeru demonstrava de fato a experiência dos tempos da juventude, ajustando com rigor a posição da câmera fixa, ângulo, iluminação e gravação. Vladimir, encarregado da gravação, colocou uma madeira sobre as cinzas da lareira e abancou-se sobre ela estendendo o microfone. Shinshin se pôs de pé detrás do equipamento de iluminação enquanto Shigeru, diante do monitor, ajustava a câmera.

De forma geral, a intenção de Shigeru era deixar como estavam os equipamentos instalados ao redor da lareira e ir acumulando diariamente as tomadas de cenas. Sentado na cadeira de vime, Kogito recebia as instruções detalhadas de Shigeru, que olhava o monitor enquanto, de suas posições desconfortáveis, Shinshin e Vladimir teciam críticas entusiasmadas.

Um tempo depois, eles rebobinaram o vídeo e convidaram Kogito a participar também da checagem. Kogito se surpreendeu.

— É a primeira vez que sou filmado desde o grave ferimento que me fez sofrer danos para além da minha idade. É como se tivessem me enchido de pancadas. De fato, foi isso que aconteceu, mas... Que velho triste eu sou, não?

Ao dizer isso, Kogito temeu que Shinshin comentasse com sinceridade sobre a concavidade logo acima de sua testa, como se tivesse sofrido ali a pressão da pequena placa de madeira, mas ela apenas disse:

— Acho que há problemas no direcionamento de seu olhar.

— Tem razão — concordou Shigeru. — E aprovo o fato de você não ter usado alguma dessas gírias japonesas estranhas em lugar da palavra "olhar".

— As cenas em que o senhor Choko apenas monologa são rígidas, mas, quando o senhor fala e ele volta o rosto em sua direção, tornam-se naturais! — notou Vladimir. — O problema do direcionamento do olhar pode ser resolvido, bastando para isso que o senhor Shigeru fale com ele, orientando sua fala.

— Pensava justamente em fazer isso! Se fixarmos esse sistema, será possível para Kogi também rodar o filme sozinho quando estiver falando. Assim, poderemos gravar também as cenas dos momentos em que ele estiver dialogando com Takamura, Goro e outros amigos mortos convocados por ele para o lado de cá. Bem, na realidade, somente Kogi será filmado.

Kogito sentiu um verdadeiro baque no peito.

— Kogi, o que acabei de dizer sobre você poder rodar o vídeo sozinho foi uma sugestão sua! Toda noite, após concluir a leitura de um livro e antes de ir dormir, você se senta nessa cadeira e toma um drinque, não? Eu também tomo um no mesmo horário, mas, como detestaria perturbar o sono de Shinshin fazendo barulho na cozinha, coloco a bebida em um copo, sorvendo-a enquanto caminho pela propriedade. Nessas horas, de onde estou, percebo por vezes sua silhueta. Em geral, você está falando com alguém!

— De fato, às vezes percebo você, encostado naquele grande carvalho, me observando. Mas, quando bebo de madrugada, todos vêm do outro lado... Na realidade, mesmo você, Shige... E eu não ligo.

— Você não estaria se sentindo assim por ter você próprio feito a passagem, ainda que regressado da morte?

— Imaginava que o senhor ia ver como estava o senhor Choko a pedido da esposa dele — disse Shinshin.

— Na realidade, não foi Chikashi, mas Ma-chan quem me disse que observava coisas estranhas bem tarde da noite no hospital.

Em vez de responder para Shinshin, Shigeru deu essa explicação dirigindo-se a Kogito.

3

Quando as filmagens iniciaram para valer, Shigeru travou. Logicamente, as partes em que Kogito monologava afiguraram-se as de realização mais complexa. Foi quando Vladimir propôs a Shinshin que ela desempenhasse o papel provisório de interlocutora. Shinshin aceitou a função sem pestanejar.

— Senhor Choko, parece haver algo que o senhor lamenta. Afirma que desde jovem conheceu escritores e acadêmicos, mas não manteve com eles diálogos sobre temas essenciais. O que o senhor quer dizer exatamente com isso? — perguntou ela.

Tendo Shinshin como interlocutora e também devido às diversas aulas sobre Eliot que tivera com ela, Kogito se sentia à vontade para responder com mais abertura.

— Como apareci bem cedo no mundo midiático, pude conversar com várias pessoas interessantes com quem tive contato direto. É meu jeito de ser! Em particular, conversei muito com acadêmicos da área de ciências humanas. Envelhecemos e alguns deles já morreram. E agora, como se finalmente *a hora tivesse chegado*, começo a releitura de suas obras.

"E penso exaustivamente que, embora tenhamos conversado bastante, nunca discutimos assuntos realmente relevantes. Com isso, sinto o fundo do coração enregelar. Um pouco da vida desses acadêmicos foi desperdiçado por terem conversado comigo. Eu os fiz perder tempo..."

— Shinshin, troque de lugar comigo, por favor — interveio Shigeru de imediato. — Kogi, nisso também aparece um aspecto de seu pensamento! Se seu interlocutor não estava disposto a tratar de questões relevantes com você, não há motivo de ficar sozinho se martirizando.

"Porém, o fato é que, dentre os trastes de pessoas que conheci em conferências universitárias, por muito tempo até agora poucas foram as que lamentei não ter conversado com mais dedicação. Mesmo assim, no meu caso, com frequência foram pessoas que envelheceram como eu."

— É bem por aí. Por conhecer alguém desde a juventude e justamente por saber qual é sua personalidade, não li suas obras com a devida seriedade. Deve ser esse o motivo.

— As coisas são assim, sobretudo em relações de amizade. Exatamente porque são nossos amigos, não lhes prestamos a devida atenção. Sabemos que realizam trabalhos muito melhores em sua área do que pessoas da mesma geração. Porém, por sermos infelizes leigos nessas áreas, é impossível conhecermos bem todos os seus novos trabalhos.

— Tem razão. E é muito penoso quando um deles morre, por exemplo um pesquisador de literatura inglesa, e compreendemos afinal sua originalidade. É tristemente *desanimador*, ainda mais quando é um momento importante para si.

Antes de prosseguir, Shigeru perscrutou com severidade Kogito, cujo semblante naquele momento se mostrava *desanimado*.

— O velho arquiteto diante de você é repleto de falhas, um poço de erros. Seus atos de violência o levaram a ser tratado como louco e quase chegou a ser lobotomizado, porém conseguiu dar a volta por cima e retornar ao seu trabalho original. Com uma vida assim, que *aspirações* poderia ter? Você realmente desconhece minhas vicissitudes, não? Em uma carta de sua mãe endereçada à minha (ignorando o paradeiro dela, como ela achava que meu pai teria condição de fazer a carta lhe chegar às mãos?), ela escreveu que você costumava usar bastante a palavra "aspirações". Por acaso, o fato de você não escrever sobre mim em seus romances não seria por estar ciente do que ignora sobre mim?

"Ao pensar assim, você não teria sofrido e se tornado tristemente *desanimado*? De minha parte, quando você começou a falar sobre o *Romance de Robinson*, imaginei que, pela primeira vez, você teria considerado seriamente *começar a ler* a minha vida, mas vejo agora que, em sua *condição atual*, esquece-se da própria ideia por trás do *Romance de Robinson*! Numa próxima oportunidade, que acha de pegar o microfone e me entrevistar?"

Como era de se esperar, Kogito não revidou. E Vladimir, do alto de seu pragmatismo, sugeriu que o fizessem de imediato.

Assim, registraram em vídeo o que se poderia chamar de Solilóquio de Shigeru.

— Com a estada no Japão, pretendo passar a limpo minha relação com Kogi — encetou Shigeru, num tom hábil de resposta diante do microfone estendido desajeitadamente por Kogito em sua direção. — Encontrei você durante a guerra quando fui para a floresta de Shikoku. De início, nossa relação era amigável, mas, aos poucos, comecei a maltratá-lo. Apesar disso, você me era indispensável. Afinal, era a única criança naquele vilarejo que me aceitava como eu desejava ser aceito. Se eu não fosse reconhecido por você como tal pessoa, teria me envolvido mais com aquela gentalha que eu tratava como subordinados e não teria continuado a ser este que sou aqui agora.

"'Ser é ser percebido', a frase de Berkeley[1] frequentemente citada por Beckett é correta quanto, em particular, às crianças.

---

1. George Berkeley (1685-1753), filósofo espiritualista e imaterialista irlandês.

Atormentei você com insistência, mas se você não estivesse ali eu não existiria como pessoa. Reconheço isso, como também sei que se eu não estivesse ali você tampouco seria o *eu* conectado a esse de agora. Duvida disso? Naquela época, apareci na floresta de Shikoku como o filho da amiga de Xangai de sua mãe e acabei por usurpar os privilégios que você monopolizava até aquele momento na floresta. Sem tal experiência, Kogi, você teria refletido sobre a falta de um espaço para você naquele local? Com certeza não! Formamos uma dupla que se complementa, comparável à dos personagens de Beckett!

"E, logo de início, talvez por alguma ação de minha parte, você começou a me ignorar, e eu sofria com isso. Quando nos cruzávamos calados na mirrada estrada nacional que atravessava aquele vale, você me machucava como nenhuma outra criança faria. A ponto de eu querer tirar-lhe a vida. Aos trinta anos, reencontrei você em virtude do projeto da Casa Gerontion e foi quando, de imediato, também conheci Goro e compreendi que aquele adolescente prodigioso (apesar de ele ter atuado apenas em dois filmes estrangeiros, possuía um talento genuíno) formava comigo uma dupla que ao mesmo tempo se complementava e se agredia mutuamente. Foi a provável motivação que me levou a tê-lo como amigo."

4

A câmera de vídeo continuou a filmar mesmo após terem feito uma leve refeição ao anoitecer, e isso implicou no cancelamento

PARTE I : QUE ME FALEM ANTES DO DELÍRIO DOS VELHOS

da aula de Shinshin no dia seguinte. No início da tarde, Shigeru deu as caras na Casa Gerontion. Teceu uma severa crítica às filmagens do dia anterior, incluindo uma autocrítica. Antes de tudo, chamou de ambígua a ideia relativa ao filme que pretendiam produzir e cujo trabalho avançava.

— Vamos repensar o plano de filmagem em si. Quando conversamos, a ideia inicial era gravar em vídeo uma cena na qual você conversaria com as pessoas que sentia que o acompanharam ao voltar do outro lado, não é? Vamos fazê-la! E Goro será o primeiro.

— Você tem razão, mas será provavelmente difícil.

— Superar as possíveis dificuldades é tarefa do diretor — asseverou Shigeru incisivo.

Acompanhado de Vladimir e Shinshin, Shigeru retornou mais tarde à Casa Gerontion com o novo plano de filmagem preparado. Ao retomar as gravações, o trabalho de Vladimir foi notável. Apesar de no dia anterior ele passar a impressão de ser um mero assistente das aulas do professor Shigeru, emitindo esparsas opiniões, trabalhou ativamente com base nas novas diretrizes, parecendo ter sido ele o proponente.

Logo de início, a ideia básica de ter a câmera fixa sobre o consolo da lareira foi revisada. Assim, ela foi colocada sobre o ombro de Vladimir, de compleição bem diferente da dos japoneses, mas condicionando-se o novo sistema ao retorno do equipamento à posição original, caso conveniente.

Shigeru propôs também um novo conceito para a própria criação da cena. Como até então a câmera permanecia fixa sobre a lareira, Kogito teria de necessariamente olhar direto nessa direção. Shigeru decidiu introduzir liberdade de movimentos. Transferiu a poltrona para a frente do extremo leste da lareira e fez com que Kogito se sentasse posicionado de forma a ver os galhos do carvalho pela janela alta. E no espaço do lado leste da sala de estar, instalou uma cadeira fabricada em estrutura de madeira com leve curvatura e com uma pele estendida fixada por rebites de modo que, ao filmar a cabeça de Kogito por trás de suas orelhas, a cadeira ocuparia o centro da tela.

— Trouxemos esta cadeira do quarto de Chikashi — disse Shigeru. — Também tem colada nela uma etiqueta de uma loja de quinquilharias de Karuizawa. Parece do tipo que se acha com facilidade em qualquer parte da Europa, porém, trata-se na realidade de uma cadeira rara. Goro talvez também gostasse dela.

"Kogi, ao filmar seu monólogo deste ângulo, é a presença de Goro que desejo filmar, com olhar melancólico, sentado naquela cadeira — como você disse, ele morreu, mas retornou a este lado com você, e está sentado —, para que ela fique gravada na imaginação do espectador do vídeo."

Ao dar início à filmagem, Shigeru estava encarregado de estender a haste do microfone. Shinshin, responsável pela iluminação, não mostrava muito entusiasmo pela direção sugestiva de Shigeru, permanecendo todo o tempo calada e com uma expressão cínica. Todavia, como em nada ficava atrás de Vladimir em termos de desempenho das funções, talvez fosse apenas a forma de trabalho colaborativo própria de sua geração.

Kogito estava *sintonizado* com a direção de Shigeru.

— Se Goro, de volta do outro lado, estivesse sentado ali, há algo que eu gostaria de continuar a conversar com ele. Como você pôde ver, Shige, desde que cheguei a Kita-Karu, falo sobre isso com Goro até tarde enquanto bebo...

"Mas gostaria de dizer algo antes de continuar a conversa nesta cena intrigante criada agora por você. O *eu* alcoolizado de madrugada e o *eu* que, embora com certeza não estivesse bêbado — talvez por culpa dos soponíferos o efeito seja idêntico —, mas tenha causado apreensão à minha filha por estar conversando continuamente no quarto do hospital, diferem do velho escritor que sou de dia. É exatamente isso. Porque conjecturo que o *eu* que fala de noite parece capturado pela *fantasia*... Ou é um jovem com *atitude incomum* habituado a se obcecar pela *fantasia*.

"No momento, não estou em semelhante estado. Ciente disso, gostaria de ser filmado na condição atual repetindo minhas conversas com Goro, que retornou comigo conforme Shige pôde observar de madrugada enquanto bebia além dos carvalhos. Porque me recordo muito bem das conversas. E reproduzindo o vídeo, o meu *eu* diurno talvez possa entender melhor as coisas.

"Bem, o que tenho conversado com Goro provém do remorso de não haver redigido o roteiro de um de seus filmes. Apesar de não poder mais realizá-lo, vou conversar com ele — que, estando por aqui, talvez escute — sobre essa ideia atrasada para o roteiro que agora posso escrever.

"Foi na véspera do dia em que fui gravemente ferido. Eu e alguns velhos amigos estávamos reunidos em um hotel, de propriedade de um deles, nas proximidades de minha casa natal, o que deu origem ao incidente. Jogávamos um jogo inapropriado para nossa idade. O artigo de uma revista *serviu de ocasião* para que eu fizesse a reinterpretação impensável de um acontecimento que eu e Goro vivenciamos no colegial. Foi esse o ponto de partida.

"No dia seguinte, com o interior de minha cabeça repleto de sangue, me vi vagando pela fronteira entre a vida e a morte. Depois disso, fui hospitalizado. Nesse ínterim, as novas ideias desapareceram devido à capacidade restrita de meu cérebro de homem idoso. À tarde, no leito, de forma alguma pensei sobre isso. Porém, conforme a internação se prolongava, um cara com *atitude incomum*, com certeza eu mesmo, mas sem os traços idosos, aparecia *com estrépito* no meio da noite para desenvolver as próprias ideias. Ele acabou criando até mesmo um roteiro para apresentar a Goro. Agora que vim a Kita-Karu, as palavras do roteiro surgem em sua inteireza enquanto bebo à noite.

"Trata-se da experiência que eu e Goro tivemos quando ainda não haviam se passado dez anos da derrota na guerra e as tropas aliadas de ocupação mantinham uma base nos arredores de Matsuyama. Durante anos, eu e Goro chamávamos o episódio de "*aquilo*". Ou seja, era-nos impossível verbalizar seu teor. Evitávamos pô-lo em palavras. Goro certamente escondeu esse acontecimento de todos, não o revelando nem mesmo a você, Shige. O cenário *daquilo* foi uma região denominada Okuse, não muito distante do vale, e você deve se lembrar desse nome. Foi na época que você chegou de Xangai para morar na casa da colina, de onde se avistava o vale, e meu pai, que morava nela, transferiu-se para um terreno em Okuse, de propriedade de meu avô.

"Incentivado pelos seus discípulos do centro de treinamento em Okuse, meu pai morreu na confusão causada pela derrota do Japão na guerra. Ele era um ultranacionalista provinciano. Um homem excêntrico como ele estava longe de ser raro no Japão no período da guerra. Na véspera da promulgação do Tratado de Paz, os que sucederam meu pai no centro de treinamento planejaram um ataque armado à base das forças de ocupação, que seria fechada nesse dia. O principal personagem do centro ficou de olho em mim, que, na época, estava no novo sistema colegial de Matsuyama e era amigo de Goro. Foi assim que *aquilo* começou.

PARTE I : QUE ME FALEM ANTES DO DELÍRIO DOS VELHOS

"Para o ataque, era necessário ter armas. Elas estavam alojadas no interior da base. A ideia era fazer com que um oficial do Exército, instrutor de idiomas, que eu e Goro conhecemos no Centro Cultural Americano, tirasse da base os rifles automáticos defeituosos utilizados na Guerra da Coreia. Resumirei o desenrolar da história a partir daqui com base no romance que escrevi. Será mais fácil.

"No processo de negociação, a dupla de adolescentes convidou um soldado americano chamado Peter para ir à fazenda em Okuse. Os jovens do centro se apoderaram das armas defeituosas que o homem levava no veículo e em seguida o assassinaram. Os dois adolescentes passaram a vida carregando o peso do sentimento de culpa. Escrevi dessa forma no romance. Porém o enredo que veio à minha mente na noite da véspera do meu ferimento é totalmente diferente. Peter foi enganado e as armas foram usurpadas, mas ele não foi assassinado. Peter e Goro, um dos adolescentes, informaram ao Exército americano o plano de ataque à base. Os soldados, reunidos no portão da instalação militar, mataram os que usaram os rifles automáticos defeituosos para realizar o ataque simulado. Os cadáveres dos jovens aldeões desnutridos rolaram em frente ao portão da base.

"Por que eles partiram para o ataque munidos de rifles automáticos defeituosos? Porque se houvesse apenas a aparência de um ataque guerrilheiro, a guarnição da base americana provavelmente os exterminaria e, se acontecesse dessa forma, os atacantes alcançariam os *píncaros da glória*. Na mente dos líderes dos jovens, havia apenas o raciocínio da humilhação histórica do Japão como nação caso não ocorresse pelo menos um ataque a uma das bases militares durante o período de ocupação pelas forças aliadas.

"E desde que cheguei a Kita-Karu, bebo no meio da noite e converso com Goro, que retornou do outro lado e está por aqui — colocá-lo agora sentado nessa cadeira prestando atenção em mim configura-se uma ideia de direção de fato bem-elaborada —, sobre o roteiro baseado em minha sinopse. Lembro-me de que a ideia dessa estranha história — ou seja, a ideia da denúncia de Peter e Goro aos oficiais da base e o extermínio do grupo guerrilheiro — dominava minha imaginação na noite da véspera e na manhã seguinte ao meu grave ferimento. Contudo, quem, após o acidente, continuou a me *instigar* a criar um ataque suicida desesperado foi o sujeito com *atitude incomum*, o jovem que se apoderou do velho romancista."

5

Shigeru fez um gesto. Kogito havia divagado tanto que fora preciso trocar duas vezes a fita de vídeo. Vladimir baixou com cuidado a câmera até o chão. Como ela não emitia nenhum ruído, Kogito percebeu que continuou falando com Goro, sentado na cadeira vazia, sem sentir que estava sendo filmado.

Pela primeira vez, Shigeru parecia satisfeito com o trabalho realizado.

— Como seria bom se Goro pudesse ter filmado esse novo roteiro. A cena diante do portão da base americana em que os jovens, ainda vestindo o uniforme da Marinha mesmo desmobilizados, foram derrubados pelos tiros dos soldados americanos oriundos dos combates na península coreana. Goro teria filmado essa terrível disparidade em uma cena poderosa, com os espectadores cientes de que fora uma investida com armas defeituosas.

"E a expressão *ataque suicida* que você usou suscita diversas recordações. Coisas associadas aos dois lados. Shinshin, poderia nos trazer chá ou café? Falaremos bem alto para que você possa nos ouvir da cozinha.

"Na atual situação linguística mundial, ataques suicidas costumam se referir aos perpetrados por palestinos que amarram explosivos no próprio corpo para cometer atentados terroristas contra civis e militares israelenses. No entanto, a mesma expressão nos idiomas pelo mundo designava, no passado, atos praticados por unidades especiais de ataque camicase. Os soldados da base americana deviam sentir a ameaça dos pilotos camicases ainda viva na memória.

"Porém o máximo que os jovens realmente poderiam fazer munidos de rifles automáticos quebrados era gritar '*bang bang*'. Um filme retratando essa investida teria, do início ao fim, forte capacidade expressiva! Assim como o grito emitido por crianças *brincando* de guerra, a investida seria levada a cabo brandindo armas incapazes de disparar. O forte estampido das armas dos soldados americanos contra-atacando, bem do gosto de Goro, seguido do súbito silêncio absoluto... O som cadenciado das gotas do resto de sangue pingando das carótidas... Essas imagens cativariam os espectadores. E um número enorme de japoneses reconheceria nos pilotos suicidas os camicases das unidades de ataque especial.

"Na realidade, esse fato histórico não foi tratado por nenhum meio de comunicação no Japão, mesmo ao término da ocupação militar americana, e não foi divulgado por medo da censura, mas aconteceu."

— Bem, eu e Goro imaginamos que talvez pudesse ter acontecido — retificou Kogito com seu discernimento diurno, mas Shigeru não prestou atenção. Nesse ponto, Kogito percebeu que Shigeru estava, naquele momento, falando em lugar de Goro na cadeira vazia.

— Mais de um milhão de espectadores achariam que aconteceu ou, ao menos, que poderia ter acontecido. Não causaria um imenso choque nos japoneses? E como se tornaria sucesso mundial, você não seria reconhecido internacionalmente, pela primeira vez, por ter colaborado com Goro?

"E dentre os jovens japoneses que aceitassem a provocação, não surgiria um grupo que, aproveitando-se de uma excursão turística a Okinawa, atacaria uma base americana de onde são enviados soldados para o Iraque? Se me vêm à mente essas fantasias é porque não faltam jovens neste país hoje capazes de praticar atos semelhantes aos de ataques suicidas. Você já calculou o número de jovens existentes em plena forma física chamados *freeters*?

"Há algo que eu gostaria de perguntar a Goro! Se você, Goro, tivesse rodado um filme utilizando o roteiro de Choko e com o nível excepcional de sua direção cinematográfica, teria concluído a narrativa com a cena estranha e hedionda do ataque suicida? Ou a colocaria antes do título — e, neste caso, certamente empregaria o tom dos filmes de notícias em preto e branco —, filmando, a partir dela, uma narrativa em direção ao tempo presente?

"Se tivesse escolhido a segunda opção, há algo que desejaria lhe dizer! Se assim for, seu filme não estaria em perfeita sintonia com a situação política e a realidade social deste país? E não estaria ainda mais sintonizado em um futuro próximo? Ou seja, Goro, pouco tempo depois de seu filme ser lançado, não ocorreria um acontecimento que converteria o filme em realidade?"

Após ter servido café para todos, Shinshin olhou fixamente para Shigeru. Vladimir desviava os olhos dos dois e vislumbrava a folhagem das árvores, renovada pela chuva após longo tempo. Ciente de que nenhum deles romperia o silêncio, Shigeru tomou a dianteira e declarou, virando-se para Kogito:

— Gostaria de dizer que estamos em uma época em que, qualquer dia desses, dentre esses rapazes com aparência em tudo semelhante a jovens nova-iorquinos trabalhando como *freeters* em Tóquio, aparecerá algum que, furioso, vai pôr em prática um ataque suicida...

"Kogi, o que você pensa sobre isso? No vídeo que gravamos hoje, você falou sobre a nova ideia que teve, a partir de informações recebidas na noite de véspera de seu grave ferimento, para possível filme rodado por Goro. Eu a desenvolvi agora como forma de me aproximar de Goro. Mas o que acha? Se você esta noite continuar a falar com ele sobre o novo roteiro, sem dúvida não poderá simplesmente abstrair o que falei, não é?

"Ninguém espera de Kogito Choko uma apologia ao terrorismo! Se supusermos que Goro voltou a este mundo e está sentado nessa cadeira, talvez também o professor Musumi esteja por aqui. Você jamais se oporia às ideias humanistas dele! Contudo, pelo que tem sentido após o acidente, embora esteja fora de seu controle, o velho escritor está possuído por um jovem que, sem dúvida, é você, estou enganado? Deixe então que esse sujeito com *atitude incomum* comente minha ideia."

Vladimir se posicionou com a câmera de vídeo instalada com firmeza sobre o ombro enquanto Shinshin, seguindo o movimento, estendeu o microfone em direção a Kogito, que disse o seguinte:

— Como você mesmo afirma, Shige, também não consigo deixar de pensar no que aconteceria se surgisse um agitador como nunca houve neste país e ao redor dele se concentrassem jovens de um tipo inexistente no passado. Em particular quando, de dentro de mim, um jovem com *atitude incomum* não para de me *instigar*! Acordado por suas sacudidelas, não poderia me furtar a pensar nisso enquanto tento voltar a dormir tomando drinques noturnos.

"Esse tipo de jovem realizador, seja revolucionário ou reacionário, não pratica atos movido por uma *grande honra*. Acho que ele apenas os executa porque considera interessantes os métodos terroristas apresentados pelo agitador. E acho também que esses atos terroristas só poderiam ser ataques suicidas. Porque os jovens dispostos a realizar algo assistem diariamente na televisão a notícias sobre atentados terroristas reais. Podem ver notícias internacionais por satélite em tempo real a qualquer momento do dia ou da noite. Sabem que os ataques suicidas são os que têm maior probabilidade de sucesso.

"Certo dia, uma voz os convoca. Eles aceitam e se põem de prontidão. Avaliam as metas apresentadas e se preparam, com disposição e de forma escrupulosa. Não são idiotas nem descuidados. Ao contrário, são jovens inteligentes. Mesmo que o agitador desapareça, com certeza eles conceberão planos próprios. E esses jovens furtam carros que lhes agradam, escolhendo-os a dedo, partindo a toda velocidade com os veículos carregados ao máximo com explosivos. Isso pode acontecer inúmeras vezes. Não chegará um tempo em que esses ataques suicidas acontecerão em Tóquio à luz do dia?

"Por que isso não aconteceu até agora, neste país em que *freeters* depressivos se concentram nas grandes metrópoles? Ao contrário, me pergunta o rapaz com *atitude incomum* e olhar inocente grudado em mim, não seria natural que acontecesse no Japão, este país misterioso?"

Kogito parou de falar. Como se esperasse por isso, Shinshin afastou o microfone do rosto dele e dirigindo-se a Vladimir, que continuava segurando a câmera, disse:

— Que sentido pode haver em atos de terrorismo individuais e anárquicos?

Sem se mostrar muito estimulado pela questão, Vladimir acomodou a câmera de vídeo ao seu lado e, de uma forma bem elaborada, perguntou a Kogito:

— Retornando um pouco à "Problemática Mishima", mais do que atos terroristas individuais que o senhor Choko teme, não deveríamos pensar acerca do terrorismo de grupos organizados com argumentos próprios? Por exemplo, por que não pensar em um golpe de Estado pelas Forças de Autodefesa? Mais de trinta anos se passaram desde o levante de Mishima em Ichigaya. Por que hoje mesmo elas não promovem um golpe de Estado?

"Excetuando-se as tropas americanas posicionadas no Japão, inexiste neste país grupo armado mais poderoso do que as Forças de Autodefesa. A corrupção grassa por toda parte nos meios político, burocrático e empresarial. Seus membros teriam algum motivo misterioso para estarem satisfeitos com a situação atual? Se tantos amigos seus estão voltando do outro lado, por que Mishima não retorna?"

— O sol ainda está alto agora e o jovem com *atitude incomum* ainda não se apossou de Kogi — afirmou Shigeru. — Vladimir, se uma situação como a que você descreve ocorrer, democratas como Kogi serão os primeiros a procurar um local para se exilar e, em breve, ele também deverá refletir sobre isso.

Capítulo 4
A provocação pela câmera de vídeo

1

Concluída a filmagem, os quatro degustaram um prato da culinária chinesa feito rapidamente por Shinshin com os ingredientes que ela havia preparado. Também beberam o vinho recém-chegado da Califórnia em uma caixa de madeira endereçada a Shigeru. Quando Kogito se viu só na Casa Gerontion, o vinho forte que todos haviam tomado estava sobre a mesa, mas ele apenas se sentou na poltrona sem continuar a beber.

  Desde criança, Kogito tinha como temperamento quase nunca *se entregar à ociosidade*. Sobretudo depois de se tornar adulto, quando não estava trabalhando, parecia estar sempre com um livro na mão dentre os que escolhia para ler em diferentes horários e locais. Era algo conveniente na vida de um escritor. Entretanto, quando o período de internação chegou ao fim — e, ao que tudo indica, Chikashi e Maki de início perceberam isso e se consultaram uma à outra para saber se deveriam ou não tocar nesse assunto com ele —, Kogito criou o novo hábito de *se entregar à ociosidade*. E admitiu o vínculo imediato dessa prática ao fato de envelhecer.

  Na posição em que estava, Kogito começou a cochilar e acabou adormecendo. Quando o som de uma presença o despertou, o quarto estava às escuras e do lado de fora a lua brilhava. Percebeu na varanda a silhueta de um velho em pé batendo de leve na janela.

Kogito levantou-se — gemeu ao bater o joelho na mesinha baixa — e apertou o interruptor que ligava as luzes internas e externas. Deixou entrar Shigeru, que era quem batia à janela, carregando um copo de bebida na mão esquerda. Pegou novos copos e água para ele e também para si e, quando trouxe a garrafa de uísque posta sobre a mesa de jantar, como Shigeru se apossara da poltrona, Kogito se sentou na madeira sobre a lareira, em que havia até uma almofada, de onde Shinshin lhe estendera o microfone.

— Vladimir retornou a câmera à posição que eu de início defini, e Shinshin também deixou ali o microfone — disse Shigeru em uma voz denotando ebriedade enquanto olhava ao redor. — Será que pretendem voltar a nos filmar?

— De minha parte, estou exausto!

— Sendo assim, deixe que eu fale. Vou pôr a câmera no automático e você cuida do microfone. Vamos experimentar um pouco para eu checar o monitor. Há pouco, quando Shinshin o interrompeu, Vladimir havia acabado de trocar a fita. Como a filmagem terminou naquele momento, ainda deve ser suficiente.

Depois de tirar algumas tomadas de si próprio, Shigeru realizou ajustes de direção e altura da câmera. Primeiro, tomou um gole da bebida, deixou de lado o copo e voltou a se sentar enquanto Kogito segurava o próprio copo em uma das mãos e o microfone na outra.

— Kogi, um dos meus objetivos ao decidir morar por um tempo em Kita-Karu — mesmo não sendo o mais importante, está relacionado — é incentivar você a começar a escrever um romance. Depois de sua grave enfermidade, recebi um e-mail de Ma-chan que se aflige a respeito de você poder voltar a escrever e, conversando com Chikashi, constatei o quanto era forte essa preocupação. Por isso, arremessei na sua quadra a bola que recebi dela: o *Romance de Robinson*. De início, julguei que seria suficiente. Afinal, o seu Robinson estava com você. Porém você nem sequer se deu ao trabalho de relembrar o projeto. Neste exato momento, Ma-chan deve estar na biblioteca de sua casa em Tóquio revirando as caixas com seus cadernos e manuscritos inéditos...

"Pensei então numa outra maneira. E a ideia adquiriu hoje uma forma concreta enquanto filmávamos. Você, Kogi, começaria escrevendo a partir de uma cena na qual eu e você, uma dupla complementar, estaríamos em um palco. Escreveria um diálogo entre nós dois no melhor estilo de Beckett. A cena inicial do romance descreveria os personagens do palco.

"Em primeiro lugar, você. Um ancião recém-recuperado de uma grave enfermidade, mas com a concavidade retangular gravada na pele mole como a de um pintinho acima da testa calva comum à idade. Sentado em uma velha poltrona, o ancião tem uma prancheta, bordeada por uma moldura de madeira comprada em Berlim, na almofada sobre seus joelhos e segura uma caneta tinteiro Pelikan. É um romancista. Vi no jornalzinho universitário da Universidade de Berkeley, um bom tempo depois de publicado, seu retrato de professor visitante num estilo caricatural. No título, constava o vocábulo *owlish*, em alusão ao jeito de coruja que imprimem ao seu rosto esses óculos de armação redonda que você usa até hoje.

"Ao lado, estendido sobre o sofá — falando nisso, este cômodo precisa de um! —, outro homem igualmente velho fala como se *gaguejasse*, já que as palavras que lhe surgem à mente em um inglês brutal precisam ser traduzidas. O cenário ao redor deles é a Casa Gerontion que projetei. O diálogo dos dois idosos no palco, entremeado de silêncios e digressões eloquentes, é descrito em sua totalidade.

"Com isso em mente, transformamos este local em palco e registramos as conversas que mantemos. E vamos gravar inúmeras fitas. Vou enviar o vídeo a Ma-chan para que ela faça a transcrição no computador. Quando você extrair dela um esboço, a primeira parte do seu romance estará concluída. Elaborar obras é um hábito na sua vida, portanto será desnecessária qualquer pressão minha.

"Bem, a segunda parte corresponderá à narrativa de vida do velho que desempenha o papel de coprotagonista no palco, com sua maneira própria de falar, na qual inglês e japonês se confundem. O outro velho, o escritor, escreve na folha da prancheta sobre os joelhos.

"Essa parte corresponde ao relato de minha vida nos Estados Unidos, mas também constitui um procedimento técnico direcionado à terceira parte. Quando jovem, o escritor começou a escrever romances influenciado pela literatura estrangeira. Seu estilo se contrapunha às formas do romance do eu japonês. Mas hoje ele escreve tão somente sobre a vida de sua família numa forma de escrita genuinamente japonesa. No entanto, o escritor está prestes a se tornar o cronista de um evento de dimensões sem paralelo em sua vida. Como escrevê-lo? A segunda parte representa a ponte em tal busca.

"O idoso, recém-chegado ao Japão após passar metade de sua vida sofrida nos Estados Unidos, conta ao escritor sobre a realização de uma última empreitada com seus companheiros. Esse é o maior motivo de ter voltado ao país que abandonara.

A narração detalhada das etapas preparatórias de sua derradeira grande empreitada constitui a terceira parte a ser redigida pelo escritor. Na etapa atual, eu ainda nada poderia afirmar sobre a dimensão da grande empreitada. Bem, a fronteira entre o romance e a realidade é tênue, mas admita que reside nela justamente a sua técnica, Kogi. Isso porque, caso nos lancemos de fato à luta, todo tipo de erro tolo pode acontecer. Algo com a escala de uma provável destruição do centro de Tóquio talvez acabe apenas como fogos de artifício soltos por crianças em um bairro residencial.

"Justo pelo medo de que isso ocorra, o velho *trickster* coloca o escritor idoso como cronista de uma geração se projetando ao futuro, ou seja, é empregado como encarregado dos registros escritos a partir da data de hoje avançando para uma data um pouco adiante no tempo.

"Se a grande empreitada for exitosa, finalmente os leitores do mundo todo terão uma imagem geral do que ocorreu nesta grande metrópole. Se o empreendimento terminar como fogos de artifício nas mãos de crianças, com estrelinhas espocando e estalando, restará o romance com uma personalidade que você jamais conseguira escrever. Mesmo que de fato nada ocorra, como tudo o que conduziu até o acontecimento estará inserido no poder criativo do escritor, eu, um velho criminoso, estou certo de que, graças aos quarenta e cinco anos de sua experiência como romancista, ele concluirá a contento sua obra."

Da poltrona, Shigeru estendeu o braço e tentou puxar Kogito de dentro da lareira, tomando-lhe o microfone revestido por uma pele de coelho angorá. Também embriagado, Kogito foi arrastado para o lado de Shigeru depois de cambalear ridiculamente e bater as costas contra a borda da lareira.

Amparando Kogito com uma das mãos, Shigeru completou com a outra o uísque dos copos. Tendo como lema *in vino veritas*, Kogito não o recusou. Os dois fizeram um brinde com os rostos colados diante da câmera.

2

Quando Kogito de novo fez menção de se levantar, Shigeru desta vez não o impediu com a força dos braços, mas, abrindo espaço na cadeira preenchida por seu corpo volumoso, o colocou sentado junto a si sem afastar a mão de seu ombro. Apoiando diante deles a vara do microfone que tomara das mãos de Kogito, os dois se viraram em direção à câmera de vídeo sobre o consolo da lareira.

— Bem, Kogi, que acha dessa minha ideia para que você conclua a obra de seu último período, seu *later work*?

— O nível seria bem diferente do *Romance de Robinson* para o qual Chikashi e Ma-chan pediram sua colaboração... Não poderia dar uma resposta leviana! — respondeu Kogito.

— Falando nisso, Robinson é um coprotagonista estranho na *Viagem ao fim da noite*. Eu me lembro agora... Porém, antes disso, desejo que você me informe algo acerca de sua ideia. Embora nos Estados Unidos você ainda seja um *tenure*, um professor titular, você parece ter abandonado o posto e vindo ao Japão para se juntar ao projeto de Vladimir e Shinshin. E está bem claro que você pretende estabelecer uma *base operacional* desse projeto e, para tanto, adquiriu o terreno e a casa dos fundos.

"O que desejo saber é o que o levou a fazer essa opção. Apesar de alguns altos e baixos, no fim das contas você teve uma vida bem-sucedida e tudo isso parece representar para você uma grande empreitada. E me soa como algo irreversível. Qual o motivo de tanto afinco? Não sei até que ponto, mas sinto que você ainda de fato me esconde muita coisa relacionada a esse projeto do qual você pretende, doravante, me fazer participar.

"Seja como for, depois de ter renascido após o grande acidente — algo que jamais experimentara —, eu planejava convalescer neste chalé da montanha. Nesse momento, você apareceu fazendo essa proposta, pela qual constato que Chikashi lhe é muito grata. E é nesse pé que estamos agora. E, de repente, você me informa que traçava um plano totalmente incomum com Vladimir e Shinshin. E afirma também que aqui será sua *base operacional* e que conta com minha colaboração. Até o momento, é tudo de que tenho conhecimento. Com certeza, estou disposto a colaborar, mas por enquanto não saberia bem como.

"Shige, você está seriamente planejando essa grande empreitada com aquele pessoal? Que conjunto de circunstâncias o levou a se envolver a tal ponto? Você os atraiu para sua visão de mundo e ideologia pessoais? Custo a crer que um lobo solitário como você se torne membro de uma organização militante clandestina."

Shigeru ergueu os olhos para além da janela retangular e permaneceu pensativo por um tempo. A lua se escondera e, circunscritas ao espaço formado pela luz das lâmpadas acesas pouco antes por Kogito para receber Shigeru, as árvores escuras se agitavam com força ao sabor do vento que se elevava. Desde que Kogito passara a vir todo verão para Kita-Karu, a altura das árvores mais que triplicara, impedindo a visão do céu. Quando as nuvens escuras começavam a se mover, as árvores se enchiam de sinais prenunciadores da chuva. O mesmo ocorria à noite, quando se depreendia uma sensação de asfixiante urgência no movimento das árvores negras dentro da escuridão. Ouvindo Shigeru limpar a garganta ruidosamente, Kogito sentiu que ele estava mais afetado pela ambiência noturna do que pela própria embriaguez.

— Pensei que você perceberia — elevou Shigeru a voz para se sobrepor ao som dos arbustos ao redor da casa. — Vladimir e Shinshin fazem parte de uma organização com bases ao redor do mundo. Bem, vou começar contando como se iniciou meu relacionamento com Shinshin e Vladimir.

"Eu estava num impasse em minha carreira, porém consegui me recuperar após chegar ao fundo do poço. Por isso, mantinha um relacionamento mais profundo com os estudantes do que é comum entre os professores universitários nos Estados Unidos. Isso era reconhecido pela própria faculdade!

"Todavia, nos últimos dez anos, comecei a sentir certa ausência de sentido nisso, não apenas em relação a mim, mas também em relação aos estudantes. Juntou-se a essa condição a insatisfação com a vida universitária, o que arriscava se tornar a causa de uma nova explosão. Por qualquer motivo, eu entrava em atrito com os colegas da Faculdade de Arquitetura e me tornei um incômodo para o *Faculty Club*. Contudo, como era do conhecimento geral o que acontecera antes, aqueles de quem me aproximava me evitavam, ou seja, acabei completamente isolado! Com o tempo, mais do que ensinar arquitetura, meu trabalho passou a consistir em dar aulas de cultura comparada. Também comecei a me relacionar com pesquisadores de antropologia crítica mais do que com meus colegas arquitetos.

"Bem, qual era afinal minha insatisfação? Começando pela época em que era feliz como professor, de início os novos estudantes que conhecia a cada ano eram todos sem graça. Mas, logo, eles se tornavam interessantes. Cada um deles adquiria um linguajar peculiar. Extraíam esse linguajar deles próprios e das relações humanas mantidas com outras pessoas. Eu observava à parte essa tarefa de formação. Por vezes, eu os ajudava nas argumentações e os via alcançar seu linguajar próprio. Era gratificante.

"Estava convicto de que era esse o sentido da educação. Se mesmo que apenas um aparecesse por ano e mantivesse um relacionamento comigo, já me daria por feliz. E, de fato, eles vinham até mim. As universidades e a sociedade estavam em movimento. Restava o rescaldo do que fora suscitado pelos movimentos estudantis. As universidades californianas formavam também o alicerce dessas mudanças. Também foi assim com Berkeley, que tem relação com você, Kogi, não é mesmo?

"Porém, a partir de determinado momento, os estudantes com linguagem própria e a intenção de formar uma cultura exclusiva acabaram aos poucos desaparecendo. E, o que é pior, vi isso acontecer com um desses estudantes que, ao descobrir uma linguagem própria, deu-lhe forma a ponto de me deixar espantado com sua monografia, mais parecida com uma dissertação de mestrado, o que acabou me fazendo enviá-lo para a pós-graduação em New Jersey ou Massachusetts. Ao término do curso, ele voltou e ingressou como docente de nossa universidade. Mas, ao conversarmos, notei que seu linguajar particular desaparecera.

"Ele tinha aprendido uma linguagem sofisticada! Ousaria dizer que suas palavras eram autoritárias. Porém não se tratava de uma linguagem nova que ele criou. Dois ou três outros apareceram depois dele na posição de professores e, mais do que decepcionado, eu estava surpreso... Essa linguagem autoritária não teria sido na realidade gestada em minha sala de aula? Não teria sido outro senão eu a preparar o terreno?

"Conversei com um dos antropólogos críticos que citei há pouco e ele me disse o seguinte: 'Os europeus ocidentais descobriram nos arquipélagos do Oceano Pacífico culturas até então inexploradas e transformaram em acadêmicos os informantes inteligentes que lhes foram úteis. As coisas começaram desse jeito e até monografias foram publicadas em coautoria com eles, mas teria sido possível transformá-los em novos homens? Todos os pesquisadores da Europa Ocidental, contanto não sejam insensíveis, não teriam sofrido com essa mesma angústia que você sente agora?'

"Cheguei à conclusão de que eu apenas impingia a linguagem acadêmica aos estudantes recém-chegados, ou seja, àqueles que traziam de sua ilha a linguagem de sua cultura. Essa conscientização deu início à minha mudança.

"Um tempo depois, Vladimir e Shinshin chegaram. Estabeleci com eles uma relação até então inexistente em minha sala de aula. Comecei a esquecer tudo o que aprendera antes, a *unlearn*, a desaprender. Tinha encontrado pessoas capazes de me mostrar que o que eu aprendera era incorreto e elas me *unteach*, me desensinaram.

"E isso, Kogi, como comentei, me levou a desejar manter uma relação nova com eles. E eles também desejavam essa aproximação comigo. Se não fosse assim, acredito que as coisas não teriam chegado até este ponto. Você deve achar que Vladimir é meu predileto, não? Mas ainda há nele uma seara desconhecida que não consigo adentrar.

"Shinshin (e certamente você deve ter percebido isso), na realidade, é também uma moça bastante independente. Desde o início, ela se mostrou muito dinâmica e a partir do momento que entrou em sala de aula parecia abrir seu corpo e sua alma para mim. É provável que eu a visse com certo descaso. Mas, na realidade, ela tem firmeza de caráter. Desde que viemos para cá e começamos a viver sob o mesmo teto, ela não permite que eu entre em seu quarto nem mesmo durante o dia!"

3

— Regresso agora ao momento mais radical de minha vida e pretendo impulsioná-los em direção à grande empreitada. Para tanto, o plano a ser executado está elaborado. Vladimir e Shinshin esperam instruções que deverão chegar em breve de algum lugar do mundo. Todavia, segundo Beckett, com quem nós dois estamos vinculados, já restou comprovado em *Esperando Godot* que quem espera nunca alcança. Devemos fazer uma oferta.

"Nesse ponto, mostrei a Vladimir e Shinshin como redigir uma proposta. Quer dizer, não se trata de orientar por meio de linguagem autoritária, algo impossível para mim. Até porque ignoro a estrutura de liderança da organização deles. Apenas lhes lancei a possibilidade desse plano ainda em processo de elaboração. Como Vladimir, Shinshin e seus companheiros tratarão meu plano? Na realidade, na fase atual, ainda não discuti muito com eles acerca disso.

"Contudo, quando as coisas realmente começarem a se movimentar, Kogi, sua participação no plano será fundamental. Eu me antecipei e conversei sobre algumas dessas coisas com você, não foi? E entendo que você não está totalmente desfavorável. Sobre o pouco que lhe falei, você, como de costume, manteve uma posição reservada, mas quando éramos crianças e ainda amigos, não era você quem primeiro deixava a compostura de lado e corria antes mesmo de mim? Quero continuar a falar, agora em mais detalhes.

"Bem, vou explicar o plano no estilo simplificado dos mangás. Tanto Vladimir quanto Shinshin cresceram na *geração mangá*. As primeiras informações culturais vindas do Japão pelas quais eles se apaixonaram foram os animês. De início, criei um texto simples no estilo de um mangá para que eles possam explicar melhor o plano aos amigos mais jovens. Se os amigos de Vladimir e Shinshin vierem a Tóquio, evidentemente um grupo de arranha-céus lhes chamará a atenção. Tenho informações sobre o grupo de arquitetos que os projetou e a equipe de engenheiros encarregada da execução da obra. Até guiei meus estudantes no processo de construção acompanhado dos projetistas.

"Kogi, longe de mim me ufanar de ser famoso no mundo da arquitetura. Porque, isso sim, é que daria um mangá! Não é isso, quero apenas fornecer explicações simples como nas histórias em quadrinhos. Se instalarmos uma quantidade de explosivos em locais específicos, quão vulneráveis serão os prédios ultracontemporâneos? Não é um problema de cálculo difícil.

"Quando o programa começar a se movimentar concretamente, treinarei o talentoso pessoal das equipes de cálculos e de execução. E quando a 'Genebra' de Vladimir e Shinshin — algum dia conversaremos sobre esse codinome infantil — aceitar efetivamente minha estratégia e for dado o tiro de largada para que seja materializada ao redor do mundo, há um trabalho que gostaria que você aceitasse fazer.

"Você não é do tipo afeito a atuar em situações práticas. Até hoje, você sempre foi ridicularizado e insultado em relação a isso. Longe disso, você se reconhece como um 'velho louco' convalescendo de um grave ferimento. Por esse motivo, estou pensando em um papel que você esteja apto a desempenhar. E, além do mais, esse papel não trairia a forma de vida humanista assumida na condição de discípulo do professor Musumi! Porque seu trabalho não será assassinar um incontável número de pessoas, mas, justo o oposto, você zelará para que aquelas que morreriam continuem vivas! No momento, é tudo o que posso dizer.

"Não comentarei o que ou como faremos, Kogi, apenas espere pela surpresa e pela excitação quando o momento enfim chegar. Temos ainda bastante tempo pela frente! Restringindo-nos ao momento atual, gostaria que você guardasse no peito a estrofe de Eliot: *Que não me falem da sabedoria dos velhos, mas antes de seu delírio*.

"Digo isso, Kogi, por haver algo dominando meus pensamentos. Não direi que apenas o *medo do medo e do frenesi dos velhos* me ponha em movimento! Contudo, se houver alguém de nossa idade que não se associe a esses versos, desculpe-me, mas certamente não é alguém com quem deseje me relacionar."

Ao dizer isso, por um instante o excitamento minou do rosto carnudo, de tom violáceo e poros bastante aparentes de Shigeru. Kogito tirou o copo de seus dedos sem pujança. Shigeru inclinou para trás a cabeça e, deixando entrever a pele flácida do pescoço, começou a ronquejar, adormecido. O que fazer desse corpo gigantesco?

Kogito estava consciente do declínio de sua força física após a doença. Era algo irreversível. Para que Shigeru pudesse continuar a dormir tranquilamente, só restava a Kogito deixá-lo como estava. Na escuridão além da varanda, Kogito percebera um pouco antes a presença de Vladimir e Shinshin. Logo que chegassem, eles arrumariam os equipamentos de vídeo e reconduziriam Shigeru para a Casa do Velho Louco.

Kogito se libertou do peso do corpo de Shigeru e subiu sozinho ao dormitório do andar superior. Como seu quarto era muito exíguo, desde a época da construção da Casa Gerontion costumava usar o de Chikashi. Quando propôs o brinde com Shigeru, imaginou que, ao redor dos dois, Goro e Takamura, que haviam retornado — o último com o humor que por vezes demonstrava —, tinham no rosto uma embriaguez incontrolável. E seu rosto, alinhado ao deles, não era o de um velho com a cicatriz mesclando fraqueza deformada e crueldade, mas a do jovem com *atitude incomum*.

4

Kogito despertou pela manhã enquanto ainda estava escuro.

Foi ao toalete, bebeu água, voltou a se deitar e, antes de tornar a dormir, ouviu bem alto no céu, ou melhor, nas profundezas do firmamento, o canto de um papa-moscas. Quando despertou de novo e desceu ao andar de baixo, já era quase meio-dia. Teve a impressão de que o local em que na noite anterior haviam bebido e filmado fora arrumado.

Entretanto, sem disposição para verificar a situação, atravessou a sala de jantar, pegou a mochila guardada em um canto do vestíbulo, pôs o chapéu de montanhês e deixou para trás a Casa Gerontion. Ele sabia que não havia nada em casa para o café da manhã. Uma silhueta se movia ao fundo das árvores e moitas na direção da Casa do Velho Louco, mas como ninguém o chamara quando começou a andar pela estrada particular a oeste da Vila Universitária, continuou a caminhar.

Ao ultrapassar a fronteira da Vila Universitária, pegou uma estrada ampla de cascalho atravessando-a de norte a sul. Quando chove forte, a ladeira se transforma em um verdadeiro rio. Ele subiu escorregando pelas valas formadas pela corrente de água. Depois, cruzando a estrada nacional, adentrou um caminho estreito e soturno cercado de altos cedros. Após andar por vinte minutos pela via em leve aclive, chegou ao supermercado e ao grupo de lojinhas comerciais defronte à estrada nacional que acabara de cruzar depois de uma grande curva ao largo das residências de Kita-Karu, em direção a Asama.

Logo após cruzar a estrada nacional, um carro vindo da estrada de cascalho por trás dele fez uma curva e entrou nela. Parecia com o furgão de Vladimir. Para ir até o supermercado de carro, esse seria o trajeto natural. Quando Kogito chegou ao supermercado, parou e olhou em direção ao espaço entre as duas castanheiras majestosas e o local de exposições formado por troncos de madeira. Imaginou que Shigeru e seus amigos tivessem vindo de carro e quiçá estivessem por ali.

No supermercado, havia parcos clientes, não só porque a temporada turística apenas começara como decerto também por causa da recessão que acompanhou o estouro da bolha econômica. Kogito comprou alguns alimentos, água mineral e uma garrafa de *awamori* com um rótulo vermelho indicando ser um velho saquê. Comprou a bebida por ter se recordado de como fora interessante conversar com Shigeru até tarde da noite bebendo. Na próxima, tomariam *awamori*, pensou.

Kogito não se lembrava com exatidão do que conversara com Shigeru. Mas evocava com nostalgia a época em que, na flor da idade, Shigeru conversava e de seu corpo exausto pela embriaguez emanava por vezes uma vitalidade selvagem e radiante.

Resumir em um estilo beckettiano os diálogos entre dois idosos na primeira parte do romance concebido por Shigeru era, em seu entender, por demais desleixado, como era bem próprio ao amigo. Kogito lhe asseverara que ninguém poderia escrever ao estilo de Beckett a não ser o próprio Beckett. Porém, fazendo daquela forma — filmando a conversa entre os idosos, com as reações de um ao que ouvia do outro —, não seria possível desenvolver livremente os diálogos entre os que morreram e passaram para o outro lado e os que ele sentira que haviam retornado com ele de lá? Além do mais, haveria os registros em vídeo.

Obviamente, a câmera não capturaria a imagem e a fala dos que retornaram do outro lado. Contudo, Kogito os via e escutava suas vozes. Mesmo não sendo possível fazer as coisas funcionarem diante das câmeras, se ele repetisse as vozes alcançando seus ouvidos, restariam esses "diálogos" associados às suas palavras. Nas conversas do dia anterior com Shigeru, ele não ouvira a voz de Goro e vira a cada instante suas expressões? Ao menos, o vídeo poderia capturar sua reação...

PARTE I : QUE ME FALEM ANTES DO DELÍRIO DOS VELHOS

    Ainda na fase inicial de testes de filmagem, Kogito falara com um discernimento temeroso sobre os diálogos com seus amigos enquanto estavam vivos. O medo que sentia na época e que era nítido dentro dele derivava da releitura dos livros de seus amigos acadêmicos mortos. Uma americana, pesquisadora da obra de Kogito, que residira com ele na casa da floresta até o grave acidente, lhe citara uma frase de Northrop Frye segundo a qual a "releitura" de um livro significava ler da perspectiva de sua estrutura; ao fazê-lo, a leitura se transformava em uma busca orientada, como um passeio no interior do labirinto das palavras.

    Kogito releu os livros dos amigos mortos. Muito contagiado, experimentou a sensação vertiginosa do arrependimento por não ter levantado questões sobre os temas e obtido deles respostas enquanto ainda estavam vivos. Fantasiou diálogos nos quais amigos que acabaram partindo antes dele, mas que regressaram com ele, responderiam as perguntas agora elaboradas e isso lhe abriria novos horizontes.

    Assim como a releitura dos livros dos amigos, ele tinha agora uma perspectiva sobre a vida deles. Ademais, os diálogos com os que regressaram do outro lado correspondiam exatamente a uma busca orientada. Ele entendia completamente o que os amigos diziam, mesmo em uma voz tão diminuta que o microfone acoplado à câmera de vídeo era incapaz de capturar. Com certeza isso o conduziria a avançar pelas próprias forças até onde fosse possível.

    A presença indubitável de Goro fora a primeira coisa que ele sentiu ao conversar com Shigeru diante da câmera de vídeo até tarde na noite anterior. Também era fruto da verificação da busca orientada de alguém realizando uma releitura...

"Imbuído dessa sensação genuína, conversarei com os que retornaram do outro lado. Repetirei com minha voz tudo o que me ensinarem. É isso, vou usar esse método nos diálogos diante da câmera de madrugada. Dessa forma, os registros dos diálogos com os mortos regressados permanecerão uns após os outros. E, depois de algum tempo, como concebeu Shigeru, lerei o texto das fitas de vídeo transcritas por Maki no computador. E, como ele também comentou, se eu revisar o texto, como se tornou hábito em minha vida — a única técnica profissional adquirida em quase setenta anos —, os diálogos com os amigos mortos regressados deverão expressar uma realidade insofismável. Se assim for, não significaria que a chave para começar a escrever, perdida desde meu grave ferimento, estaria em minhas mãos? Sem necessidade de ideias vagas proferidas por um Shigeru embriagado..."

Na padaria equipada com forno próprio para assar os pães, situada em um local do jardim interno, separado do prédio principal do supermercado, Kogito comprou uma quantidade de pão caseiro três vezes maior que de costume, pois Shinshin garantira que o pão dali era mais saboroso do que os de São Francisco. Ele os arranjou com cuidado na mochila, pondo-a no ombro e, como havia também dentro dela a garrafa de saquê, o peso incomum serviu para revigorar seu ânimo. Kogito sentiu pela primeira vez desde o acidente que recuperava interiormente o que havia de positivo na vida cotidiana.

Depois de atravessar a estrada nacional e entrar no caminho em declive ladeado de cedros, olhou para trás atraído por algo. Foi quando vislumbrou um furgão, que agora se distinguia com clareza nos portões do supermercado, arrancando a toda velocidade em direção à Vila Universitária.

— O que seria aquilo? — falou ele em voz alta. — Se for o furgão de Vladimir, então foram eles que me observaram várias vezes desde que saí da Casa Gerontion até aqui, chegando antes de mim. Surgiu a necessidade de espionar meus movimentos?

Depois disso, Kogito se lembrou de vários pontos da segunda parte do plano de ação que Shigeru, embriagado, lhe revelara de frente para a câmera de vídeo!

O que despertou mesmo seu interesse na noite anterior foi a segunda parte do romance, com a narração de Shigeru acerca de suas vicissitudes diárias durante a longa estada nos Estados Unidos. Claro, o que mais apaixonava Shigeru era o plano da grande empreitada, pelo qual abandonou a vida naquele país para voltar ao Japão com os jovens companheiros. Isso demonstrava, sem dúvida, o comportamento de *trickster* de Shigeru, mas, ao invés de levá-lo a sério, Kogito se divertia com as fanfarronadas do amigo ébrio.

Porém o que aconteceria se tudo aquilo representasse para Shigeru uma confissão séria? Ele afirmara que a "Genebra" de Vladimir ainda não havia aprovado o projeto, mas e se ele tivesse sido apresentado e estivesse efetivamente sendo examinado pela organização?

Também era possível que Shigeru tenha acordado naquela manhã atônito com o que fizera. Mas por que ele o estaria seguindo?

Gradualmente, Kogito acelerou o passo descendo a ladeira. Em sua cabeça, revivia o enredo assustador de Shigeru na noite anterior, mas com um lado cômico que de fato o fizera rir diversas vezes ao ouvi-lo. De qualquer maneira, Kogito decidiu verificar nas fitas de vídeo o relato ardoroso e absurdo de Shigeru. Tinha tempo, a ponto de se preocupar com a impressão que teriam as crianças — a caminho da escola primária, de colete refletor para protegê-las de acidentes do trânsito nessa região onde o início do verão atrasou devido à longa persistência da neve invernal — ao verem um velho pensativo e distraído.

5

Antes de chegar à entrada da propriedade, Kogito avistou Shigeru, através das moitas ralas entre as árvores, sentado no balaústre da varanda da Casa Gerontion. No silêncio raro devido à ausência do ir e vir dos moradores das residências de veraneio, seria impossível para Shigeru não perceber o barulho dos passos, porém, mesmo com sua aproximação, Shigeru continuava a manter a parte superior do corpo inclinada para frente. Vestia uma camisa jeans desbotada e um casaco xadrez, parecendo, como nunca antes, um "velho nissei". Ao ser chamado por Kogito, apenas ergueu o rosto túmido de um vermelho esmaecido.

— No supermercado das castanheiras, vi o carro de Vladimir. Você não estava com eles?

— Não — respondeu Shigeru vagamente. — Fiquei em casa...

— Quer entrar e conversar?

— Dei uma volta e estava descansando um pouco. Poderia me arranjar apenas um copo d'água?

Kogito levou algum tempo para abrir as duas fechaduras da porta de entrada. Na hora de trancá-la, era preciso fechar a porta com força a ponto de emitir um som. Trancada por dois anos, a porta inchou e empenou. Teria sido o som da porta que levou Vladimir e Shinshin a perceberem sua saída?

Shigeru bebeu a água movimentando a garganta como um saco flácido, depôs o copo no balaústre e articulou um tom precavido:

— Devíamos ter trancado à chave na noite passada. Vladimir e Shinshin vieram me buscar e, enquanto eu dormia na poltrona, eles viram o monitor. Pouco depois, acordei, mas...

Shigeru ergueu os olhos ofuscados para prescrutar o movimento das nuvens além das bétulas, dos ciprestes e dos galhos mais altos dos pinheiros. Kogito, que pensara o mesmo na noite anterior, observava os poros no nariz avantajado de Shigeru parecendo se sobrepor à aparência clara da tez que exibia na época do reencontro por ocasião da construção da casa. Sua aparência atual era apropriada à atitude de vida violenta construída desde a longa vivência nos Estados Unidos, mas Kogito sentiu o peito apertado ao se questionar se haveria ali uma expressão sombria e desamparada.

— Não sei se você percebeu ou não, Kogi... Depois de acordar, você foi ao toalete, não? Naquele momento, ainda estávamos assistindo ao vídeo! E, mais que depressa, nos aprontamos para sair antes de você trocar de roupa e descer.

"Vladimir levou embora a fita de vídeo em que estávamos bebendo animados, quer dizer, eu estava animado... Ele e Shinshin ficaram chocados ao ver que vazamos informações comprometedoras sobre o movimento, que poderiam ser vistas pelo pessoal da estação de TV!"

— Mas aquele vídeo não foi a conversa sobre a sua ideia de me fazer retomar um romance? Eu não sabia sobre a existência real do movimento de Vladimir e Shinshin.

— Quê? Mas eu disse claramente a você, não foi? Falei que os dois enviaram um relatório a "Genebra" sobre as atividades que pretendem realizar em Tóquio. E também contei sobre as estratégias que pretendo apresentar, e aqui talvez seja uma expressão antiquada, como "camarada" deles. Era perfeitamente natural que os dois entrassem em pânico ao ver o vídeo.

— Sua fala não aparentava ser um relatório da situação de um movimento político real. Era como o roteiro de um desenho animado sobre a história de uma magnífica empreitada que você temia que fosse acabar em fogos de artifício. Não tinha características de algo sério a ser divulgado e circulado nos meios de comunicação ou nos serviços de segurança pública.

— Kogi, foi assim que você interpretou tudo? Quer dizer, que ouviu o relato como um intelectual, *sentado de pernas cruzadas*, convicto de que, após o que aconteceu em 11 de setembro de 2001 em Nova York, não há nada que o ultrapasse, nenhuma grande empreitada pode ser planejada em Tóquio que seja equivalente?

"Pois saiba que existem pessoas que consideram justamente essa grande empreitada e se preparam para colocá-la em prática! Será que sua imaginação se deteriorou a tal ponto? Seja como for, ao ouvir meu relato ontem à noite, você me pareceu um velho valente pronto para escorraçar Vladimir e Shinshin!

"Deixando de lado se você tem ou não vitalidade para vincular meu relato à realidade, Vladimir e Shinshin se espantaram ao ouvir minhas declarações e com a possibilidade de serem divulgadas aos meios de comunicação como testemunho das partes envolvidas. E não posso criticá-los!"

Shigeru se levantara. Voltou o rosto inflamado em direção ao carvalho diante dele. No canto de seus olhos, reluziam gotículas de suor ou lágrima. Logo depois, mudou completamente de assunto.

— Kogi, presenciei quando você pôs as mãos pela primeira vez em uma obra de Dostoiévski. Para a viagem de Xangai até o vale, minha mãe encomendou uma mala que, ao ser aberta, transformava-se em estante de livros. Era muito pesada para uma criança, o que nos fez pedir ajuda a um carregador no embarque e no desembarque do navio. A mala estava repleta de livros com uma cinta vermelha da editora Iwanami Bunko. Com dez anos de idade, eu não havia lido nenhum deles. Você veio me ajudar na arrumação da bagagem e, ao me ver armando a estante, num relance pousou o dedo na contracapa de *Crime e castigo*. Fiz de conta não ter visto nada.

"Mesmo se lhe tivesse emprestado o livro, duvido que pudesse ler naquela idade. Porém, desde aquele momento fiquei agitado com a ideia de que você talvez estivesse lendo Dostoiévski. E essa agitação perdurou até o fim do colegial! Quando finalmente li um de seus livros, você já havia devorado as obras completas dele. E eis que agora estamos ambos aqui.

"Portanto, nem adianta trazer à baila *Os demônios*. Vladimir, Shinshin e também os jovens que encontrei pouco tempo atrás em Tóquio sempre falam sobre esse livro. Você conhece o caso Netcháiev tomado como modelo por Dostoiévski? Vladimir e os amigos batizaram de 'Genebra' a liderança de sua organização devido à 'Diretriz Netcháiev' que esse personagem teria trazido consigo. Uma diretriz de Bakunin incitando a sublevação incendiária da revolução mundial por todo o território russo.

"Mesmo que em *Os demônios* a diretriz descrita de Piotr Verkhonvensky tenha sido *falsa*, Chátov, do Grupo dos Cinco, teria sido assassinado. Creio que, após o 11 de Setembro, há grupos se movimentando por todo o mundo sob a bandeira de sua própria 'Diretriz de Genebra'. Mesmo sendo um tanto ilusória a 'Genebra' deles, as atividades de Vladimir e Shinshin são reais."

— Isso quer dizer que, para me impedir de divulgar as informações, um subordinado de Vladimir, acatando a diretriz de "Genebra", virá me assassinar, assim como aconteceu com Chátov?

— Não estou dizendo que *Os demônios* seja um espelho da realidade! Contudo, disse que Vladimir e Shinshin pertencem a uma nova espécie de seres humanos.

— E pelo visto você pretende me arrastar para dentro dos planos dessa nova espécie de seres humanos. Isso se levarmos a sério tudo o que conversamos ontem à noite. De fato, o jovem com *atitude incomum* que me possuiu parece estar a fim e se interessar! Já o velho de imaginação esmorecida não conseguiu sentir seriedade nem na noite de ontem nem agora no fato de você ser um *camarada* de Vladimir e sua turma.

— Shinshin é alguém especial para mim. Não podia trazê-la sozinha comigo excluindo Vladimir. No entanto, não é só isso. Há também o fato de eu não esquecer o choque causado pelas fotos panorâmicas das grandes ruínas de Tóquio e Hiroshima que serviram de incentivo para me tornar arquiteto.

6

Era uma referência, na realidade, à colagem de fotos panorâmicas criada por Shin Ishizaki quando jovem, um arquiteto amigo de

Kogito. Seduzido pelas lembranças, Kogito permaneceu calado por um tempo. Depois disse:

— Há algo que percebo agora. Ao retornar sozinho ontem à noite, não foi por puro capricho pessoal que você gravou o vídeo comigo, não é? Na hipótese de você ser um *camarada* no movimento de Vladimir e Shinshin, eles devem ter se perturbado ao ver nosso relacionamento agora, ou não? Provavelmente, para membros dessa nova espécie, é difícil entender um vínculo desde a tenra infância como o nosso.

"Eles devem ter lhe pedido para me envolver no projeto, uma vez que viveremos juntos até o outono. Quando Vladimir trouxe por diversas vezes à baila a 'Problemática Mishima', a conversa já poderia ter ganhado forma, e com certeza vocês tiveram a *oportunidade* de conduzi-la nessa direção em uma reunião de análise na Casa do Velho Louco, correto? Você voltou para tratar mais seriamente do assunto?

— Exatamente. Escritores raciocinam criando cenas — respondeu Shigeru.

— Mas a questão é que você me contou mais do que devia. Ao ver o vídeo, Vladimir e Shinshin entenderam que eu poderia me tornar um delator. Se existir de fato o plano de atividades conforme você revelou, eles não poderiam pensar de outra forma. Eles confiscaram a fita de vídeo, mas tiveram medo que eu voltasse hoje mesmo para Tóquio e informasse os meios de comunicação. Por isso, pode ser que, me seguiram para observar meus movimentos.

— Exatamente — repetiu Shigeru. — A reação extrema deles foi terrível. Revi o vídeo com eles. Disse-lhes que mesmo havendo planos concretos, por ignorar completamente as diretrizes de "Genebra", eu não poderia me referir a eles. E, de fato, não o fiz. Como o que falo representa meu pensamento, disse-lhes que você suspeitava de que não passassem de fantasias comuns aos *delírios de um velho*... E mesmo que você, Choko, as divulgasse na mídia, seriam tomadas apenas como *delírios de um outro velho*.

"Shinshin revidou afirmando que, dentre as coisas que falei para você, havia o Grupo dos Cinco, formado pelos jovens, e a existência de 'Genebra'. E mesmo que você apenas os revelasse à imprensa, com certeza não seria ignorado. Afinal, os meios de comunicação deste país levam você a sério.

"Vladimir concordou com a opinião de Shinshin. Se você partisse de Kita-Karu em direção a Tóquio, a situação temida por Shinshin começaria a se materializar. Esta *base operacional* precisaria ser abandonada. Quando reportassem a situação a 'Genebra', teriam de informar também sobre a probabilidade de o movimento ser divulgado pela mídia japonesa. O primeiro e-mail de resposta recebido mencionaria que, com relação a você, nada mais haveria a fazer posto que teria fugido, mas ordenariam a eliminação do professor da universidade americana que trabalhou na criação da *base operacional*.

"Repito que Vladimir e Shinshin são de uma nova espécie. Se você tivesse tomado um táxi no ponto do supermercado das castanheiras em direção a Karuizawa, aí eu estaria em maus lençóis."

— Apenas fui ao supermercado fazer uma pequena compra para o café da manhã e, assim como fui, retornei — explicou Kogito. — Que tipo de atitude eles podem adotar em relação a mim?

— Temendo que suma daqui, continuarão de olho em você! Enquanto você ainda estava deitado, Vladimir deu um jeito na linha telefônica. Avisei Ma-chan que o telefone da Casa

Gerontion está escangalhado e que ela deveria passar um fax para a Casa do Velho Louco se houvesse algo urgente. Se necessário, use você também o telefone de lá.

— Significa que estou sendo confinado na Casa Gerontion?

— Avisei Vladimir e Shinshin que você não suportará uma situação do gênero! Mas, o que posso fazer? Em paralelo a vigiar você, eles estão contatando Tóquio. Em breve, chegarão reforços. Kogi, você acha que é mania de perseguição minha?

— Não, não acho! — exclamou Kogito vendo um veículo sujo de poeira, diferente do conhecido furgão, invadir a propriedade, praticamente bloqueando a entrada. De qualquer forma, o jovem com *atitude incomum* que vivia dentro dele desde o grande acidente não estaria esperando por essa situação dramática?

Ao ver um homem de meia-idade e quatro ou cinco jovens liderados por Vladimir descerem do veículo, Shigeru aconselhou Kogito a interromper a conversa.

— Somente me recordo, no poema original de Eliot, de *"Think, neither fear nor courage saves us"*. Como Motohiro Fukase o traduziu?

— *Suponha que nem medo nem audácia aqui nos salvem.*

PARTE II

A comunicação dos mortos se propaga — língua de fogo

> A comunicação dos mortos
> se propaga — língua de fogo —
> para além da
> linguagem dos vivos.
>
> *T. S. Eliot*

Capítulo 5
Confinamento ambíguo

1

Nos três dias que se sucederam, a vida de Kogito sofreu uma transformação tanto interna quanto externa. Entretanto, não é claro se a situação se deveu à presença do homem de meia-idade e de seus subordinados que apareceram no primeiro dia. Porque não voltaram a se mostrar, ainda que o estivessem vigiando das sombras. Era possível pensar que tinha sido um plano elaborado por Shigeru, posto em prática aproveitando a ocasião. Com isso, ele não teria criado um ar de mistério sobre as lideranças da organização de Vladimir e Shinshin? Se assim fosse, talvez Shigeru gargalhasse, revelando que tudo não passava de uma brincadeira.

De qualquer maneira, a mudança externa constituiu na montagem de um andaime para reparar o telhado da Casa Gerontion, executada por uma construtora que Kogito conhecia, cujo nome estava inscrito na lateral do caminhão.

Quando os *reforços* de Vladimir e seus companheiros adentraram a propriedade da Casa Gerontion, Shigeru, que os observava, deu um salto por sobre as folhas mortas caídas no terreno. Trocou algumas palavras com Vladimir, que, vindo à frente, não permitiu que o grupo se aproximasse da varanda onde estava

Kogito. Ao retornar sozinho, Shigeru pediu a Kogito para entrar na Casa Gerontion, de onde, nos dias seguintes, não arredou pé. De lá, ouviu uma conversa na varanda entre Shigeru e o jovem dono da construtora encarregada da montagem do andaime.

A Casa Gerontion era pequena, mas a chaminé e o telhado eram mais altos do que os dos outros chalés. Eles montariam ali um genuíno andaime. Num caminhão com capacidade para uma tonelada e meia, foram trazidos os materiais necessários, como tubos simples (tubulações em ferro galvanizado) e madeiras, além das placas reforçadas de metal para o soalho. Havia dois tipos de material metálico para a montagem, conforme lhe mostrava o dono da construtora, ao que Shigeru reagiu demonstrando uma ponta de seu conhecimento técnico: "São *clamps*, não? Há os de ângulo reto e os ajustáveis."

Era preciso que a resistência da placa do andaime — assim como a de toda estrutura, diga-se de passagem — fosse bem sólida. Porque, quando a obra efetivamente começasse, seria necessário retirar todas as telhas do telhado e carregar a argila para cima, para, depois, ser estendida sob as mesmas. Shigeru ordenou ao dono da construtora, que fornecia explicações com entusiasmo, que carregasse para cima duas placas de ferro, colocadas no depósito da casa no fundo da propriedade, após terminar a montagem da plataforma mais alta.

Percebendo o jeito desconfiado de seu interlocutor, Shigeru insistia, em tom autoritário, que ensinava arquitetura em uma universidade americana e desejava experimentar uma nova técnica.

O dono da construtora declarou que ninguém prestou atenção quando seu pai, contratado para as obras da construção da casa, reclamou do telhado ser coberto por telhas espanholas

PARTE II : A COMUNICAÇÃO DOS MORTOS SE PROPAGA — LÍNGUA DE FOGO

pesadas apesar de ser um local de muita neve, ao que Shigeru ripostou: "Fui eu o arquiteto."

O dono da construtora também argumentou que seria um desperdício montar o andaime a partir daquele momento, posto que estavam no fim de julho e todas as obras seriam paralisadas durante todo o mês de agosto na Vila Universitária, mas Shigeru o interrompeu alegando a existência de goteiras e que eram necessários reparos emergenciais no verão.

Bem, a primeira mudança ocorrida internamente que afetou a vida de Kogito, cercado como estava pelos andaimes de tubulações de ferro, foi a coabitação com dois jovens.

Concluídas as obras de instalação dos andaimes, Shigeru voltou a examinar a Casa Gerontion. O pequeno quarto usado por Maki ficava entre o toalete e a escada que conduzia ao andar superior e, a leste, havia um outro, maior. Parte dele correspondia ao dormitório de Akari e, na outra parte, poderiam ser colocados dois colchões, transformando-os em duas camas para visitas. Shigeru pediu a Kogito para oferecê-lo aos jovens.

Também pediu o pequeno quarto de Maki para alojar a jovem que chegaria em seguida. A moça se ocuparia de preparar as refeições para os rapazes e para Kogito. Os jovens ficariam ali a partir daquela noite. Eram outros dois moços chamados por Vladimir em acréscimo aos que já haviam chegado.

— Por favor, me passe as chaves da porta de entrada — pediu Shigeru. — Se os rapazes chegarem tarde, decerto ficarão inibidos de acordá-lo. Deixe-os entrar esta noite sem saudações. Eu lhes entregarei uma planta do interior da casa.

"Eles se chamam Takeshi e Take-chan, ou seja, como têm o mesmo nome, Takeshi, que se escreve com o mesmo ideograma de 'guerreiro', passamos a distingui-los chamando o mais jovem pelo diminutivo Take-chan. Takeshi tem vinte anos e Take-chan deve ter seus dezoito ou dezenove. Aprendem com entusiasmo, são autodidatas. Takeshi ingressou na Universidade de Tóquio no curso que hoje é Ciências Humanas III — na sua época, era chamado Humanidades II —, mas largou-o pela metade e parece ter convencido Take-chan, seu discípulo, a desistir de prestar vestibular.

"É algo bem comum nos Estados Unidos. Mas uma raridade no Japão, uma sociedade que reverencia os exames de admissão. Neio parece ter ficado impressionada com a peculiaridade dos rapazes. Neio é a moça de quem falei há pouco, uma de minhas alunas. Ela agora se prepara para cursar doutorado em Tóquio. É a fiadora dos rapazes. Também é algo raro neste país para uma moça."

— Temos roupa de cama sobrando que Chikashi providenciou dois anos atrás, no verão, quando meu editor nos visitou. Vou tirá-la do depósito — replicou Kogito.

Mesmo com a mudança nas circunstâncias, Kogito continuou com o hábito de ler Eliot sentado na poltrona diante da lareira. Era o que ele fazia nesse dia quando Shigeru veio conversar trazendo os alimentos comprados no supermercado. Apesar de haver muito a refletir, Kogito se conformou com o fato de ser impossível pensar em algo concreto no momento até Vladimir, Shinshin e Shigeru esclarecerem o que estaria por vir. Ele não podia imaginar que o medo e a coragem em busca de prudência, na citação de "Gerontion" feita por Shigeru, mesmo que os tivesse, indicariam algum tipo de ação a se adotar naquele momento.

De qualquer forma, começou a chover enquanto Kogito retirava a roupa de cama do depósito, conforme prometera a Shigeru. Uma chuva forte o suficiente para escurecer a copa densa

PARTE II : A COMUNICAÇÃO DOS MORTOS SE PROPAGA — LÍNGUA DE FOGO

das árvores. Kogito sentiu necessidade de checar a situação das infiltrações que Chikashi mencionara a Shigeru. Por ocasião da reforma para a expansão da casa, respeitando o formato original, deixaram em particular o entorno da chaminé intacto. O jovem arquiteto encarregado da reforma alertou sobre um esforço excessivo nas juntas do telhado. Caso houvesse uma vítima das goteiras, certamente seria o pequeno quarto logo abaixo.

Kogito lembrou que, de fato, há quinze anos, a ideia de demolir toda a construção e reconstruir fora sugestão de Chikashi. No entanto, ele argumentou que deveria ser levado em conta se tratar de um dos primeiros projetos do arquiteto Shigeru Tsubaki, que veio visitar a casa. Já era outono e caía uma chuva miúda. A lareira ficava acesa mesmo durante o dia e, à noite, quando ficava acordado até bem tarde, Kogito bebericava seu uísque *on the rocks* após subir para o pequeno quarto (a chaminé desempenhava o papel de um aquecedor de tijolos vertical), pelo qual passava a torre de concreto da lareira e que, logo após a construção, servia de escritório. Foi então que percebeu vapor se elevando da superfície aquecida do concreto. Não era transpiração da parede, mas provavelmente infiltrações. Ao checar o teto baixo, a área próxima ao muro de concreto estava apodrecida e, ao tocá-la, um pedaço largo se descolou.

Evitando permanecer sob o local, Kogito se sentou e ficou inerte. Sentiu que, assim como naquela noite outonal, estava na floresta onde nada se ouvia, os ouvidos zumbiam e ele pressentiu, elevando-se do fundo da floresta, um grito mudo. Kogito desceu para pegar o Eliot de Motohiro Fukase e, embora o lusco-fusco ainda estivesse distante, acendeu uma lâmpada nua no pequeno quarto escuro. Naquela vez, ele havia trazido o mesmo livro. Antes de a Casa Gerontion ser demolida, desejava se despedir dela lendo a poesia que tinha sido a pedra de toque do plano de construção.

Agora, Kogito sentia vontade de ler a estrofe citada por Shigeru em tom de alerta quando viu Vladimir descer do carro liderando o grupo de homens hercúleos.

Suponha
Que nem medo nem audácia aqui nos salvem. Nosso heroísmo
Apadrinha vícios postiços. Nossos cínicos delitos
Impõem-nos altas virtudes. Estas lágrimas germinam
De uma árvore em que a ira frutifica.

E Kogito desenterrou uma nova lembrança. A de quinze anos antes, quando chorara embalado pela palavra "lágrimas" do penúltimo verso e também devido à ebriedade.

Ele não entendia o poema "Gerontion" no inverno de seus dezenove anos, quando comprou o livro na livraria da cooperativa da universidade, tampouco quando escreveu sua "Casa Gerontion", que lhe permitiu construir a residência aos trinta anos. As lágrimas derivavam desse pensamento. Apesar de não compreender o poema, sentia que havia nele uma terrível força premonitória. Sentir algo não significa depreender seu sentido. Ao contrário, ele até pensava agora que foi especialmente melhor não ter compreendido aos dezenove anos. Na fase de construção da casa, tanto ele quanto Shigeru perceberam pela primeira vez quão profético era o poema em relação às próprias vidas e que eles haviam compreendido, mesmo que superficialmente, seu sentido.

E depois de passado algum tempo, Kogito admitiu que quinze anos antes residia dentro dele um velhinho, um "Gerontion". Deixou de lado a ideia de demolir a casa, convenceu

Chikashi a se limitar a realizar uma reforma de ampliação e, mesmo sabendo que não conseguia compreendê-lo plenamente, o poema fincara raízes dentro de si e Kogito acreditava que, como uma árvore, o tronco engrossaria e os galhos se avultariam. Se por fim chegasse o dia em que aceitaria como sua a estrofe seguinte:

Na adolescência do ano
Veio Cristo, o tigre.

Então, vertendo lágrimas por uma piedosa espera, mesmo passados quinze anos:

O tigre salta no ano novo
E nos devora.

Sem ter vivido a experiência, já era a exata imagem de um velhinho sem fé. Chorando daquela forma pelo efeito do álcool, Kogito imaginou o fundo de seu peito se tornando bem mais desolado do que no início de seus cinquenta anos, como o de alguém rabujando em direção a algo distante.

2

Nesse dia, os jovens apareceram em uma hora de escuridão, embora ainda não tivesse anoitecido por completo e a chuva continuasse a cair. Percebendo a presença deles, Kogito espiou pela janela ao lado da lareira e os viu sob guarda-chuvas contemplando a Casa Gerontion diante do mesmo carvalho sob o qual Shigeru frequentemente se mantinha de pé perscrutando, inebriado.

Um deles era um rapaz de compleição grande e sólida. Vestia jaqueta azul-clara sem gola e calça cinza e, embora estivesse envolto pela escuridão, havia tirado um dos sapatos e um pé estava pousado sobre o outro. Mais do que o fato de estar de pé ali por um longo tempo, o gesto revelava um temperamento *descontraído.*

O outro era um jovem de altura média, franzino, apenas os ombros se sobressaindo, e dotado de uma cabeleira tão vasta que fazia a testa parecer estreita. Tinha um jeito tranquilo de irmão mais velho e parecia gastar o tempo refletindo sobre a melhor forma de se pôr em ação. Sobre a camiseta grená, vestia uma camisa de manga comprida mais escura e calça de algodão.

Pouco depois, o rapaz mais alto desencostou do tronco do carvalho em que se apoiara, motivo pelo qual conseguira permanecer de pé com uma única perna. O gesto parecia ser por mera conveniência, mas, na realidade, se ajustava ao movimento do amigo. Demorou-se a enfiar o pé no sapato, pegou suas duas bolsas e seguiu o companheiro, que se pusera a caminhar.

Antes de os dois chegarem diante da varanda, Kogito abriu a porta da frente e os esperou. O rapaz de compleição grande descalçou os sapatos, passou ao vestíbulo antes do companheiro, arriou as bolsas e fez uma vênia.

— Sou Take-chan. O senhor Shigeru costuma me chamar assim. Ficaremos aqui a partir desta noite.

A seguir, foi a vez do rapaz mais velho se apresentar.

— Sou Takeshi. A partir de agosto, vamos trabalhar em um restaurante em Karuizawa. Neio falou que o senhor nos alugaria um quarto. A propósito, ela deve chegar daqui a dois ou três dias.

Kogito convidou os dois a entrar. O grande Take-chan pegou o guarda-chuva molhado das mãos de Takeshi, enrolou-o rapidamente e, enquanto o colocava no porta guarda-chuvas junto com o seu, não tirou os olhos de Kogito, demonstrando visível interesse. Kogito explicou a eles a localização do toalete e da sala de banho e, no grande quarto, indicando-lhes os colchões sobre os quais estava dobrada a roupa de cama, disse-lhes para escolher livremente como se posicionariam. Depois de deixá-los descansando no quarto, Kogito retornou ao vestíbulo e, ao tentar fechar a porta de entrada, ela, entumescida pela chuva, rangeu alto apresentando resistência. Percebeu que os dois rapazes interromperam a conversa que mantinham no quarto. Um momento antes, a apresentação fora descontraída, embora, na realidade, ambos compartilhassem a mesma tensão.

Kogito trouxe para a mesa da sala de jantar uma jarra de café preparado na cafeteira elétrica, acompanhada do queijo, do presunto e do pão que Shigeru lhe entregara. Os dois lavaram as mãos na pia da sala de banho em total silêncio.

Em suas curtas estadas em universidades americanas, na maioria das vezes era atribuído a Kogito um quarto minúsculo e agradável no *Faculty Club*. Apenas o desjejum era tomado no térreo ou subsolo em sistema de *self-service*. Imaginou que, até a chegada da moça chamada Neio, bastaria a ele, naquele caso, tomar para si o papel de administrador e aguardou os novos hóspedes aparecerem.

Os dois apareceram bastante asseados, Takeshi trajando uma camisa de manga comprida de algodão amarelo-clara e Take-chan com a mesma roupa de antes, só que com os botões da jaqueta fechados. Kogito convidou os dois a se juntar a ele para o jantar leve que preparara. Eles aceitaram de maneira natural e agradável. Take-chan distribuiu os pratos empilhados sobre a mesa e empurrou a bandeja com queijo e presunto e a cesta de pães até um local onde os três poderiam se servir com facilidade. O movimento espontâneo convenceu Kogito de que eles realmente trabalhavam em um restaurante.

— Creio que o senhor Shigeru deve ter lhe explicado — disse Takeshi. — Neio se juntará a nós e ficará encarregada do preparo das refeições, pois não queremos lhe causar incômodo.

— Ela cozinha divinamente bem! — acrescentou Take--chan, despreocupado.

— Shige deve ter esclarecido a vocês sobre nossa relação e imagino o quanto deve ser constrangedor virem parar aqui com desconhecidos bem mais velhos, não?

Take-chan enviou a Takeshi um olhar carregado de energia. Era como se pretendesse dizer num tom sarcástico: "Quem está confinado é o senhor, logo, não somos nós a ficar constrangidos."

Sem prestar atenção a isso, Takeshi declarou:

— Take-chan e eu tivemos a oportunidade de assistir a uma de suas palestras. Foi patrocinada pelo Grupo de Estudos sobre Dostoiévski de Komaba. Eu não era estudante da língua russa e Take-chan foi convidado, apesar de estar no colegial, por isso estávamos preocupados se não seria uma palestra muito técnica para nós. Mas foi um alívio porque o senhor comentou sobre personagens de Dostoiévski que nós amamos. Take-chan estava encantado com *Os demônios* e achou muito interessante sua fala. E eu acabei também voltando a me envolver com esse romance.

— Vocês também têm um bom relacionamento com Vladimir, não? Dia desses, quando jantávamos com Shige e o resto do pessoal, Vladimir falou sobre *Os demônios*.

— Como há muito tempo *Os demônios* fascinava Take-chan, creio que a leitura que fez do livro é bem peculiar. Inclusive o personagem predileto dele....

— Quem seria?

— Kiríllov — respondeu Take-chan com olhar desafiador. — Quando disse isso a Vladimir, ele me olhou com desprezo. Bem, Kiríllov é popular entre os amigos mais imaturos, mas, na minha escola colegial, alguns estudantes adoravam-no. Eu pensava: "De que adianta ouvir isso desses caras!"

— Seria melhor você explicar que aspectos de Kiríllov o atraem tanto — sugeriu Takeshi.

— Lembram que Stavróguin visita Kiríllov em um casarão onde coabitam várias famílias? É no capítulo intitulado "A noite". Kiríllov pega uma bola vermelha e brinca com o bebê do dono da casa. Nesse momento, Stavróguin lhe pergunta se gosta de crianças. "Gosto", ele responde. "Então gosta da vida." "Sim, gosto da vida"[1], o diálogo continua. Stavróguin insiste: "Mas decidiu se matar..." Kiríllov revida: "E daí? Por que as duas juntas? A vida é um particular, a morte também é um particular." Não é fabuloso? E Kiríllov declara: "O homem é infeliz porque não sabe que é feliz; só por isso. Isso é tudo, tudo! Quem souber no mesmo instante se tornará feliz..." Essa passagem também é

---

1. Fiódor Dostoiévski, *Os demônios*, trad. Paulo Bezerra, São Paulo: Editora 34, 2017.

magnífica! Depois, ele comenta: "Lembre-se do que representou em minha vida, Stavróguin." Seu interlocutor apenas diz, incapaz de uma boa resposta: "Adeus, Kiríllov." E quando Kiríllov finalmente vai se suicidar, é visitado por Piotr, que foi se certificar de que, conforme prometido, ele escrevera o testamento falso que seria usado para camuflar o crime deles — creio que é raro topar com um tipo assim tão torpe na sociedade real —, e pede que entregue a importante bola vermelha, não é?

— Sim, a bola vermelha. Ah, Piotr a enfiou no bolso de trás da calça antes de sair — Kogito mostrou renovado interesse. — Então, é assim. E com você, Take-chan…

— Gosto de Chátov — declarou Takeshi. — Ele também gosta de crianças e cuida com carinho do filho da ex-mulher com outro homem depois de ela tê-lo abandonado para realizar uma longa viagem. Chátov também declara a Stavróguin que ele é alguém com grande significado em sua vida, não é? Deve ter sido duro para ele, que sente em Stavróguin a mesma apreensão que Kiríllov. Ele diz: "É verdade que você seduziu e corrompeu uma criança? Se for verdade, eu o matarei agora mesmo!" Acho que é correto dizer que Chátov acredita no futuro da Rússia. Em sua palestra, o senhor não comentou que o futuro daquele país, ou mesmo o do mundo, em que Chátov acreditava, não se produziu? O senhor continua a pensar dessa forma?

— Apenas acredito que pelo menos não se produzirá até minha morte! — afirmou Kogito.

— Por isso, o senhor imagina fazer algo em conjunto com o senhor Shigeru antes de morrer?

— Mesmo que realizasse algo em conjunto com Shige, não está claramente definido o que seria esse "algo". Mas vocês se lembram bem das cenas lidas e das conversas ouvidas.

PARTE II : A COMUNICAÇÃO DOS MORTOS SE PROPAGA — LÍNGUA DE FOGO

— Naquela palestra, o senhor não afirmou que a pior coisa é não se lembrar corretamente? — perguntou Take-chan. — Senhor Choko, qual é seu personagem predileto?

3

— Quando tinha por volta da idade de vocês, senti-me atraído por Stavróguin, mas posteriormente passei a detestá-lo. E por um motivo tolo. O fato de Stavróguin, apesar de falar muito bem francês, não se importar em cometer erros ao escrever em russo! Algum tempo atrás, quando falava com minha esposa sobre Stavrógin, algo inusitado aconteceu.

— É a irmã mais nova do diretor de cinema Hanawa — explicou Take-chan.

— Ela me contou que quando Goro estava no primeiro ou segundo ano do colegial, alguns colegas precoces brincavam de se comparar a personagens de *Os demônios*. E Goro era Stavróguin... Como Goro era um rapaz talentoso e belo, era tratado de forma especial pelos colegas e, possivelmente, teriam permitido a ele manter esse papel. Porém não creio que faltava a um estudante de colegial como ele lucidez suficiente para aceitar isso com serenidade.

"O próprio Goro devia ter algum motivo para se sentir próximo de Stavróguin. Foi quando percebi o elemento 'enfermeira'. Elas não desempenham um papel especial nas obras de

Dostoiévski? Em *Crime e castigo*, Sônia acompanhou Raskólnikov até o local onde ele estava preso na Sibéria e seus amigos prisioneiros passaram a depender dela. Apesar de o próprio Raskólnikov ser *detestado por todos eles*. Por fim, alguns vinham procurá-la para que ela curasse suas doenças. Como não sei ler russo, na tradução em inglês está escrito '*tend to*', mostrando que Sônia cuida deles. Ou seja, não era o papel de médica, mas de *enfermeira*.

"Em *Os irmãos Karamázov*, na conversa das damas da sociedade que visitam o velho Zossima, é mostrada de forma caricatural a vontade de se voluntariarem como *enfermeiras*. E é desnecessário dizer que Stavróguin abandonou a filha adotiva de sua mãe depois de ter um relacionamento com ela durante a estada na Suíça. Ele acaba perguntando se ela aceitaria vir como enfermeira caso ele estivesse em uma situação difícil. Na realidade, quando está na miséria, ele lhe escreve de seu esconderijo solicitando sua presença. Quando mãe e filha adotiva se dirigem para o local, Stavróguin passa sabão em uma corda de seda e se enforca.

"Aos dezesseis ou dezessete anos Goro tinha uma namorada que, apesar de tratá-lo de maneira vil, aceitara aparentemente o papel de *enfermeira*. Não teria ela se tornado a imagem de mulher que ele carregaria por toda a vida? Em suma, Goro não teria se identificado com Stavróguin, que precisava de uma *enfermeira*? Interpretei dessa forma."

— O suicídio do diretor Hanawa teria sido então porque a *enfermeira* que recebeu sua carta não chegou a tempo? — questionou Take-chan.

— Uma *enfermeira*, segundo o senhor Choko, não é necessariamente a última pessoa em uma vida — declarou Takeshi, e Kogito voltou a se interessar, achando também que Takeshi era dono de uma personalidade inescrutável.

PARTE II : A COMUNICAÇÃO DOS MORTOS SE PROPAGA — LÍNGUA DE FOGO

— Senhor Choko, se estivesse participando desse jogo... — lançou Takeshi a questão em direção a Kogito. — Não apenas quando jovem, mas com a idade de agora, se fosse convidado a jogar, quem escolheria dentre os personagens de *Os demônios*?

— Stiepan, o pai de Piotr — respondeu Kogito sem titubear. — Ele tem um papel lastimável do começo ao fim do livro. Apesar disso, ou em razão disso, gosto dele. Dizem que é o modelo do representante do liberalismo russo da década de 1840. Em contrapartida, Piotr simboliza a geração niilista da década de 1860, por isso é exatamente da geração do pai.

"Ele, por fim, se desespera e foge da casa da mãe de Stavróguin, sua protetora por longos anos. Torna-se um vagabundo, mas logo adoece e acaba, de alguma forma, encontrando alguém para cuidar dele. Ele conversa por noites a fio com essa mulher, uma vendedora de Bíblias. Por ser esse o enredo, o teor das conversas também é caricaturado.

"Porém, creio que ali é mostrado o enorme positivismo de Dostoiévski. As versões publicadas de *Os demônios* em geral apresentam a confissão de Stavróguin no capítulo final. A obra termina deixando o coração do leitor deprimido. Em minha opinião, é recomendável não a ler dessa forma. Em particular, a parte em que Stiepan pede à vendedora de Bíblias que leia para ele em voz alta o versículo oito do *Evangelho segundo Lucas*. A passagem em que os porcos possuídos pelos demônios se afogam. E a fala do pobre Stiepan na sequência. Se forem reler *Os demônios*, recomendo atentar para essas cenas."

— Visto pela sua perspectiva, senhor Choko, seríamos os porcos possuídos pelos demônios — disse Takeshi. — Como Stiepan é de uma geração que acredita no liberalismo, o senhor também se vê como um porco endemoniado?

— Significa que o senhor se considera também um liberal ou, se preferir, um democrata do pós-guerra, um porco arrependido? — questionou Take-chan.

— Creio não ter me livrado totalmente dos meus demônios! Simpatizo com Stiepan quando ele diz: "É possível que eu seja o primeiro, que esteja à frente, e nós nos lançaremos, loucos e endemoniados, de um rochedo ao mar e todos nos afogaremos, pois para lá é que segue o nosso caminho, porque é só para isso que servimos."

— Não será certamente o senhor que estará à frente! Quem sabe o senhor Shigeru? — indagou Take-chan.

E Takeshi declarou com uma tranquilidade às raias da indiferença de um leitor atento de *Os demônios*:

— Stavróguin decidiu pedir ajuda à *enfermeira*. Consta que a vendedora de Bíblias, que lia em voz alta as *Escrituras* para Stiepan até a condição dele se agravar, tinha experiência como *enfermeira* em São Petersburgo. Por isso, não haveria linhas se cruzando entre Stavróguin e Goro Hanawa, e entre Stiepan e Kogito Choko? Na hipótese, claro, de haver uma *enfermeira* confiável para o senhor Choko...

Take-chan moveu a cabeça agilmente em direção ao lado de fora, onde a chuva continuava a cair em meio à escuridão.

— A *enfermeira* do senhor Shigeru está nos alertando, Takeshi. Ela nos lembra de não aceitarmos convites do senhor Choko para beber algo. Apesar de sermos abstêmios, não é?

Alguém caminhava lentamente na escuridão do bosque direcionando ao solo a luz de uma lanterna de mão. Devia ser Shinshin. No entanto, Kogito custava a crer que os dois jovens haviam percebido que Shinshin era a *enfermeira* de Shigeru.

Esses jovens recebidos na *base operacional* de Shigeru pareciam dotados de capacidades muito incômodas. Entretanto, o jovem com *atitude incomum* dentro de Kogito encontrava prazer ao pensar assim.

4

Quando Takeshi e Take-chan se retiraram para seu aposento — havia ali uma televisão usada por Akari para assistir a programas de música clássica e um aparelho de som —, Kogito continuou a agir sem alterar a rotina. Sentado na poltrona diante da lareira, leu um livro fazendo anotações em uma ficha. Bebericou por uma hora e ainda sóbrio subiu ao andar superior para se deitar. No térreo, os sons emitidos pela conversa dos jovens eram naturais, o que não o impediria de dormir. Porém, mesmo desligando a luz, continuava desperto. Aos poucos, percebeu que não sentia nem uma réstia do medo infantil do escuro de quando se deitava de madrugada sozinho em plena floresta. Os dois jovens, cuja vinda tinha por finalidade vigiá-lo, provocavam essa tranquilidade. Entretanto, logo veio-lhe à mente a dúvida: "Por que Shigeru havia saído sem se dar ao trabalho de apresentá-los a ele?"

Talvez Shigeru, avesso a contrariedades, não os teria colocado ali e partido de volta para San Diego? Kogito se divertiu ao pensar dessa forma. Revivera nele uma nostalgia adormecida que sentia por Shigeru. Sim, era isso. Além de Shigeru, nenhuma vivalma seria capaz de desencadear nele esse sentimento.

Shigeru e ele formavam certamente um *couple* — Kogito deparara com esse vocábulo do idioma inglês no artigo de um crítico americano que avaliou a forma como ele produzia padrões em seus romances. *Pseudo-couple*[2], uma "dupla singular". Percebeu também que a palavra fora extraída do romance *O inominável*, de Beckett.[3] O local onde o velho Kogito, deitado, respirava com serenidade na escuridão ficava na Casa Gerontion construída por Shigeru. Ao mesmo tempo, estava em uma situação insólita para a qual apenas Shigeru poderia tê-lo conduzido. Ademais, nem vira o tempo passar mantendo com os jovens enviados para vigiá-lo um diálogo prazenteiro, embora entremeado de inquietantes pontos críticos. Não fora isso que acontecera a cada nova entrada de Shigeru em sua vida? Desde o primeiro encontro no vale ao fim da guerra...

Num sobressalto, Kogito abriu os olhos em meio à escuridão.

No verão de seus nove anos, Kogito quase se afogou no rio ao qual chegara após descer a estreita ladeira coberta de seichos ao lado de sua casa. Ao mergulhar na profundeza formada pelo fustigar da correnteza nas grandes rochas, podia-se ver um cardume de robalos nadando contra a corrente num local iluminado através de uma fenda. Pensou em ir até ali após ouvir essa história ser contada pelas crianças mais velhas. Certa manhã,

---

2. "Beckett denominava *pseudo-couple* uma situação vaudevilesca de dependência neurótica, na qual duas subjetividades mutiladas e subdesenvolvidas provisionalmente se completam mutuamente." Citado por Fredric Jameson em "Pseudo-couples", *London Review of Books*, 20 nov. 2003.
3. Samuel Beckett, *O inominável*, trad. Waltensir Dutra, Rio de Janeiro: Nova Fronteira, 1989. Nesta edição, *pseudo-couple* se torna pseudodupla.

tendo tomado a decisão, depois de flutuar com a correnteza, agarrou-se a uma grande rocha. Pôs-se de ponta-cabeça com seu mirrado corpo nu para espiar pela abertura. No instante seguinte, o topo da cabeça e a mandíbula ficaram presos entre as pedras. Ele se debatia. Braços quase brutais de tão vigorosos seguraram suas duas pernas e, girando seu corpo, o trouxeram de volta à superfície.

Desde então, ele desconfiava que aquilo foi trabalho de sua mãe. No entanto, só teve certeza quando, devido ao grave ferimento do ano anterior, estivera entre a vida e a morte e observara do alto exatamente essa cena com um terceiro olho.

Quem teria adivinhado, porém, o plano e avisado sua mãe naquela manhã? Apenas essa informação fora suficiente para que a mãe corresse atrás do filho tolo.

E, agora, Kogito desvendara o mistério de longos anos. Não restavam dúvidas de que foi Shigeru que, na primavera daquele ano, veio sozinho de Xangai para o vale e passara a morar na casa da "tia de Xangai"!

A casa dela se situava no alto da colina, de onde se avistava toda a região do vale e de onde era possível também vigiar o caminho ao longo do rio desde a cidade até as rochas, bem como a campina arenosa em que as crianças costumavam brincar. Kogito de início se dera bem com Shigeru, que ingressara na comunidade de crianças do vilarejo, mas posteriormente rompera relações com ele e acabara isolado. Todas as crianças do vilarejo se tornaram subservientes a Shigeru.

Desde antes de Shigeru voltar ao vale, Kogito reunira informações sobre como chegar até as grandes rochas, como assegurar sua posição se agarrando às cavidades na superfície das pedras e como se dirigir às fissuras da rocha após mergulhar.

Todas as crianças deviam saber do espírito aventureiro que se apossara dele. Vigiar o caminho em declive para o leito do rio a partir da casa de Kogito representava até um jogo estabelecido pelas crianças reunidas na casa da "tia de Xangai".

Bem cedo pela manhã, quando ninguém ainda havia descido para nadar, uma criança com caminhar incerto se dirigia às grandes rochas rio acima enquanto limpava a névoa nos óculos de natação com folhas de artemísia esmagadas. Após identificá-la, Shigeru enviou um de seus subalternos correndo à casa de Kogito com a informação.

Shigeru decerto ordenou aos meninos que mantivessem tudo em segredo. Isso por si satisfez seu sentimento de poder. Assim, ele deixava continuar vivendo aquele que no futuro morreria por ele. Sempre que via esse ser lastimável nas ruas ou nos ginásios de esportes, devia sentir uma sensação de superioridade. E Shigeru não teria desse modo se conscientizado do sentimento protetor que tinha em relação ao menino fraco que salvara? Apesar de os elos terem se rompido por muito tempo, Kogito percebeu que Shigeru via as coisas dessa forma ao trazer o plano da Casa Gerontion a ele, um escritor em ascensão ainda dando seus primeiros passos incertos...

— Tudo deve ter acontecido assim. Não, foi exatamente assim! — exclamou Kogito em voz alta, um hábito de sua vida solitária que ainda mantinha.

Como em resposta, uma voz jovem e pungente fez "Ah, ah", criando novo rompimento no vibrante silêncio absoluto.

Seguiu-se outra voz calma e doce. Certamente Takeshi despertando Take-chan de um pesadelo. Foi o que Kogito pensou. E tomando pela primeira vez consciência da existência de outras pessoas na mesma casa, disse para si:

PARTE II : A COMUNICAÇÃO DOS MORTOS SE PROPAGA — LÍNGUA DE FOGO

— Não só nunca me expus ao perigo por Goro ou Takamura como não agi de forma a prejudicar o progresso de meu trabalho. E muito menos por Shigeru... É verdade que desde que vim para Kita-Karu temos bebido juntos, ouço com alegria as conversas em que ele me revela seus planos, mas será que o levo a sério? Quem estava aceitando isso com entusiasmo era o jovem com *atitude incomum*, o outro eu que habita em mim.

Kogito voltou a cerrar os olhos, mudou de posição na cama e, embora sabendo que acontecera durante o sono, desejava do fundo do coração que Shigeru, que talvez tivesse partido, retornasse junto com os amigos mortos.

Capítulo 6
O "Plano Mishima-von Zohn"

1

Shinshin saudou Kogito através dos tubos de aço do andaime instalado diante da janela da cozinha. Isso nunca acontecera, mesmo no período em que tiveram as aulas de leitura de Eliot. Kogito se levantara e preparava o desjejum depois que Takeshi e Take-chan partiram para o restaurante em Karuizawa. De início, achou que ela o tivesse chamado da varanda e batido na porta sem que ele percebesse. Talvez por isso tivesse dado a volta até a porta dos fundos.

Kogito fritava ovos e, ao erguer os olhos da frigideira, percebeu a presença da moça de pé em meio aos carvalhos. Ou seja, era algo urgente. Assim que projetou o rosto para fora da porta de entrada, ela o avisou que Maki estava ao telefone. Ele saiu do jeito que estava acompanhando a moça, que caminhava a passos rápidos. Ela calçava sandálias amarradas com cadarço de couro e em seus calcanhares, mais arredondados e lisos do que os das japonesas, viam-se grudados vários pedacinhos de grama.

— Akari vai se submeter a um exame das vias urinárias — explicou Maki. — Mamãe quer que você o leve ao hospital. Agendamos para amanhã às dez da manhã.

Era do estilo de Maki não perguntar, mesmo que por mera formalidade, se daria tempo para o pai voltar a Tóquio, mas Kogito respondeu que retornaria à noite, já imaginando a dificuldade para convencer Shigeru — ou melhor, Vladimir e Shinshin —, tendo em vista a estranha situação em que estava.

Depois de ouvir isso, Maki relatou o que se passara nos últimos dias, tentando lutar contra a própria apreensão. Ela foi a primeira a notar que Akari ouvia a rádio FM agachado, com o corpo curvado. Perguntou-lhe por que se sentava no chão e não na cadeira.

— Descobri que ele sentia dores nos testículos. Embora apreensiva, se insistisse nas perguntas, ele ficaria de mau humor. À noite, Akari se levantou para ir ao toalete e eu o ouvi gritar. Mamãe foi até lá e deparou com o vaso sanitário todo ensanguentado. Ela esperou pelo horário de início do expediente para falar com o doutor Gataratto (era como Maki e Akari costumavam chamar o antigo médico da família, pela sua semelhança com o invulgar personagem de um programa infantil de bonecos da TV) e pedir seu diagnóstico sobre a hematúria.

Enquanto Kogito estava ao telefone, Shinshin foi preparar um chá na cozinha, de onde, com certeza, podia ouvir a conversa. Depois de chamar Shigeru que, do andar superior aparentemente acompanhava a movimentação, retirou-se para seu quarto. Nem Vladimir nem os membros de seu *reforço* apareceram.

— Akari precisa ir ao urologista, mas não permite que outra pessoa toque na sua genitália. Por isso, preciso voltar hoje mesmo para Tóquio.

Kogito disse isso de modo incisivo e propôs o seguinte a Shigeru, cujo rosto denotava ter estado por longo tempo trabalhando no escritório:

— Que tal vir junto? Chikashi e Maki se alegrarão.

PARTE II : A COMUNICAÇÃO DOS MORTOS SE PROPAGA — LÍNGUA DE FOGO

— Não seria recomendável — afirmou Shigeru, inclinando a cabeça para trás firmemente, uma indicação de que se referia a Vladimir e Shinshin. Com certeza, eles se inquietariam ao ver os dois velhos imprevisíveis viajando juntos.

— Haja o que houver, voltarei a Tóquio — afirmou Kogito.

— *Don't be terrifying* — exclamou Shigeru.

"Isso talvez signifique 'Não me ameace!'", pensou Kogito.

— Quanto tempo você ainda tem?

— Espero tomar o expresso esta noite em Karuizawa. Acato a decisão de vocês de me manter confinado! Porém este é um caso excepcional. Se alguém tentar tocar nos órgãos genitais de Akari sem eu estar presente, mesmo sendo alguém do hospital, algo desagradável acontecerá. Ainda assim, eles precisam fazê-lo. Mas Akari não entende o motivo de ter de passar por isso.

— Vou pedir a Takeshi e Take-chan para voltarem tão logo acabem de servir o almoço. Eles coordenarão os preparativos para acompanhá-lo. Porém, Kogi, falta-lhe disciplina para controlar seus ímpetos de raiva. Continua o garoto da época em que vivia na floresta. E com quase setenta anos... É surpreendente!

2

O carro de aluguel que Takeshi e Take-chan contrataram pela internet era um Honda novíssimo, mas Kogito, por não saber dirigir, ignorava os detalhes. Na rodovia, ainda fora do horário de *rush* do fim da tarde, Take-chan ultrapassou os carros da frente com destreza incomum. Kogito especulou se por algum motivo os jovens precisavam despistar algum carro da polícia.

Ao chegarem à casa em Seijo, Kogito e Takeshi desceram do carro carregando as malas de viagem enquanto Maki, informada por Take-chan pelo celular de sua chegada ao sair da rodovia, subiu ao assento do passageiro para guiá-lo até o estacionamento próximo à estação de trem. Chikashi devia ter ouvido de Shigeru, conforme o que ele poderia lhe contar, o porquê de os dois jovens os estarem acompanhando. Por isso, Kogito não forneceu explicações. Tanto Takeshi, o primeiro a se sentar na sala de estar, quanto Take-chan, de volta após ser guiado por Maki, demonstravam uma maneira polida e natural de se portar em relação a Chikashi. E Kogito se surpreendeu ao ver que Maki, normalmente tímida diante de desconhecidos, tão somente por ter acompanhado Take-chan até o estacionamento já o tratava com a familiaridade de um amigo quase da mesma idade.

Akari, ao contrário, não ocultava seu constrangimento em relação aos dois desconhecidos, e também perante o pai. Kogito sentou-se na poltrona de costas para o jardim, tal qual fazia quando estava trabalhando em Tóquio, Takeshi e Take-chan estavam no sofá à esquerda, e Chikashi e Akari se instalaram no outro sofá de canto, à direita, mas Akari mantinha a cabeça demasiadamente baixa, lançando apenas um olhar subreptício a Maki, que trazia o chá.

— Este é Akari. Shigeru deve ter comentado com vocês sobre ele.

Depois de apresentá-lo, Kogito se dirigiu ao filho.

PARTE II : A COMUNICAÇÃO DOS MORTOS SE PROPAGA — LÍNGUA DE FOGO

— Akari, quando formos ao hospital amanhã pela manhã, um desses dois rapazes, o Take-chan, vai nos levar de carro. Eu e Ma-chan vamos junto, não se preocupe. É a primeira vez que iremos a esse hospital, porque o doutor Gataratto escreveu uma carta de recomendação. Iremos ao consultório de urologia, entendeu?

— Acho que sim — respondeu Akari mantendo o pescoço torcido. De tão cabisbaixo, sua testa quase tocava a mesa.

— Akari, nós vamos pela primeira vez — de pé e segurando a bandeja, Maki incentivou o irmão. — Para não haver erro no hospital, aprendemos como se escreve "consultório de urologia" em ideogramas, não foi? Vimos também no dicionário. Como estava escrito *hitsu-nyo-ki-ka*, você fez um trocadilho espirituoso, lembra?

— Que trocadilho? — Kogito também entrou no ritmo, mas Akari não respondeu.

— Você disse que era "*hitsunyo*", gracejando com a semelhança da palavra "*hitsunyo*", urologia, com "*hitsuyo*", importante — interveio Chikashi.

Apenas Take-chan sorria prazeroso. Terminadas as apresentações, Chikashi pediu a Maki para conduzir o irmão até o quarto.

— Deve ser terrível para vocês — falou Take-chan com a voz repleta de sinceridade e contendo um sorriso.

— Vocês também são terríveis para mim — respondeu Kogito de um jeito nem um pouco adulto.

— Falei ao telefone com tio Shige. Ele comentou que os dois estão morando com você na Casa Gerontion. Deve ser uma amofinação para jovens como eles. E também por terem de acompanhar você até Tóquio — disse Chikashi. — Vamos deixá-los descansar aqui até o jantar. Que tal você subir para organizar a correspondência e os livros que chegaram? Amanhã você volta para Kita-Karu, não é?

— Sim, é o que pretendo fazer — disse Kogito recobrando o ânimo. — Takeshi e Take-chan se interessam por *Os demônios*. Ma-chan, leve-os até a biblioteca e mostre a estante com as obras de Dostoiévski. Se encontrarem livros de seu interesse, podem levá-los para Kita-Karu!

3

Kogito, Maki, Akari e Take-chan ocupavam todo um banco colado à parede na ala de pacientes externos do hospital universitário, em um local estratégico onde um fluxo considerável de pessoas trafegava em todas as direções. Akari mantinha a cabeçorra bastante inclinada, com a fisionomia de um homem de meia-idade imerso em profundas reflexões. Não demonstrava naquele momento o bom humor inusitado, muito acima do normal para sua idade.

Como haviam chegado com muita antecipação, Akari estava tenso, acreditando que seria o primeiro a ser chamado para a consulta. Porém, mesmo passados trinta minutos desde que o alto-falante começara a chamar, ainda não chegara a sua vez. Take-chan foi até o guichê onde eles haviam apresentado o cartão de consultas para perguntar o motivo da demora.

PARTE II : A COMUNICAÇÃO DOS MORTOS SE PROPAGA — LÍNGUA DE FOGO

A maneira sagaz com que lidava com as coisas contrastava com a atitude calma de Takeshi, que seguira de trem até o centro da cidade devido a um compromisso pessoal. Além disso, fora Takeshi que, no jantar da noite anterior, tivera com Chikashi conversas pragmáticas sobre, por exemplo, as instalações da Casa Gerontion, enquanto Take-chan, em várias ocasiões, entabulava com Akari e Maki conversas no linguajar próprio aos jovens, embora somente extraísse deles respostas lacônicas.

— O médico para quem a carta de apresentação é endereçada é o mais importante da clínica e por isso ele tem de concluir primeiro um serviço administrativo! — informou Take-chan a Maki ao retornar. — Akari, fique atento quando uma voz chamar "senhor Akari, favor dirigir-se à sala número 1". Se chamarem outra pessoa, vamos até lá reclamar, combinado?

Não houve necessidade de reclamar, o nome de Akari foi chamado. Mantendo o semblante melancólico por saber que não se encontraria com o médico conhecido, Akari levantou-se com um movimento resoluto, sendo acompanhado por Maki. Kogito os seguiu, deixando Take-chan sozinho.

O médico encarregado estava na casa dos cinquenta anos, era magro e de compleição pequena. De jaleco branco, ele lia a carta de apresentação sentado à mesa de frente para a janela. A carta parecia ter sido escrita em um papel de carta comercial com linhas grossas. Uma enfermeira alta e forte pediu para Akari e Maki se sentarem nas cadeiras enfileiradas ao lado da mesa, enquanto Kogito permaneceu de pé atrás, um pouco mais afastado.

Ao terminar de ler a carta de apresentação, o médico olhou para Akari ignorando a leve saudação com a cabeça feita por Kogito. Perguntou em voz baixa como ele estava se sentindo e pediu alguns detalhes. Akari não conseguia responder bem a essas perguntas, apesar de sua disposição sincera em fazê-lo.

Em seu lugar, Maki, que estava mais tensa do que o irmão, detalhou os sintomas que observara em Akari. Era a primeira vez que vinham ao consultório de urologia, mas há mais de vinte anos Maki respondia dessa forma. Kogito achou que as informações necessárias estavam sendo transmitidas ao médico. Akari ouvia com atenção, por vezes balançando a cabeça em sinal de anuência.

Calado, o médico deu instrução à enfermeira com um gesto. Ela foi até o fundo de uma sala mais ampla do que aquela em que estavam e, de pé diante de uma cesta de roupas, entregou a Akari uma blusa e uma calça. Seguindo a ordem de Maki, Akari tirou a camisa com uma agilidade estonteante, deixando entrever as costas largas e, curvando-se para a frente, trocou de calças. Em seguida, observando as instruções da enfermeira que eram traduzidas por Maki, deitou-se sobre o leito. Sem olhar uma só vez para Kogito, o médico levantou-se e dirigiu-se até lá. Percebendo nessa atitude um sinal para que se mantivesse afastado, Kogito permaneceu admirando um grande tulipeiro quadrangular no pátio.

Pouco depois, pressentiu algo inusitado ocorrendo. Kogito virou a cabeça. Ao lado da cintura do médico, que lhe dava as costas, viu o braço esquerdo de Akari, que estava deitado no leito, segurando o pulso direito da enfermeira. Ela curvou para trás a parte superior do corpo, parcialmente oculta pelas costas do médico, forçando as duas pernas projetadas para fora de sua saia retorcida. A enfermeira tinha a mão esquerda sobre o pulso da mão direita, tentando se desvencilhar do braço de Akari.

PARTE II : A COMUNICAÇÃO DOS MORTOS SE PROPAGA — LÍNGUA DE FOGO

Foi então que Kogito pensou ter ouvido a enfermeira interpelar o médico sobre algo como *general anesthesia*... Com o sangue lhe subindo à cabeça, Kogito caminhou até eles.

— Vocês vão aplicar anestesia geral? Logicamente, um anestesista estará presente, eu suponho? — questionou Kogito.

O médico virou a cabeça parecendo incomodado pela proximidade do rosto alterado desse velho com visíveis cicatrizes de uma cirurgia. Mas quem revidou foi a enfermeira, cuja raiva estampada em todo o rosto rivalizava com a de Kogito.

— Acha possível pedir um médico anestesista sem ter feito agendamento? O que se passa na sua cabeça? Esse paciente veio ao consultório de urologia para ser examinado do quê, afinal? Tenho problemas cardíacos e tomo remédio para dificultar a coagulação do sangue. Amanhã meu pulso estará roxo. Tudo por causa dessa *força*... como é mesmo que a chamam?

— Você quer dizer *força bruta*? Que relação ela pode ter com alguém com deficiência intelectual? — indagou Maki à enfermeira e depois ordenou a Akari: — Vamos, levante-se e troque de roupa!

Quando saíram do consultório, não encontraram Take--chan no corredor. Akari estava indignado por não ter realizado a consulta — também em parte se culpava — e furioso pela forma como o haviam tratado. Desde a sala da consulta até passarem em frente à estação dos enfermeiros, não deixou Maki nem mesmo segurar seu braço. Era preciso voltar para casa antes da possibilidade de ele ter um grande surto.

Maki, a única que mantivera a serenidade, tomou para si a função de efetuar o pagamento no guichê do caixa. Depois, voltou até o banco avisando que esperaria por Take-chan enquanto Kogito envolveu o corpo de Akari, tomando o devido cuidado de não tocá-lo, pois ele não deixava que lhe segurassem o braço, e subiu no elevador zelando para que o filho não se chocasse contra outros pacientes. Pegaram um táxi e, após cruzarem o rio Tama em direção a Seijo, Akari desviou do olhar de Kogito e não falou uma palavra sequer.

— Aconteceu algo no hospital? — perguntou o taxista a Akari.

— Alguma coisa deixou meu filho abalado — respondeu Kogito em lugar do filho.

— Mas não é justamente para curar essas coisas que existem hospitais?

Havia no aspecto de Akari, ardendo de sombria ira, algo que com frequência despertava a solidariedade desinteressada de terceiros. Quando viu Chikashi à sua espera no vestíbulo, pela primeira vez Akari falou em uma voz quase assustadora.

— Ninguém fez nada por mim!

Por outro lado, Takeshi, que regressara e estava sentado no sofá da sala de estar, tampouco parecia em seu estado normal. Aparentando estar imerso em pensamentos, permaneceu calado quando Akari cruzou diante dele e entrou no quarto. Chikashi seguiu o filho. Kogito sentou-se diagonalmente oposto a Takeshi e, sem dizer nada, passou a arrumar os livros que trouxera do andar de cima. Takeshi tampouco puxou conversa.

Quase meia-hora depois, Maki e Take-chan voltaram. Vendo o rosto de Take-chan acanhado pela *impaciência* e exaustão acumuladas e o olhar rígido de Takeshi direcionado a ele quando entrou na sala de estar, Kogito deduziu que havia algum conflito interior em cada um deles.

Talvez Take-chan tivesse estimado o tempo que demoraria a consulta de Akari e aproveitou para dar uma saída do hospital para fumar, mas acabou demorando para retornar. Ao ser informado na recepção que Kogito partira com Akari, não teria entrado em pânico constatando que o alvo de sua vigilância se evadira?

Takeshi deve ter retornado às pressas do centro da cidade após receber no celular o relatório de Take-chan. Deve ter pensado que nesse ínterim Kogito poderia ter ido ao encontro de algum jornalista conhecido e conversado sobre a situação em Kita-Karu. Talvez tivesse telefonado para a polícia. Deve ter pensado em censurar Take-chan e passou o tempo ponderando também sobre as medidas a adotar dali em diante.

Maki entrara no quarto de Akari e explicava a Chikashi o que acontecera no hospital. Deitado na cama, Akari demonstrava alguma reação ao que a irmã contava. Kogito decidiu acalmar as preocupações de Takeshi e Take-chan que, sentados um ao lado do outro com ar descuidado, revelavam uma imaturidade própria da idade.

— Durante o tempo em que não estava sob a supervisão de Take-chan não fiz nada do que vocês possam estar imaginando. Na realidade, nem precisariam estar me vigiando!

— Entendi — disse Takeshi.

Tanto o rosto de Takeshi quanto o de Take-chan, entregue à contemplação das touceiras de rosas espalhadas por toda a área do jardim, estavam nitidamente vermelhos. O desespero pela situação em que se achavam até ali era mais evidente do que se estivessem choramingando.

4

Dois dias depois, Vladimir deu as caras na Casa Gerontion, algo que não fazia há algum tempo.

— Como vai Akari agora? O senhor Shigeru, Takeshi e Take-chan estão todos preocupados.

— Minha filha mandou um e-mail para Shigeru sobre isso. Akari não voltou a ter hematúria e disseram que vão continuar acompanhando o estado dele.

— O que fizemos foi certamente desagradável e peço-lhe desculpas em nome de todos. O senhor Shigeru nos advertiu que o senhor está colaborando. Se possível, gostaríamos de voltar a ter com o senhor o mesmo relacionamento de antes. Pensamos em organizar um jantar, no decorrer do qual poderemos discutir a "Problemática Mishima", e estamos providenciando para que a Casa do Velho Louco possa abrigar uma pequena conferência. O senhor poderia participar? O convidado principal é o senhor Takeshi Hatori, antigo oficial das Forças de Autodefesa, que teve a oportunidade de conversar com o senhor em um evento da Universidade das Nações Unidas.

No dia seguinte, Kogito apareceu na casa dos fundos acompanhado de Shinshin, que viera buscá-lo antes mesmo de começar a anoitecer. Instalaram uma quantidade de cadeiras sem dúvida suficiente para permitir a realização de uma grande reunião e repuseram a mesa no local onde originalmente era a sala de jantar. Vladimir e seu pessoal estavam sentados. Shinshin fez com que Kogito se sentasse ao lado direito de Vladimir. O homem magro sentado diante dele vestindo um terno ao que parecia de seda mista o cumprimentou.

PARTE II : A COMUNICAÇÃO DOS MORTOS SE PROPAGA — LÍNGUA DE FOGO

— Sou Hatori. Há quanto tempo, não é mesmo? Quando estive em Matsuyama como palestrante em uma reunião da antiga Associação dos Veteranos de Guerra, fui informado do seu grave ferimento. As pessoas que me contaram pareciam não simpatizar com você, apesar de serem do mesmo torrão natal...

— Como pode ver, estou em fase de reabilitação.

— Tenho boa saúde, mas não faço nenhum trabalho produtivo.

Shigeru imediatamente encaminhou a reunião para o tema previsto para aquele dia. Parecia ser um hábito adquirido no decorrer da longa carreira de professor nos Estados Unidos.

— Que circunstâncias nos levaram a convidar Hatori para vir? Antes de Takeshi e Take-chan chegarem, jantamos em um restaurante ao lado do supermercado. Foi quando Vladimir trouxe à baila a "Problemática Mishima". O tema era interessante, mas não pudemos desenvolvê-lo o suficiente.

"Dia desses, de volta de Tóquio, encontrei Hatori por acaso no mesmo trem expresso e contei a ele que estava morando em sua casa, Choko, em Kita-Karu! Hatori se relacionou desde jovem com Mishima. Enquanto me inteirava dessa história, acabei vinculando-a à 'Problemática Mishima' de Vladimir e imaginei que eu e os jovens gostaríamos de ouvir a respeito. Hatori também me falou sobre você e, ao ouvi-lo, me recordei da carta de Mishima que você recebeu quando jovem. Organizei essa reunião pensando justamente em revelar isso a Vladimir e seus amigos. Mais tarde, durante o jantar, será possível fazer mais perguntas, mas, de início, pediria a Hatori para iniciar sua preleção.

— Mishima e Choko eram inimigos confessos, mas Mishima não teria tirado o chapéu para a literatura de Choko? Quando eu trabalhava na Embaixada do Japão em Londres e era apresentado aos estrangeiros como *military attaché*, o *The Guardian* publicou em seu suplemento de sábado uma entrevista com Mishima. Nela, fizeram questão de declarar sobre sua grande aversão pela ideologia política de Choko. Desculpe dizer isso na sua frente, mas como eu era um especialista político ligado a aspectos da Defesa Nacional, não considerava suas declarações sociais valiosas a ponto de rotulá-las de "ideologia política". E percebi que Mishima afirmou isso com a conotação de quem reconhecia as suas obras, Choko.

— Na época, na qualidade de especialista em Defesa Nacional, como você avaliava as ideias militaristas de Mishima? — indagou Shigeru.

— Eu as classificaria como infantilidades — disse Hatori inflando o peito estoicamente (a cabeça sobre o pescoço magro evocava a de uma ave oceânica).

— E que tal sua ideologia política em geral? — perguntou Vladimir.

— Falarei sobre isso adiante, mas, primeiro, gostaria de ouvir o que todos têm a dizer.

— Antes de passar às discussões… — interveio Shigeru. — Choko, você poderia falar sobre a carta que lhe foi enviada por Mishima à qual me referi há pouco?

— Hatori conhece bem o contexto histórico do que vou falar doravante — encetou Kogito. — Mas há também jovens aqui. Por isso, peço que tenha paciência com as partes mais *enfadonhas*. Essa carta representa a reação de Mishima ao romance *Seventeen* que escrevi aos vinte anos tomando emprestado o nome de uma revista americana. Como o próprio título indica, é uma crítica ao jovem terrorista que assassinou a punhaladas o secretário-geral do Partido Socialista quando ele realizava uma palestra.

"A primeira parte até teve boa repercussão. Mas, na semana de lançamento da revista contendo a segunda parte, o editor, que me escolhera pela primeira vez quando eu era ainda estudante (por acaso ele também era o encarregado de Mishima), me entregou a tal carta. Era uma epístola fervorosa! Primeiro, Mishima escreveu que avaliava positivamente meu romance. Mencionava, antes de tudo, que refletia minha real *persona*.

Você escreveu, em jornais e revistas, que apoia a Constituição elaborada durante o período de Ocupação. Isso mostra o quanto sua ideologia política de democrata do pós-guerra é abominável. No entanto, existe na descrição de autoformação do jovem terrorista uma confissão pessoal daquilo contido em seu íntimo.

Na sociedade atual, um escritor promissor que levante a bandeira das ideias direitistas deve ser exposto de imediato às críticas. Você começa escrevendo em minúcias sobre o rapaz entusiasta do onanismo. Logo mostra o estranho rapaz ingressando em uma organização de direita. Ele comete um atentado terrorista e acaba se enforcando num centro de detenção juvenil. A sociedade é forçada assim a reconhecer que ele levava a sério suas convicções. Você descreve com primazia esse processo de inflexão!

Indicarei três pontos que servem de prova contundente de sua estratégia. Primeiro, você, formado em literatura francesa pela Universidade de Tóquio, finge ser louco por aquele ignóbil Sartre. Depois de ler A infância de um chefe, *de autoria dele, você descobriu que poderia escrever com sinceridade sobre o processo de autoformação de um jovem direitista.*

Em segundo lugar, seu poema, que retrata a cena em que um jovem se suicida no Centro de Detenção Juvenil de Nerima. A expressão 'Imperador Puro' não pode ser entendida como simples invenção.

E, por último, conheci, por intermédio da Associação de Poetas de Tanka de Shikoku, um jovem formado por seu pai, que dizem ter tido uma morte bizarra logo após o fim da guerra, e, tendo conversado com ele, vi emergir o seu verdadeiro eu."

— O senhor guarda até hoje essa carta? — perguntou Vladimir, empolgado.

— Não. Na semana seguinte à carta de Mishima, um grupo de direita protestou contra a editora da revista que publicou meu romance. Na noite do dia da divulgação da notícia, o editor a que me referi há pouco veio pegar a carta de volta.

— Com relação a isso, Kogi, desde jovem você sempre foi astuto. Na época, você era tão fascinado pelas aulas sobre Rabelais do professor Musumi que adquiriu uma câmera com um dispositivo acoplado para fotos em *close-up* a fim de reproduzir o texto emprestado de um estudante da pós-graduação. Chikashi comentou que você com certeza tirou uma foto da carta. Você realmente não a conservou?

— Na época, eu e Chikashi tínhamos opiniões divergentes sobre Mishima. Sem dúvida, ela recomendou tirar as fotos, mas...

— E que resposta o senhor escreveu? — continuou Vladimir a perguntar.

— Pelas razões que expliquei, era desnecessário redigir uma réplica.

— Ainda bem! — exclamou Shigeru. — Se tivesse mostrado simpatia por aquela carta... Seja como for, você teve uma identificação sentimental muito forte com aquele pobre rapaz de direita. Mesmo que de forma ambivalente... Se tivesse acompanhado o caminho de Mishima, o jornalismo literário japonês não teria sofrido uma transformação?

— Nos círculos literários, não era Ashihara quem estava mais próximo de Mishima? — perguntou Shinshin. — Não entendo por que Mishima não o envolveu nessa direção.

— Ashihara tinha de fato contato direto com Mishima na época — respondeu Hatori, gentil. — Entretanto, ele era politicamente sensato e até o fim se recusou a acompanhar o fanatismo de Mishima. Ele pode ser um fanfarrão em suas declarações, mas no fundo é um realista pusilânime. Fui considerado seu mentor por algum tempo e por isso o conheço bem.

— Uma pergunta que eu desejava fazer há pouco — interpelou Vladimir. — Senhor Hatori, ainda hoje o senhor considera a ideologia política e as atividades de Mishima, e aqui amplio a pergunta para além do plano de um golpe de Estado militar como infantilidades? Várias vezes conversei com o senhor Shigeru sobre minhas ideias de que as atividades de Mishima basicamente não estavam erradas. Apenas foram precipitadas, prematuras, considerando a tendência da época. Ou seja, são bastante viáveis como modelo para o que doravante possa vir a se produzir em um momento de maior amadurecimento.

"Após partir para a ação penetrando no quartel-general da zona oriental das Forças de Autodefesa, Mishima se suicidou por esventramento. E se, em vez dessa forma de dar fim à vida, ele tivesse optado por se render às Forças de Autodefesa? Se tivesse sido submetido a um exame psiquiátrico, fosse julgado e, após passar alguns anos na prisão, tivesse sido reintegrado à sociedade? Como a época evoluiria, caso voltasse promovendo a reformulação de seu modelo precedente, com certeza não ficaria tão isolado quanto antes."

— É uma colocação interessante! — reagiu Hatori com vigor. — Na realidade, conheço pessoas que já pensavam assim em relação a Mishima dez anos antes do incidente em Ichigaya. Escrevi um relatório sobre isso no encontro mundial de eruditos organizado pela Universidade das Nações Unidas, do qual Choko também participou. A audiência reagiu considerando o tema muito específico.

— Ah, era o "Plano Mishima-von Zohn", correto? — peguntou Kogito se recordando. — O representante da Nigéria se enfureceu por ser algo particular ao Japão.

— Tratava-se do plano que meu irmão e seus amigos pretendiam lançar. Tinha por pressuposto que não se deveria sacrificar um gênio literário do porte de Mishima em função de ideologias políticas pueris. Eu e Vladimir concordamos com a ideia de atribuir uma *moratória* de alguns anos a Mishima, conforme acabei de comentar.

Vladimir observava Hatori com atenção. Como ele não continuou a falar, Take-chan o crivou de perguntas:

— Qual o teor do "Plano Mishima-von Zohn"? O nome "von Zohn" tem algum significado em especial? O que tem de concreto?

— Vocês da nova geração certamente não leem *hoje* Dostoiévski — disse Hatori numa atitude autoritária.

— Em *Os irmãos Karamázov* há uma passagem em que um velho chama um de seus colegas por esse nome para irritá-lo — disse Takeshi. — Em *O adolescente* e em *Os demônios* aparece apenas o nome, mas, mesmo lendo as notas de rodapé da tradução, não há detalhes. Um velho libidinoso é assassinado em um meretrício. É tudo o que se sabe.

— Dostoiévski se interessou pelo artigo de jornal descrevendo que o corpo fora enfiado e transportado em uma mala — complementou Take-chan.

Como Hatori adotava uma atitude de distanciamento dos jovens, Kogito assumiu o papel de interveniente:

— Sabendo apenas isso é mais do que suficiente ou não?

— Desconheço com que tipo de mulher insidiosa von Zohn se envolveu e que acabou por matá-lo, e tampouco tinha interesse pelo assunto — começou a falar Hatori. — Meu irmão e os amigos refletiram bastante e decidiram deixar Mishima em uma *moratória* por um tempo. Na base dessa concepção residia o fato de ele ser homossexual. Os amigos de meu irmão, tendo à frente o senhor Tatsuo, renomado tradutor, tinham uma cultura literária fora do comum, formando um grupo que apreciava se aprofundar em passatempos eróticos e grotescos. Eu, jovem, os menosprezava, achando se tratar de diletantismo da parte deles. Se não fosse algo tão interessante que me animasse de verdade, não conseguiria continuar a manter o interesse como trabalho de toda uma vida.

"No entanto, como eu e os outros estamos agora aposentados, gostaria de dizer aos jovens que nosso trabalho profissional era de nível ainda mais diletante. Seja como for, o que eles pretendiam fazer com a capacidade de se interessar por áreas diversas era o seguinte. Desejavam fazer com que Mishima, esse talento sem precedente, desistisse do enfado traiçoeiro da Sociedade do Escudo. Entretanto, a Sociedade do Escudo não se extinguiria caso Mishima apregoasse a palavra mágica 'Desapareça'. *Vínculos* continuam. Os *vínculos* das relações humanas politizadas começam um movimento próprio rumo à catástrofe. Em pouco tempo, ele carregaria nos ombros as atividades políticas vulgares dos membros da Sociedade do Escudo, e seria sua ruína. O plano era resgatá-lo dessa situação fastidiosa. Planejavam criar um inferninho em um subsolo em Tóquio, onde rapazes de beleza excepcional, a começar pelos bem novinhos, se reuniriam com a intenção de atrair Mishima e, destarte, denunciar o local às autoridades."

Take-chan censurou o loquaz Hatori, dizendo a Takeshi:

— É como se eu sentisse ecoar aquele *"Hum! É verdade que você..."*

Takeshi o ignorou. Hatori teve uma atitude de professor exasperado com o comentário pessoal de um aluno — calou-se, mas parecia refletir sobre o que acabara de ouvir, demonstrando ter sido um burocrata de alta patente das Forças de Autodefesa — e Kogito compreendeu que aqueles leitores atentos de *Os demônios* se recordavam das palavras de Chátov interpelando Stavróguin:

> *Hum! É verdade que você... É verdade que em Petersburgo você pertenceu a uma sociedade secreta de voluptuosos bestiais? É verdade que o Marquês de Sade poderia aprender com você? É verdade que você atraía crianças e as pervertia?*[1]

— Esse inferninho foi realmente criado e o "Plano Mishima-von Zohn", posto em prática? — perguntou Takeshi.

— Rapaz, você acredita mesmo que algo do gênero seria possível? — revidou Hatori. — Meu irmão e os amigos desistiram. E o resto é história.

Foi a vez de Vladimir intervir com disposição.

— E se outro grupo pensasse o mesmo e abrisse o inferninho como Sociedade do Escudo? Atraindo Mishima com a beleza fascinante dos jovens, eles o teriam pressionado àquela sublevação, mas o idealizador do plano pediria para assistir ao suicídio decapitando-o após o esventramento. Ignorando tudo,

---

1. Fiódor Dostoiévski, *Os demônios*, op. cit.

PARTE II : A COMUNICAÇÃO DOS MORTOS SE PROPAGA — LÍNGUA DE FOGO

Mishima se suicidaria. Dizem que, após inserir a espada no próprio ventre, ele emitiu um grito lancinante. Mas ele não morreria em decorrência disso. Seguindo o plano traçado, o assistente se aproximaria a passos morosos. O comando das Forças de Autodefesa poria abaixo a porta, invadindo o local. Com efeito, não temeriam fazê-lo, posto que o líder dos que tomaram os reféns estaria com uma espada cravada no ventre.

"Após dez anos no cárcere, Mishima reapareceria, conforme planejado. Entretanto, ele acabou decapitado pelo assistente excitado. Não é algo que poderia acontecer?"

— Sendo assim, Mishima esperaria para ressurgir politicamente uma década depois da moratória na penitenciária com sua ideologia política intacta? Entretanto, meu irmão e os amigos conceberam o "Plano Mishima-von Zohn" para proteger o talento literário de Mishima, afastando-o das atividades políticas. O objetivo era justamente o oposto! Fosse ele preso por um ato libidinoso com rapazes, incluindo meninos, seu renascimento político seria inconcebível. Assim como Oscar Wilde, Mishima mofaria na prisão. Depois de cumprir a pena, aguardariam por ele os dias calmos que serviriam para aperfeiçoar seu talento. Era esse o plano!

— O grupo que eu imagino seria, ao contrário, político. A Sociedade do Escudo iniciou suas atividades quando, com o carisma político de Mishima ainda não amadurecido, não havia, portanto, ambiente para um golpe de Estado pelas Forças de Autodefesa. Prova disso é o discurso proferido por Mishima em Ichigaya.

"Entretanto, o que sucederia após dez anos? Não teriam ocorrido mudanças nas Forças de Autodefesa e na atmosfera social deste país? Após sua vida prisional, Mishima retornaria à sociedade senhor de uma ideologia política mais elaborada. A sociedade conseguiria ignorar Mishima como líder político?

"E a Sociedade do Escudo, durante o tempo em que seu líder estivesse prisioneiro, sem dúvida teria se tornado mais consolidada. Porque seus cabecilhas continuariam atuando na clandestinidade. Dez anos antes, ela foi considerada um escândalo, mas, em meio à nova situação, tendo como pano de fundo sua própria história, começaria com uma nova proposta! Seu líder teria ainda cinquenta e cinco anos!

"Conversei um tempo atrás com Shigeru e Choko sobre a base desse pensamento. Agora continuo a repensá-lo com todo o vigor!"

Hatori não contestou as palavras eloquentes de Vladimir. Ao contrário, Kogito sentiu-se até mesmo atraído por elas. Aproveitando o silêncio de todos, incluindo o de Hatori, uma moça aparentando estar na casa dos trinta se manifestou pela primeira vez. Foi ela que pouco antes começara a arrumar a mesa em preparação para o jantar.

— Se após dez anos de prisão Mishima estivesse vivo, seria 1980, não? Olhando o plano internacional, no início daquele ano, as tropas russas invadiram o Afeganistão e controlaram a capital, Cabul. Mesmo eu me recordo da repercussão desse fato na vida diária da sociedade japonesa devido ao boicote aos Jogos Olímpicos de Moscou no verão. Na Alemanha Ocidental, o Partido Verde de proteção ambiental se tornou um partido político nacional.

"Nos Estados Unidos, houve críticas ao crescimento acelerado da importação de carros japoneses. No fim daquele ano, o número de automóveis produzidos rompeu a marca de dez milhões de unidades, tornando o Japão o maior produtor mundial. Na Coreia do Sul, ocorreu o levante antigovernamental de Gwangju e, na Polônia, a greve nos estaleiros navais de Gdánsk. Foi o ano da eleição de Reagan como presidente.

"O senhor Choko certamente se lembra bem de que, na China, Mao Zedong era duramente criticado. Não sei se teria relação, mas o primeiro-ministro chinês visitou o Japão e participou de um banquete no palácio imperial oferecido pelo imperador Showa.

"Bem, nesse contexto, mesmo que Mishima e sua Sociedade do Escudo ressurgissem e retomassem as atividades, o que seriam capazes de fazer?"

Todos à mesa observavam a moça com atenção. Ela estava encarregada de cuidar do telefone, encaixado em uma placa divisória entre a sala de jantar e a cozinha, ao lado do qual ela estava agora de pé depois de retirar um anuário de Kogito da prateleira ao lado e o manter debaixo do braço esquerdo. Seus olhos se dirigiam a Vladimir enquanto esperava uma resposta.

— Não me apego necessariamente ao ano de 1980! Conforme Neio disse, Mishima morreu decapitado dez anos antes. Fiquei motivada pela conversa do senhor Hatori e se penso em um novo "Plano Mishima-von Zohn" politizado é porque imagino o que aconteceria se aqueles mentores e as pessoas que compartilhassem suas ideias tivessem acumulado preparativos nos trinta anos após o acontecimento e aprendido com seu fracasso.

"Neste país, há outros heróis culturais que podem se incumbir de um projeto semelhante, não apenas Mishima. O senhor Choko tampouco seria um deles…"

Takeshi e Take-chan gargalharam. Kogito decidiu reagir à provocação.

— Os heróis culturais da atualidade não são os romancistas. São os cineastas de filmes de animação, os compositores de canções populares, os empresários do ramo da tecnologia da informação.

— Eu conhecia oficiais das Forças de Autodefesa de uma ou duas gerações anteriores à do pessoal do quartel-general de Ichigaya da época — disse Hatori. — Eles não precisaram da intervenção de heróis culturais em suas simulações em relação ao futuro. Não foi mais ou menos assim no que tange à relação entre Ikki Kita e o golpe de Estado do 26 de Fevereiro? Já os membros da terceira geração estão convencidos de que devem elaborar eles mesmos seus projetos!

— Ou seja, você acha que eles tinham vigor para se movimentar por si sem precisar do "Plano Mishima-von Zohn" politizado? — questionou Vladimir, mas Hatori não respondeu. — Ouvir suas histórias tão reveladoras superou minhas expectativas — emendou Vladimir com expressão resignada. — Bem, vamos jantar.

Shinshin e Neio prepararam "algo parecido" com escalopes à milanesa feitos com paletas de porcos criados na região.

— Está com uma cara bem melhor do que apenas "algo parecido" — revidou Shinshin, até então calada. — Porque em tudo almejamos ser originais e não uma imitação!

PARTE II : A COMUNICAÇÃO DOS MORTOS SE PROPAGA — LÍNGUA DE FOGO

5

Mesmo terminado o jantar após a reunião para tratar da "Problemática Mishima", os cirros-cúmulos haviam deixado sinais do céu crepuscular, embora não fosse possível alcançá-lo com a vista por entre as árvores. Shinshin levaria Hatori de carro e Vladimir desejou se juntar a eles. Takeshi e Take-chan haviam saído no próprio carro para ajudar a moça que trabalhara na reunião e no jantar — Neio, a amiga dos dois cujo nome fora mencionado antes — na mudança para um chalé alugado em Karuizawa.

Kogito e Shigeru sentaram-se nas cadeiras de tubulação de metal trazidas da casa dos fundos e dispostas na varanda, onde a estrutura do andaime pairava sobre suas cabeças — a chaminé estava inteiramente oculta por ela — e bebiam *on the rocks* o uísque presenteado por Hatori. O número de hóspedes nos chalés aumentou — Neio se mudara para lá justo antes do reajuste nas tarifas devido à alta temporada —, e todos pareciam observar o andaime ao caminhar pelo passeio público da Vila Universitária.

— Quem nos vê não nos deve imaginar como um velho confinado em um local cercado por tubulações de ferro e outro atuando como carcereiro na falta de um. Será que nos veem como duas pessoas desfrutando esse "*Long-hoped for calm, the autumnal serenity and the wisdom of age*"?

— Eu pensava justamente nisso!

— Como ficou na tradução de Nishiwaki?

— *A calma tão longamente esperada, a serenidade outonal e a sabedoria da velhice*.

— Acabei pondo você numa situação difícil, semelhante à dos versos, porém bem distinta. Sinto-me responsável por Chikashi.

— Lembro-me, Shige, de você nos ter enviado a foto de um local que evoca, sem tirar nem pôr, essa *calma, serenidade outonal*, e até nos convidou para irmos morar juntos ali. Chikashi estava fascinada com a ideia. Foi quando aprovaram a prorrogação do período escolar de Akari, ou seja, estávamos chateados por ele ter sido retirado oficialmente do programa de ensino regular.

— Foi um local que encontrei quando participei de uma pesquisa em vilarejos da América do Sul e Central. No litoral do Oceano Pacífico na Colômbia, um grupo de negros escapou do trabalho forçado e se refugiou nos recôncavos de uma cadeia de altas montanhas, bastante diferente das florestas de Shikoku, e fundaram esse vilarejo de casas de telhado de sapê.

— O nome do local é Juncal. Ara, o arquiteto, contou a Chikashi como as casas eram bem parecidas com as das florestas tropicais africanas, indicando que o vilarejo fora formado por pessoas escravizadas provenientes dessa região da África trazidas nos navios negreiros.

— Era Juncal, de fato. Chikashi a adorou…

Após um breve silêncio, Shigeru voltou a falar sobre Neio.

— Quando ela estudava história da arquitetura na Faculdade de San Diego, acabou se especializando em história contemporânea e moderna do Japão, em particular as construções do período fascista japonês. Agora de volta ao Japão, como comentei antes, ela se prepara para o doutorado. Por isso, continuamos a manter contato.

— Eu já tinha ouvido Takeshi e Take-chan falarem o nome dela.

— O pai dela é um judeu americano e a mãe é japonesa, e no registro civil consta oficialmente seu nome como Naomi, que também é um nome japonês comum. Chamavam-na Neio desde a época em que estudava na Escola Americana de Yokohama.

"Seja como for, Vladimir e Shinshin estavam felizes com sua participação no encontro de hoje e de poderem, assim, restabelecer o relacionamento com você. Por outro lado, eles pediram para não desgrudar os olhos de você até eles voltarem.

"Quando você levou Akari ao hospital, se tivesse *despistado* Takeshi e Take-chan e soltado a língua para as autoridades de segurança sobre o que Vladimir e Shinshin vieram fazer, se as coisas tivessem se desenrolado dessa forma, eu não teria saído ileso. Mesmo que Vladimir e Shinshin desaparecessem, eles não teriam acabado comigo para se justificar perante 'Genebra'? Como disse, eles são de uma nova espécie... Talvez o fato de você ter voltado para cá fez com que se tornasse meu substituto."

— Não creio tanto que estejamos vivendo conforme a vontade de nossas mães.

A declaração estranhamente séria de Shigeru fez com que Kogito revidasse, como era de seu temperamento, em tom de gracejo. Shigeru não reagiu. Com o céu pós-crepuscular acinzentado, ele não pôde distinguir diante dele a expressão no rosto de Shigeru, que segurava uma taça.

Capítulo 7
"Entre chiens et loups"

1

No início do mês de agosto, todas as obras foram suspensas até o outono. Apesar de ser uma regra da Vila Universitária, foi permitido o trabalho na parte da tarde por três horas diárias para o conserto das goteiras da Casa Gerontion.

Shigeru informou que os trabalhadores encarregados seriam acomodados na Casa do Velho Louco. No dia em que chegaram para o trabalho, Kogito percebeu algo ao olhar do interior da casa para fora através do cercado de tubos de ferro. O homem de meia-idade que acompanhava alguns jovens era o mesmo que Vladimir fizera vir de Tóquio e que descera do carro no dia em que o *confinamento* começou. Sendo assim, os jovens eram os mesmos daquele dia.

Shigeru afirmara que um deles atuou por três ou quatro anos nas Forças de Defesa e dominava o manejo de armas. Aproveitando a capacidade de trabalho de carpintaria aprendida no Exército, o líder, como atividade nos *tempos de paz* — era bem do estilo de Shigeru usar expressões como essa, de forma muitíssimo séria —, aceitava trabalhos de restauração e demolição de casas. Pretendiam realizar um grande reparo emergencial tendo em vista que o telhado da Casa Gerontion seria trocado por inteiro no outono.

    O conserto do telhado começou devido às queixas de Chikashi a Shigeru sobre as infiltrações, mas também Kogito percebera que muitos cadernos e outros materiais empilhados a um canto do quarto de três tatames, uma espécie de guarita encostada à chaminé, estavam apodrecidos e adensados.

    Na época em que discutiam sobre a construção da Casa Gerontion, Chikashi, jovem como Kogito, à semelhança do irmão, insistiu que queria utilizar telhas espanholas. Porém, Shigeru não conseguiu fazer com que o especialista cobrisse o telhado com o método adequado. Por isso, ele também teve sua parte de responsabilidade no inconveniente causado.

    Depois, começaram a aparecer telhados de telhas espanholas em muitas residências de Tóquio, mas por causa dos acidentes com tufões, que as arrancavam, agora eram adotados procedimentos especiais. Shigeru explicou que fariam um reparo parcial. Colocariam uma tira de madeira em cada fileira de telhas para fixá-las individualmente com parafusos e pediu tolerância ao barulho das furadeiras abrindo os buracos.

    No dia seguinte, Kogito, lendo um livro no andar superior após ter tomado o *brunch* preparado por Neio para Takeshi e Take-chan, que saíram para trabalhar em Karuizawa, assustou-se com o barulho de passos bem ao lado de sua cabeça, subindo para o telhado. Ele se imaginou enterrado e com pessoas trabalhando na superfície logo acima.

    Duas horas depois, ainda sentado e lendo diante da lareira na sala de estar, ouviu os operários que reparavam o telhado conversando na varanda.

PARTE II : A COMUNICAÇÃO DOS MORTOS SE PROPAGA — LÍNGUA DE FOGO

— O andaime é muito resistente — afirmou uma voz jovem.

— É porque empilharemos nele não apenas as telhas quebradas como também todas as outras que devemos retirar das fileiras, além das telhas novas e da terra que será usada para cobri-las — replicou uma voz desconhecida, parecendo a de alguém mais velho. — Porém o objetivo do andaime não se limita a isso. Desejo que continue instalado por algum tempo, mesmo depois que o telhado estiver coberto, no outono. Para tanto, carregamos as placas de ferro... Também *misturaremos* o cimento sobre ele. Prevemos realizar sobre o andaime diversos treinamentos de deslocamento portando metralhadoras, e colocaremos uma parede de proteção com afixação de placas de ferro na estrutura externa.

— Se ocorrer uma situação de combate, será necessário — concordou Shigeru.

Kogito alojou a prancheta com as fichas, os textos e os artigos de escrita em cima da mesinha lateral, levantou-se e se pôs a olhar para o lado de fora pela janela próxima do vestíbulo. Shigeru estava sentado no balaústre da varanda com o homem alto de meia-idade, ambos tomando café. Os dois homens de pé sob a varanda, que Kogito julgou serem bem jovens quando os vira recentemente, eram na realidade mais velhos do que Takeshi e Take-chan.

— Essa conversa de metralhadoras e coisas assim é muito radical, não acha? — asseverou Kogito.

— Que tal chegar aqui fora? — convidou Shigeru, inabalável. — Gostaria de lhe apresentar alguém. Na realidade, vocês parecem já se conhecer.

Após Kogito calçar as sandálias e sair, Shigeru continuou:

— Em um romance que você escreveu quando estava na casa dos trinta, há uma passagem em que um grupo está trancado em um abrigo nuclear usado como modelo de prédio que seria posto à venda, cercado por um esquadrão de choque, não é? Interessei-me tanto pela cena que sugeri a meus alunos de graduação que elaborassem um projeto dessa construção.

"Pois bem, entre eles, havia um estudante brilhante, um rapaz sério, admitido na universidade depois de lutar no Vietnã, que sofreu por não ter um local para a escada em espiral caso o projeto fosse traçado da forma como você descrevera. Como havia a hipótese de que o esquadrão de choque os atacasse com veículos blindados em um terreno plano, o estudante criou um sistema para o contra-ataque, cercando o teto do abrigo com placas de ferro.

"Lembrei-me disso quando instalaram o andaime para os reparos no telhado e aproveitei para que alçassem as placas de ferro. Pensei que se as utilizássemos para treinar a resistência a um cerco policial, traria mais realidade ao romance que você idealizou. A cena de jovens empunhando as metralhadoras e correndo sobre os andaimes altos que circundam a Casa Gerontion não formaria um belo quadro?"

— Mais do que correr, logo estariam saltando no espaço — interveio o homem de meia-idade que, até então, apenas observava Kogito.

— Kogi, este é Koba, que poderíamos chamar de predecessor de Takeshi e Take-chan, uma vez que abandonou os estudos universitários e decidiu viver à sua maneira. É um teórico, mas também executa trabalhos manuais e tem experiência em telhas espanholas.

"Além disso, ao que parece vocês não são desconhecidos um do outro. Recentemente, Vladimir chamou o grupo de Koba

PARTE II : A COMUNICAÇÃO DOS MORTOS SE PROPAGA — LÍNGUA DE FOGO

de Tóquio. Ao conversarmos depois de ter sido apresentado a ele, descobri um elo existente entre vocês. Por isso, julguei que era uma boa ideia pôr vocês face a face."

Nesse dia, antes de se recolher ao andar superior após tomar o *brunch*, Kogito vira o homem chamado Koba. A distribuição da correspondência à Vila Universitária era realizada de motocicleta por um carteiro da agência de correios de Naganohara. A correspondência normalmente destinada a Kogito consistia num pacote enviado de Tóquio por Maki por correio expresso contendo as cartas endereçadas a ele. Ao ouvir o som do motor se aproximando, Kogito saía para receber a correspondência, evitando assim ao carteiro o trabalho de entrar com a motocicleta na propriedade e manobrá-la para sair.

Ao retornar à casa com a correspondência, Koba o olhava de cima, de pé sobre a prancha do andaime. Ao lado, estava encostada uma escada de metal leve, muito estreita, para uma pessoa subir. Um pequeno elevador monta-cargas motorizado havia sido instalado, aparentemente para carregar as telhas espanholas e os sacos de terra empilhados na base da escada. O homem devia estar supervisionando o andamento dos trabalhos, mas Kogito se inquietou ao ver que o encarregado do reparo do telhado apenas o fitava, sem nem sequer saudar o dono da casa que lhe contratara o trabalho.

— Koba visitou sua casa várias vezes, em duas ocasiões se encontrou com você, viu também Chikashi, e parece ter tido um ligeiro desentendimento com Akari, algo incômodo que poderia ter se tornado um problema.

Enquanto Shigeru falava, Koba direcionava a Kogito o mesmo olhar firme de quando observava de cima do andaime. E foi então que Kogito entendeu quem era ele.

2

A primeira vez que Koba, ainda jovem, visitou a casa de Kogito, apresentou-se como alguém que *fazia política* na Universidade de Kyoto (Kogito imaginou que se referisse ao curso de ciências políticas, mas não era bem isso). Porém ele não abandonara os estudos. Pretendia examinar todas as traduções de Koroku Musumi para verificar como o acadêmico criara seu estilo de tradução de literatura francesa. Seu professor lhe dissera para não importunar Musumi, mas acrescentou que Kogito tinha todas as traduções. Koba pediu a Kogito para ter acesso à sua biblioteca, pois, de início, desejava ao menos criar uma lista das obras.

Ao ser perguntado sobre o motivo de ter escolhido o professor Musumi, Koba alegou que ele traduzira cronologicamente obras desde a Idade Média até o século xx. Kogito interpretou que o projeto estava circunscrito ao campo da literatura comparada. Na biblioteca de Kogito, havia uma estante com as obras procuradas.

Tanto Koba quanto o amigo que o acompanhava trajavam uniforme escolar preto, já raros na época, com os colarinhos altos desabotoados. Koba permaneceu enfurnado por todo esse dia na biblioteca e retornou no dia seguinte, apesar de Kogito estar ausente de casa. Ao voltar à noite, Kogito percebeu que os livros de Musumi retirados da biblioteca haviam sido devolvidos em ordem à estante.

No dia seguinte, Kogito saíra de casa para continuar seu trabalho. Koba se entocou na biblioteca e, criando fichas, nem sequer almoçou. Chikashi foi a uma padaria recém-aberta pensando em comprar um sanduíche ou algo do gênero para Koba e, ao retornar, ele e Akari haviam desaparecido.

Chikashi telefonou a Kogito, que, retornando à casa, percorreu de bicicleta os arredores, em vão, desde a escola colegial para jovens com deficiência até a loja de discos, restaurante e casa de chá que ele e Akari costumavam frequentar juntos. Chikashi foi à polícia prestar queixa do desaparecimento. À noite, Kogito recebeu um telefonema do estudante que acompanhava Koba no primeiro dia e se mantivera calado. Conforme ele mesmo disse: "Achamos recomendável deixá-lo informado."

O estudante criticou Kogito: "O senhor é um intelectual *anti-establishment* que apenas se vende à mídia. Aproveita-se do filho com deficiência para justificar sua genuína inação. Havíamos decidido deixar seu filho *sob nossa custódia* para obrigá-lo a manter conosco uma conversa profunda, mas, desgostosos com tudo, voltamos para Kansai liberando seu filho dentro da estação de Tóquio."

Kogito procurou-o por toda a estação e, já de madrugada, encontrou Akari de pé, com as botas molhadas de urina, ao lado do quiosque na plataforma dos trens-balas, onde fora impedido de entrar por haver outra catraca.

Mais de dez anos depois, um homem por volta dos trinta anos, acompanhado de uma mulher, foi até a casa de Kogito e se apresentou como funcionário de um escritório de advocacia. O homem informou-o de que certo jornalista, crítico contumaz de Kogito por longos anos, finalmente decidira abrir um processo contra ele e recomendou que preparasse sua defesa.

Quando Kogito respondeu que tudo aquilo era uma insensatez, o homem apontou para Akari que, ao lado, escutava música clássica pela TV, e disse: "Isso, sim, não é uma insensatez?"

Nesse momento, Kogito percebeu que era Koba — permanecia a dúvida se teria trocado de curso e ingressado na Faculdade de Direito — e quando o empurrou para fora do vestíbulo, a mulher, antes de partir, ameaçou enviar um artigo à revista semanal patrocinadora do citado jornalista.

Na época, Koba trajava terno, mas, da mesma forma que deixava desabotoado o colarinho do uniforme de estudante, tinha o nó da gravata frouxo sobre a camisa. E, agora, usava um autêntico uniforme de trabalho, com tecido acolchoado de algodão, revelando o pomo de adão sob o colarinho aberto.

— Senhor Choko, por que motivo ficou tão irritado comigo da segunda vez e me expulsou? — indagou Koba em um tom de voz ao mesmo tempo familiar e indiferente. — A mulher que me acompanhava estava à beira de uma crise histérica, por isso não revidei, mas até hoje o fato continua incompreensível para mim. Entendo que na primeira vez minhas ações quase chegaram a ser criminosas e creio que, se sua esposa tivesse me denunciado, as coisas se complicariam para mim. Porém, na segunda vez, apesar de estar lhe dirigindo a palavra serenamente, o senhor explodiu beirando a violência...

Nesse momento, Shigeru interveio.

— Ou seja, é sinal da existência de um vínculo entre vocês. Posso falar por ter uma relação com Kogi e conhecer seu jeito violento. A questão é que vocês não tentaram se entender mutuamente. Que tal deixarem tudo isso *escorrer água abaixo*? Talvez a expressão seja incompreensível para você, Kogi, não acha?

O que Kogito compreendera é que Koba parecia ser para Shigeru — e talvez para Vladimir e Shinshin? — alguém necessário.

PARTE II : A COMUNICAÇÃO DOS MORTOS SE PROPAGA — LÍNGUA DE FOGO

Mesmo que as conversas na reunião com Hatori na Casa do Velho Louco tenham relativizado o *confinamento*, tratava-se apenas da interpretação pessoal de Kogito. Era inegável que Vladimir, Shinshin e também Shigeru haviam começado algo, e a demonstração real disso era o trabalho de Koba e seus subalternos na Casa Gerontion.

Essa ideia surgiu na mente de Kogito. E o jovem com *atitude incomum* que residia dentro dele parecia incitá-lo: "O reencontro com alguém como Koba acrescentará nova dimensão à sua vida atual!"

Depois de alguns instantes em silêncio, Koba recomeçou a falar, demonstrando a intenção de continuar a conversa com Kogito.

— Senhor Choko, logo previ como seriam meus estudos. Soube do Instituto de Pesquisas Interdisciplinares na Universidade de Kyoto antes mesmo desse tipo de pesquisa se popularizar, e ingressei nele. Mas eles discriminavam *totalmente* estudantes de graduação. Foi o *motivo* de ter começado na política, para pôr abaixo semelhante academicismo.

"Apesar de minha visão extemporânea, bem, eu era um líder importante! Dessa forma, critiquei seu complexo acadêmico e pensei em me aproveitar de sua situação financeira. Resolvi sequestrar Akari porque, naquele momento, o senhor tinha recebido um prêmio literário e imaginei que levasse uma vida suntuosa. Porém, quando visitei sua casa, constatei meu engano. O senhor vivia de forma *modesta*. Quando retornei, algum tempo depois, notei que nada mudara.

"Trinta anos se passaram desde então, e existe hoje neste país uma classe privilegiada quase ultrapassando a dimensão dos *zaibatsus* anteriores à guerra. Entre essa classe e a casa imperial formou-se também uma nova relação. O senhor já teve a oportunidade de ir a um dos concertos beneficentes promovidos por essa classe? Bem, ainda demorará muito até podermos ter uma situação de sublevação neste país.

"Senhor Choko, ao contrário dos senhores Kaiko e Oda, o senhor não se envolveu nos movimentos contra a Guerra do Vietnã. Conforme disse o tal jornalista, esse é o segredo de sucesso do estilo de vida de Kogito Choko. Digo 'segredo de sucesso' porque, quando lhe era solicitado, o senhor desembolsava algum dinheiro ou não?

"Na época, alguns militantes foram convocados pela embaixada de certo país latino-americano, que lhes ofereceu cinco ou seis fuzis automáticos e munição. Os que ouviram a proposta se assustaram. O senhor deve ter ouvido essa história, não? Todavia, mafiosos não costumam se assustar! Por isso, trabalho em um interstício da sociedade onde esse tipo de história não é considerado um disparate. E obtive inúmeros resultados. Atualmente, consegui amealhar a confiança de Vladimir."

— Kogi, nem tudo nas histórias de Koba deve ser tomado ao pé da letra. Ele não executa no Japão operações que possam equivaler às de um "comerciante da morte". Mas preciso alertá-lo de que Vladimir e Koba também trabalharam em Bangkok. Bem, Koba, está na hora de você retornar ao trabalho braçal, não? Quero discutir com Kogi sobre os danos internos da casa.

Koba se dirigiu à escada do andaime levando consigo os integrantes da equipe na casa dos trinta anos, que ouviram atentos a conversa. Kogito e Shigeru entraram na Casa Gerontion e, confinados nela, sentiam os passos dos operários sobre o andaime reverberar na tubulação de ferro.

— Há muita coisa impossível de se averiguar no que diz Koba, de modo que não se deve crer em tudo que ele fala

— sugeriu Shigeru. — Porém, segundo Vladimir, ele na realidade parece conseguir artigos difíceis de se obter internacionalmente.

"Os intelectuais japoneses comprometidos com o movimento contra a Guerra do Vietnã, a que ele se referiu há pouco, escreveram coisas inconsequentes em revistas, sem qualquer apreensão, não é mesmo? Acho estranho que agindo assim tenham podido manter suas organizações em segredo, e deve haver espiões americanos infiltrados nelas. Este país é de fato repleto de pessoas que se põem a debater sem tomar as devidas precauções. Provavelmente, você não vai querer ouvir isso de mim, mas eu deveras pensava desse modo!"

3

No que se refere à arquitetura, Shigeru era um teórico singular, e Kogito estava ciente de que, tanto no Japão como nos Estados Unidos, ele construíra casas muito apreciadas e que seu trabalho de restauração de uma residência de madeira nos arredores de Berkeley, tombada como patrimônio cultural, também recebera boa avaliação. Ele demonstrava francamente sua capacidade.

Logo após dar uma volta inspecionando os estragos no telhado, Shigeru indicou com precisão os danos no interior da casa. Quando Chikashi alertou sobre as infiltrações na parede perto da chaminé no quarto de três tatames, Kogito apenas cobriu com um lençol os livros e documentos empilhados, em vez de limpar o local. Ao ser advertido agora por Shigeru, quando Kogito retirou o lençol, estava quase tudo em decomposição, sendo raros os exemplares que conservavam a forma original, sem contar o soalho visivelmente apodrecido.

Ao decidir pôr ordem em tudo, Kogito pediu ajuda a Takeshi e Take-chan no dia de descanso do restaurante de Karuizawa. Ele estendeu uma colcha velha bem em frente da lareira, sobre a qual foram depositados os livros e documentos destroçados que os dois rapazes se incumbiram de descer do pequeno quarto no andar superior. Kogito os queimou na lareira. Tinha lido os livros no verão, a maioria dos quais brochuras volumosas de editoras ligadas a universidades americanas, e, no outono, não os levara de volta para Tóquio. Textos relacionados a Blake e, também, Dante, Yeats...

Nesse ínterim, surgiu debaixo da pilha uma quantidade inusitada de romances franceses no original. Foi impossível abrir as páginas dos livros de encadernação simples, encharcados de água, e as edições de bolso impressas em papel de qualidade inferior pareciam tijolos. Nos anos que se seguiram à sua saída da universidade, Kogito continuara lendo romances em francês.

Enquanto rasgava e destruía os blocos de papel, Kogito encontrou intacto em um envelope plastificado *Les Bêtes et le temps des morts,* de Pierre Gascar, em *livre de poche*, e a respectiva tradução em japonês da coleção Literatura Moderna, da editora Iwanami Bunko.

Com o fogo da lareira avivado pelos papéis lançados, que começavam a queimar com vigor, Kogito retornou até a poltrona encostada ao lado de uma parede e releu as anotações e passagens marcadas com linhas vermelhas nesses dois livros.

Após carregarem para baixo tudo o que deveria ser destruído, Takeshi e Take-chan agacharam-se ao lado de Kogito,

PARTE II : A COMUNICAÇÃO DOS MORTOS SE PROPAGA — LÍNGUA DE FOGO

que continuava a leitura, e observaram atentamente o crepitar do fogo. Quando as chamas arrefeciam, em lugar de Kogito, os dois lançavam punhados dos blocos de papel apodrecidos, formando um monte reduzido. Agindo assim, continham a curiosidade irreprimível ao ver Kogito bastante apegado à leitura.

— Esse livro é em francês, não? — perguntou enfim Take-chan.

— Sim. Para mim, esses dois livros, o original e a tradução, são especiais, pois representam o ponto de inflexão da época em que conseguia ler apenas os livros no original em francês para a época em que comecei a escrever romances. E quando construímos a casa em Kita-Karu, eu os trouxe comigo com a sensação de tentar regressar àquele momento de virada, mesmo que apenas durante o verão. Relendo agora algumas passagens, tenho a impressão de tatear em busca da fonte desse sentimento. Quando comecei a escrever romances, fui deveras influenciado por este texto de Gascar e sua tradução. Porque eles permaneciam sempre em minha memória.

— Parece-me natural ser influenciado por uma tradução ao pretender escrever um romance em língua japonesa, mas a influência deriva também do original em francês? — questionou Takeshi.

— Esse é um aspecto peculiar a um estudante do departamento de literatura francesa — na época com idade próxima à sua agora — que está se iniciando como escritor de romances em língua japonesa. Comecei a estudar francês nos cursos gerais da faculdade e, a partir do outono, passei a ler romances. Um ano e meio depois, ingressei no Departamento de Francês no campus de Hongo.

"No encontro de orientação aos estudantes, o professor, um especialista em Pascal e na gramática da língua francesa, recomendou parar de ler traduções. Segui o conselho. Ouvi dizer, porém, que o professor Musumi corrigira a tradução de um jovem pesquisador, nosso veterano, e como eu também pretendia fazer traduções no futuro, adquiri esses dois livros. A princípio, foi a leitura de um livro do professor Musumi sobre o Renascimento francês que me levou a desejar assistir às suas aulas. Entretanto, no plano literário, foi a tradução de Gascar que se impôs sobre mim. E conforme relia a tradução cotejando-a linha a linha com o original, me pus também a escrever um romance."

— Em que consiste de fato a grandiosidade nas traduções desse acadêmico Musumi? — perguntou Takeshi, revelando interesse.

Kogito se entusiasmou com a pergunta.

— No conjunto de contos *Les Bêtes*, há um de tamanho médio intitulado "Entre chiens et loups". Essa expressão idiomática se refere ao anoitecer. Ou seja, supostamente aquele momento em que, no interior do bosque, é impossível distinguir um cão de um lobo. O professor Musumi a traduziu como "A hora do: quem é ele?". Não é uma tradução soberba?

"Para começar, seu nível vocabular tem característica própria e seu estilo é incontestavelmente bastante expressivo. No décimo ano após a derrota do Japão, as lembranças da guerra ainda se conservavam vívidas em mim. Imagine com que força a narrativa desse conto me motivou. Comecei a escrever de um jeito próprio sobre minhas experiências de criança a partir da derrota e do fim da guerra, algumas reais, outras ficcionais.

"Tratava-se do fascínio exercido pela obra de Gascar mais do que pela própria tradução. Dentro de um bosque próximo à fronteira alemã, tinha um centro de adestramento de cães usado pelo Exército. Nele, cento e trinta animais eram treinados.

Próximo ao anoitecer ou quando algum estranho se aproximava, eles se punham a ladrar todos de uma só vez."

— Esse também foi o tema de sua primeira obra publicada no jornal universitário, não? Era sobre cães e alguém os assassinando — lembrou Takeshi.

— Isso. Fui *completamente* influenciado. A ponto de me espantar quando reli agora o texto de Gascar! Ele escreve a partir do ponto de vista de um burocrata vindo de Paris para uma inspeção. O homem no papel de contraparte nos treinos recebe a alcunha de *manequim*. Ele veste uma roupa semelhante à dos escafandristas, com enchimento de crina de cavalo e fragmentos de cortiça costurados juntos. Os cães o atacam em um local parecido a um ginásio de esportes.

"A estrutura do conto é constituída pela narrativa ao burocrata dos sentimentos do homem que servia de manequim. A nacionalidade *original* do homem era polonesa, mas naquele momento ele tinha um passaporte russo. Sem país para onde retornar, ele trabalhava como manequim, deixando-se morder pelos cães. No entanto, não o fazia por obrigação. Como homem, tinha uma visão da civilização bastante pessoal.

"Vou citar agora o que ele diz:

> *Você me toma por um louco ou um orgulhoso. Pouco importa. Pois bem: permaneço aqui porque, graças às tristes funções que exerço, tenho, a cada dia, quase a cada hora, 'como a revelação da guerra' [...] A guerra não passa de uma palavra sangrenta e, no fim das contas, ocasional, mas por trás dela existe o horror dissimulado*

de nossa época, o combate anônimo, a opressão cotidiana e, já, um pouco por toda parte no mundo, a 'situação de inimigo'.[1]

"É por pensar dessa forma que o homem está apto a dizer: 'Assumo, do meu jeito, os deveres da consciência humana.'"[2]

"Bem, nos treinamentos noturnos no interior do bosque, o comandante do batalhão pondera sobre como mostrar às visitas vindas de Paris do que são capazes os cães treinados para fins militares. Mas o homem, retomando a função de manequim, ao contrário, sobe numa árvore para atacar os cães, lançando-lhes pedras ou açoitando-os com um pedaço de pau. Ele continua desempenhando seu papel, atento para que não haja 'mais ninguém para provar validamente, pacientemente, cada dia, o horror dos tempos presentes e dos tempos vindouros'."[3]

"O narrador tem enfim a seguinte impressão. Nesse momento, o homem já fora afastado dos cães pelos treinadores.

[...] se afastou dentro da floresta lenta e desajeitadamente, não como um homem abatido, mas, ao contrário, assemelhando-se a um ser primitivo, grande demais e corpulento demais, sobrecarregado pelas primeiras missões da espécie, que atravessa uma floresta

---

1. Pierre Gascar, *Les Bêtes*, seguido por *Le Temps des morts*, Paris: Gallimard, 1953. "*Vous me prendrez pour un fou ou pour un orgueilleux. Peu m'importe. Voilà: je reste ici parce que, grâce aux tristes fonctions que j'exerce, j'ai, chaque jour, presque à chaque heure, 'comme la révélation de la guerre' [...] la guerre n'est qu'un mot sanglant et, après tout, occasionel, mais, derrière lui, il y a l'horreur sournoise de notre époque, le combat sans nom, la souffrance anonyme, l'oppression quotidienne et, déjà, un peu partout dans le monde, 'la situation d'ennemi'.*"
2. Idem. "*J'assume, à ma façon, les devoirs de la conscience humaine.*"
3. Idem. "*Plus personne pour éprouver 'valablement', patiemment, chaque jour, l'horreur des temps présents et des temps qui viennent.*"

PARTE II : A COMUNICAÇÃO DOS MORTOS SE PROPAGA — LÍNGUA DE FOGO

imensa, dirigindo-se à ourela onde o espera uma das primeiras manhãs do mundo."[4]

— Poderia me emprestar esse livro? Apenas a versão em japonês é suficiente — pediu Takeshi.

— Permita que eu também leia depois de Takeshi — complementou Take-chan. — Takeshi deve se interessar pelas ideias do homem, mas eu quero saber sobre a vestimenta reforçada com crinas de cavalo e fragmentos de cortiça que permite que ele seja mordido pelos cães. Vestindo essa roupa, ele engana tanto os animais com os quais luta quanto os funcionários públicos, espectadores do combate. Tenho interesse em um sujeito como ele.

"Além disso, se o senhor tiver uma antologia com o seu primeiro romance, gostaria de vê-la também. O senhor Shigeru afirma que, nos dois anos após sua primeira obra, seus romances eram bons. E pioraram com *Notre Époque*, cuja ilustração da capa foi até do professor Musumi. Ele supôs que aquele fosse seu fim como escritor, mas afirmou que o senhor se reergueu após o nascimento de Akari. Foi então que o senhor Shigeru sentiu pela primeira vez vontade de retomar o contato e construiu a Casa Gerontion."

---

4. Idem. "[...] *s'éloigna dans la forêt pesamment, non comme un homme accablé mais plutôt semblable à un être primitif, trop grand et trop corpulent, alourdi par les premières missions de l'espèce, qui traverse une forêt immense, se dirige vers la lisière où l'attend un des premiers matins du monde.*"

4

Nesse dia, Takeshi e Take-chan foram recolher os fragmentos das telhas espanholas empilhadas pela equipe de Koba na base do andaime para com eles cobrir as tábuas do soalho apodrecidas que despontaram ao organizarem os restos dos livros e documentos. Criaram também uma estante com as pranchas que estavam deitadas sob o soalho da Casa do Velho Louco. Com a ajuda de Kogito, puseram ordem no interior do quarto de três tatames, tão cheio que ficava difícil caminhar dentro dele. Levaram para lá o colchão usado por Akari quando criança.

Deitado, olhando de baixo para o alto, para as vigas aparentes combinadas à parede de concreto da lareira, Kogito experimentava a mesma sensação de clausura de Gerontion. Na realidade, era uma sensação recorrente desde jovem. Depois do longo tempo de vida solitária, mesmo casado e com o nascimento de Akari, ele tinha uma necessidade psicológica de se confinar em um local semelhante a um cubículo como aquele.

Takeshi e Take-chan começaram a aparecer para conversar não só quando Kogito estava diante da lareira no andar térreo, mas também quando se sentava à mesa no pequeno escritório. Havia nos dois uma flexibilidade física que lhes permitia *se enfurnar* no estreito espaço, e quando Kogito girava a cadeira do escritório na direção deles, o cômodo tornava-se um local privado perfeito para conversas.

No entanto, Koba e os homens sob sua liderança pareciam marchar sem parar no andaime sobre suas cabeças enquanto executavam vários trabalhos. Com a intervenção de Shigeru, Koba conversara assuntos de foro pessoal, mas depois disso não se aproximava de Kogito, talvez se sentindo orgulhoso de seu poder de liderança ao caminhar desafiadoramente pelo andaime ou telhado.

Ao contrário, Takeshi e Take-chan, embora na função de vigilantes de Kogito, agiam de forma que o levavam a esquecer dessa condição.

Mesmo assim, os dois pareciam acabrunhados com a própria conduta.

— Ao ver jovens assim como nós, o senhor não se sente irritado com a juventude de agora? — indagou Takeshi a Kogito.

— Nos últimos tempos, não me sinto assim. Mas, como você mesmo disse, por muito tempo considerei a atitude de alguns jovens inaceitável. Sempre reflito sobre isso quando venho para cá por ter conhecido um representante desse tipo de jovem em Kita-Karu. Quando por vezes penso e menciono esse tipo de ser humano, costumo batizá-lo de "ajudante de embarcadouro".

"Quando Akari contava ainda uns cinco ou seis anos, perto de casa havia um laguinho artificial com um embarcadouro aberto ao público. Depois de instalá-lo em um barco e remar pelo lago, procurei subir para o deque de tábuas de madeira do local de chegada do barco. Dois ou três estudantes executando trabalho temporário se encarregavam de prender a *proa* do barco. Eu estava sentado, e Akari fez menção de subir primeiro ao deque. Acidentalmente, o barco balançou e ele se assustou. Tentei animá-lo, mas ele continuava semiagachado, indeciso.

"Nesse momento, o rapaz de compleição maior entre os três, trajando um uniforme escolar, gritou para os demais: 'Rapaziada, é besteira fazer algo!' Com isso, eles largaram o barco e subiram à margem. Durante cerca de vinte minutos, me esforcei até conseguir transferir Akari para cima do deque.

Se não tivesse tido esse tempo para esfriar a cabeça, acredito que teria corrido atrás deles e armado um escândalo. É impensável terem virado as costas abandonando uma criança visivelmente com deficiência, assustada por não conseguir se movimentar devido às oscilações do barco.

"Aquele rapaz deve ter se graduado no ensino superior e ingressado em uma empresa ou em algum órgão público, deve estar agora na casa dos cinquenta anos. Todavia, mesmo hoje ele deve continuar a ser um 'ajudante de embarcadouro'. Depois daquilo, conheci vários deles ao longo da vida: no Ministério dos Negócios Estrangeiros, ensinando em universidades, trabalhando em estações de TV, jornais, editoras."

Ao falar, Kogito percebeu que, mesmo tendo se passado mais de trinta anos, nunca antes comentara o caso com alguém. A expressão "ajudante de embarcadouro" servira para ele como um dos padrões de julgamento das pessoas. Além disso, agora que tinha contado a história, sentiu corar o rosto repleto de rugas. E tanto Takeshi quanto Take-chan tinham também o rosto enrubescido. Kogito ficou de novo chocado ao constatar que ainda havia jovens com tamanho senso de pudor!

5

A moça chamada Neio se mudou para a Casa Gerontion e, embora se encarregasse não apenas das refeições de Takeshi,

Take-chan e Kogito, como também da limpeza e lavagem de roupa, não passava a sensação sufocante de estar no comando da casa. Em pouco tempo, porém, ela definiu o ritmo da vida cotidiana do lugar.

Renovou a organização na cozinha e também nas salas de jantar e de estar, os espaços comuns a todos no andar térreo, sem prejudicar a liberdade de Kogito, que lia e organizava suas fichas em frente à lareira. Kogito nada poderia afirmar, no entanto, com relação ao quarto compartilhado por Takeshi e Take-chan e ao quarto estreito e comprido de Neio, porque neles não costumava entrar. Seja como for, a energia excessiva do quarto de Takeshi e Take-chan não *ultrapassava* essa zona de vida juvenil. Era o efeito da capacidade de uma mulher mais velha de controlar os jovens.

Uma das mudanças ocorridas desde que Kogito fora viver em Kita-Karu foi ele ter deixado de beber até altas horas da noite sentado na poltrona diante da lareira. Mesmo após se retirar ao andar superior, lia livros no dormitório de Chikashi e, depois, no quarto de três tatames, bebia um copo de cinquenta mililitros de uísque, uma lata de trezentos e cinquenta mililitros de cerveja preta e outra de *lager* trazidas da cozinha. Isso representava o retorno a um hábito anterior à internação hospitalar. Apesar de desconhecer o papel de administradora do lar de Chikashi em Tóquio, Neio desempenhava bem suas tarefas.

Neio preparou um desjejum ao estilo ocidental para quatro pessoas. Kogito desceu depois que Takeshi e Take-chan haviam tomado o café da manhã e saído. Havia café ainda quente na cafeteira. Kogito acordava cedo, como é comum aos idosos, mas, depois de beber água em uma garrafa PET posta ao lado do travesseiro, permanecia na cama lendo e não descia enquanto

Neio e os dois rapazes conversavam tomando o desjejum. Depois disso, fazia, solitário, a refeição preparada por Neio composta de ovos, bacon, presunto e salada.

Há muito tempo Kogito deixara de almoçar. Foi diferente enquanto esteve no hospital, mas logo retomou esse hábito. À noite, descia tão logo avisavam que o jantar estava servido. A própria Neio costumava comer a refeição que preparava junto com Takeshi e Take-chan, que regressavam tarde.

Aos poucos, Neio estabeleceu o horário do chá às três da tarde, substituindo o próprio almoço e, nesse horário, começou a chamar Kogito da sala de estar. O chá tinha como acompanhamento coisas trazidas por Takeshi e Take-chan do restaurante em Karuizawa.

Apesar das mudanças nos hábitos alimentares nas famílias japonesas, Kogito achava que pão francês cortado em fatias, acompanhado de presunto e queijo, constituía a base da vida diária da moça nos Estados Unidos. Quando vista dentro de casa, Neio dava a impressão de ser uma estudante de pós-graduação americana, mas no horário do chá, ao se sentar de frente para Kogito com as costas eretas e bebendo chá, vestindo um suéter de verão de jérsei bege com uma blusa jeans azul e uma saia de veludo cotelê da mesma cor do suéter, sua aparência transmitia a sensação de sofisticação.

Shigeru chegou da Casa do Velho Louco quando eles terminavam o chá. Neio, avisando que iria dar uma volta em Karuizawa assim que seu substituto chegasse — ela também cumpria o papel de vigilante de Kogito —, calçara botas de couro bege que lhe caíam muito bem.

Shigeru, com a visão limitada pela tubulação de ferro do andaime, contemplou a maneira de caminhar de Neio que,

PARTE II : A COMUNICAÇÃO DOS MORTOS SE PROPAGA — LÍNGUA DE FOGO

sem se importar com a garoa, avançava pelo estreito caminho em direção ao fundo da propriedade para pegar emprestado o carro de Vladimir. Ele afirmou o seguinte:

— O jeito de viver dessa moça é assim como você vê. Bem simples. O mesmo em relação ao programa de pesquisa que ela definiu. Não se apressa, avançando com constância. Não se preocupa com um cargo após a obtenção do doutorado. E não é falsa modéstia. Ela não recebe ajuda da família nem bolsa de estudo de nenhum instituto de pesquisa. Estuda totalmente por conta própria. Por ser uma talentosa intérprete simultânea, realiza alguns trabalhos esporádicos e consegue, dessa forma, pesquisar com liberdade. Mesmo nesta casa, ela deve estar estudando, não? Se não bastasse, ela toma conta de você, Kogi, e trabalha com afinco para Takeshi e Take-chan. Ela se dedica a eles de coração. Em minha opinião, é uma mulher adulta muito mais inteligente e madura do que Takeshi e Take-chan, que, sem dúvida, parecem muito imaturos. Mesmo assim, ela costuma afirmar que abandonaria a pesquisa, objeto de sua vida, por eles dois. Bem, Takeshi e Take-chan também são sujeitos bastante especiais. Hoje mesmo, Neio estava toda animada porque eles terminarão mais cedo de trabalhar!

No dia seguinte a essa conversa com Shigeru, quando estava à mesa, tomando chá com bolachas, calmo, Kogito perguntou a Neio:

— Seu conhecimento em detalhes da cronologia do ano de 1980 estaria relacionado ao interesse de Vladimir por Mishima?

Parecendo absorta em outros pensamentos, Neio se surpreendeu, mas ficou interessada — havia um leve sinal de excitação em seu rosto — quando Kogito lhe dirigiu a palavra e, após uma pausa, respondeu.

— Foi necessário para o seminário de verão de que participei pouco antes de vir para cá, em Karuizawa, de um jovem congressista. Por isso, consultei o anuário desse ano específico. Na Casa do Velho Louco também havia um exemplar, suponho que seu.

— O que foi discutido no seminário?

— O objetivo do palestrante, professor da Universidade de Columbia, era discorrer aos congressistas sobre a releitura da história moderna até a eventual chegada ao poder, no futuro, do Partido Komeito. Em janeiro de 1980, o Partido Socialista e o Komeito entraram em acordo para formar uma coalisão. O Partido Socialista aprovou a ideia em assembleia geral, causando uma reviravolta nas diretrizes relativas ao Tratado de Segurança entre os Estados Unidos e o Japão. Foi o ano em que a relação com o Partido Comunista se deteriou de vez.

"Tudo se resumiu a um problema entre o Partido Socialista e o Partido Comunista, conforme a pesquisa realizada pelo cientista político americano seguindo a linha do Komeito. O foco da pesquisa eram as atividades do Komeito em paralelo ao aprofundamento do antagonismo entre os outros dois partidos. Nesse momento, com a morte de seu líder, o Partido Liberal Democrata obteve uma confortável maioria na eleição conjunta nas duas câmaras. No fim do ano, o Komeito definiu os pontos-chave da coalisão para a década de 1980 e abandonou a posição de oposicionista do PLD. O acadêmico afirmou não conseguir compreender o porquê de o PLD ter recuperado o poder após a morte de seu líder."

— Para um americano ou americana, um "voto solidário" deve ultrapassar qualquer compreensão — disse Kogito.

— Se Mishima tivesse reconstruído a Sociedade do Escudo após sair da prisão, o apoio que ele provavelmente teria angariado poderia ser chamado de "voto solidário"? Levando em conta que ele teria passado dez anos aprisionado...

— Não. Mishima estaria com muito vigor, ainda com cinquenta e cinco anos, e não teria se engajado em atividades políticas mais positivas? Logo chegaria a época da bolha econômica e seu rompimento... Com tudo isso, ele talvez tivesse um poder substancial.

— Aproveitando a oportunidade, e como Takeshi e Take-chan se mostraram interessados, procurei no anuário informações sobre o senhor — disse Neio. — O senhor continuou suas atividades literárias desde jovem e seu nome também aparecia em declarações públicas. Takeshi e Take-chan me perguntaram como essas declarações influenciaram a sociedade japonesa, mas fui incapaz de lhes responder.

"Vladimir baseia o problema na hipótese de que tenha havido essa possibilidade no caso de Mishima, mas ele era definitivamente uma pessoa pública especial, não acha?"

— O espírito de Mishima tem hoje influência muito mais peremptória do que a de alguém como eu, que estou vivo — declarou Kogito com sinceridade.

— O senhor Shigeru parece por vezes irritado, em outras convencido dos limites impostos pelo senhor, mas declarei expressamente a Takeshi e Take-chan que o senhor não é uma pessoa pública. E pedi que não se iludam em relação a isso.

Neio parecia ser indiferente à reação que Kogito poderia ter, e sua atitude demonstrava que verbalizava seus pensamentos após cuidadosa reflexão. Isso se devia não apenas a seu temperamento como também, na verdade, a sua maneira de viver.

Inúmeras recordações vieram à mente de Kogito ao ler o livro original, em francês, que o incentivara a começar a escrever romances e que reencontrou enquanto dava um fim a livros e documentos. Sentiu vontade de contar a Neio um fato ocorrido quarenta e cinco anos antes porque se lembrou de determinada pessoa, uma mulher parecida com sua interlocutora naquele momento. Falar sobre essas lembranças a uma mulher jovem que não fazia parte de sua família representava uma novidade que, chegou a cogitar, estivesse ligada à falta de discernimento suscitada pela idade.

— Neio, vendo de fora, percebo que você é uma pesquisadora com um estilo de vida independente. Quando tinha a idade de Takeshi e Take-chan, conheci uma mulher assim como você. E se não a chamo de "moça" é porque, embora na época ela fosse jornalista de uma revista semanal, de bom nível intelectual, nem sequer me importei com a idade dela.

"Fui escolhido para receber um prêmio do jornal da minha universidade e isso me abriu as portas para escrever vários contos curtos para algumas revistas literárias. Essa jornalista veio me entrevistar acompanhada de um cinegrafista. Eu escolhera Sartre como tema da monografia de conclusão de curso, mas, ao ler o romance vencedor do prêmio Goncourt do ano precedente, acabei influenciado por ele. Como observou Takeshi, descrevo em meus romances imagens semelhantes às desse autor, cujas obras não me cansei de ler e reler.

"No início de minha carreira de romancista, continuei a ler as obras desse autor, chamado Gascar, mas, aos poucos, sua maneira de escrever foi mudando. Ele começou a formar sentenças longas com sobreposição de imagens. E eu o imitava. Adotei as ideias estilísticas de Gascar e tentei adaptá-las em japonês. Foi assim que comecei a escrever sentenças como as dele. Eu, um jovem escritor promissor, participava de uma festa de fim de ano patrocinada por uma editora, e, justo quando estava entediado por não ter o que fazer, esta jornalista se aproximou. 'No início, você tinha um estilo bem definido e era possível compreender o que escrevia, mas se tornou rebuscado. E, apesar da riqueza de seu estilo, elogiada pelos críticos, você não estaria colocando agora uma cortina de fumaça de adjetivos para ocultar o fato de não saber o que escrever?' Ela disparou apenas isso e se afastou.

"Nessa noite, depois de voltar para a pensão onde me alojava, peguei o cartão de visitas que recebera dela no momento da entrevista e me pus a ponderar. Se telefonasse no dia seguinte e pedisse para conversar novamente sobre o que ela dissera, talvez pudesse escapar do labirinto em que me enfiara. Porém não tive coragem de telefonar e as coisas continuaram como estavam.

"Muito tempo depois, a jornalista prosseguiu com seus estudos na França, onde escreveu um livro em francês sobre a história das relações entre o Japão e o Vietná ou Camboja durante a guerra e no pós-guerra. Depois, fui informado de que ela morrera de alguma doença.

"E é só! Se eu não fosse o caipira que saiu de uma floresta quatro ou cinco anos antes, incapaz até de ligar para alguém, minha vida de escritor a partir dali não teria tomado um rumo diferente? Às vezes medito sobre isso."

Neio continuava com a expressão de quem ouvia Kogito com atenção. Depois, ela disse:

— Mas, senhor Choko, uma vez que viveu até hoje como escritor, não há com o que se preocupar, não acha?

— Tem razão — disse Kogito sentindo surgir aos montes, dentro de si, nuvens negras de arrependimento. — Mesmo assim, às vezes penso que o episódio foi o ponto de inflexão mais importante em minha carreira literária.

— Encontrei Takeshi e Take-chan sob condições estranhas e como imaginei que, apesar de desejarem me telefonar, estivessem fazendo cerimônia, tomei a decisão de ligar para o número de celular que haviam me informado. Sinto-me agora como se o senhor estivesse confirmando que minha decisão foi correta!

Capítulo 8
O *Romance de Robinson*

1

No início da semana seguinte, Kogito foi informado sobre a viagem de Vladimir à Tailândia, para uma reunião. Imaginou que o motivo de Shigeru não vir convidá-lo para caminhar eram os trabalhos acumulados, provavelmente relacionados à urgência de Vladimir. Shigeru pediu a Kogito que se exercitasse com Takeshi ou Take-chan dando uma volta pela Vila Universitária. Os dois tinham parado de trabalhar no restaurante de Karuizawa nessa semana. Na realidade, Takeshi e Take-chan haviam subido agora no andaime e executavam alguma tarefa.

Pouco antes, Neio fizera um pedido a Kogito. Foi na tarde do dia em que Shigeru tinha um assunto a tratar em um local mais distante e Takeshi o levaria de carro. Neio subiu ao andar superior, algo que nunca fizera, onde Kogito, deitado, lia um livro e, ao contrário da amadurecida serenidade de costume, ela foi direto ao ponto com inocente desassossego:

— Será que a partir de agora eu e Take-chan podemos usar o quarto que Takeshi e eu ajudamos a arrumar? Mas prometa que mesmo durante esse tempo o senhor não sairá sozinho.

Kogito pensou em replicar: "Por que o quarto de três tatames, mais parecido a uma guarita?", mas, perturbado, segurando contra o peito o livro que lia e o dicionário, levantou-se e apenas exclamou:

— Lógico, lógico!

Quando se instalou com calma diante da lareira, Kogito ouviu Take-chan, que fora chamado por Neio, subindo as escadas, uma porta abrindo e fechando, e as risadas da moça.

Embora a vida em comum estivesse apenas começando, Neio decidiu manter independente o quarto em que realizava sua pesquisa e demonstrava estar disposta a não deixar os demais moradores entrarem. Kogito convenceu-se de que era a única forma caso ela se sentisse por demais constrangida de entrar no amplo quarto utilizado pelos dois jovens, mesmo se Takeshi tivesse saído.

Pouco depois, ele ouviu uma única vez Neio exclamar "Ah!" e então houve um momento de calma em que os jovens tiraram um cochilo saudável.

Ao anoitecer, quando Takeshi e Shigeru voltaram de carro, Take-chan parecia estar sozinho no quarto, lendo. Neio serviu o jantar com a expressão revigorada. Dois ou três dias mais tarde, foi a vez de Take-chan servir de motorista para Shigeru enquanto Takeshi e Neio passaram por um momento semelhante. Kogito descobriu dentro de si um sentimento de simpatia por cada membro do trio.

2

Certa feita, com simpatia, Neio perguntou a Kogito se, além das fichas que preparava enquanto lia, ele escrevia um romance no caderno grande de capa grossa.

— Bem... Eu reescrevo cinco ou seis vezes, então é duvidoso identificar uma parte específica como o manuscrito de um romance que vá porventura se tornar livro...

— O senhor Shigeru disse que o senhor escreverá simultaneamente, desde a fase de preparativos, sobre a grande empreitada que o levou a convidar os amigos para virem para cá, e que será a primeira vez a adotar esse método de escrever um romance.

— Em primeiro lugar, tive um grave ferimento devido a circunstâncias estranhas e, por isso, vivi metade de um ano no hospital. Depois, houve uma interrupção no hábito de escrever romances que eu desfrutava desde a juventude. Comecei a sentir que, mesmo não escrevendo romances, tinha a velhice para viver. Shigeru achou isso desolador, e seu comentário me fez tentar gradualmente escrever fragmentos que componham uma parte da narrativa, embora não tenha ideia dela como um todo.

— O senhor sente a necessidade de narrar o que farão Shigeru e seus companheiros? Pergunto pois o senhor Shigeru afirma que, logo após eles terminarem a grande empreitada, o senhor terá concluído o último capítulo da narrativa. Ele diz também que conseguimos um agente publicitário que nenhum outro militante teve: um escritor que recebeu um prêmio em Estocolmo. No entanto, qual sentido terá tudo isso para o senhor?

— Verdade — concordou Kogito, pensativo. — Alguém que ao longo de tantos anos escreveu romances tem a sensação de completude ao botar algo no papel, mesmo que se trate apenas de um manuscrito. Há a vontade de que esses fragmentos se tornem algo mais consistente se forem reescritos...

— Ou não seria porque o escritor, mesmo no ocaso da vida, sempre acredita que a próxima obra será melhor? Se assim for, ele não teria também a sensação de que todas as obras que escreveu até então, num certo sentido, representaram um amontoado de fracassos?

— Não creio que todas as minhas obras até o momento tenham sido desprovidas de significado. Tampouco considero que todo o volume de trabalho que executei até hoje represente a carcaça de um velho prestes a morrer empunhando agora sua caneta tinteiro. É interessante esse *eu* querendo viver e produzir *mais uma* obra. Fiquei internado por um longo tempo devido ao ferimento e perto do momento da alta senti que já não havia mais nada a escrever!

— O senhor Shigeru contou que no quarto do hospital o senhor balbuciava a frase "Adeus, meu livro!" semelhante a um poema.

— Naquela ocasião, o "Adeus, meu livro!" que me vinha ao espírito constituiria, conforme a metáfora que você usou, todos os romances *empilhados em um armazém*. Agora que comecei a escrever, mesmo que apenas rascunhos, me ponho a imaginar outro "*meu livro*".

— Suponhamos que o volume total de romances escritos por um escritor por toda a vida seja identificado como A — propôs Neio. — Enquanto esse escritor continuar escrevendo rascunhos como o senhor, o volume atual de seus romances equivaleria a

PARTE II : A COMUNICAÇÃO DOS MORTOS SE PROPAGA — LÍNGUA DE FOGO

A – α, correto? A avaliação atual de sua obra é esse A – α. Porém, para o senhor, esse "α" seria o que mais o representaria?

— As coisas ainda não estão tão certas a ponto de me permitir afirmar que meus rascunhos de agora possam ser chamados de "meu α"! Mas tenho a impressão de ter dito até agora, com insensibilidade, "Adeus, meu A – α"!

— A propósito do romance que será criado dessa forma pelos rascunhos, o senhor Shigeru disse que quando forem exitosos em suas ações, caso o senhor escreva de forma positiva sobre elas, colocará em risco a reputação pública que o senhor construiu até agora. E também que o senhor tem consciência disso.

— Shige chegou a me dizer isso uma vez, mas não dei muita importância.

— Ao contrário, se todo o plano der com os burros n'água, o senhor Shigeru também disse que o senhor conseguirá criar um romance em nada parecido a todas as suas demais obras, ou seja, com uma personalidade inexistente em A – α!

"Segundo ele, mesmo que tudo fracasse, o senhor teria em mãos o rascunho que acompanha toda a fase preparatória do plano. Com base nele, seria possível concluir o romance. Apesar de ser uma história de lamentável derrota, como a narrativa de um grande ato terrorista impossibilitado de ocorrer, o senhor Shigeru acredita que com certeza se tornaria um best-seller, algo raro em sua vida.

"Neste caso, não seria um trabalho desvantajoso para o senhor, mas um material exclusivo valioso. Take-chan então perguntou: 'Sendo assim, esse escritor decrépito não faria algo que conduzisse ao nosso fracasso?' Ao que o senhor Shigeru respondeu: 'Basta que o impeçamos!' Não consigo deixar de pensar na possibilidade de fracasso. Mesmo que isso ocorra, Vladimir e

Shinshin contam com o suporte de 'Genebra' e poderiam fugir do país antes do fiasco. E, no caso do senhor Shigeru, ele tem nacionalidade americana, não?

"Nesse sentido, Takeshi e Take-chan estão indefesos e estou disposta a protegê-los. E isso também se aplica caso o senhor Shigeru e seus companheiros tenham sucesso no projeto."

3

Kogito ouviu de novo de Neio os detalhes do que Shigeru lhe contara.

Durante os três anos de vida no Japão, Neio trabalhou como intérprete simultânea para se sustentar ao mesmo tempo em que se preparava para o doutorado. Enquanto isso, como Shigeru se transferiria para o Japão, pediu a ela para encontrar jovens interessantes.

Ela tinha isso em mente quando fez amizade com Takeshi e Take-chan. Porém os dois logo se tornaram para ela mais do que simples amigos. No início do verão, ela os apresentou a Shigeru, que fora a Tóquio. Takeshi e Take-chan se tornaram amigos dele, e também de Vladimir e Shinshin, e os dois, por terem encontrado um trabalho durante o verão em Karuizawa, vieram junto com Neio morar em Kita-Karu.

E, agora, os dois rapazes pretendiam participar do projeto idealizado por Shigeru, cujo teor ainda era uma incógnita para

Neio. Como uma espécie de garantia para convencê-la, os dois usaram o nome de Kogito Choko. Ao ser questionado, Shigeru afirmou que mantinha um relacionamento íntimo com ele desde a infância. Ela desejava saber qual o papel desempenhado por Choko no projeto, e decidiu prestar suporte à vida cotidiana dele, de Takeshi e de Take-chan...

Porém, desde o início, ela confiou em Shigeru. Os pais, com quem Neio vivera no Japão até o colegial, mudaram-se para os Estados Unidos, e conseguir garantir a própria subsistência enquanto realizava suas pesquisas, apesar de não ter conhecidos com quem contar, deve-se a Shigeru, seu professor e orientador de mestrado, que a apresentou a grandes empresas de construção, embora ele próprio não revelasse isso.

Mesmo depois do trabalho de interpretação simultânea ter deslanchado, ela fazia tradução de textos sob boas condições. Shigeru também preparou o terreno em relação aos trabalhos que Vladimir e Shinshin faziam para subsistir. Apesar de cuidar com tanto zelo dos alunos, parecia faltar algo importante na vida dele.

Por isso, quando Shigeru estava em uma situação deplorável, seus antigos colegas e alunos não deixavam de lhe ser úteis. Neio perguntou se foi em virtude desse mesmo sentimento que Kogito o aceitou com seus jovens amigos.

— Não, não foi isso — respondeu Kogito. — O motivo foi Shigeru, com quem mantenho uma profunda relação desde criança, ter proposto esta vida em comum durante minha convalescença após longo período de internação.

Depois disso, Neio mudou de assunto.

— O senhor sem dúvida leu *Solaris*, de Stanislaw Lem, não? Vi o antigo filme de Tarkovsky quando me transferi para o *high school* nos Estados Unidos. Assisti ao filme em vídeo quando soube que ele havia utilizado, para sua paisagem futurista, fotos reais de estradas de Tóquio que me amedrontavam quando estava no jardim de infância. Depois, li a obra original e gostei muito mais da moça chamada Rheya no livro do que no filme. Quando tomei conhecimento de que Lem não ficou satisfeito com o filme de Tarkovsky, pensei comigo: "Era de se esperar!"

"O oceano do planeta Solaris tem uma força misteriosa, não? Para desvendar seus segredos, o astronauta Kris chega à estação espacial, onde conhece uma moça, criada e enviada pelo oceano, parecida, até na personalidade, com a esposa que se suicidara. Com medo de se sentir atraído por Rheya, Kris a tranca sozinha em uma espaçonave e a lança para fora da estação. Porém Rheya reaparece.

"Conforme conversa com Kris, ela vai aos poucos percebendo que sua existência difere da da Rheya das lembranças dele. Porém, como fora criada para amar Kris, não tem como fugir do sofrimento. Toma oxigênio líquido e sua respiração vai se transformando em gélidos flocos de neve rodopiando ao redor de seu corpo, os pulmões e estômago ardendo... É dessa forma terrível que ela tenta se suicidar. Mesmo assim, depois de algumas horas, o corpo criado pelo oceano de Solaris acaba retornando à forma original. Só lhe resta, então, acompanhar Kris para sempre. Mas, sendo um ser humano, ele não viverá para sempre. Com um destino insuportável como esse, Rheya pede para ser completamente eliminada pela máquina de destruição de *matéria da linha de neutrinos*. Ignorando como havia sido criada pelo oceano, Rheya põe um fim a si mesma, para não sofrer com a decadência de Kris diante desse oceano que a criara.

"Nunca tinha lido um romance em que a Terra, o universo, enfim, tudo se torna tão assustador. E não pude evitar sentir *compaixão* por Rheya. Percebi que em nenhuma das páginas do romance a palavra 'compaixão' foi usada. Senti compaixão por Takeshi e Take-chan por estarem agora envolvidos na grande empreitada do senhor Shigeru. Desconheço o plano dele, de Vladimir e de Shinshin. O senhor Shigeru me usou como instrumento para atrair Takeshi e Take-chan. Os dois parecem ignorar também o conteúdo de suas funções. No entanto, como crianças, bastaram as palavras do senhor Shigeru sobre a grande empreitada para se sentirem propensos a *experimentar*.

"Como duas crianças ignorantes de tudo, aqueles dois jamais voltam atrás quando *decidem algo*. Por quê? Porque não abandonariam por nada algo interessante acontecendo na vida deles. Em particular, acreditam piamente que, se desistirem da grande empreitada que enfim encontraram, nada lhes restaria senão viver uma vida infrutífera e morrer. Seja como for, o senhor é o escritor que escreverá sobre a grande empreitada do começo ao fim, correto? Contei-lhe toda essa história no intuito de lhe pedir para não trivializar o papel de Takeshi e Take-chan...

"Até há pouco, os dois estavam fazendo o andaime guinchar. Estão sendo treinados por Koba sem saber o motivo de terem de subir no andaime para lutar. Quando eles descem apoiando um dos pés no monta-cargas, olhe a expressão de satisfação inocente de quem concluiu um trabalho! Não é para sentir compaixão?"

Depois de Vladimir partir para Bangkok, Shigeru de fato subiu ele próprio no andaime para discutir estratégias com Koba, levando consigo Takeshi e Take-chan. Ele desejava que Kogito, lendo no andar superior, escutasse a conversa, no intuito de lhe fornecer informações para o romance. Conforme ouvia o diálogo entre Shigeru e Koba sobre o andaime a cinco ou seis metros acima do solo, Kogito, deitado no quarto logo ao lado, sentiu-se solto e suspenso no ar diante da esquisitice da conversa, semelhante à de crianças *brincando* de guerra.

Shigeru e Koba estavam de pé no andaime coberto nas laterais por placas de ferro e pareciam contemplar dali a Casa do Velho Louco. Comentavam muito satisfeitos que de onde estavam podiam ter uma visão ampla da depressão intermediária onde cresciam diversas árvores, como também de todo o terreno, que incluía a floresta ao redor. Desse local elevado, eles poderiam repelir com facilidade o esquadrão policial de onde quer que viesse para atacar, fosse do caminho público da Vila Universitária ou da estrada particular da área residencial construída na parte norte. Poderiam estabelecer ali uma posição muitíssimo mais privilegiada do que aquela ocupada pelos membros do Exército Vermelho Unido quando se trancaram em uma pousada na montanha culminando na luta armada que ficou conhecida como "Incidente de Asama-Sanso".

Ao ouvir a conversa, Kogito se convenceu de que Shigeru e Koba pretendiam, em simulações de uma luta armada, treinar os jovens a se moverem pelo andaime alto e protegido por placas de ferro para de lá atirar contra quem estivesse camuflado entre as árvores e atacasse.

Nessa cena, Kogito imaginou-se todo atarantado caso ocorressem circunstâncias em que o treinamento se mostrasse de fato útil. Era verdadeiramente cômico. Apesar disso, o jovem com *atitude incomum* dentro dele parecia bastante entusiasmado.

PARTE II : A COMUNICAÇÃO DOS MORTOS SE PROPAGA — LÍNGUA DE FOGO

4

Chegaram vários pacotes enviados por Maki, nos quais estava escrito com letras arredondadas e bem trabalhadas "Material do *Romance de Robinson*". Como também nesse dia Shigeru havia saído acompanhado de Takeshi e Take-chan, Kogito verificou sozinho os pacotes. A primeira edição de 1932 de *Voyage au bout de la nuit*, herdada do professor Musumi; todos os volumes de *Céline Romans*, na edição da Pléiade; e os oito tomos de *Cahiers Céline*. Vários ensaios críticos publicados na França e nos Estados Unidos. Todas as "Obras de Céline" de Kokusho Kankokai. E as passagens extraídas de cadernos e fichas de Kogito relacionadas a Céline e organizadas por Maki no computador.

Primeiro, Kogito pegou na biblioteca a biografia crítica de Céline[1] escrita por Paul del Perugia, que ele até esquecera que tinha e que, para sua surpresa, incluía uma dedicatória endereçada a ele. Kogito assinalara com lápis vermelho a passagem em que Robinson é chamado em francês de um dos *doubles* de Bardamu. Certa vez, e fazia tanto tempo que ele próprio nem mais se lembrava, Kogito refletiu sobre o *pseudo-couple* em razão do fascínio exercido por Bardamu e Robinson de *Viagem ao fim da noite*, apesar de achar que fosse uma expressão descoberta bem recentemente por ele.

As frases anotadas nas fichas e nos cadernos foram de forma geral extraídas da trilogia iniciada com *De castelo em castelo* e de *Viagem ao fim da noite* e acrescidas dos comentários

---

1. Paul del Perugia, *Céline*, Paris: Nouvelles Éditions Latines, 1987.

de Kogito. Ele decidiu reler *Viagem ao fim da noite* tendo como apoio cada página de anotações.

Kogito deparou-se inclusive com uma nota elaborada para o *Romance de Robinson*, que, como dissera Shigeru, seria o romance do ocaso de sua vida.

> <*Procedi a uma releitura acompanhando o eixo de Robinson e, depois de tudo, creio de fato se tratar da história de Bardamu. Nela, há um sabor particular que só podemos chamar de* Romance de Robinson. *Embora não passe de algo ainda muito vago, sinto que a técnica desse* Romance de Robinson *será válida em um romance que vou escrever ao final de minha vida.*
>
> *Assim, o objetivo da nota é ler* Viagem ao fim da noite *conscientemente como o* Romance de Robinson.>

Kogito estranhou não recordar de nada quando Shigeru lhe falara havia pouco sobre o *Romance de Robinson*. Achou, aterrorizado, que seria por conta das sequelas do ferimento na cabeça...

Em um dos cadernos, no qual fazia anotações mais longas do que nas fichas, Kogito transcreveu a cena da morte de Robinson:

> *Observando Robinson justo quando morria, Bardamu sentiu-se menor. Porque inexistia nele o amor pela vida do próximo. E diante dele, Robinson "foi embora de repente, como se tivesse tomado impulso, contraindo-se sobre nós dois, com os dois braços..."*[2]

---

2. Louis-Ferdinand Céline, *Viagem ao fim da noite*, trad. Rosa Freire Aguiar, São Paulo: Companhia das Letras, 2009. (Todas as demais citações de passagens do livro foram extraídas dessa tradução.)

E Kogito inseriu as palavras do personagem de um romance de Milan Kundera que ele traduzira para o japonês a partir da tradução em inglês, "A luta do homem contra o poder é a luta da memória contra o esquecimento"[3], continuando a citar Céline:

"A grande derrota, no fundo, é esquecer, e sobretudo aquilo que fez você morrer, e morrer sem nunca compreender até que ponto os homens são cruéis. Quando estivermos com o pé na cova, nada de bancarmos os espertinhos, nós aqui, mas também nada de esquecer, vamos ter de contar tudo sem mudar uma palavra do que vimos de mais celerado entre os homens e depois calar o bico e depois descer. Isso aí é trabalho suficiente para uma vida inteira."

Bardamu, estudante recém-alistado, é enviado antes do anoitecer em uma missão de reconhecimento para checar se há soldados alemães remanescentes em determinado vilarejo. Não se vê sequer uma sombra. Nesse momento, aparece um homem com jeito de ter se desagregado do exército. O sujeito planejava desertar. Depois de caminharem juntos à noite pelo campo de batalha, os dois se separaram sem pensar em um reencontro. Esse homem é Robinson.

Ferido em combate, Bardamu vai ao encontro da mãe de um soldado morto na guerra, ansiosa para ouvir sobre a batalha. A mulher, desesperada, havia se enforcado. Nesse momento, um soldado, afilhado dela, a visita. Esse soldado lhe é conhecido.

Porém, aqui também os dois se separam sem aprofundar um relacionamento. Liberado do hospital do exército, Bardamu embarca

---

3. Milan Kundera, *O livro do riso e do esquecimento*, trad. Teresa Bulhões Carvalho da Fonseca, São Paulo: Círculo do Livro, 1978.

em um navio rumo à África. Ele consegue se empregar numa empresa comercial em uma vila portuária da colônia e é enviado ao interior em seu primeiro trabalho. Ele substituirá o encarregado de uma loja acusado de sabotagem, mas de início precisará passar uma noite com esse homem em uma casa destruída. Aos poucos, ele desconfia que esse homem possa ser Robinson. Quando procura confirmar, a cama do homem estava completamente vazia.

Como resultado de uma vida que foi por si só um pesadelo, Bardamu se torna remador de galera e realiza uma travessia marítima quimérica à América. E, ao chegar, acaba fugindo do vilarejo litorâneo onde deveria cumprir quarentena. Ele encontra acomodação em um hotel de Nova York e, um belo dia, ouve, incutida dentro de si, a voz de Robinson o encorajando a sair para a cidade.

"Eu tinha visto coisas demais, suspeitas demais para estar feliz. Eu sabia demais e não sabia o suficiente. Você tem que sair, pensei cá comigo, sair mais uma vez. Quem sabe se não vai encontrá-lo, Robinson. Era uma ideia cretina evidentemente, mas que eu alimentava a fim de ter um pretexto para sair de novo [...]"

Seja como for, Bardamu, que começara a viver à margem da sociedade americana, foi informado por um funcionário do consulado que Robinson era procurado pela polícia. "Desde então, passei a esperar encontrá-lo a cada instante, o Robinson."

E, como era de se esperar, certo entardecer, na estação final de trem, ele foi chamado por Robinson. Depois disso, os dois se encontraram duas ou três vezes. Todavia, Bardamu se separa de Robinson e das

PARTE II : A COMUNICAÇÃO DOS MORTOS SE PROPAGA — LÍNGUA DE FOGO

mulheres com as quais se relacionou nos Estados Unidos e parte de volta à França.

Bem, se nos restringirmos ao fluxo até este ponto, Bardamu e Robinson se encontraram de maneira incomum em locais específicos. No entanto, não passa disso. No romance, inexiste entre eles um vínculo forte. Esse é o estilo narrativo da primeira metade do Romance de Robinson.

No início da segunda metade, um aspirante a médico que se voluntariou no exército em um surto de patriotismo obtém o título de médico e abre seu consultório nos arredores de Paris. Bardamu estava temeroso de reencontrar Robinson por acaso. E isso acaba acontecendo. A partir daí, os leitores desse romance leem exatamente o Romance de Robinson.

Tendo recuperado o vínculo irremediável com Bardamu, Robinson conhece uma velha senhora. E ele toma parte no plano do filho e da nora de assassiná-la. Porém acaba ferindo os próprios olhos. O casal toma conta dele. Depois, ele vai viver no sul da França. Encontra ali uma mulher misteriosa, a segue até Paris e, finalmente, é assassinado.

Depois de citar a cena da morte de Robinson, o jovem Kogito anotou no caderno sua ideia acerca do *Romance de Robinson.*

<Ao fim do romance, Robinson está estirado, morto, ao centro. Bardamu está de pé, respeitosamente a seu lado. Tendo terminado de contar toda a história conforme orientado por Robinson, pela

primeira vez faz menção a proceder à viagem ao fim da noite rumo ao próprio futuro.

Se for possível introduzir um Robinson para mim dessa forma, tendo como pano de fundo a história moderna radicalmente obscura de nosso país, creio poder escrever a história do Bardamu existente dentro de mim. Ao final do romance, ele dirigirá firmemente o olhar para o fim da noite de nossa época...>

5

Ainda era de manhã. Nesse horário, os raios solares iluminavam através da coroa verde e cintilante dos galhos. Do andar de cima, Kogito levou para a sala de estar o futon e a colcha costumeiros para arejá-los. Ele próprio, ainda sonolento, pôs-se ao lado para tomar um banho de sol. Percebeu alguém correndo com energia na varanda. Ao verificar a presença de Kogito através da tubulação de ferro, Shigeru exclamou em voz alta enquanto entrava no vestíbulo:

— Recebi ligação de Vladimir da Tailândia. Ele chega amanhã à tarde a Narita. Shinshin vai me levar de carro para buscá-lo! Há muitas coisas que ele não podia falar por telefone!

Shigeru também se dirigiu a Neio, que apareceu calmamente vindo da cozinha.

PARTE II : A COMUNICAÇÃO DOS MORTOS SE PROPAGA — LÍNGUA DE FOGO

— Peça a Takeshi e Take-chan para virem até aqui. Vamos nos preparar para pôr em prática as decisões trazidas por Vladimir!

— Deixe que eu mesmo arrumo a roupa de cama estendida — disse Kogito, interrompendo Neio quando ela fez menção de ajudá-lo. O jovem com *atitude incomum* dentro dele se agitou.

Quando, ao terminar sua tarefa, Kogito desceu novamente, Shigeru estava sentado sozinho à mesa da sala de jantar, na extremidade sul, de olhos fixos na tubulação de ferro luzidia sob os raios solares. Como Takeshi e Take-chan haviam ocupado os assentos próximos à sala de estar, Kogito acomodou-se de costas para o aparelho de telefone e fax que, após ter sido desativado por Vladimir, passou a dar a impressão de ser um *objeto* com existência própria. Neio serviu chá para todos e depois se sentou entre Shigeru e Kogito.

— Ao estabelecer aqui nossa *base operacional*, eu expliquei que você teria um papel a desempenhar — Shigeru quebrou o silêncio. — Estávamos bêbados diante da câmera de vídeo, mas *in vino veritas*, não é? Disse que você é para mim uma figura indispensável para que a execução do plano não promova uma carnificina. Tive a impressão de que você, Kogi, me escutava achando que me referia ao enredo do *Romance de Robinson* que você está escrevendo.

— Você falou sobre aquilo que o professor Musumi com certeza me designou. Afirmou que não poderia me fazer trair a maneira humanista de viver do professor Musumi ao desempenhar meu papel em sua grande empreitada. Foi tudo o que você disse. Exatamente *in vino veritas*, nada mais pronunciou além disso!

— E agora posso falar mais concretamente sobre o plano aprovado por "Genebra". É a primeira vez que falo sobre isso com Takeshi, Take-chan e Neio.

Dizendo isso, Shigeru parecia avaliar os dois jovens e a moça um pouco mais velha do que eles. A seguir, pregou os olhos em Kogito e começou a falar como se procurasse inspirar a si próprio:

— Contei a Kogi minha experiência do 11 de Setembro em Nova York. Disse também que, se os membros de "Genebra" viessem a Tóquio, o que mais chamaria de cara a atenção seriam, sem dúvida, os arranha-céus e que o grupo de arquitetos e engenheiros que os projetou e construiu são em geral meus conhecidos. Falei ainda sobre como a arquitetura ultramoderna já em sua origem era vulnerável.

"Mesmo assim, há duas coisas que não revelei. A primeira delas é o motivo pelo qual me comprometi a tal ponto com a 'Genebra' de Vladimir e seus companheiros. Kogi, forneci a ideia ao pessoal enviado por 'Genebra' de uma destruição capaz de abalar o ponto nevrálgico de Tóquio. O *dono* da ideia também participará da sua colocação em prática. Takeshi e Take-chan certamente terão atuação importante. Afinal, é nos extremos que cabeças e mãos autônomas mostram-se cruciais.

"Além disso, não conheço 'Genebra' tão bem assim. Vladimir também a esse respeito se mantém calado. Tampouco perguntei como a referida organização vincula a grande empreitada aos atentados terroristas de Nova York. Mas, ao contrário, é o que eu desejo.

"Porque meu projeto é fundamental. É claro que não haveria motivo para não vincular os atentados que ocorrerão doravante aos atentados terroristas do 11 de Setembro. Eles, no início do século XXI, são a meu ver independentes entre si, mas devem ser contínuos, com alguns intervalos. E, embora cada ato tomado em

PARTE II : A COMUNICAÇÃO DOS MORTOS SE PROPAGA — LÍNGUA DE FOGO

particular tenha significado *ambíguo*, no conjunto apontam uma direção. Ou seja, expressam a história!

"Kogi, você deve estar louco para perguntar sobre a Al--Qaeda. Em minha opinião, o grupo se situa na mesma linha de 'Genebra', cuja movimentação está começando. A série de grandes atentados terroristas que vai ocorrer doravante não será em escala capaz de ser controlada por uma única organização política. Além disso, depois de certo tempo, o ser humano não poderá avançar para a fase seguinte sem que haja ao redor do mundo a explosão dessa imensa violência no atual período da história mundial.

"E, para tanto, deve haver um número enorme de agentes, cada qual traçando um método autônomo. Por acaso, encontrei um deles, 'Genebra', por intermédio de Vladimir. E apresentei a ela minhas ideias excepcionais. Essa é minha grande empreitada!

"Kogi, vou explicar o projeto me referindo a uma área que você conhece bem. Você se interessa pela questão da proliferação nuclear. Já deve ter lido vários relatos de atentados terroristas com emprego de armas nucleares. Uma mala contendo uma bomba atômica que é levada para alguma metrópole... É uma ideia ultrapassada, claro, coisa de filme de espionagem. O mais comum é transformar os prédios existentes em toda extensão em uma bomba atômica ou de hidrogênio.

"Porém, Kogi, e aqui nossas ideias estão em sintonia, a violência com emprego de armas nucleares é um assunto da esfera das nações. Proponho uma alternativa capaz de se contrapor à gigantesca violência dos Estados. Em suma, um procedimento visando transformar os ultra-arranha-céus em estruturas explosivas numa dimensão propícia para fazer estremecer um país sem o emprego do poder nuclear. Dessa forma, será possível, sem dúvida, obter o suporte de estratos sociais precisos. Kogi, você nunca sonhou com isso?

"Bem, meu método é bastante simples. Alugo algumas salas em um determinado prédio. Envolvo-me nas obras internas para abertura de escritórios. Apenas reformo algumas salas desses prédios, tornando-as vulneráveis — você me explicou que esse vocábulo, quando empregado na ciência das guerras nucleares, é traduzido pela expressão *que induz ao ataque* —, podendo, assim, dar fim ao prédio todo como uma grande estrutura explosiva bem calculada.

"E havia omitido algo até agora: o papel que você concretamente vai desempenhar. Kogi, explodiremos um arranha-céu. Mesmo se não desabar por completo, será uma explosão suficiente para os habitantes de Tóquio se conscientizarem do ocorrido ao testemunhá-lo em massa. O treinamento das pessoas envolvidas com a execução do plano estará a cargo de 'Genebra'. Quanto a nós, também preparamos nosso próprio treinamento.

"Todavia, não pretendo arrastar você para um projeto homicida. Como disse antes, é justamente o oposto! Afinal, você não é o discípulo do professor Musumi? Se levarmos avante o plano e as técnicas, pode haver mil mortos ou mais. Está no cerne de meu projeto evacuar as pessoas do local da grande explosão. E nesse aspecto seu trabalho será valioso!

"Desejo que você participe também da reunião que teremos depois de Vladimir retornar ao Japão. Em função disso, seu confinamento será mais rígido do que o que foi até o momento. *Confinamento rígido*. Rá! Rá! Se por acaso ferir nossa atitude benevolente e planejar escapar ou nos denunciar, 'Genebra' vai ter que dar cabo de você.

"Porém, creio que não procurará fugir. Se tentar e for morto ao falhar, a enorme explosão planejada não ocorreria sem vítimas. Todavia, trata-se apenas de uma diretriz que propus e não representa algo importante para Vladimir. E, de fato, a grande empreitada seria sem dúvida posta em prática. Sendo assim, mil pessoas ou mais morreriam. O discípulo do professor Musumi não pode negligenciar algo do gênero.

"Então, eis aqui seu papel. Antes de apertarmos o botão da detonação — no horário que será calculado com base em uma pesquisa concreta do momento da execução —, você aparece no informe extraordinário da televisão estatal NHK anunciando o local e a hora da grande explosão. Em outras palavras, apela a todos para que procedam à evacuação, simples assim!

"O escritor que conquistou um prêmio literário internacional chega à recepção do prédio da NHK e informa sobre o plano de uma grande explosão prestes a ocorrer. Ou, como alternativa, entrega uma declaração de 'Genebra' ao responsável. Depois você aguarda na sala de espera da estação de TV.

"Dez minutos mais tarde, você é informado pelo celular do arranha-céu objeto da grande explosão. Você próprio ou um jornalista aparece na tela da TV aconselhando a evacuação do prédio. E, nesse momento, você também verá em transmissão ao vivo a situação da evacuação e a cena da terrível explosão. Imagens que logo serão replicadas e vistas pelas audiências ao redor do planeta..."

Voltando-se para Shigeru, cujo rosto estava afogueado de excitação ao terminar o extenso monólogo — nesse momento, veio-lhe à mente um personagem de Thomas Mann, um velho sábio que se maquiava para rejuvenescer[4] —, Kogito respondeu:

— Se eu não estiver agendado para participar de algum programa, mesmo aparecendo na recepção da NHK, o responsável não me atenderia. Shige, você escolheu a pessoa errada.

— Você acha? Seja como for, um velho escritor renomado e, em princípio, em plena posse de suas capacidades mentais, aparece trazendo a informação de que um arranha-céu de Tóquio capaz de ser visto da NHK vai explodir. Eles não o expulsariam. Será um escândalo inimaginável para uma estação de TV estatal se um momento mais tarde houver uma grande explosão e o número de vítimas ultrapassar a casa do milhar.

— O senhor Choko acabará sendo convencido pelo senhor Shigeru — disse Neio, com o rosto sombrio e um ar atormentado que ressaltava seu maxilar (era a expressão de uma mestiça que de alguma forma aflorava em momentos inesperados, devido ao seu sangue japonês). — Mesmo me opondo por completo, Takeshi e Take-chan certamente não se contentariam com a posição de meros espectadores da grande empreitada do senhor Shigeru. Ao ouvirem tudo o que foi relatado até agora, não lhes restaria outra livre alternativa.

"No entanto, por que motivo o senhor Shigeru chegou ao ponto de dar um treinamento como *brincadeira* de guerra a Takeshi e Take-chan no andaime preparado para o conserto do telhado desta casa? Seria, na realidade, com a intenção de rir, achando mais tarde que tudo o que ocorreu aqui foi apenas cômico? Se for isso, à parte a situação do senhor Choko, Takeshi e Take-chan não estariam sendo feitos de tolos?

---

4. Referência ao personagem Gustav von Aschenbach de *Morte em Veneza*, de Thomas Mann, obra publicada em 1912.

— Apenas peço o necessário a eles — afirmou Shigeru. — Ao retornar, Vladimir deve vir acompanhado de alguns militantes de 'Genebra'. Se, por causa de alguma delação, a polícia os prender, o plano fracassaria desde seu *primórdio*. Mesmo que seja para ganhar tempo, eles esperam que Takeshi e Take-chan atuem de forma protetiva.

Neio não teve tempo para continuar seu questionamento. Shinshin entrara em silêncio e se mantinha de pé no vestíbulo. Ao contrário de Neio, o rosto dela deixava entrever a brancura fria do sangue oriental, mas falou em tom de urgência.

— Senhor Shigeru, troquei e-mails com Vladimir e ele comentou que pelo visto há uma divergência em sua compreensão do que ele disse. Concordamos que é imperativo ter uma conversa com o senhor quanto antes. Ele informou que irá agora para o aeroporto e colocará o nome dele na lista de espera. Se ele chegar no voo de hoje à noite, não seria melhor já partirmos para Narita?

Capítulo 9
O súbito anticlímax (1)

1

Menos de uma hora depois, Vladimir mandou um e-mail para Shinshin informando que conseguira passagem para o último voo do dia. Depois de prepararem o carro para Shigeru e Shinshin, Takeshi e Take-chan permaneceram na Casa do Velho Louco aguardando o contato de Vladimir.

Por não conseguir continuar com o que viera fazer na poltrona em frente à lareira, Kogito refletia sobre o plano revelado abertamente por Shigeru ainda sentado na cadeira de vime no canto da sala de jantar. Pouco depois, Neio veio de seu quarto e, sem demonstrar por algum gesto que faria café ou algo semelhante, apenas se instalou em silêncio a um canto da mesa de jantar. Ocorrendo-lhe uma ideia, Kogito perguntou a ela:

— Shige explicou que, quando o plano começar a avançar, serei forçado a um *confinamento* ainda mais rígido do que tive até agora. Ele chegou a pedir a você para me vigiar com atenção?

Neio, que repousava o queixo em uma das mãos, aprumou-se. Era visível uma sombra de mau humor em sua expressão.

— Não procede — limitou-se ela a responder.

Um pouco depois, foi a vez dela se dirigir a Kogito.

— Senhor Choko, Takeshi e Take-chan o ajudaram com a arrumação do quarto de três tatames. Parece que o senhor queimou na lareira os livros danificados pelas goteiras de chuva, não foi? Ouvi dizer também que o senhor estava feliz por ter encontrado romances em francês que leu quando jovem. O que me intriga é que, apesar de haver várias primeiras edições de seus livros, o senhor arrancou as capas, rasgou as páginas e as lançou à lareira. Takeshi me confidenciou que ficou preocupado com essa maneira de proceder, como se descartasse objetos sem valor. O senhor Shigeru disse que o senhor estaria decidido a jogar na sarjeta toda a reputação que construiu até agora. Seu ato tem relação com o que ele disse?

— Shigeru é daquele jeito, com opiniões muito subjetivas. Porém não acha *raro* que um escritor ainda atuante deseje acumular suas obras passadas com a máxima devoção? Como disse antes, o que pretendo escrever doravante é objeto de meu real interesse. Independentemente de poder escrevê-lo de fato ou não.

"Ao guardar as primeiras edições de minhas obras, eu aproveitava para inserir entre as páginas os primeiros anúncios e resenhas. Quando os leio, me dou conta do quanto meu jovem editor se empenhou. Sinto também que as obras foram conhecidas como efemérides literárias na época. E agora, mais solitário e indefeso do que quando jovem, sinto-me um velho escritor pretendendo apenas escrever *mais uma* obra."

— Também tem relação com o que Take-chan sentiu ao ver o senhor queimar os livros. Ele disse que o senhor Shigeru é um velho cheio de vigor almejando executar uma grande empreitada. E que há dois tipos de pessoas de idade...

"Ao ouvi-lo, percebi que a maneira de sentir dos jovens é mesmo diferente. Depois de me mudar para Kita-Karu, conversei com calma com o senhor Shigeru, algo que há tempos não fazia, e ele me explicou o seguinte: 'Quando jovem, sentia um peso enorme se um amigo morria em um acidente, pois era como se ele, sem ser convidado, se instalasse dentro de mim, que continuava vivo. No entanto, agora que envelheci, os poucos amigos e conhecidos ainda vivos se vão. Sinto a completa transitoriedade da vida. E com a minha morte, o fato de as lembranças dos mortos desaparecerem não demostra a *real transitoriedade*? Intuí isso com clareza cinco anos atrás quando minha esposa, com quem me casei nos Estados Unidos, faleceu. A questão não é esquecê-la ou não, mas eu, que carrego as lembranças, desaparecerei em um futuro não muito distante.'

"Ao me recordar disso, Takeshi disse o seguinte a Take-chan: 'Justamente por já ter idade, o senhor Shigeru se interessou pela grande empreitada. O que ele pretende realizar foi bem analisado e preparado por um profissional, e quanto mais o ouvimos falar mais nos sentimos atraídos, porém, ao mesmo tempo, acho que é na verdade ideia de um *velho louco*! E quando penso no senhor Choko, com longa carreira de escritor, que revive uma manifestação com velhos companheiros em que tem o próprio crânio rachado por um sujeito no papel de membro de um esquadrão policial, de fato, ele parece um homem estranho, e não um homem *comum*! É isso sem tirar nem pôr! E, como resultado, o ocaso das vidas do senhor Shigeru e do senhor Choko conduz à catástrofe, e nisso reside a liberdade dos anciãos. No entanto, o que acontecerá com os jovens que se deslumbraram com a capacidade profissional do senhor Shigeru? Há alguma razão plausível para que sejam sacrificados pela insanidade de dois *velhos loucos*?'"

— E Shigeru explicou com eloquência qual seria o sentido dessa loucura? — questionou Kogito (ou o jovem com *atitude incomum* grudado nele). — E, como você mesma disse, o fato de eu ter uma função na grande empreitada de Shigeru parece ser apenas a forma de evitar um grande número de vítimas!

— O senhor parece confiar no que o senhor Shigeru fala, não? Ao mesmo tempo que é arrastado para uma situação irreversível... Vocês dois formam um par de anciãos verdadeiramente estranho! Em um antigo desenho animado, havia o personagem fazendeiro Al Falfa[1]; vocês dois formam uma dupla de fazendeiros Al Falfa!

2

Na manhã seguinte, após descer atrasado para o desjejum, Kogito ouviu de Neio o que Vladimir, Shigeru e Shinshin, que tinham chegado tarde, informaram a Take-chan. O ruído do carro o acordara de um sono leve bem quando sonhava com algo confuso relacionado a Shigeru. Os três se cansaram de uma conversa maçante e, após trocar poucas palavras com Takeshi e Take-chan, que ainda estavam acordados, entraram cada qual em seu quarto. Mesmo assim, Shigeru pediu para que fosse transmitida uma mensagem a Kogito: para ele ir até seu quarto para conversarem

---

1. Farmer Al Falfa, personagem de desenho animado criado pelo cartunista estadunidense Paul Terry. Sua primeira aparição nas telas foi em 1916.

depois que Vladimir e Shinshin tivessem partido bem cedo para Tóquio na manhã seguinte.

— Ele disse também que o senhor deve ter tirado suas próprias conclusões ao saber do e-mail recebido por Shinshin, mas, como o pensamento de "Genebra" divergia do que esperavam Vladimir, Shinshin e o senhor Shigeru antes de Vladimir ir para Bangkok, o clima agora na Casa do Velho Louco está turbulento.

"Enquanto eles estavam em Tóquio, Vladimir deu ordem para Takeshi ou Take-chan permanecer na casa dos fundos, e eles reclamaram entre si prevendo que, além do senhor Kogito, até mesmo o senhor Shigeru entraria em *confinamento*."

Depois do desjejum, Kogito registrou no caderno de anotações do romance, no qual não tocara na véspera, um resumo da conversa de Shigeru sobre a grande empreitada. Se o plano de Shigeru foi rechaçado por "Genebra", o *Romance de Robinson* sugerido por ele teria um desenrolar bem diferente. As anotações mantidas em uma etapa ainda vaga do escopo da história poderiam, porém, ser modificadas depois e não seriam de todo inúteis.

Nesse meio tempo, da varanda Takeshi chamou Neio, avisando que Shigeru esperava por Kogito.

Sob o límpido céu de um azul intenso, Kogito subiu pelo caminho onde as folhas jovens dos arbustos haviam perdido sua fragilidade durante as várias semanas em que ele não passara por lá. Uma mariposa grande e preta estava parada na superfície do solo úmido e se afastou ligeira quando Kogito cruzou por ela. Ao transpor as árvores, ele se virou: cercada pelo andaime com sua tubulação, placas e pranchas de ferro, a Casa Gerontion se assemelhava a uma pequena fortaleza reluzente sob o sol.

Até então, Kogito não levara a sério a conversa ouvida por acaso entre Shigeru e Koba, de que fariam da casa uma barricada para lutar contra as forças policiais, mas, olhando agora de baixo para cima, pensou que talvez houvesse alguma realidade na proposta.

Quando cruzou a ladeira com a grama sem aparar em direção à entrada dos fundos da Casa do Velho Louco, um esquilo desceu serelepe pelo tronco grosso de um cipreste e, pisando nas folhas caídas, levantou as patas dianteiras, pondo-se a olhar fixamente para Kogito. Ele sentiu-se perdido no terreno de uma residência agora pertencente a outra pessoa.

Takeshi abriu a porta dos fundos e pediu a Kogito para subir até o quarto de Shigeru. Take-chan estava refestelado no sofá com um aparelho de telefone diante de si.

De pé ao lado da janela, Shigeru contemplava o exterior. Assim, ele vira Kogito se voltar em direção à casa cercada pelo andaime no limite entre as duas residências e seu espanto ao ser *inspecionado* pelo esquilo.

Kogito reconheceu que o quarto que costumava usar estava repleto do visível senso de design próprio à moradia de um arquiteto. Havia três cadeiras que, embora não conhecesse, lhe causaram um sentimento de nostalgia. É certo que Shigeru também frequentava a loja de móveis de Karuizawa onde Chikashi havia adquirido, entre outros, a cadeira de vime do sudeste da Ásia.

Ao redor da escrivaninha no fundo do quarto estavam empilhados documentos diversos, livros, revistas e os envelopes usados no envio dos Estados Unidos. Divergia do que Shinshin apelidara de "harém de fotogravuras pornôs". Sem dúvida, seu modo de sentir refletia o estilo de vida de uma moça que saíra de uma sociedade masculina na China para estudar às próprias custas nos Estados Unidos.

    Shigeru estava sentado em uma poltrona forrada com um tecido de textura aveludada, talvez italiano. Ele havia liberado para Kogito uma cadeira de madeira branca envernizada, tirando de cima dela dicionários e pastas que colocou no chão. Kogito movimentou a cadeira leve para o lado da janela e passou os olhos na correspondência, nos recortes de jornais e outros, presos por alfinetes à prancha de desenho logo ao lado. Duas fotos sobressaíam. Em uma delas, a legenda indicava se tratar de um "homem ilongote dos planaltos das Filipinas" levado para ser exibido na Exposição Universal de 1904, em Saint Louis.

    No torso do jovem, nu e liso como uma prancha, viam-se tatuagens tênues e simétricas. O que causava forte impressão eram os olhos muito negros que devolviam para a câmera um olhar repleto de melancolia e desconfiança e os lábios cheios de uma ingenuidade provocante. A foto ao lado era a de um japonês quase chegando aos quarenta anos, vestindo uma camiseta com um logo dos que se costuma encontrar à venda nos centros acadêmicos das universidades. A força encantadora de seus olhos e lábios era semelhante à do outro retrato.

    — A foto em cópia de página inteira foi extraída do livro do acadêmico de antropologia crítica sobre quem lhe falei uma vez — explicou Shigeru ao acompanhar o olhar de Kogito. — A outra é de um jovem colega da universidade. Os dois se parecem, não acha? Por isso, eu as coloquei uma ao lado da outra.

    "Quando retornei à universidade, esse japonês contava ainda pouco mais de trinta anos e era professor adjunto. Ele tinha um currículo interessante. Quando ainda criança, era uma espécie de aprendiz residente na casa de um mestre de chá. Uma fundação americana relacionada ao Extremo-Oriente planejava construir um pavilhão de chá e por isso mandou um arquiteto a Kyoto. O rapaz serviu de intérprete ao arquiteto e aproveitou a oportunidade. Convidado pela Universidade Estadual da Pensilvânia, deve ter se esforçado bastante, pois obteve o título de doutor em arquitetura. Ele foi contratado pela mesma universidade da qual eu fora uma vez expulso.

"Para obter a qualificação de titular, os professores adjuntos devem publicar uma obra em inglês pela editora da universidade. Ele, no entanto, apenas publicara nos meios editoriais japoneses e, apesar de haver, na cinta do livro, menção à sua atuação como professor adjunto de uma universidade americana, a obra era do tipo que explicava, ao estilo em voga na Europa e nos Estados Unidos, a estética dos pavilhões de chá. Eu me pergunto o motivo desse homem ter atraído a atenção dos docentes de minha faculdade.

"Pensando nisso, percebi que o professor adjunto tinha o rosto semelhante ao do homem ilongote dessa foto. É um nível diferente de sedução de cunho homossexual! Trata-se da força peculiar a um certo tipo de homens.

"Bem, fui expulso da universidade porque uma estudante, também sua conhecida, me denunciou por assédio sexual. Por causa disso, fiz trabalho voluntário em uma fazenda. E, como você também sabe, cometi um ato de agressão física contra um amigo e acabei indo parar em um hospital psiquiátrico.

"Foi lá que criei um protótipo arquitetônico de um hospital psiquiátrico futurista. Por esse projeto, fui agraciado com vários prêmios internacionais. Isso conduziu a um movimento para o restabelecimento de minha honra e acabei chegando também a um acordo com a estudante em questão. Voltei para a cátedra, aclamado na universidade como herói cultural. O professor adjunto deve ter pensado que se aproximar de mim seria positivo para sua carreira.

"Conforme almoçávamos juntos e nos encontrávamos, me convenci de algo! Continuasse do jeito que estava, aquele sujeito não se tornaria professor titular. Para tanto, seria necessário mudar de área de estudo e parar com os afazeres de toda espécie ao estilo 'pau para toda obra'. Na realidade, todos os professores visitantes vindos do Japão tiravam vantagem do domínio dele do inglês e de seu talento para lidar com questões burocráticas. Seria melhor para ele ter mais tempo para se dedicar aos estudos e, além disso, encontrar um programa de financiamento. Convidei para uma refeição pessoas influentes da Faculdade de Arquitetura e líderes de pesquisas no Japão e expus a eles o caso. Deveria ter me limitado a isso. Porém, pus-me a atacar sua obra pós-moderna sobre a estética do chá!

"Ele não disse nada naquele momento. Mais tarde, de madrugada, a máquina de fax começou a ressoar. Depois, fui inundado de frases rancorosas vomitadas por uma língua de fogo e olhos ardentes. Foram coisas simples como essa que provocaram minha primeira sensação de frieza para com a universidade.

"Eu havia percebido. Aquele olhar era idêntico ao que eu tinha na época de minha fuga para os Estados Unidos, ou seja, trinta e cinco anos antes. Se aquele professor adjunto tivesse convivido com o meu eu jovem, nosso *pseudo-couple* teria desenvolvido uma energia substancial. Mesmo a dupla Bardamu e Robinson teria mantido distância de nós, não? Bem, mantenho essas fotos como *forma* de autocrítica."

De repente, Shigeru se calou. Kogito se viu forçado a conduzir a conversa para o que acontecera com ele e seus companheiros desde a noite anterior.

— Bem, vamos abordar o assunto para o qual você me chamou — começou Kogito a falar. — Seu projeto da grande empreitada foi postergado?

— É um anticlímax bem elaborado. Se eu fosse você, escreveria a palavra *anticlímax* em ideogramas e inseriria ao lado a tradução em inglês — disse Shigeru como num solilóquio. — Seria um súbito anticlímax.

Talvez por ter bebido até tarde e não ter conseguido dormir na noite anterior, havia uma arrogância no rosto *inchado* e vermelho que dissipava a nostalgia que as lembranças haviam evocado em Kogito.

3

Shigeru falou sobre o que ele denominava súbito anticlímax.

— Visto de uma perspectiva fundamental, o plano que pretendemos executar poderia tranquilamente ser posto em prática *em qualquer parte do mundo de hoje*. Discuti bastante com Vladimir e Shinshin os motivos de implementá-lo em *Tóquio*. E os dois aceitaram positivamente a proposta. Por isso, Vladimir foi a Bangkok e, claro, relatou a "Genebra" o teor concreto do plano.

"Muitas pessoas compreenderam que o 11 de Setembro em Nova York abriu uma caixa de Pandora e que atividades de destruição em larga escala passariam a assolar o mundo

PARTE II : A COMUNICAÇÃO DOS MORTOS SE PROPAGA — LÍNGUA DE FOGO

sucessivamente. Por isso, as invasões do Afeganistão e do Iraque por Bush não foram capazes de provocar efetiva reação oposta da opinião pública americana. Ao contrário, todos não teriam previsto, como num pesadelo, que a chama de uma revolta generalizada poderia se alastrar por todo o mundo?

"O que eu compreendi, graças a Vladimir e Shinshin, é que neste ponto de inflexão, 'Genebra' se mostra como uma das organizações com poder para estabelecer a nova ordem mundial. Por que então ela hesitaria em liderar a primeira grande explosão provocada em Tóquio?

"O arranha-céu a ser explodido foi escolhido. O mecanismo da explosão foi calculado e o caminho para se obter os explosivos, definido. O método da explosão já foi elaborado por escrito e apresentado a 'Genebra'. Ela treinará o pessoal principal que trabalhará na explosão, mas uma equipe de Tóquio também está preparada. E foi instalada também uma *base operacional* para receber a equipe executante.

"E, por fim, Vladimir se encontrou com os dirigentes de 'Genebra', procurando a definição de *quando* o plano começará a ser posto em prática. Em outras palavras, *quando* despacharão as tropas executantes. Esperávamos pela equipe avançada.

"E o que fez 'Genebra'? Rejeitou a proposta de Vladimir! Se isso tivesse ocorrido na época de Bakunin, Vladimir não teria sido jogado como ração ao grande cardume de bagres reunidos à procura de restos de comida lançados pelos clientes no terraço do restaurante The Oriental, às margens do rio Menam, usado como local de reunião? No entanto, Vladimir retornou tranquilo, informando a mim e Shinshin que 'Genebra' havia declinado da proposta. Só isso!"

Kogito interpretou o novo silêncio a que Shigeru voltou a se entregar como o sentimento que carregava no peito por ter sido traído por Vladimir. Por esse motivo, teria contado a história da inesperada revolta do japonês semelhante a um ilongote filipino que ele apoiara na universidade americana.

Kogito só foi capaz de perguntar:

— Sendo assim, o que Vladimir e Shinshin foram fazer em Tóquio hoje?

— Uma vez que "Genebra" rejeitou minha proposta, Vladimir precisa fazer os arranjos relativos a todas as preparações em andamento. Shinshin certamente o acompanhou porque ela está de posse de meu cartão bancário.

— Isso significa que haverá um retorno à "Problemática Mishima"?

— Não sei — declarou Shigeru. — Ou seja, para mim, só existia o anticlímax súbito.

Shigeru se levantou e caminhou de novo em direção à janela. Ali havia uma escrivaninha em mogno com largura um pouco menor do que a da janela conjugada a uma estante de livros que alcançava o teto. Era a primeira vez que Kogito a via. Ele se aproximou de Shigeru para ver o que ele observava. Na mesa, cuja tampa estava levantada, havia croquis do interior de cômodos desenhados a lápis de cor e tinta preta em folhas arrancadas de um caderno de esboços, bem como várias folhas de desenhos com linhas traçadas à régua. Shigeru voltou a demonstrar um ar descontraído e deixou Kogito contemplar os desenhos.

— São todos para uma construção? — Kogito finalmente encontrou as palavras. — São lindos! Esse tipo de trabalho (será correto chamar de trabalho?), você o realizou todo aqui?

PARTE II : A COMUNICAÇÃO DOS MORTOS SE PROPAGA — LÍNGUA DE FOGO

— Sim, a escrivaninha que enviei de Nova York chegou e isso se tornou mais um *motivo*... No dia em que fui até a casa de Seijo conversar com Chikashi, Ma-chan estava organizando a correspondência na mesa da sala de estar. Havia um envelope de cores e design atraentes que era um convite para a exposição de Ara. Ele está executando, na América do Sul, seu novo plano arquitetônico "Discrete City". A exposição tem também um objetivo informativo.

"Depois de sair de sua casa, dei uma passada na exposição, e Ara e a esposa estavam ali fazendo alguns ajustes. O protótipo de uma futura unidade de habitação estava sendo construído pelos estudantes de Ara que estudam no Chile a teoria dos vilarejos com base na distribuição espacial discreta. Todos os dias, eles enviam por e-mail fotos do andamento desse trabalho. Ara e a esposa se entregavam até mesmo à tarefa de acrescentar essas fotos à exposição."

— É um tipo de vilarejo indígena como aquele onde Ara e sua equipe passaram por apertos porque os pais escondiam os filhos e eles não conseguiam ninguém para servir de guia em sua pesquisa, não?

— Exato. Ara ficou preocupado porque, depois do grave acidente, você não mostrava o rosto, assim como faziam as crianças indígenas.

"Vi muitos desenhos a lápis vermelho-escuro, amarelo, e, como sempre, azul-escuro, e os croquis e esboços do método de construção do modelo que Ara mandou os estudantes construírem. E isso despertou meu instinto de arquiteto que eu julgava já esmarrido dentro de mim. Assim, comecei a desenhar esboços, croquis e desenhos ilustrando em detalhes os métodos de construção...

"O vilarejo de tipo *discrete* de Ara trabalha com unidades habitacionais. O meu, se empregarmos um termo de pronúncia parecida, é um modelo do tipo *dis-created*, destrutivo. Meu estudo diz respeito a como finalizar uma sala de um grande edifício como unidade certa de destruição.

"Há empresas encarregadas da demolição de arranha-céus. Meu caso é diferente. Em um curto intervalo de tempo, elaborei um manual destinado aos trabalhadores para que se preparem em sigilo. Eles começam assegurando um espaço como nossa sala secreta em pontos-chave de um prédio escolhido aleatoriamente. Depois, transformam da forma mais eficiente possível esse espaço, a sala inteira, no local de instalação de explosivos.

"Por isso, fiz o projeto de vários tipos de protótipos de salas. Ademais, projetei um método de execução e seus aparelhos de modo que um amador não se machuque ao executar a instalação dos explosivos. Se, devido à urgência, não puderem fabricar por si próprios, pego uma página do plano, tiro uma cópia colorida, e eles vão buscar o que precisarem em uma dessas lojas que vendem ferramentas, que há aos montes nos grandes centros urbanos.

"De início, comecei a projetar no pressuposto da grande empreitada que pretendia pôr em prática por ordem de 'Genebra'. No entanto, como os desenhos têm por alvo as salas, uma por uma, podem ser utilizados também em prédios bem menores, ou seja, constituem um protótipo universal. No momento, a grande empreitada se tornou um *anticlímax*, mas não significa necessariamente que o protótipo por si seja inútil.

"Na realidade, Takeshi e Take-chan têm interesse nos desenhos. E isso despertou em mim o espírito de professor. Nesta manhã bem cedo, ensinei a eles a técnica de leitura dos desenhos. Eles têm muita capacidade como estudantes! Viram o desenho de instalação de pequenos instrumentos — diminutos, mas importantes e de manejo arriscado — e fizeram perguntas do tipo que um artífice faria para chamar a atenção de seu mestre.

— Takeshi e Take-chan? É mesmo? — perguntou Kogito com o pensamento em Neio.

Shigeru olhou Kogito fixamente.

— Você deve ter vindo até aqui hoje para me perguntar algo, ou não? Não estaria querendo indagar a mim, que afundei no anticlímax súbito, se pensava seriamente na explosão de um enorme arranha-céu cumprindo as ordens de "Genebra"?

"Se você me questionasse sobre isso, em vez de responder, eu devolveria a pergunta. Você aceitaria mesmo ir até a NHK desempenhar uma fanfarronada que poderia tornar risível o trabalho que acumulou por toda a vida até agora?"

Os dois se entreolharam por algum tempo. Quando Kogito fez menção de se retirar, Shigeru avançou um ou dois passos atrás dele.

— Kogi, sua vida foi de muito trabalho. No meu caso, quando larguei a universidade, meus alunos e colegas planejaram uma exposição retrospectiva intitulada *Unbuilt & Unbuild*, na qual os projetos criados mas não concretizados eram numerosos, ou seja, *unbuilt*. Havia também prédios construídos que já haviam sido demolidos. Desconstruídos, *Unbuild*, ou seja, destruídos. Esses dois vocábulos sintetizam meu conceito da arquitetura.

"Meu ponto de partida foi o choque provocado pelas fotos panorâmicas das ruínas de Hiroshima e Tóquio, que pode ser depreendido dos desenhos do projeto de destruição que executo agora. No entanto, mesmo alguém como eu acumulou coisas positivas durante a vida. E acho que meu destino doravante será a prorrogação desse acúmulo.

"No entanto, no momento, repenso minha vida, fazendo as contas agora ao inverso, tendo como ponto final o momento de minha indubitável morte. Ao informar ao paciente sobre um câncer, o médico comunica também quanto tempo lhe resta de vida, dois, três anos, não é? Pois restando-me também escasso tempo de vida, reflito sobre meu futuro.

"Desse jeito, não vejo problema em executar qualquer tipo de plano de destruição ou em envolver você, Kogi, que está em um momento da vida parecido com o meu."

Com relação a isso, Kogito tampouco respondeu de pronto. O próprio Shigeru não parecia ansiar por uma resposta.

4

No dia seguinte, Shinshin apareceu no horário definido para a leitura de Eliot. Perguntou apenas se Kogito, naquele dia, estava disponível para a lição sem fazer menção ao que ocorrera desde que todo o rebuliço acerca do *confinamento* começara.

— Esta manhã o senhor Shigeru me perguntou em que pé estamos. Quando respondi que acabamos de ler a parte II de "East Coker", ele disse que o senhor com certeza deve ter sentido uma emoção especial. A que ele se referia exatamente?

Kogito estava calado, mas logo evocou os versos que devem ter vindo à lembrança de Shigeru. Kogito pediu a Shinshin para reler a segunda metade da parte II. Ouvindo um verso com

PARTE II : A COMUNICAÇÃO DOS MORTOS SE PROPAGA — LÍNGUA DE FOGO

o qual tinha particular familiaridade, a tradução de Junzaburo Nishiwaki soava como uma canção em sua cabeça.

> *Que não me falem*
> *Da sabedoria dos velhos, mas antes de seu delírio,*
> *De seu medo do medo e do frenesi, do medo de serem possuídos,*
> *De pertencerem a outro, ou a outros, ou a Deus.*

"Shige, mais do que ninguém, bem sabe que não sou do tipo que tenta proclamar a sabedoria dos velhos", pensou Kogito. "Ele já conhece de longa data as circunstâncias *de meu delírio*. Mas no que se refere ao medo dos velhos, eu teria muito a dizer. Se o plano da grande empreitada que ele pretende executar como líder e para a qual me arrastou for *mais um delírio*, foi uma ideia dele."

— O que me intriga é que o senhor esteja levando a sério o que o senhor Shigeru diz — interveio Shinshin com súbita força. — O que ele diz não seria *of his folly*?

— Se respeitarmos o texto de Eliot, seria *of their folly*...

— Vladimir e eu não consideramos o pensamento do senhor Shigeru *folly*. Porém aceitamos agora com seriedade a decisão de "Genebra". O senhor de forma alguma se opôs à proposta do senhor Shigeru, mesmo estando bastante envolvido no caso. Mas, realmente, não entendo se pensou com seriedade em executar o plano com ele.

"Em Bangkok, quando a proposta do senhor Shigeru foi rejeitada, Vladimir decidiu retornar à 'Problemática Mishima', que por muito tempo foi fruto de suas elucubrações, direcionando-a a um levante anárquico de jovens simpatizantes com um golpe de Estado pelas Forças de Autodefesa.

"Por outro lado, o senhor Shigeru, pelo visto, começou a se interessar por Takeshi e Take-chan. Ele é do tipo que quando tem uma ideia nova fica animado, todo concentrado. E desta vez deseja também envolver o senhor. Pense com cuidado, por favor."

Tendo dito isso, Shinshin mudou de posição e voltou à lição de leitura de Eliot iniciando pela parte III de "East Coker".

Pelos sons, dava para perceber que os versos eram bem soturnos. Após a experiência dos últimos dez dias ou mais, embora o penteado, a maquiagem e o vestido chinês que Shinshin trajava já fossem familiares — a única diferença era a grande bolsa de mão Jim Thompson que Vladimir trouxera da Tailândia de presente e na qual ela inserira, entre outros, o livro de Eliot —, havia nela uma força tanto na maneira de falar como na expressão dos olhos que a tornava capaz de desabafar.

O dark dark dark. They all go into the dark,
The vacant interstellar spaces, the vacant into the vacant,

Na urgência da voz que lia os versos, algo impregnava o coração de Kogito com mais força ainda do que a tradução de Nishiwaki.

Ó escuro, escuro, escuro. Todos mergulham no escuro,
Nos vazios espaços interestelares, no vazio que o vazio inunda,

— Apesar de o senhor, até agora, corrigir seus vícios de pronúncia a partir da minha leitura, no momento parou de fazê-lo — observou Shinshin. — Tenho a impressão de que o senhor está refletindo bastante sobre cada palavra do poema.

Que acha de hoje pararmos por aqui e aos poucos retornarmos ao formato inicial?

— Quer dizer que continuará a ministrar as aulas regularmente?

— Bem, para mim também é importante o que o senhor me paga... Ah, Vladimir também disse que gostaria de vir para reparar o sistema de telefonia que ele desativou.

Neio chegou trazendo chá preto e *cookies*, que depôs sobre a mesa da sala de jantar. Ela ouvira da cozinha a lição e a conversa que se seguira. Sem se retirar após trazer o chá, ela se juntou à conversa.

— Agora há pouco, você perguntou ao senhor Choko se ele pensava seriamente em colaborar com o plano do senhor Shigeru, não foi? Apesar de minha opinião ser contrária à sua, também me fiz o mesmo questionamento. Sei que é repetitivo para o senhor, mas, por favor, explique de novo. Por que alguém como o senhor pretende participar do projeto do senhor Shigeru, provável fanfarronice de um ancião? Se não bastasse, pretende aceitar mesmo a função que lhe foi atribuída? Se desde o início o senhor considera o projeto sem perspectivas de realização, sua falta de sinceridade me indignaria muito, também pelo senhor Shigeru, mas não foi justamente isso o que aconteceu?

— Se a grande empreitada de Shige tivesse se concretizado, acredito que eu teria avançado do meu jeito até onde fosse possível. Dentro de mim, há um jovem com *atitude incomum* me empurrando nessa direção. Na realidade, não penso em mudar de posicionamento em relação ao que Shige pretende fazer daqui para a frente.

Neio se calou. Shinshin pousou a xícara de chá sobre a mesa e pegou o livro que estava ali.

— Em "East Coker" também tem a seguinte passagem, não é? Eu a preparei acreditando que hoje iríamos até o fim da parte III. Vou lê-la. Neio domina bem o inglês, mas o senhor procure ler em seguida a tradução de Nishiwaki como de costume.

I said to my soul, be still, and wait without hope
For hope would be hope for the wrong thing; wait without love
For love would be love of the wrong thing;

Eu disse à minh'alma, fica tranquila, e espera sem esperança
Pois a esperança seria esperar pelo equívoco; espera sem amor
Pois o amor seria amar o equívoco;

Depois de ler a tradução, Kogito disse:
— Vocês devem achar que meu sentimento em relação a Shige é amor, não?
Os três riram ao mesmo tempo, e também pararam de rir ao mesmo tempo.

5

Vladimir chegou para executar o reparo do telefone, emitindo forte ruído de passos que interromperam de chofre o barulho semelhante a um aguaceiro seco dos melharucos orientais em busca de alimento. Quando o telefone foi colocado fora de uso,

PARTE II : A COMUNICAÇÃO DOS MORTOS SE PROPAGA — LÍNGUA DE FOGO

Kogito pensou que, se apenas o fio da linha tivesse sido desconectado, ele poderia reconectá-lo para voltar a usá-lo. Porém acabou observando outro lado de Vladimir, que, obstinado, chegara ao ponto de mexer na linha externa.

Depois de ouvir os primeiros sons das tarefas que ocorriam do lado de fora da casa, Neio levantou-se para receber Vladimir. O aparelho de telefone e fax foi reinstalado e, para verificar o resultado do trabalho, Neio trocou uma mensagem por fax com Shinshin, que estava na Casa do Velho Louco. Só então Kogito desceu e tomou café com Vladimir.

Apesar de várias coisas terem acontecido, Vladimir não verbalizou qualquer justificativa. Esse alheamento fez Kogito se lembrar da maneira como ele o cumprimentou quando pediu emprestado os documentos da casa pela primeira vez. A despeito disso, adivinhando o que se passava na mente de Kogito, Vladimir foi direto ao ponto:

— O senhor Shigeru age rápido quando as diretrizes mudam e por isso ele está tentando também um encontro com as pessoas que contatei sobre a "Problemática Mishima".

— Quando o encontrei ontem, ele me pareceu decepcionado como nunca o vi.

— Ele não é do tipo que permaneça três ou quatro dias *amuado*. Agora ele está desenhando vários projetos, folha por folha. Ele havia deixado o trabalho na mão de jovens pesquisadores da sala de pesquisa em San Diego e do escritório de Nova York.

— Também vi os desenhos. Pensei que Shige fosse naturalmente do tipo que desenha sozinho aqueles projetos minuciosos e lindos. Eu me questiono como, apesar das argumentações desregradas, ele conseguiu dar continuidade ao trabalho de arquiteto...

— Se o senhor visse as argumentações dele em sala de aula, descobriria algo diferente em relação a seus métodos pedagógicos. Quando o programa que ele estava desenvolvendo foi rejeitado, ele não se importou e voltou a demonstrar interesse pelo meu plano. Trata-se de um plano de longa duração.

— Desconheço esse plano de longa duração. Mas será que o próprio Shige tem noção do plano em detalhes? O plano de um jovem paciente aliado às ideias de um ancião impaciente pode de fato se concretizar. Suponho que, nesse caso, algo muito interessante ocorra.

— Shinshin também comentou sobre a sua capacidade de flexibilidade e a do senhor Shigeru. Depois de cercar sua casa com andaimes e acomodar até placas de ferro neles, preocupei-me se não o desagradaria quando o senhor Shigeru deveria iniciar o treinamento de batalha com o senhor Koba.

— Como você imaginou o desenrolar desse treinamento de batalha?

— Se houver risco de que investigadores entrem na propriedade, quem subir nos andaimes da Casa Gerontion tentaria ganhar tempo atirando contra as tropas policiais enquanto os outros, da Casa do Velho Louco, fugiriam de carro. Em 1972, do outro lado do monte Asama, houve o incidente de entrincheiramento do Exército Vermelho Unido, não? O senhor Shigeru pediu a Neio que procurasse um filme editado com notícias extraordinárias e nos mostrou as imagens. Com a instalação aqui da *base operacional*, estávamos nos prevenindo para o caso de uma denúncia, com investigadores entrando na propriedade no momento em que estivéssemos avançando com os preparativos… Levando em conta a situação, a ideia do senhor Shigeru foi montar de imediato um andaime resistente para pôr em prática o treinamento de batalha.

— Na hipótese de uma troca de tiros, os que subissem no andaime desta casa para resistir não teriam chance, não acha?

— Segundo Neio, um tiroteio, mesmo que de trinta minutos, seria algo não presenciado neste país nas últimas três décadas. Mas, se ocorrer mesmo, decerto não seria em vão no âmbito de um conflito a ser deflagrado em todo o país ao estilo Netcháiev. Poderia vincular-se a uma segunda ou terceira explosão de violência, cada qual planejada independentemente, mas no mesmo sentido da que estaremos executando. É o que também assevera o senhor Shigeru.

— "Genebra" não rejeitou um plano que era muito maior do que a simples explosão de violência?

— A grande empreitada, para a qual o momento é ainda considerado inapropriado, e a implementação do sistema necessário com rigor metodológico pelo senhor Shigeru situam-se em dimensões diferentes — continuou Vladimir a falar, impassível. — A ideia do senhor Shigeru, a princípio, é a destruição das partes vulneráveis de arranha-céus, realizada por um número reduzido de guerrilheiros observando as teorias e informações dos arquitetos. Na reunião em Bangkok, houve desconfiança porque as pesquisas relativas ao prédio-alvo não haviam sido suficientes.

"Não significa que a ideia em si seja de todo inválida, nem o modelo compacto criado por ele. Fiz uma cópia colorida dos desenhos e do método e enviei para os militantes que permaneceram em Bangkok. Dentre eles, há pessoas que conhecem as obras arquitetônicas do senhor Shigeru. É dele a teoria arquitetônica de destruição de prédios intitulada "Drawings to Unbuild". Eles me disseram por e-mail que seria interessante tê-la no formato de um pequeno manual. Os desenhos do senhor Shigeru não terão daqui para a frente cada vez mais força em locais inesperados?

"Mesmo que o senhor Shigeru tenha se decepcionado com as conclusões da reunião de Bangkok, o fato de ele voltar animado a trabalhar é porque confia no papel que seus desenhos desempenharão no futuro. Ele, porém, está obcecado pela ideia de que não há muito tempo! *Time no longer!*"

6

Na manhã daquele mesmo dia, Koba também apareceu. Quando desceu sozinho do carro estacionado na entrada da propriedade, Kogito percebeu que ele *trajava* a mesma roupa que usara nas vezes anteriores para executar as tarefas do telhado, apesar de ser um dia sem previsão de trabalho. Ao caminhar em direção à casa, procurava contemplar a estrutura de andaimes que ele e seus companheiros instalaram. Kogito saiu da casa ao vê-lo se postar de pé próximo à varanda.

Koba falou mal-humorado:

— O senhor parece estar com dificuldades para viver na própria casa coberta por *um treco parecido a uma armadura*. A pedido do senhor Shigeru, vamos retirar o andaime a partir de amanhã. Afinal, o conserto do telhado parece estar concluído. E pensar que a ideia era usá-lo montado para treinamento. De fato, seria complexo permanecer deitado no andar superior do chalé lendo Eliot tendo de escutar, acima da cabeça, o treinamento de batalha dos membros de uma guerrilha urbana.

Projetando o queixo para frente, Koba rastreou com o olhar todo o andaime. Kogito se recordou da atitude autoritária que o homem tivera, não fazia muito tempo, ao lidar com algumas pessoas de sua equipe. Koba não reunira um número de pessoas apenas para aquela ocasião; ao contrário, não estaria formando um grupo expressivo de pessoal temporário para executar treinamento físico, como uma peça de teatro ou dança, aproveitando para executar também trabalho braçal no reparo do telhado?

— Ontem estávamos viajando, mas o senhor Shigeru nos enviou um e-mail avisando que suspenderia as atividades preparatórias realizadas até agora. Pedi explicações, porém não obtive resposta e, ontem, bem tarde da noite, recebi um telefonema de Shinshin avisando que o senhor Shigeru já estava dormindo porque no dia seguinte teria reuniões cedo em Karuizawa e Tóquio. E, agora, passei na casa do fundo e ele já havia saído...

"Shinshin nos pede para não perturbar o senhor Shigeru, que está iniciando um novo trabalho. Ficamos perplexos porque, afinal, fizemos vários preparativos com base no plano dele. Ou seja, corremos um grande risco em função dos preparativos! Como deveríamos receber uma compensação financeira referente a isso... Senhor Choko, não poderia conversar com o senhor Shigeru? Não conheço bem Shinshin. E Vladimir não aparece, embora deva estar no quarto...

"E, por favor, peça a Takeshi e Take-chan para me contatar e falar comigo caso tenham interesse no trabalho que realizamos juntos... Obviamente, sem ocultar nada do senhor Shigeru."

Dizendo isso, Koba fez menção de retornar ao carro, mas Kogito o chamou, fazendo-o parar:

— Koba, ao contrário do que Shigeru talvez tenha dito, eu próprio não cheguei a detestar os andaimes instalados ao redor da casa. Isso se opõe ao espírito conservador dos residentes da segunda e terceira gerações da Vila Universitária... Uma vez que vocês carregaram coisas pesadas para cima, não há pressa em desmontar tudo. Talvez, assim, o próprio Shigeru volte a pensar em treinar os jovens.

Após ter sido parado, Koba manteve no rosto uma expressão de incredulidade, mas Kogito entrou na Casa Gerontion sem dizer palavra. De pé ao lado da janela, Neio parecia ter ouvido a conversa e, como se repreendesse uma criança levada, agitou o punho à altura da cabeça.

Capítulo 10
O súbito anticlímax (2)

1

O telefone tocou de madrugada no andar térreo. Kogito pôs-se a escutar com atenção; ouviu Neio atendendo a ligação com a voz serena que, aos poucos, se tornou tensa. Logo lhe veio à mente que Akari poderia ter tido um grave ataque *epilético*. Mas Neio não o chamou e conversava em voz contida com Takeshi e Take-chan, que pareciam ter se levantado para se juntar a ela.

Quando Kogito desceu depois de se trocar, os dois rapazes já haviam sumido. Vestida com um pijama do tipo usado pelas colegiais, Neio estava cabisbaixa e de braços cruzados em frente ao telefone.

Levantando o rosto comum e lívido, falou num sussurro:

— O senhor Shigeru sofreu um acidente, mas parece não estar ferido. Consideraram até mesmo estranho em se tratando de um idoso. Quando dirigia pela estrada rumo ao monte Asama, na metade do caminho, onde se estende uma pradaria, o carro mergulhou na encosta ao lado da montanha e capotou. Foi o que relatou o encarregado da polícia ao telefone. Recomendaram-lhe um exame minucioso da cabeça, porém, pelo que puderam constatar e pelo relato do senhor Shigeru, está tudo bem. Ao que parece, ele entrou na ambulância, mas, como desejava voltar para casa, pediu que alguém fosse buscá-lo.

"O senhor Shigeru mostrou o passaporte americano e disse que estava no chalé de um amigo em Kita-Karu. Acho que informou o seu nome, senhor Choko. O encarregado da polícia checou se era mesmo o número de telefone de Kogito Choko e perguntou se um *nissei* chamado Tsubaki Shigeru estava hospedado aqui. O senhor Shigeru devia estar falando em inglês. É alta temporada em Karuizawa, então havia uma policial que fala inglês no carro-patrulha."

Neio deu partida no carro e esperou Kogito se trocar e descer de novo.

Kogito lembrou que Chikashi, ainda jovem, dizia achar incrível, mas ao mesmo tempo temeroso, o jeito como Shigeru enfiava o pé no acelerador ao estilo dos americanos. Shigeru levara Chikashi até essa pradaria para colher margaridas peroladas selvagens. Foi numa época em que ele estava havia pouco tempo nos Estados Unidos e a visitava sempre que retornava ao Japão.

— Ao ouvir que "alguém chamado Shigeru Tsubaki teve um acidente", senti compaixão por ele... — disse Neio mostrando crescente emoção. — Como seria apavorante se ele tivesse sido gravemente ferido e morresse, se levarmos em conta quem ele é...

— O que você quer dizer com esse "se levarmos em conta quem ele é"?

— O senhor não compreenderia. Porque o senhor está sempre presente na consciência dele.

Kogito não teve outra opção a não ser deixar Neio falar, com voz loquaz, mas melancólica.

PARTE II : A COMUNICAÇÃO DOS MORTOS SE PROPAGA — LÍNGUA DE FOGO

— Apesar de correr para todo lado por conta de sua grande empreitada e mesmo com todo aquele estardalhaço sobre o *confinamento*, o senhor Shigeru se preocupava com o fato de o senhor continuar lendo livros tranquilamente. É verdade que são oponentes desde criança, mas agora ambos envelheceram e ele acha que o senhor passou com tranquilidade à frente dele.

"Neste verão, o senhor está sempre lendo e fazendo anotações em suas fichas, não? Isso sem falar dos cadernos com anotações sobre o *Romance de Robinson*. O senhor Shigeru não consegue tirar da cabeça que o teor de suas leituras tão diligentes são os poemas de Eliot no ocaso da vida.

"Desde que se encontraram meio século atrás nas florestas de Shikoku, o senhor é para ele um substituto no caso de ele estar em perigo, alguém que morreria por ele, porém, enquanto esse interlocutor se encaminha para o fim da vida com tal tipo de atitude, o senhor Shigeru se empenha em um arriscado programa e, talvez, todo o trabalho seja em vão. Ele deve estar decepcionado, não?

"Foi o que senti ao conversar com ele ontem. Shinshin parece ter dito a Koba que o senhor Shigeru tinha ido dormir cedo, mas bem tarde à noite, ao ouvir um ruído na entrada dos fundos, fui olhar e ele estava lá de pé. Ele disse que até o *confinamento* o senhor costumava beber a esta hora diante da lareira e, como a bebida dele tinha acabado, pensou em vir pedir um pouco. Por isso, levei seu uísque e sua água e lhe fiz companhia debaixo do carvalho. A lua estava radiosa.

"Por que ele voltou agora a este país? Foi sem dúvida motivado pelo convite de Vladimir e Shinshin. E ao instalar a *base operacional*, acabou agindo com um vigor que ultrapassava o de Vladimir e seus companheiros. É bem o *life style* do senhor

Shigeru. Entretanto, ontem à noite ele falou ingenuamente de um outro motivo. Antes de tudo, ele desejava viver junto do senhor. Nos Estados Unidos, quando soube de seu acidente, o senhor Shigeru ficou em choque, apavorado. Ele dizia: 'Kogi é minha referência quando penso na vida ou na morte. Sempre o tenho como modelo. Aquele cara ainda está lá. Porém, agora, ele me deixou para trás. Sem estar consciente da morte, terei de morrer só.' Ele me confidenciou esse pensamento. No entanto, o senhor sobreviveu. E, sabendo disso, o senhor Shigeru decidiu retornar ao Japão. Parece ter pensado: 'Quero viver meus anos de velhice me relacionando com Kogi.'

"O trabalho dele na Universidade da Califórnia ia bem até que ocorreu um problema, seguido de outras circunstâncias, que o levaram a se internar em um hospital psiquiátrico. Nessa época, por causa do Halcion que tomava em grande quantidade, acordava cedo todas as manhãs e passava o dia sem noção do que fazer até o entardecer. Tinha tanto medo que só não se enforcou pois pensava haver alguém que morreria por ele. É um jeito estranho de falar, mas ele acreditava ser uma afronta o senhor morrer só e à revelia!

"O senhor Shigeru disse: 'Agora que me aproximo dos setenta anos, não penso em indicar um substituto. Se ele me substituísse, seria por dois ou três anos. Espero, porém, que Kogi morra primeiro, mesmo que seja apenas um pouco antes de mim. E gostaria de velá-lo no leito de morte. Queria ouvir sobre suas últimas impressões e tomá-las como referência para morrer um pouco depois dele. Kogi cita uma passagem de *Death and the King's Horseman*, de Wole Soyinka, mas pretendo fazer dele o *Horseman* de minha própria morte. Assim, morar na casa ao lado em Kita-Karu foi algo inesperado. Além disso, é muito

PARTE II : A COMUNICAÇÃO DOS MORTOS SE PROPAGA — LÍNGUA DE FOGO

significativo que Kogi esteja tão concentrado no *Quatro quartetos*. Porque, para mim, *Quatro quartetos* é um estudo sobre como as pessoas devem aceitar a morte. É, por exemplo, como os últimos quartetos de cordas de Beethoven.'

"Foi o que ele me contou sob o carvalho. Não pude evitar de sentir compaixão. Um arquiteto e professor renomado ter uma apreensão tão ingênua da morte..."

Ao perscrutar o rosto estranhamente largo de Neio, que se calara, Kogito distinguiu lágrimas escorrendo das faces inteligentes que emergiam na penumbra.

Eles avistaram o carro-patrulha e a ambulância estacionados lado a lado no acostamento da via oposta. Com uma expressão de digna serenidade, Neio se empertigou e se aproximou com prudência dos veículos.

Por incrível que parecesse, quem se destacava da fila de silhuetas banhadas pela luz da lanterna do carro deles, indicando que deveriam dar meia-volta para estacionar, era o próprio Shigeru, que acabara de sofrer um acidente, de pé, com ar friorento e um cachecol de seda branca ao redor do pescoço.

2

Neio logo se aproximou de Shigeru enquanto Kogito declarava ao policial da jurisdição de Kita-Karu que era membro do sindicato de residentes da Vila Universitária e que já havia quase quarenta anos passava os verões ali. Explicou também que o professor universitário de nacionalidade americana vítima do acidente era o arquiteto, amigo de longa data, que projetara a casa onde ele morava agora. Embora na prática estivesse ocupando a outra casa dentro de sua propriedade, ela, na realidade, lhe fora vendida.

De pé a alguns passos ao lado de Neio, Shigeru parecia ignorar a conversa de Kogito, talvez para mostrar que só podia se comunicar em inglês. Mesmo assim, seja como for, Shigeru foi identificado. Os policiais liberaram Kogito, mas avisaram que Shigeru e Neio teriam de permanecer por haver ainda algumas formalidades burocráticas a cumprir. O policial que de início conversara com Kogito se prontificou a acompanhá-lo até a Vila Universitária.

Estavam em meados do verão; mesmo assim Kogito não poderia simplesmente abandonar Shigeru exposto ao vento em plena madrugada naquela estrada. Decidiu voltar para o carro no qual Neio o trouxera e esperar até o término dos procedimentos. Ele contemplou por longo tempo o carro virado na larga vala entre o declive e a rodovia nacional, chegando a ser cômico a carroceria estar intacta, brilhando sob a luz do luar.

Por fim, Neio se instalou no banco do motorista com Kogito ao lado e Shigeru deitado no assento traseiro. Quando pegaram o caminho de volta, não havia carros trafegando em nenhum sentido da via. Neio conduzia com muito vagar, a ponto de se imaginar que, ao contrário, seria perigoso se houvesse um carro em alta velocidade atrás.

De início, Kogito achou que Neio se preocupava com a condição física de Shigeru, que passara por um grande choque, pois ele poderia ter alguma anormalidade provocada pelo

PARTE II : A COMUNICAÇÃO DOS MORTOS SE PROPAGA — LÍNGUA DE FOGO

impacto, não apenas no cérebro como em outros órgãos. Porém, compreendeu que o motivo estava ligado a seus próprios sentimentos.

Um pouco depois de dirigir devagar, realmente muito devagar, Neio estacionou o carro sob a grande castanheira no pátio do supermercado e cobrindo o rosto com ambas as mãos se pôs a chorar.

— Foi ela quem primeiro recebeu a notícia do acidente e, na noite anterior, até tarde, o ouviu falar sobre a vida e a morte, e isso a deixou emocionalmente abalada — interveio Kogito.

Shigeru, que se recompusera levantando o corpo com lentidão, retrucou.

— Quer dizer que Neio fez uma consulta psicológica a você e não a mim?

— Ela ouviu você falar, enquanto bebia, sobre sua visão a respeito da vida e da morte. Também reflito sobre o assunto nos últimos tempos. De fato, chegamos a conversar a respeito disso, não foi? Ela não me revelou nenhum de seus segredos!

— Neio lhe falou sobre o pensamento egoísta de estar com você quando você morrer?

— Falou, e não faço objeção. Tenho poucos amigos ainda vivos e, em meus últimos momentos, quando o médico pedir para chamar alguém, Chikashi vai contatá-lo!

Shigeru calou-se.

— Seja como for, Neio se preocupa bastante com você.

— Que nada. O coração dela é ocupado agora por Takeshi e Take-chan. Ela se preocupa comigo e com você, que temos influência sobre eles, porque pensa no futuro deles, nada mais do que isso!

3

Avaliando de modo superficial, as palavras de Shigeru constituíam uma resposta rude. Neio não revidou, porém. Kogito também desejava continuar a ouvir o que o amigo tinha a dizer. O próprio Shigeru também sentira isso.

— Acabei de ter uma experiência ligada à vida e à morte. Gostaria que você, Kogi, ouvisse minha opinião em relação a Eliot. Sinto agora uma ânsia feroz de falar. Existe a chamada "histeria de velório", e tenho algo parecido: "histeria de acidente". De qualquer forma, tenho algo a dizer sobre Eliot. Que basicamente decorre de suas leituras contínuas de Eliot na Casa Gerontion.

"Em primeiro lugar, quero explicar o acidente. Dirigi nos Estados Unidos por trinta anos e até hoje nunca me envolvera em nenhum sinistro. Até obter a cidadania americana, tomava cuidado para que meu visto não fosse cancelado e, mesmo depois, continuei cauteloso. O que aconteceu que causou o acidente desta noite? De saída, não acho que se trata de um acidente. Eliot entra em cena para fazer você e Neio entenderem. E isso, óbvio, é esclarecido pela leitura que você faz dos poemas de Eliot!

"*Sem alternativa*, aceitei a decisão de 'Genebra' transmitida por Vladimir e, por meio de rodeios, lhe contei. Mesmo depois de seu retorno à Casa Gerontion, eu estava abatido. Faltava-me até mesmo vontade para criar novos desenhos. Folheei um estudo que você emprestou e que Shinshin não se mostrou disposta a ler. Há nele uma análise da primeira estrofe de 'Little Gidding'. Achei que essa passagem deveria

PARTE II : A COMUNICAÇÃO DOS MORTOS SE PROPAGA — LÍNGUA DE FOGO

lhe interessar. Pessoas mortas voltam a este mundo e falam conosco, algo que é do seu particular interesse...

"O estudo foi escrito por Helen Gardner. Havia a citação de uma passagem de Eliot."

Kogito concordou com a cabeça, e Shigeru continuou:

— É acerca da comunicação entre pessoas mortas e outras existências. Ela oferece um exemplo dessa *comunhão*. Ocorre entre representantes da Igreja na terra, santos no céu e espíritos no purgatório. As vozes emitidas por todos se diluem e, unificadas, tornam-se uma *invocation* dos espíritos. Ela diz que foi assim que Eliot escreveu.

"Senti-me alfinetado pelo vocábulo *invocation*. Traduzido para o japonês, Kogi, não corresponderia a '*kikyu*', a *aspiração* constante na Lei de Ensino Básico que acabara de ser promulgada e que você aprendeu quando estava no novo sistema ginasial em meio à floresta? Pensava nisso quando, cerca de três horas atrás, dirigia de volta para cá. Há em você um fio simples *a ponto de ser lamentável* que continua ininterruptamente desde a infância. Por julgá-lo assim, emprego a expressão '*a ponto de ser lamentável*', embora, ao mesmo tempo que penso dessa forma, eu admita ser algo inexistente em mim.

"Na estrada que sobe para o Centro de Pesquisas Sismológicas da Universidade de Tóquio, na bifurcação, há uma descida em linha reta. Até ali, com certeza eu estava *do lado de cá*. A prova disso é que tinha consciência de estar descendo. Porém, de súbito, me ocorreu o pensamento de que a pista conduzia a uma altura considerável! Se permanecesse pisando no acelerador, eu seria impulsionado em linha reta; diante de mim, havia o círculo dos eleitos.

"Cada um deles levantava a voz, mas elas se diluíam em um uníssono. O círculo das *almas* do purgatório compreendendo Goro, Takamura e o professor Musumi que, apesar de sofrer, *aspiravam* ser salvos. Meu carro foi impelido de modo retilíneo à velocidade de cem milhas por hora rumo ao feixe de luz. Quando dei por mim, estava dentro do carro capotado na vala, suspenso pelo cinto de segurança. Mesmo assim, vi inquieto, através das janelas escuras do carro, em que direção estava o círculo de luz."

Depois disso, Shigeru permaneceu em silêncio, assim como Kogito e Neio. O som de uma chamada no celular os fez sobressaltar.

Neio saiu do carro, retornando logo após responder à chamada.

— Era Shinshin — informou ela. — Vladimir e ela não virão visitar o senhor Shigeru para que ele possa descansar. Ficaremos só nós três na Casa Gerontion, pois Takeshi e Take-chan, depois de prepararem a cama do senhor Shigeru na sala de estar, vão para a Casa do Velho Louco.

— Quero acalmar meus nervos excitados, por isso, se não for pedir demais, Kogi, poderia me fazer companhia? Neio nos preparará algo para beber e depois irá se deitar. Agora não sinto dores, mas, se sentir, vou precisar acordá-lo. E pela manhã alguém da polícia deve vir.

Neio partiu com o carro. Como caminhões de grande porte e de longa distância começaram a trafegar na rodovia nacional até então deserta, ela pegou a estrada distrital, iluminada por uma fraca luz, dirigindo devagar na escuridão por entre as fileiras de árvores altas. Ladeando-se, descortinavam-se vastas plantações em que era possível avistar ligeiramente inúmeros montes arredondados de repolhos.

— Hoje, ou melhor, ontem, a convite de Hatori, assisti a uma reunião dos antigos oficiais das Forças de Autodefesa, aposentados há um bom tempo. Da varanda do prédio em Ichigaya, Mishima proferiu o discurso dirigido aos membros das Forças de Autodefesa reunidos abaixo. Nesse ínterim, dentro do prédio, esses oficiais continuaram os afazeres burocráticos sentindo — aproprio-me aqui de suas palavras — *desgosto e revolta*.

"Aproveitei para lhes perguntar, por Vladimir, se a 'Problemática Mishima' teria o poder de incitar os oficiais atuais, outrora subordinados diretos deles, à ação. Porém os oficiais não compreenderam o porquê de trazer à baila a 'Problemática Mishima'. Desconfiei, achando que estavam fingindo não acreditar nela. Então, mesmo ciente de que poderia causar um transtorno para Vladimir, falei sobre os grupos nas bases das Forças de Autodefesa em cada canto do Japão que planejam o relançamento da 'Problemática Mishima'.

"Há um grupo de *freeters* engendrando um ataque à bomba suicida à base do Exército americano em Okinawa. Eles mantêm contato com um grupo de jovens deprimidos da base das Forças de Autodefesa de lá, uma das menores do país. Mas tudo o que falei fracassou, e Hatori se esforçou para animar o clima de desinteresse. Para mim, foi um dia de trabalho completamente em vão. E, ainda por cima, capotei o carro!"

Neio entrou com o carro na propriedade da Casa Gerontion, cujas luzes internas e do pátio estavam acesas. Percebendo a dificuldade de Shigeru para se levantar do banco traseiro, Kogito fez menção de ajudá-lo. Quando Shigeru rejeitou a ajuda, um odor exalou dele. O cheiro se espalhou pelo interior do veículo, mas assim que Shigero desceu o odor se dissipou entre as folhas molhadas pelo orvalho. Condensados nesse odor estavam o desalento e o cansaço decorrentes do abalo provocado pelo anticlímax súbito e a exaustão física devido ao acidente.

"Como será o meu próprio cheiro de velho?", perguntou-se Kogito. "Por não levar a sério a grande empreitada de Shigeru e não me abalar pelo anticlímax súbito, o odor de velho seria ínfimo, não seria?"

Shigeru aprumou-se com esforço, desceu do carro e, após percorrer o olhar com profunda atenção pelo entorno da varanda, disse a Kogito:

— Não sou o poeta Chuya Nakahara, mas, quando vejo coisas brancas espalhadas na penumbra, sinto vontade de perguntar como ele: "*São nossos ossos?*" Seriam restos do material utilizado na montagem do andaime? Vamos recolhê-los e queimá-los na lareira, pois está esfriando.

4

Enquanto Kogito queimava os pedaços de madeira frios e úmidos, Neio levou Shigeru até a sala de banho e se ocupou de cuidar dele. Parecia ter examinado minuciosamente seu corpo em busca de ferimentos.

Takeshi e Take-chan preparavam o local entre a janela e a lareira da sala de estar para Shigeru dormir; Kogito também pegou cobertores do andar de cima. Pretendia sentar-se na poltrona e

PARTE II : A COMUNICAÇÃO DOS MORTOS SE PROPAGA — LÍNGUA DE FOGO

conversar com Shigeru, estendido no futon. Neio deixou preparados em cima da mesa da sala de jantar uma garrafa de uísque, latas de *lager* e de cerveja preta e copos, retirando-se em seguida para o quarto.

Shigeru aninhou a placa em que se sentara por ocasião da gravação do vídeo entre o futon e a poltrona. Enquanto Kogito revolvia os pedaços de madeira que queimavam para manter uma chama moderada, Shigeru preparava os drinques. Mantiveram acesa apenas a luz da cozinha para o caso de irem ao toalete. Shigeru se empenhava com grande zelo nos drinques, preparando uma mistura em partes iguais das cervejas preta e *lager* e vertendo uísque nela com cuidado. Começou com a bebida de Kogito e, em seguida, a sua, colocando nela uma dose maior de uísque.

Os dois beberam calados. Frente a frente com Kogito, a voz de Shigeru tornou-se naturalmente mais baixa do que antes.

— Kogi, há algo que gostaria de analisar com você. Quando avalio agora, faria sentido que eu tivesse morrido, levando em conta o tipo de acidente ocorrido. Os policiais fizeram o teste do bafômetro em mim e o nível de álcool era praticamente zero, então eu dirigia sóbrio, com velocidade, em linha reta pela rodovia nacional. Quer dizer, imagino que, de modo inconsciente, estaria tentando me suicidar. O que acha?

— Neio afirmou que você não é do tipo suicida.

— É uma autoanálise. Mas tenho dúvidas quanto a sua veracidade. Quando Goro se suicidou, como nós dois havíamos rompido, escrevi uma carta a Chikashi. Ma-chan me contou que, na época, ela lhe entregava toda a correspondência, mesmo a endereçada a Chikashi, para que você a analisasse.

— Porque na correspondência havia difamações execráveis. Mas eu li sua carta! — respondeu Kogito sentindo na testa

305

o leve calor das chamas tremulantes da lareira. — Você escreveu que Goro não se suicidara. Ele filmara, para uma reportagem de tv, uma organização mafiosa que gerenciava uma indústria de tratamento de lixo ilegal. Você insinuou que ele teria sido assassinado por esse motivo.

— Você a ignorou, mas Chikashi me respondeu. Segundo o que ela escreveu, algum tempo antes, Goro teria dito que você, Kogi, afirmava que não se suicidaria. O próprio Goro, porém, nunca declarou que não o faria.

— Ah, essa história. Foi quando éramos bem jovens. Em nosso *meio literário*, corria o boato de que eu poderia vir a me suicidar. Nas cartas de Mishima incluídas em suas obras completas, recém-lançadas na época, havia uma em que ele consultava um amigo do meio literário para saber se era verdade que eu falhara numa tentativa de suicídio. O que Chikashi lhe contou foi uma história dessa época.

"Foi no período do auge das revistas semanais das grandes editoras. Um jornalista da empresa que publicou as obras completas de Mishima veio perguntar com insistência se os boatos tinham fundamento. Chikashi consultou Goro. Na época, ele ainda era um ator e, por estar trabalhando no estúdio de filmagem próximo daqui, respondeu em meu lugar.

"A argumentação de Goro foi a seguinte. 'Kogito Choko não se suicidaria. Porque ele tem pavor de se tornar uma das árvores da floresta de suicidas do décimo terceiro canto do inferno de Dante!' Naquele momento, Goro complementou afirmando que, para ele, o suicídio não representava um tabu. Chikashi lembrou-se dessa conversa."

— Ou seja, suicidas acabam indo parar no inferno, não é? — concluiu Shigeru. — Significa que Goro estava junto com

PARTE II : A COMUNICAÇÃO DOS MORTOS SE PROPAGA — LÍNGUA DE FOGO

Takamura e o professor Musumi em meu círculo ilusório, como *almas* em sofrimento no purgatório buscando ser salvas. Quer dizer, mesmo inconscientemente, eu continuava a crer que Goro não se suicidara.

— Se for assim, Shige, ao acelerar o carro a cem milhas por hora você tampouco deveria estar tentado se suicidar! Porque desejava fazer parte do círculo de *almas* no purgatório.

Shigeru calou-se, apesar de não parecer de todo convencido. Kogito também permaneceu em silêncio e foi a vez dele de preparar a mistura de cervejas vertendo uísque por cima. E, assim, os dois continuaram a beber.

Shigeru logo recomeçou.

— Outra coisa de que me recordo de Dante por intermédio de Eliot é a passagem do purgatório. Eliot escreveu sobre o poeta Estácio, não? Quando percebeu que Virgílio é quem atravessa o purgatório, Estácio, que lá residia, desejava abraçar os pés do mestre.

— Na tradução de Yamakawa, o mestre o admoesta dizendo: "Irmão, não o faça, porque tu és sombra, e sombra vê."[1] Entende-se que, por serem dois espíritos, isso seria pouco natural.

— Isso mesmo, Kogi! Antes desta casa ser cercada por tubulações de ferro, eu costumava ficar de pé sob aquele carvalho, bebericando. E contemplava você pensativo, conversando nesta sala com alguém e prestando atenção na resposta.

---

1. "*Frate, non far, ché tu se' ombra e ombra vedi*" e "*Trattando l'ombre come cosa salda*". Dante, *A divina comédia*, Purgatório, canto XXI (131-132 e 136). Na tradução de José Pedro Xavier Pinheiro: "Irmão, que fazes? Vê que és sombra e de sombra estás ao lado!" e "Tratar sombras, quais corpos, pretendendo."

"Você tratava com respeito seus professores e amigos mortos com quem dialogava, quase abraçando os pés deles, e eu, que o observava de dentro da penumbra, entendia quem você recebia como morto que voltava. Era muito curioso! Você realmente *trata sombras como coisas corpóreas.*"

Depois disso, Shigeru afastou a almofada sobre a qual repousava as costas e se alongou no futon. Kogito jogou cinzas sobre as brasas incandescentes de carvão, embora as chamas já tivessem se dissipado havia algum tempo. Ele se cobriu com a coberta do peito para baixo e pretendia continuar ali sentado mesmo que Shigeru dormisse.

A janela estreita perto da chaminé tinha a extremidade superior pontiaguda, em formato de triângulo, e a cortina não a cobria. A tubulação de ferro visível por essa abertura brilhava. O céu começava a embranquecer. Kogito encostou a cabeça na parte superior da poltrona e ergueu os olhos.

— Você lê Dante e Eliot — disse Shigeru. — E, no entanto, continua sem fé. E as pessoas que lhe eram caras, Kogi, mesmo as que professavam em segredo sua fé, não a revelavam para você. E o mesmo acontecia quando estavam diante de mim! O professor Musumi, Takamura, Goro, todos... E, no entanto, eles estão lá, diante de mim, no local em direção ao qual eu corro, formando o círculo de *communion*.

"Eu, dentro do carro capotado, suspenso de ponta-cabeça no interior da carroceria que o motor fazia tremer ligeiramente, ponderei sobre com o que podia contar em minha vida! Agora, quando converso com você na penumbra, como na noite da inundação na floresta, nós, Kogi, estamos nos aproximando dos setenta anos e continuamos sem ter certeza de nada, não é?

"Você, Kogi, poderia ter morrido em um acidente que ocorreu em um lugar público, ou seja, as pessoas nem cogitariam que você pudesse ter se suicidado. Voltou para o lado de cá se agarrando na dor a ponto de gritar. E eu também sobrevivi sob circunstâncias tais que se garantiria tratar de uma morte acidental — não me recordo, mas acho que fiz uma manobra alucinada com o carro — e estou aqui, vivo, cansado, aniquilado pelo sono.

"Não estaremos os dois aqui juntos para realizar algo? O tempo de que dispomos é pouco. Mesmo juntando o tempo curto dos dois, será lamentável não conseguirmos realizar nada, não acha? Tenho vontade de chorar como você pelo visto o fazia de madrugada quando estava internado!"

E, sem interrupção, Shigeru soltou uma voz chorosa.

— Kogi, você estava chorando? Achei que ouvi algo! Mesmo que fosse só fingimento, me surpreendi por parecer bastante real.

Dizendo isso, começou a dormir respirando profundamente.

PARTE III

Devemos estar imóveis e contudo mover-nos

Os velhos devem ser exploradores,
Aqui ou ali, não interessa
Devemos estar imóveis e contudo mover-nos.

T. S. Eliot

Capítulo 11
Aprendendo como *Unbuild*

1

Take-chan deixou mensagem na caixa postal da casa de Seijo avisando que as funções de telefone e fax da Casa Gerontion haviam se normalizado. Naquela noite, Maki telefonou para perguntar se Kogito não poderia passar alguns dias em Tóquio. Ela explicou que a mãe, deprimida por não melhorar de um resfriado de verão, hesitou em pedir por conta do calor anormal que não arrefecia. Acontecera algo que servira para aprofundar seu desânimo e a mãe desejava, sem dúvida, consultá-lo sobre o caso.

    Kogito voltou a visitar o quarto de trabalho de Shigeru para conversar com ele sobre o assunto. Alguns dias após ter realizado exames minuciosos no hospital geral e ido à delegacia de polícia de Karuizawa para pôr as coisas em ordem após o acidente, Shigeru se pôs a desenhar projetos com avidez, sem sequer aparecer na Casa Gerontion. Kogito imaginou que se Maki lhe dissera tudo aquilo, a depressão de Chikashi devia ter avançado sobremaneira. Ao explicar isso a Shigeru, que trabalhava em meio a uma fileira de croquis e desenhos cobrindo todo o soalho, além dos colocados nas estantes e revestindo as paredes, ele logo aquiesceu. E lhe fez uma contraproposta.

Sempre que tinha algo a resolver em Tóquio, Shigeru tirava um tempo para uma passada na casa de Seijo. Chikashi lhe informara que a casa, uma construção de trinta anos, apresentava alguns inconvenientes. Pouco antes do acidente, Chikashi lhe disse que surgira uma fresta entre a estrutura sólida de concreto armado e a estrutura de madeira acrescentada, e ela o levara até o andar de cima.

A parte acrescida na reforma correspondia ao dormitório e à biblioteca de Kogito, e chamou a atenção de Shigeru a quantidade acumulada de livros, absolutamente fora do normal. Se ocorresse um abalo sísmico de grandes proporções com epicentro sob Tóquio, como os jornais alertavam sem cessar nos últimos tempos, a casa desabaria e esmagaria os dormitórios de Chikashi e Akari. Urgia dar um fim a grande parte dos livros, foi o diagnóstico de Shigeru. Porém Chikashi lhe pedira para ainda não falar nada a Kogito, e ele respeitou a vontade dela. Mas não seria uma boa ocasião para Kogito verificar os livros que estavam na biblioteca e no dormitório? Se em princípio tivessem de se livrar de grande parte deles, a própria atitude de Kogito em relação à montanha de livros seria provavelmente outra.

No dia seguinte, Kogito partiu para Tóquio, mas no trem-bala o problema do que fazer com os livros dominava sua mente.

Caixas de papelão repletas de livros ocupavam um terço da biblioteca, empilhadas quase até o teto. Kogito decidiu iniciar a vida de escritor no ano em que se formou na universidade. Quando informou ao professor Musumi sua decisão alegando que o fazia para se casar e que renunciava a prosseguir os estudos de pós-graduação, ele recomendou ler livros sobre um tema definido por três anos. Uma vida dedicada apenas a escrever romances seria, antes de mais nada, tediosa e não deveria haver demanda para tanto. O professor Musumi aconselhou: "Leia sobre um tema por três anos. Como a ideia não é se tornar um especialista, passe para outro tópico ao fim desse prazo. Não há nada pior do que o binômio pesquisador meia-boca/romancista."

Kogito seguiu o conselho. Incluindo casos em que ele retornava ao mesmo tema, assim como acontecia agora com Eliot, quando o terceiro ano de cada período se encerrava, Kogito separava os livros enfileirados nas estantes e os encaixotava, colando na parte frontal das caixas uma lista dos títulos. Os remanescentes eram retirados por um amigo dono de um sebo. A cada arrumação, empilhavam-se umas três caixas de papelão.

Desembaraçar-se delas. Isso deveria acontecer depois de sua morte. No entanto, levando em conta o descarte dos livros danificados pelas goteiras de chuva no quarto de trabalho de Kita-Karu, era algo apropriado ao velho que ele se tornara.

Ao pensar isso, o jovem com *atitude incomum* dentro de Kogito se elevou com força considerável.

— Bem, mãos à obra! Devido ao declínio de minha memória nos últimos tempos, dar um fim a esses livros seria como se os anos durante os quais eu os li não houvessem existido. No entanto, aceitarei o desafio!

Por causa da animação de Kogito, a vendedora que empurrava seu carrinho pelo trem fez uma expressão como se esperasse que ele a chamasse, mas, decepcionada, acabou passando direto.

2

Kogito adentrou o vestíbulo silencioso após atravessar na penumbra o jardim, cuja vegetação era mais densa do que a de Kita-Karu. O ar-condicionado emitia um débil ruído. Akari estava sentado à mesa da sala de jantar com um caderno de pautas musicais diante dele. Ignorando a aparição de Kogito, ele apagava com cuidado parte de uma partitura.

Kogito agachou-se de forma a entrar no campo de visão de Akari caso ele levantasse a cabeça. Também tirou de uma sacola uma caixa com dez CDs, de Friedrich Gulda, que ele encontrara na loja de CDs instalada no mesmo prédio de uma grande livraria de Shinjuku. Akari começou a colecionar gravações desse pianista desde que o ouvira pela primeira vez em uma estação de rádio FM, dez anos antes. Mesmo hoje, sem ter mais o hábito de estacar bruscamente ao caminhar pela rua deixando quem estava de braços dados com ele sem ação, voltava a fazê-lo quando ouvia Gulda.

Kogito colocou sobre os joelhos a caixa quadrada com a foto de Gulda usando um chapéu de lã e retirou o celofane que a envolvia. Ao olhar mais uma vez, Akari escrevia a lápis sobre a parte apagada e tinha o perfil enrubescido. Kogito transferiu-se para o outro lado da mesa, em frente ao filho. Durante sua curta ausência, o cheiro no interior da casa havia mudado. Com o cabelo cortado e trajando um suéter azul-celeste de verão — Maki controlava para que ele não se resfriasse com o ar-condicionado —, Akari também estava um pouco mais magro do que antes.

PARTE III : DEVEMOS ESTAR IMÓVEIS E CONTUDO MOVER-NOS

— Tio Shige visitou vocês, não? Ele comentou que você estava compondo uma giga para suíte de violoncelo. Pelo que vejo, há passagens em ritmo acelerado na partitura.

— É porque é uma *courante* — respondeu Akari olhando ao redor.

Se Maki estivesse presente, ela explicaria que se trata da segunda parte da suíte, complementando o que o irmão acabara de dizer.

— Ma-chan e sua mãe estão fazendo compras?

— Ma-chan foi brigar com o contador de Umeko!

Umeko, a viúva de Goro Hanawa, continuava sua carreira de atriz em dramas televisivos e peças de teatro. Por que Maki brigaria com o contador dela?

— É a primeira vez que você vê esse Gulda, não? — Kogito mudou o assunto.

Akari não levantou a cabeça, mas tocou na caixa. Aos poucos, foi perdendo a postura introvertida e, depois de checar os CDs um por um, pôs para tocar um "Improviso" de Schubert. Durante o tempo em que estivera internado e mesmo em Kita-Karu, Kogito não ouvira uma peça para piano tão delicada e capaz de fazê-lo sentir seu coração vibrar.

Nesse meio-tempo, Chikashi e Maki retornaram, ambas com o corpo transpirando sob as roupas formais. Cada qual entrou em seu quarto, e Maki foi a primeira a sair — Kogito se preocupou com seu rosto pálido de cansaço — e recebeu do pai o DVD de *A casa soturna* produzido pela BBC que ele encontrara na mesma loja de CDs de Shinjuku.

— Em Kita-Karu, não parei de ler Eliot e, quando minha memória se mostrava incerta, eu consultava a biografia crítica dele! Olhava os locais marcados a lápis vermelho. E, assim, continuava a leitura. Nela, constava que pouco antes de o velho Eliot desposar sua secretária, ele deu de presente *A casa soturna*, de Dickens, a uma mulher que o ajudara em sua vida social. E por toda uma hora ele parece ter lido o texto em voz alta. Ma-chan, você não poderia assistir ao DVD para ver se há algo que esclareça essa relação misteriosa? Você gostou quando leu *A casa soturna*, não?

Maki tirou outros DVDs de um saco de papel volumoso.

— O contador me deu todos os filmes do tio Goro dizendo que são da parte de Umeko.

— Ma-chan não tem tempo para ficar vendo DVDs à toa — declarou Chikashi, que viera sentar-se ao lado da filha. — Você parece ter descansado bastante e está com ar saudável. Conversamos sobre se deveríamos chamá-lo para vir a Tóquio com todo o calor que faz agora, mas estou feliz por ter vindo. Como resolvi tudo hoje, apenas ouça o que tenho a dizer.

"Por causa da conta bancária em nome da avó, precisávamos obter a assinatura dos filhos de Goro nos documentos de renúncia à herança. Foi mesmo necessário."

— Então foi isso? O contador de Umeko... Akari me contou, mas não entendi a que ele se referia. Se for isso, com certeza não há problema. Ao contrário, sou eu quem tem um problema. Shige imagina que possa advir um abalo sísmico com epicentro sob Tóquio porque ele também é um especialista em demolir prédios, ou seja, *Unbuild*, e me falou sobre os livros no andar superior daqui de casa. Ele comentou primeiro com você, correto? Assim, decidi me desvencilhar de todas as caixas de papelão com livros que estão na biblioteca.

Chikashi se mantinha cabisbaixa, pensativa, com o rosto parecendo mirrado e a pele mais escurecida que nunca.

PARTE III : DEVEMOS ESTAR IMÓVEIS E CONTUDO MOVER-NOS

— Mesmo que você não os releia, foram leituras de sua juventude. É triste, não? Apesar disso, considero correto o diagnóstico de tio Shige.

— Quando estava no colegial, eu falava sobre a tristeza *post mortem*, mas Goro me criticava afirmando que, nesse momento, "eu" não existiria mais. Eu acreditava que as almas sentem alguma tristeza. Com certeza, há um sentimento parecido. Porém minha decisão está tomada. Ma-chan, telefone, por favor, para a livraria Fushiki. Em suas aulas de economia doméstica na época da escola primária, você aproveitou a ocasião em que discutiam sobre salários em empresas e faturamento do quitandeiro e declarou a todos que recebíamos dinheiro do dono da livraria Fushiki.

— Você sempre falou dos problemas financeiros de casa em tom divertido, procurando manter distância deles, não? — disse Maki. — Mesmo sabendo que você dizia coisas engraçadas, não era mentira e, por isso, respondi da melhor forma possível. E todo ano mamãe ficava até tarde fazendo a declaração de renda, não é? E quando o valor do imposto estava definido, ela ligava para vovó em Ashiya para lhe pedir dinheiro emprestado. Enquanto mamãe fazia todo esse sacrifício, você não comprava livros e mais livros a ponto de o andar de cima estar prestes a desabar?

— É verdade. Eu comprava livros em língua estrangeira *em excesso* e, na época, ainda eram caros. E não posso dizer que tivesse capacidade para lê-los, ao contrário. A cada três anos, lia estudos sobre Dante, Blake e outros, mas, como no primeiro ano não tinha discernimento para selecionar os livros, comprava *todos* os lançados e relacionados ao tema na livraria Maruzen ou na Kitazawa.

— Aos poucos, você aprendeu a selecionar melhor e, antes mesmo de decorridos três anos, descartava alguns dos livros comprados — disse Chikashi. — Foram livros e mais livros, mas como a maioria só tinha anotações suas na primeira metade, Ma-chan e eu as apagávamos cuidadosamente com borracha e pedíamos ao dono da livraria Fushiki para vir retirá-los. Quando recebíamos o dinheiro, eu e Ma-chan, e até você, éramos só felicidade. Akari achava estranho e se punha a rir. Os que estão dentro das caixas de papelão são os remanescentes dessa época e deve ser duro para você ter de descartá-los.

Com uma expressão sombria que trouxe lembranças amargas a Kogito, Maki ignorou a mediação da mãe.

— Quando Umeko visitou vovó no hospital, ela se surpreendeu com a beleza do quarto. Deve ter imaginado que os custos da internação hospitalar e as despesas com a acompanhante pessoal provinham do patrimônio de vovó.

— Goro disse para falar com ele caso houvesse problemas financeiros! — interveio Chikashi.

— Mas, por dez anos, mamãe não disse absolutamente nada a tio Goro. Ela se sacrificava desenhando ilustrações para sua coletânea de ensaios recebendo metade dos direitos autorais e depositando o restante na conta de vovó para o pagamento das despesas. E, quando vovó faleceu, Umeko enviou o contador para que lhe mostrássemos a conta bancária que fora bloqueada. Mamãe se assustou. Você empurrou toda a responsabilidade pelas questões financeiras para cima dela.

— Ma-chan, a partir de agora vou dar as explicações a seu pai. Como o jantar vai sair tarde, que tal tirar um cochilo até lá? Você encontrou os comprovantes de depósito dos últimos dez anos e até os mostrou ao contador, está mais tensa e cansada do que qualquer um.

— Ma-chan foi brigar com o contador de Umeko — repetiu Akari, fixando o olhar em Kogito.

De volta do quarto até onde acompanhara a filha, Chikashi explicou a Kogito que as conversas com o contador foram concluídas e que a partir da semana seguinte a conta bancária em nome da avó seria desbloqueada. Teriam, assim, dinheiro necessário à vida diária, ao menos por ora.

Kogito lamentou ao ouvir sobre a situação de sua própria conta bancária.

— Era essa a situação! É natural que Ma-chan esteja irritada com minha maneira de falar. De minha parte, ouvi dela que o valor pelo qual Shige comprou o terreno e a casa de Kita-Karu nos permitirá viver pelo menos uns dois ou três anos. Deixando a questão dos impostos de lado, isso me tranquilizou.

— Recebemos de tio Shige apenas um adiantamento. Usamos esse dinheiro para cobrir o restante das despesas de sua internação.

— E depois disso cobraram de Shige?

— Ma-chan ponderou bastante e acabou decidindo mandar a ele um e-mail. Ele respondeu de imediato. Disse que logicamente pagaria o valor restante, mas que tanto sua conta corrente quanto as finanças da *base operacional* estavam sendo cuidadas por Shinshin. Que se desejássemos, ele pediria a ela para depositar quanto antes um determinado valor, suficiente para cobrir nossas necessidades urgentes. Então, eu e Ma-chan discutíamos sobre a quantia que deveríamos pedir. Mas acabou que combinamos com o contador que ele obteria as assinaturas dos filhos de Goro. Ma-chan ficou um pouco mais aliviada de não precisar importunar tio Shige por algum tempo.

3

Depois do jantar, Maki e Akari assistiram na sala de estar ao filme de Goro, *A vida tranquila*, em um dos DVDs recebidos.

Para a construção do personagem de Eeyore[1], para o qual Akari serviu de inspiração, Goro e o jovem ator visitaram uma instituição para crianças atípicas. Foi possível perceber que eles observaram o comportamento de crianças autistas e hiperativas. Comportamento que, a bem da verdade, não correspondia de forma alguma ao de Akari. Porque Akari agia com candura e serenidade. Goro estava ciente disso, mas não seria cinematográfico e, portanto, utilizou nas filmagens outro tipo de modelo.

Assim mesmo, quando Kogito e Chikashi levaram Akari para ver as filmagens, ele se sentou ao lado da cadeira de diretor e esticou o corpo até o pé do ouvido de Goro.

— Aquele lá sou eu! — exclamou apontando para o ator, enchendo Goro de uma alegre inocência.

Na coletiva de imprensa realizada no estúdio no dia do término das filmagens, a jornalista de uma revista da área artística perguntou a Akari quais eram suas impressões sobre o desempenho

---

1. Nome do burrinho cinzento da turma do Ursinho Pooh. Em português, "Ió".

PARTE III : DEVEMOS ESTAR IMÓVEIS E CONTUDO MOVER-NOS

do ator que o representava no filme. A família e Goro estavam tensos, mas ao ouvir Akari responder com sinceridade "Eeyore estava usando um boné legal!", Goro voltou a expressar uma alegre inocência.

Kogito percebeu que o boné de lã na foto do pianista na caixa sobre os joelhos de Akari, que assistia ao DVD, era exatamente igual ao do ator. Akari não demonstrava mais qualquer interesse no boné ou no desempenho do ator, ouvindo com atenção a música que ele compusera e que fora utilizada sem alterações no filme.

Como não daria para deixar Akari acordado até tarde, Maki pressionou a função *skip* pulando algumas cenas. Chegou assim a uma passagem muito sombria e que parecia surgir do nada mesmo ao assisti-la uma segunda vez. Um jovem aparentando ser um estudante do colegial, sem relação com Eeyore, encurrala uma moça em um bosque de árvores esparsas margeando a estrada. Maki pensou em parar o DVD nesse ponto, mas, percebendo que Kogito olhava para a tela da TV, optou por conduzir Akari até o quarto.

Kogito continuou a ver o filme sozinho. O jovem derruba a moça numa encosta gramada. Debatem-se. Ela resiste até acabar em estado de prostração. Ao lado, o jovem se levanta desesperado. Um senhor de meia-idade desce de um ônibus vindo da estrada e percebendo algo anormal no bosque escuro, vai investigar. Encontra o jovem e a moça, ela deitada de lado, olhando para o alto, uma das pernas retorcida deixando entrever a calcinha.

O homem aproxima-se do jovem e o admoesta: "Tramou um ato irremediável como este *e ainda não o consumou?*" — pelo jeito de falar, deduz-se que o homem seja o professor do jovem em alguma escola das redondezas. "Vou assumir tudo, inclusive a finalização!" Ele arranca a calcinha da moça, a estupra e a estrangula. O movimento das pernas da moça é filmado com realismo.

O ônibus negro e oblongo regressa pela estrada em meio à escuridão. Em seguida, o homem foge e é perseguido por uma multidão armada de enxadas e foices. Às cegas, sobe por uma escada até um pombal, de onde se atira com uma corda ao redor do pescoço em meio a um apavorante farfalhar de asas.

Maki, que voltara algum tempo antes, pausou o DVD.

— Akari detesta os sons que virão agora — disse ela a Kogito. — Vou pular para a parte final.

Quando o filme é retomado, Eeyore finalmente salvara a irmã mais nova que fora atacada pelo treinador de natação violento com quem brigara e, na cena, descia abraçando a irmã pelos ombros em direção ao pátio, sob a chuva que continuava a cair. A música para flauta e piano composta por Akari começa a tocar. Maki falou em voz baixa para não perturbar Akari que, deitado, deveria estar ouvindo sua "Formatura escolar com variações".

— A cena anterior, do bosque à noite, me causa pavor. O jovem que cometeu o ato irremediável é subitamente salvo, não? O filme não tem mais imagens desse jovem salvo, mostrando apenas a cena horrível da morte do homem que assumiu o ato irremediável. Não entendo a necessidade dessa cena e isso me apavora. Mamãe também disse que essa passagem não é natural como narrativa e não se coaduna à totalidade do filme.

— Também não entendo. E mesmo revendo agora continuo sem compreender. Com certeza, é algo que existe em minha obra original. Trata-se de um tema de longa data, mas não consegui até agora formulá-lo em uma narrativa. No entanto, ou talvez por esse motivo, quando escrevi o romance curto que serviu de base para o filme, misturei imagens derivadas desse

PARTE III : DEVEMOS ESTAR IMÓVEIS E CONTUDO MOVER-NOS

tema. Eu me pergunto o porquê de tê-lo feito... E Goro inseriu essas imagens no filme. Além disso, formulou a cena que mais me atrai. Se assim for, pode-se dizer que, ao produzir o filme, Goro talvez estivesse me fazendo uma saudação pessoal. Porém, por mais vezes que assista, não consigo depreender seu sentido.

— Mamãe disse uma vez que, por mais que você pareça estar sofrendo e deprimido, tem um lado despreocupado que usa com destreza para recobrar o ânimo. Você disse agora não compreender o sentido da saudação de tio Goro, mas o seu jeito de deixar as coisas como estão não seria em razão desse seu lado despreocupado?

Antes do jantar, incentivada pela mãe, Maki fora para o quarto, e seu rosto, que estava parecendo com uma pedra, apresentava a tez *corada*. Kogito via Maki, que sempre tratara como criança, agora como uma mulher decidida e resistente.

Depois de respirar fundo, Maki disse o seguinte, lenta e pausadamente.

— Quando soube que tio Goro havia se atirado do terraço de um prédio, me veio à mente a cena do homem passando uma corda ao redor do pescoço e se lançando do alto do pombal. E me perguntei para quem tio Goro teria feito algo assim. Na época, as revistas semanais trataram o suicídio de tio Goro com artigos escandalosos. E você, papai, comprou muitas delas. Não sei se as leu ou não. Eu li as que estavam empilhadas ao lado da cama, na biblioteca. Acreditava que tio Goro havia assumido um ato irremediável cometido por outra pessoa e que, talvez, houvesse alguma citação a ela.

"Não compreendi nada. Depois, me dei conta de que sempre me apavorava por causa de Akari. Lembrei-me de algo que aconteceu muito tempo atrás. Todos os artigos eram redigidos com insinuações de cunho sexual, como se sexo fosse algo secreto e repugnante. O incidente do ataque à menina ocorre próximo à casa de Eeyore e o início do filme mostra a preocupação da irmã mais nova se perguntando se o crime não teria sido cometido pelo irmão.

"Também senti semelhante pavor em certas ocasiões. O que mais me causava medo era uma situação na qual Akari cometesse um delito e você, papai, ao tomar conhecimento, assumisse a culpa pelo ato irremediável dele e se suicidasse."

Chikashi, que pouco antes voltara vestindo um pijama curto, procurou tomar para si o choque que Kogito recebera.

— Essa preocupação, Ma-chan, foi porque você soube que um rapaz com deficiência que conheceu durante as atividades do grupo de bem-estar da universidade era tratado como pervertido. Foi naquela época, não? Justo quando seu pai nos falou de um texto que ele encontrara, em que um respeitado filósofo alertava o filho que ele teria de se suicidar caso o rapaz cometesse um ato de estupro.

— Despreocupado como sou, não pude deixar de falar sobre a impressão que tive naquele dia ao ler o texto — disse Kogito. — O mesmo filósofo escrevera também, um tempo antes, que os problemas sexuais representam um grande fardo na vida, mas era um verdadeiro alívio que desaparecessem na velhice.

(E quando pretendia continuar, calou-se, percebendo que era agora idoso e que estava totalmente *aliviado*!)

— Na época, Ma-chan leu a nova tradução de *Jornada ao Oeste*, lançada pela editora Iwanami Bunko, e falou sobre o fantasma do urso negro que assombrava o monte do Vento Negro, não foi? — perguntou Chikashi. — Porque o Macaco-Rei Sun Wukong não conseguia recuperar o manto roubado do monge

Xuanzang, ele foi pedir ajuda à deusa Kannon. A Bodhisattva devolveu o manto e apaziguou o urso negro, levando-o consigo como criado.

— É isso, o fantasma do urso negro.

— Ma-chan afirmava que seria ótimo se a deusa Kannon pudesse aparecer e levar consigo todos os "fantasmas do urso negro" existentes dentro dos meninos.

— Pensei de forma muito egoísta — confessou Maki. — Por ter uma deficiência, talvez Akari causasse problemas. Ouvindo essa alegação sem fundamento no grupo, acabei me apavorando. Porém, ao contrário, Akari sacrificou essas coisas dentro dele e passou mais rápido pela *idade perigosa* do que alguém sem deficiência e, como mamãe disse uma vez, é triste pensar que a juventude dele transcorreu assim tão depressa. Tive a impressão de não ter entendido bem, mas achei também que Akari protegera a mim e a vocês.

Depois disso, os três permaneceram sentados em silêncio. Maki ponderava sobre o que fora dito, e Kogito acabava às vezes acelerando numa direção séria — ele estava consciente de que esse era outro aspecto de seu caráter despreocupado —, mas Chikashi, apenas por estar presente, pôde dar outro rumo à conversa.

Chikashi, de pijama curto, cabelo preso em um coque, mais magra devido ao resfriado de verão e com ares de uma guerreira indiana da antiguidade, passou o braço sobre os ombros de Maki. Sem maquiagem e sem os óculos bifocais, tinha os olhos estreitados, como se ofuscados pela luz, e seu rosto, bem-delineado, que nos últimos tempos se tornara parecido ao de Goro, era exatamente o de uma guerreira.

4

Kogito trabalhou por cinco dias na biblioteca. Primeiro, desceu as caixas de papelão para o térreo. Ao fazê-lo, não pôde deixar de abri-las e verificar o conteúdo. Acabara vacilando em levar avante a decisão entusiasmada que tomara quando estava no trem-bala. Por fim, sentiu-se satisfeito ao preparar dez caixas de papelão relativamente resistentes com livros a serem enviados a Kita-Karu.

Mas o que faria com seus próprios livros? Exemplares de cortesia recebidos por ocasião de reimpressões e traduções enviadas pelo agente encarregado de seus direitos autorais. As visitas dos jovens editores capazes de ler livros em vários idiomas estrangeiros rarearam e os livros se acumulavam. Kogito amarrou uma quantidade razoável e pediu a Maki para ir jogando fora aos poucos às segundas-feiras, dia de coleta de lixo reciclável. Houve uma época em que serviços braçais como aquele eram o forte de Akari, mas, agora, seus pés haviam enfraquecido e por vezes ele tropeçava indo da porta de entrada da casa até o portão.

Ao retornar para Kita-Karu, sentiu certa nostalgia ao ver a silhueta da Casa Gerontion com o céu azul-claro de tons outonais ao fundo, apesar da estranheza provocada pelos andaimes. Diante da varanda, havia uma profusão de patrinias brancas. Kogito desceu do táxi no momento em que o caminhão do serviço de entregas expressas deixava a propriedade. Eram as caixas de livros que ele enviara de Seijo na véspera. Takeshi e Take-chan as carregavam sem dificuldade até a cabana dos fundos, atravessando com cuidado pelas flores de patrinia, colocando-as ao abrigo do

PARTE III : DEVEMOS ESTAR IMÓVEIS E CONTUDO MOVER-NOS

vento e da chuva. Enquanto Kogito observava a ação dos dois, Shigeru chegou vindo da Casa do Velho Louco.

Kogito abriu a mala de viagem e dispôs na varanda alguns queijos, presunto e três garrafas de vinho que Chikashi lhe dera. Shigeru verificou o rótulo dos vinhos e disse que eram de primeira qualidade dentre os produzidos em Napa Valley. Havia entusiasmo em todo o seu comportamento, e a expressão de seu rosto estava repleta de vigor.

— Pelo visto, o resultado do exame médico foi satisfatório? — perguntou Kogito.

— Sim, mas não só isso — respondeu Shigeru num tom de voz vigoroso. — Estou totalmente concentrado em um novo programa. Até agora, você desconfiava se seria realizado de fato, ou seja, você parecia me acompanhar nesse *delírio de velho*, só que agora é um programa muito mais real.

"Como o estou planejando com foco em Takeshi e Take-chan, surgiu uma direção diferente da tomada até o momento. Intensifiquei as conversas com eles. Eu os observo bem, firme em meu propósito de entendê-los. E se não se mostrarem ser os jovens que eu imaginava, basta dar um empurrão em suas costas para afastá-los de mim. Decidi pagar a eles o mesmo salário que recebiam quando trabalhavam em Karuizawa. Estou reforçando o plano para trabalharmos juntos.

"Bem, há algo que quero lhe pedir. Você não poderia ministrar algumas aulas a Takeshi e Take-chan? Estou ensinando a eles os fundamentos da arquitetura na Casa do Velho Louco. Takeshi, em particular, tem uma boa percepção de projetos arquitetônicos. Como eu já disse antes, ele interpreta corretamente os detalhes dos desenhos."

— Não conheço nada de arquitetura!

— O curso que desejo que você lecione é sobre o *Romance de Robinson*. Quero que você ensine a eles o seu significado. Se pudermos nos aproximar dos dois personagens do *Romance de Robinson*, redefiniremos o significado de nosso relacionamento. E decidi fazer você escrever como *Romance de Robinson* todos os detalhes de minha *grande empreitada* concomitante ao seu desenrolar. Vladimir e Shinshin serão personagens secundários do romance.

"E agora os papéis de Vladimir e Shinshin estarão a cargo de Takeshi e Take-chan. Assim, desejo que você ensine a eles do que o *Romance de Robinson* se trata. Eu os fiz ler a tradução de *Viagem ao fim da noite* que você deixou aqui. Mas tenho a impressão de que eles não conseguem compreender Céline. Tem também o fato de eles terem muito para estudar neste momento. Dessa forma, Kogi, não seria o caminho mais rápido se você lhes ministrasse um curso sobre o *Romance de Robinson*?"

Após carregarem as caixas de livros, Takeshi e Take-chan organizaram o depósito de lenha da cabana enquanto Shigeru e Kogito conversavam sentados no balaústre da varanda. Eles agora descansavam de ombros colados um ao outro como dois bons irmãos.

— Sendo assim, vou fazer, não estou ocupado — concordou Kogito. — E tem a questão do estilo da tradução ter envelhecido mais rápido do que o do original, o que causa dificuldades para os jovens de hoje lerem Céline. Mas Takeshi e Take-chan leem bastante Doistoiévski. Que acha de eu explicar o *Romance de Robinson* por meio de *O idiota*? Porque na Casa Gerontion há *O idiota* incluído na versão das obras completas. Você poderia lhes pedir para prepararem a leitura do livro hoje à noite. Não há necessidade de o ler por completo.

PARTE III : DEVEMOS ESTAR IMÓVEIS E CONTUDO MOVER-NOS

Shigeru chamou Takeshi e Take-chan com um gesto. Os dois se levantaram de pronto e caminharam em sua direção. Estavam animados de receber os ensinamentos do velho arquiteto. Ambos haviam raspado o cabelo bem curto ao redor da cabeça, deixando apenas a parte central comprida e subindo em direção ao topo. Kogito percebeu nesse corte a expressão de um sentimento de liberdade por terem sido alforriados do papel de garçons no restaurante francês.

5

Kogito deu o pontapé inicial no curso para Takeshi e Take-chan contando como Shigeru trouxera a ideia do *Romance de Robinson* tão logo chegara a Kita-Karu e citando com firmeza as palavras que se lembrava bem de outrora haver pronunciado: *Nada de interessante aconteceu em minha vida, à exceção de uma circunstância bizarra em meu nascimento. E Shige já estava relacionado a ela. Depois disso, Shige apareceu em diversas situações em minha vida e, seja como for, me arrastou para acontecimentos dolorosos, mas igualmente interessantes. E isso também deve continuar doravante. Interligando essas experiências, a minha vida e a de Shige emergirão entrelaçadas, devendo formar esse romance...*

Takeshi respondeu de imediato.

— O senhor Shigeru nos falou sobre essa *circunstância* do nascimento do senhor. Foi uma *circunstância* do próprio nascimento do senhor Shigeru. A mãe dele desposou um homem designado para trabalhar na filial de Xangai de uma empresa comercial. Ela logo engravidou, mas, por estar apreensiva, chamou a mãe do senhor, amiga de infância, para ficar com ela. Sofreu, porém, um aborto. Ela não teve coragem de informar isso aos sogros. Daí, não pôde mais engravidar. Por isso, pediu à sua mãe que fosse, como se diz, sua barriga de aluguel. O senhor Shigeru nasceu dessa forma, conforme ele nos revelou. E disse também que foi esse o motivo de seu pai ir buscar sua mãe, há um ano sem retornar.

Kogito ficou atônito!

— Não foi o que Shigeru afirmou — logo prosseguiu Takeshi. — Ele disse acreditar que as coisas ocorreram dessa forma, e também que o pai não lhe revelou tudo! No momento da derrota na guerra, a mãe o abandonou. Ao retornar ao Japão, foi sua mãe, senhor Choko, quem tomou conta dele. Ele disse que, por isso, começou a acreditar no que aconteceu!

Ainda abalado, Kogito disse:

— É bem peculiar a Shige proferir essas fantasias de um jeito imperturbável. Os eventos *dolorosos mas interessantes* que Shige trouxe para minha vida começam, sem exceção, por invencionices como essa. Na época do plano para a Casa Gerontion, o encarregado da construtora também me confidenciou que o arquiteto se apresentara como meu meio-irmão. Mas vamos deixar de lado esse hábito bem próprio de Shige e começar nossa aula.

Os três se instalaram ao redor da mesa da sala de jantar sobre a qual Kogito dispusera as traduções de Céline e Dostoiévski. Ele usara a máquina de fax para copiar textos das obras que sublinhara várias vezes em vermelho e os dispusera à frente de Takeshi e Take-chan.

PARTE III : DEVEMOS ESTAR IMÓVEIS E CONTUDO MOVER-NOS

— A razão do título *Romance de Robinson* está ligada ao misterioso personagem secundário com esse nome que aparece traçando planos para fugir do campo de batalha à noite, como vocês devem ter visto logo no início de *Viagem ao fim da noite* que Shige deve ter aconselhado vocês a conhecerem. Esse homem bizarro entra na vida letárgica de um escritor e o arrasta para estranhos eventos. O escritor, que vivera uma longa vida como romancista, escreve sobre um deles em sua inteireza. E, em vez de pôr o foco sobre si, prefere colocá-lo sobre esse homem, escrevendo todo o episódio no estilo narrativo. Esse é o *Romance de Robinson*. O homem que entra na vida do escritor é Robinson.

"Em outras palavras, Shige deixou San Diego e veio para o Japão para arrastar um velho escritor, neste caso eu, para uma estranha aventura. Shige também lhes contou a ideia inicial. Ele se propôs a ajudar na convalescença do velho escritor iniciando sua vida na *base operacional* de Kita-Karu e fazendo de Vladimir e Shinshin seus empregados. O projeto avançou nesse formato.

"Na sequência, eu deveria escrever sobre a grande empreitada de Shige simultaneamente à sua execução pela equipe de 'Genebra'. Shige preparou um grande papel para mim, participante do projeto, o qual até então eu não desempenhara."

— Por que o senhor aceitou esse papel? — perguntou Takeshi. — Neio comentou que achava que o senhor não teve escolha a não ser aceitá-lo.

— Pelo único motivo de ser nosso *Romance de Robinson* meu e de Shige! — respondeu Kogito.

Nesse ponto, Takeshi e Take-chan retomaram a postura para assistir à aula sobre o *Romance de Robinson*.

— No entanto, a ideia de Shige foi rejeitada na reunião do comando da organização, na qual Vladimir atuou como agente de contato. Não significa que até as inovações que prestavam suporte às ideias de Shige tenham sido de todo negadas. O projeto foi apenas julgado prematuro.

"Nesse ponto, Vladimir retornou à sua ideia original. Ele continua apegado à 'Problemática Mishima'. O plano era reacender a chama que ainda deveria estar viva e provocar um golpe de Estado neste país. Porém, quando Shige conversou com os antigos oficiais das Forças de Autodefesa, essa ideia parece ter se mostrado inviável. E, pelo visto, mesmo Vladimir foi aos poucos entendendo isso. Segundo Shinshin, Vladimir teria até consultado o comando da organização sobre a retirada da *base operacional* do Japão.

"Shige, porém, teve uma nova ideia. Mesmo ainda ignorando a completude, vocês têm conhecimento de sua essência. Ele propôs um novo *Romance de Robinson* com vocês dois como executantes. Pediu para começar a fazer anotações de imediato. Aceitei a tarefa. E vocês devem ter entendido isso, uma vez que estou conversando com vocês.

"No entanto, desconheço o que pretendem fazer com Shige, então lhes falarei apenas sobre o princípio fundamental do *Romance de Robinson*. Shige me pediu para, agindo assim, fazer vocês compreenderem o que ele e eu queremos realizar até o momento. Portanto, decidi falar sobre os romances de Dostoiévski que vocês conhecem, em particular *O idiota*, tomando-os como modelo do *Romance de Robinson*.

"Bem, acredito que, dentre os personagens de *O idiota*, foi atribuído a Rogójin o papel de Robinson. No romance de Céline, Robinson aparece em meio à neblina em uma noite no campo de batalha. No romance de Dostoiévski, a descrição de Rogójin no trem Petersburgo-Varsóvia, quando se aproxima da capital, não exerce particular fascínio sobre você, Take-chan?

"Ele irrompe no sarau em comemoração ao aniversário de Nastácia carregando cem mil rublos, que ela lança na lareira pretendendo que o ambicioso rapaz os retire dali. Rogójin, que observa a cena, está em posição de igualdade com o príncipe Michkin na luta por Nastácia. Ela escolhe Rogójin. 'Rogójin, marcha! Adeus, príncipe, pela primeira vez eu vi um homem!'[2]

"Depois, Rogójin continua a ser um joguete nas mãos de Nastácia. Chega ao ponto de desejar assassiná-la. Além disso, o príncipe pede que eles sejam amigos e, apesar de recusar uma vez, não pôde deixar de lhe dizer: 'Levantou os braços, abraçou o príncipe com força e pronunciou sufocado: — Então fica com ela, se assim for o destino! É tua! Eu a cedo!... Lembra-te de Rogójin.'

"A desavença se aprofunda. Por fim, o príncipe Michkin também acaba envolvido. Então, surge a catástrofe. Nastácia é assassinada. O príncipe passa a noite deitado ao lado do assassino Rogójin no mesmo quarto.

> *Enquanto isso, havia clareado por completo; por fim ele se deitou no almofadão, como que já totalmente sem forças e em desespero, encostou seu rosto ao rosto pálido de Rogójin, todavia a essa altura talvez não sentisse mais as suas próprias lágrimas e já nada soubesse a respeito delas."*

---

2. Fiódor Dostoiévski, *O idiota*, trad. Paulo Bezerra, São Paulo: Editora 34, 2005. (Assim como todas as demais citações de *O idiota*.)

Take-chan, aparentando transbordar de alegria, desafiou Kogito.

— O senhor Shigeru nos disse que, se o senhor pretendesse encerrar a conversa sobre *O idiota* fazendo essa citação, deveríamos atentar à expressão em seu rosto! Ele comentou ser ridículo o fato de o senhor se identificar com o príncipe Michkin. E que se ele tivesse machucado um colega de trabalho em uma fazenda, não chegaria ao ponto de assassiná-lo.

— Isso não passa de uma brincadeira do senhor Shigeru! — Takeshi repreendeu Take-chan (o próprio Kogito já percebera que esse era o papel de Takeshi no relacionamento entre ele e o amigo). — O senhor Shigeru disse para ouvirmos sobre o *Romance de Robinson* como o relato da existência de um relacionamento de longa data entre duas pessoas que, mesmo cientes das dificuldades, decidem fazer algo juntos.

— Acho que para Shige deve ser algo nessa linha! — disse Kogito. — Vocês estão preocupados se podem deixar sem vigilância alguém como eu, um homem cuja maneira de pensar não é necessariamente igual à de Shige e que está próximo do plano que vocês pretendem realizar. Vladimir e Shinshin também me mantiveram em *confinamento*.

"Ele deve ter decidido que vocês tinham de ouvir de mim a história sobre o *Romance de Robinson* alinhada ao que você acabou de resumir. Porém, eu me sinto ofendido caso Shige imagine que me identifico com o príncipe Michkin, e peço a vocês que digam a ele que citei um outro *idiota*, a partir dos 'Cadernos de Anotações' da obra.

"Trata-se de um homem odiado pela mãe, por ela chamado de *idiota*, que viola brutalmente uma moça chamada Mignon, preciosa amiga da família. Ele chega a incendiar a casa… É um *idiota* ao extremo oposto do príncipe Michkin. E não vou negar que durante toda a minha vida tenha pensado sobre pessoas como ele.

"Quando Akari, que vocês dois conheceram em Seijo, chegou a determinada idade, meu professor Musumi recomendou tratar com atenção a libido de meu filho. Foi a única vez na vida que me irritei com ele. Porém, ao que parece, não foi apenas o professor Musumi a demonstrar preocupação.

"Goro Hanawa também tratou da questão em seu filme, que tinha Akari como modelo. E introduziu na película a história do homem que assume o crime sexual de um adolescente, de quem teria idade para ser pai, e se suicida. Além disso, eu escrevi essa história em um romance, de forma toda ambígua, distinguindo-a de Akari. Goro, como é de seu feitio, acabou *percebendo*.

"Dia desses, ao retornar a Tóquio, assisti por acaso a esse filme em DVD. Maki, que tem relação consanguínea com Goro, me confessou que essa história a apavorava. A conversa começou a partir daí, ela revelando seu temor quando criança de que Akari cometesse um delito de cunho sexual e que eu, seu pai, me suicidasse. Sua apreensão pelo irmão fora, no entanto, infundada.

"Pus-me a refletir. Minha família e meus amigos de fato acham que sou do tipo que me suicidaria sentindo-me responsável por um episódio dessa natureza caso tivesse mesmo ocorrido? Sendo assim, todos sem dúvida me veem, por ser escritor, como alguém com responsabilidade social.

"Mas também sou Kogito Choko, e mesmo que esse evento ocorresse, seria mais provável, na verdade, eu escrever uma obra em defesa de Akari. E, claro, lutaria contra tudo, o senso comum da sociedade ou seja lá o que for. Essa é a minha atitude como escritor."

— Quando lhe perguntei o motivo de ter decidido participar da *grande empreitada* do senhor Shigeru, sua resposta foi "Porque é o *Romance de Robinson*". Desta vez também, pelo andar da carruagem, o senhor seria envolvido em um escândalo — afirmou Takeshi.

Antes mesmo que Kogito replicasse, Take-chan interveio.

— O senhor Shigeru afirmou estar convicto de que, se as coisas chegassem a esse ponto, o senhor Choko não *se esquivaria* de nós. Porque, na sua idade e tendo passado por um grave ferimento, o senhor é hoje diferente da pessoa com quem ele por muito tempo se relacionou. Também disse que se trata de algo que sempre existiu no senhor.

— Talvez Shige tenha me pedido para ministrar as aulas sobre o *Romance de Robinson* com o intuito de vocês me dizerem isso. Ou seja, o que fiz hoje deve ser enquadrado como aprendizado do *Unbuild* de Shige, embora eu não tenha a função de professor visitante. No sistema universitário americano, fui um estudante *audit*, ou seja, ouvinte, a quem é permitido assistir às aulas, recebendo o aprendizado, e até participar em discussões, mas sem obter créditos e sem obrigação de fazer exposição de temas atribuídos."

Take-chan demonstrava uma ingênua excitação, como se tivesse marcado um gol, enquanto Takeshi, ao contrário, parecia imerso em reflexões. Mesmo assim, o rosto juvenil de ambos estava rubro, com os cabelos negros voltados para o centro da cabeça raspada, levantados feito uma crista de chamas.

Capítulo 12

A superioridade da *atitude incomum*

1

Shigeru chegou à tardinha acompanhado de Shinshin para convidar Kogito para um passeio.

— Takeshi e Take-chan me contaram que além de lhes falar sobre o *Romance de Robinson* você reconheceu que aprendeu sobre *Unbuild*? — disse Shigeru. — Shinshin parecia saber também.

A conversa que Kogito mantivera com os dois jovens começou pela manhã e terminou ao meio-dia, assim como acontecia quando lia Eliot com Shinshin. Os dois rapazes almoçaram em companhia de Kogito, que não tomara o desjejum, e, em seguida, partiram apressados para o local de trabalho de Shigeru na casa do Velho Louco. Shigeru certamente já tinha ouvido com especial atenção o relatório feito por eles.

Nesse dia, viam-se muitos residentes dirigindo-se para um terreno afastado do centro urbano onde haveria uma queima de fogos promovida pelos comerciantes de Kita-Karu. Kogito conduzira Shigeru e Shinshin na direção oposta, para um caminho que ia desembocar na margem de uma elevação de onde se avistava o vale do rio Kuma. Dentre as pessoas que cruzavam com eles por esse caminho de superfície convexa e sem asfalto, algumas eram conhecidas de vista de Kogito da conferência-concerto que foi realizada quando Akari recebeu um prêmio estrangeiro e lançou um CD. No entanto, nenhuma delas cumprimentou Kogito. Sem dúvida, o estranho objeto formado pelo andaime e o vaivém de trabalhadores devem ter desagradado a eles. Se não bastasse, Kogito estava acompanhado de Shigeru, um velho com jeito de nissei, e de Shinshin, autointitulada sino-americana.

Quando o tráfego de residentes escasseou, Shigeru, que até então caminhara calado, sentiu que havia clima para retomar o curso da conversa.

— Eu me diverti ao ouvir o que Takeshi e Take-chan contaram, mas Shinshin resmungou questionando se não haveria problema em deixar você sem vigilância. Por isso, eu a trouxe comigo, para que ela possa conversar com você sobre as aflições dela. Acredito que ela queira confirmar sua visão da sociedade atual e sua posição política, Kogi.

— Ao menos, não há neste momento visão social ou opinião política que eu deseje ocultar de vocês — foi tudo o que Kogito conseguiu dizer.

— Sempre pensei que seria bom se o senhor me respondesse com sinceridade — passou Shinshin de imediato para as perguntas. — Seu *Livro de Hiroshima* foi lançado há cerca de quarenta anos, correto? Desde então, foram muitos ensaios e participações em conferências internacionais defendendo o mesmo ponto de vista. O senhor é contrário à continuidade da manutenção de armamentos nucleares pelas grandes potências, correto? O senhor se opôs ao arsenal nuclear chinês e à retomada dos testes nucleares franceses. O senhor acredita que países

PARTE III : DEVEMOS ESTAR IMÓVEIS E CONTUDO MOVER-NOS

detentores de arsenal atômico implementem espontaneamente um programa de abolição de seus armamentos?

— O alerta dos cientistas ao "inverno nuclear" influenciou os dois grupos sob a guerra fria e houve a derrocada da União Soviética. Na época, eu tinha esperanças reais.

— Mas foram esperanças vãs.

— Exato.

— O senhor tem esperança de que ocorrerá a abolição dos armamentos nucleares mundiais enquanto ainda for vivo? Mesmo sem essa expectativa, pode afirmar que continuará a argumentar contra os arsenais nucleares? É claro que o senhor tem toda a liberdade.

"Segundo Vladimir, o senhor costuma citar a frase de um francês das antigas extraída de um livro do professor Musumi: '*O homem é perecível. Que seja, mas pereceremos resistindo.*'[1] Essa também é sua liberdade.

"Disse a Vladimir que o senhor não é do tipo de 'resistir', ao contrário, é mais como o de Eliot, que *fica tranquilo, e espera sem esperança*. Vladimir concorda com o senhor Shigeru ao afirmar que é porque o senhor está agora em processo de convalescença de uma severa enfermidade.

"Eu, porém, creio que aquilo que o senhor espera sem esperança e sem resistência não seria a própria morte? E é algo natural para alguém de idade. Alguém como o senhor Shigeru, sempre animado e disposto a empreender coisas novas, é uma exceção à regra. Acredito que o senhor não se imagine realmente

---

1. Albert Camus, *Lettres à un ami allemand*, Paris: Folio, 1991. "*L'Homme est périssable. Il se peut; mais périssons en résistant, et si le néant nous est réservé, ne faisons pas que ce soit une justice!*"

vivo daqui a uma dezena de anos. Crê que nesses dez anos as armas nucleares serão abolidas?"

— Não acredito.

— No entanto, nesse período de dez anos, o senhor imagina que o movimento pela abolição continuará firme no cenário político internacional?

— Eu esperava que esse movimento ocorresse alguns anos após o término da guerra fria. Mas, hoje, abandonei essa ideia. Atualmente, nenhuma grande potência, incluindo a Rússia pós-União Soviética, considera abolir as armas nucleares.

— Ao lermos Eliot juntos, deduzi que o senhor não é católico.

— Não sou um homem de fé.

— Então, significa que tampouco nutre esperanças pelo pós-morte?

— Embora não professem a fé cristã, há pessoas que nutrem esperanças pelo desenvolvimento da sociedade após sua morte. No que diz respeito a mim, parei de pensar no que acontecerá depois de minha partida, se o mundo perecerá ou se as armas nucleares serão abolidas. Dizem que minha filha, que permaneceu comigo no quarto de hospital, contou à mãe que eu choramingava enquanto sonhava. Lembro-me apenas de um desses sonhos. Por algum motivo, na manhã do dia em que eu sabia que iria morrer, li o jornal de cabo a rabo e choraminguei ao me resignar pela ausência da abolição nuclear. Foi esse o sonho. Além disso, ao choramingar, eu sabia que, assim como o sofrimento carnal diante da morte, a sensação de desespero devido ao sofrimento psicológico se extinguiria em questão de horas com meu óbito. Eu chorava imbuído de uma sensação de alívio.

2

Outra família de residentes se aproximava. Calados, Kogito e Shinshin deixaram passar as crianças, que os olhavam com intensa curiosidade.

— Kogi, o que Shinshin confirmou agora com você foi o seguinte — retomou Shigeru a conversa. — Como ser humano, você basicamente tem aspirado se posicionar a favor da não violência. E sabe que a tendência mundial não é em direção à redução do arsenal nuclear, ou seja, não visa à abolição do maior dispositivo de destruição da atualidade. E enquanto se encaminha para a morte sem qualquer perspectiva em relação à abolição das armas nucleares (não chegaria a afirmar que espera com impaciência pela morte!), você se resigna, e é isso que Shinshin pretendia confirmar.

"Ao ouvir você falar, também algo aflora à mente. Você não tem esperanças em relação à abolição de dispositivos de destruição do mundo atual, na realidade dos monopolizados pelos Estados Unidos. Sendo assim, não vejo nada de mau em lhe revelar meu plano apesar de Vladimir e Shinshin aconselharem a manter cautela ao falar em aberto sobre ele!

"Takeshi e Take-chan pensam em fabricar eles próprios uma unidade de dispositivo de destruição com o intuito de fazer face a um outro ainda maior. O que importa é essa unidade. Pelo simples fato de ser única. Seria um protótipo capaz de ser multiplicado *ad infinitum*. E ele próprio mostraria a forma de multiplicá-lo.

"O dispositivo de destruição que eles têm, no âmbito do plano da grande empreitada que apresentei a 'Genebra' por intermédio de Vladimir, constitui a aplicação do modelo básico geral que preparei. Sua rejeição significa a inexistência, no momento, de meios para agigantar o modelo básico. E é somente isso.

"Portanto, ao contrário, modifiquei o modelo básico para que, mesmo em tamanho reduzido, possa ser aplicado de diversas formas. É preciso criar muitos desenhos do método *Unbuild*. Já comecei a prepará-los. Depois de ver as perspectivas da grande empreitada adiadas, voltei ao trabalho manual, que, servindo-me de suas palavras, Kogi, é *um hábito de vida* que cultivo há muitos anos. Estou elaborando sem parar croquis e desenhos a lápis de cor. Foi o que deixou Takeshi e Take-chan deslumbrados antes de tudo!

"Quando viram um desses desenhos, como você também viu, pediram para lhes ensinar de que forma são usados, ou seja, a interpretá-los. Já falei sobre isso com você, não? Expliquei a eles como se estivesse dando aulas a *undergraduates* do Departamento de Arquitetura. Foi assim que descobri que eles são alunos excepcionais. Sei que pode soar meio sentimentaloide, mas Takeshi e Take-chan são, sem dúvida, meus últimos alunos e os melhores. Sem contar o fato de serem empreendedores.

"Em suma, os croquis e desenhos de *Unbuild* são assim. Se dois ou mais alunos de arquitetura se reunirem e os interpretarem bem, conseguindo obter as quantidades de explosivos indicadas no projeto, podem mandar pelos ares o andar inteiro de um prédio. Em princípio, é o mesmo projeto que apresentei a 'Genebra' e foi rejeitado, só que em escala reduzida. Pequeno, mas eficaz. Pode ser implementado por poucas pessoas. Primeiro, alugamos uma ou duas salas em um prédio. Examinamos a planta baixa de todo o edifício, escolhendo as salas mais vulneráveis. A questão é como e onde instalar.

PARTE III : DEVEMOS ESTAR IMÓVEIS E CONTUDO MOVER-NOS

"Elaboramos um manual operacional que engloba os desenhos relacionados, a forma de fabricar o detonador manualmente e o passo a passo de instalação, entre outros. Como vamos produzir vários com base na mais ampla diversidade possível de exemplos concretos, ao reunir todos teremos, provavelmente, um grande livro com técnicas arquitetônicas do *Unbuild*. Porém, de início, publicaremos em fascículos, cada qual com um exemplo. Ao falar sobre isso, Takeshi perguntou se não seria possível criar um site na internet com o desenvolvimento da ideia."

— Porém, desde o 11 de Setembro, será que esse tipo de manual, com princípios e técnicas, é aceito e pode ser publicado na internet com livre acesso? — não se conteve Kogito em intervir.

— De fato — admitiu Shigeru. — Sabemos que a internet pode ser acessada de todos os cantos do mundo e que contém coisas bastante perigosas. Um exemplo é a pornografia infantil. Um site com o "Manual do *Unbuild*" decerto seria ainda mais vigiado. Por outro lado, o fascínio da internet reside justamente aí. Takeshi afirma que vai traçar planos até encontrar alguma maneira!

"Nesse ponto, Take-chan começou a sugerir que, se fosse impossível criar o site com o 'Manual do *Unbuild*' pelo método de ataque frontal, a solução seria adotar a tática de guerrilha. É possível enviar de forma mais discreta cada um dos fascículos concluídos. O plano de Takeshi inclui procurar uma maneira eficaz de enviá-los como comentários nos quadros de avisos eletrônicos dos sites.

"Porém, deixando de lado o método de inserção na internet, Takeshi e Take-chan — que está animado com a ideia — desejam realizar uma primeira explosão experimental e relatá-la em detalhes por vídeo. Disseram que vão postar na internet, como numa operação de guerrilha. Se conjugarmos ambos, teremos mesmo o manual. São ideias bem típicas dos dois. Eles começaram a pensar nisso e então decidiram que será a primeira unidade do dispositivo de destruição a ser operado!"

Kogito não sabia como reagir. Shigeru, porém, prosseguiu precipitadamente a conversa:

— Desse momento em diante, é seu trabalho escrever o *Romance de Robinson* coletando informações também em relação ao plano de Takeshi e Take-chan, usando essas ideias como ponto de partida. Foi muito bom estabelecer um relacionamento entre vocês de modo que possam conversar desde já.

Por trás deles, ouviu-se bem no alto o barulho de fogos de artifício. Com o céu ainda claro, era impossível distinguir de onde estariam sendo lançados, mesmo após ouvir o som. O céu azul crepuscular se estendia, pacífico.

— Isso é tudo. O que acha, Kogi? — perguntou Shigeru erguendo os olhos para o céu.

— Um novo desenrolar para o *Romance de Robinson*?

— Certamente é, mas antes de tudo, está relacionado ao plano dos dois rapazes — disse Shigeru demonstrando irritação.

Sem responder, Kogito se dirigiu a Shinshin.

— Se descermos mais um pouco por aqui, chegaremos à extremidade leste do penhasco da Vila Universitária, e, para o norte, há um local onde a visão se abre para oeste. Quando escurecer e os fogos começarem a estourar com toda a força, vamos admirá-los desse local. A impressão dos fogos de artifício chineses deve ser totalmente diferente da dos japoneses.

Shinshin foi pelo caminho proposto por Kogito e se dirigiu a Shigeru.

— Acho que o senhor Choko foi sincero quando afirmou que não acredita que a abolição dos armamentos nucleares se concretizará enquanto ele for vivo. Os Estados Unidos e a China começaram a entabular conversas sobre o assunto, mas será que há americanos realmente acreditando em resultados no prazo de uma década? O mesmo vale para os chineses!

"O senhor, como cidadão americano, e eu, como cidadã chinesa, pensamos dessa forma, mas o senhor Choko está analisando isso como japonês. O sentimento de impotência não seria mais profundo justamente por ele ser nipônico? É como penso. O senhor afirmou que não se tratou de esperança, mas falta de esperança que levou o senhor Choko a escrever o *Livro de Hiroshima* e, por esse motivo, voltou a reconhecer que ele é um elemento complementar a si próprio. Hoje, creio que entendo isso." Kogito sussurrou uma lembrança para Shigeru: "Fredric Jameson, da Universidade de Yale, chama isso de *pseudo-couple*, citando um conceito de Beckett. Seríamos uma *estranha dupla*?"

"Se digo isso agora é porque, na realidade, hesitava se deveríamos contar de imediato ao senhor Choko sobre o novo projeto. O senhor disse que para o *Romance de Robinson* seria absolutamente necessário. Pensei também que se contássemos ao senhor Choko sobre o novo plano, centrado em Takeshi e Take-chan, recairiam suspeitas sobre mim e Vladimir, assim como aconteceu em relação à filmagem do vídeo. No entanto, ao ouvir o senhor contar o plano em detalhes ao senhor Choko, me dei conta de que não haveria problema e que é também importante para ele."

— Shinshin, sem dúvida eu e Kogi formamos um *pseudo--couple* nos moldes de Robinson e Bardamu e, embora sejamos em quase tudo diferentes um do outro, sob alguns aspectos até que somos unha e carne. Agora, tenho a ilusão de que pequenas unidades ao estilo das de Takeshi e Take-chan talvez se disseminem por todo o mundo. Ou seja, acredito que é o único caminho. Estou resignado de que, nos anos restantes até minha morte, os Estados Unidos não mudarão.

"O velho Kogi não hesitará em pôr em prática *delírios desesperados* por estar convencido de que a situação nuclear atual em escala global não terá solução até sua morte. A decisão de Takeshi e Take-chan não será reprimida por isso, em meu entender. E você, em que medida difere deles?"

Ouviu-se o espocar de fogos de artifício e os três ergueram o olhar para o céu logo à frente, mas mais uma vez nada viram. Kogito olhou de soslaio para a expressão *estupefata* no rosto de Shinshin. Achou um pouco cômico. Era como se as perguntas fortes de Shigeru tivessem gerado em algum lugar uma defasagem que, à semelhança do estampido dos fogos, não se identificava de onde teria surgido.

— Bem, talvez essa pergunta possa ser feita também a você, Shige! — insistiu Kogito voltando-se para os dois. — Em que medida você difere deles?

Shigeru não retrucou. Shinshin também se calou. Kogito explicou a ela sobre o local em que estavam. A casa de Kogito ficava em uma área no extremo da Vila Universitária, em um novo loteamento. Descendo a partir dali, chegava-se a uma via sem saída em um planalto de frente para um profundo vale. A larga rua que cruzava o planalto de norte a sul era a principal da Vila Universitária, ladeada por residências de veraneio com terrenos espaçosos, com cujos residentes Kogito e Chikashi não mantinham contato. Shinshin fixou o olhar em uma casa moderna situada em um leve declive, e Kogito explicou se tratar da casa de veraneio de

PARTE III : DEVEMOS ESTAR IMÓVEIS E CONTUDO MOVER-NOS

um poeta da mesma geração dele. Ela ficou interessada, pois era alguém bastante conhecido também na China.

O estreito caminho costurando a orla do planalto tornava-se um aclive em direção ao norte. À margem do vale, vislumbrava-se uma casa maravilhosa de fins da década de 1920, causando vívida impressão. Em frente à casa, uma enorme magnólia vicejava altaneira. Shinshin recolheu uma folha caída realmente grande. Kogito se deu conta de que pela primeira vez desde que a conhecera a via se comportar como uma moça.

— A dona, uma escritora anciã, comentou com meu editor que da biblioteca, nos fundos daquela casa, costumava me ver junto com Akari, os dois *acocorados* no gramado à margem do curso de água. Naquele local profundo, eu pescava uma truta todo dia para Akari comer enquanto ele ouvia programas de música clássica na rádio FM. Vistos do alto, daríamos talvez a impressão de um jovem pai melancólico e seu filho.

— O crítico Uto, em um desses simpósios típicos deste país, contou que após a morte do professor Musumi você visitava a casa dessa anciã e estava fascinado por essa família burguesa.

— Jamais faço visitas pessoais a escritores ou poetas, sejam da minha geração ou mais velhos do que eu — declarou Kogito. — Nunca pus os pés naquela casa e, mesmo na residência dela em Tóquio, fui uma única vez acompanhando um jornalista com uma ideia para a edição especial de Ano-Novo. Uto continua a ter o pensamento burguês de antes da guerra e nisso em nada difere de Mishima.

— Mesmo no vale da floresta de Shikoku não haveria algum tipo de consciência de classe?

— Com certeza. Por isso, a casa de sua mãe, construída sobre uma murada de pedras, era de classe alta, enquanto a de minha mãe era apenas mais uma entre várias residências reunidas densamente à margem do rio.

Shinshin decidiu perscrutar Shigeru. Ela sem dúvida ouvira a estranha anedota que ele contara a Takeshi e Take-chan sobre seu próprio nascimento. Kogito também olhava para Shigeru, que contemplava a correnteza cintilante do rio através das árvores frondosas do lado esquerdo abaixo do caminho.

Descendo mais à frente e entrando à esquerda na bifurcação, chegaram a um descampado reforçado com grades de metal devido a deslizamentos de terra. Era dali que Kogito imaginava ver os fogos. Entretanto, os raios do sol vespertino ainda brilhavam e, mesmo com o som ecoando, não havia sinal de fogos no espaço que se descortinava diante deles.

— Kogi, você pretende esperar aqui até anoitecer para assistir aos fogos? — inquiriu Shigeru.

Kogito percebeu o mau humor no tom de voz e no jeito de Shigeru. O agastamento estava bem dissimulado na forma como conversara até o momento.

— Está falando sério? As açucenas amarelas começaram a florir por aqui, mas ainda é dia. Esses estrondos não seriam o anúncio de que à noite haverá apresentação de fogos de artifício? Se esperarmos aqui para ver os fogos noturnos, como Shinshin voltará pelo caminho da montanha, na escuridão, com aqueles sapatos?

"Kogi, mesmo na sua idade, você continua um *misfit*. Quando cheguei de Xangai para viver na sua floresta, as desavenças entre nós não se deveram apenas ao meu comportamento perverso. Tinha a ver também com o fato de eu não poder suportar seu jeito *misfit*. Não teria sido esse também o motivo de Uto e Mishima se aborrecerem com você? Recuso-me terminantemente

PARTE III : DEVEMOS ESTAR IMÓVEIS E CONTUDO MOVER-NOS

a esperar neste local um tempão para ver os fogos e ser obrigado a voltar tateando às cegas em meio à completa escuridão!"

Shinshin se surpreendeu com o acesso de cólera de Shigeru. Ele olhava em outra direção, e via-se um avermelhado em sua nuca. Sozinho, ele começou a voltar.

Kogito ofereceu o braço a Shinshin, que calçava sapatos de couro com salto não muito alto, e os dois regressaram pelo caminho arenoso, muito difícil de subir. Shigeru caminhava à frente balançando os ombros largos. Parecia um machão nissei, mas havia algo no seu trejeito que lembrava o andar de quando era menino.

— O que houve com o senhor Shigeru? — perguntou Shinshin com uma voz contida.

— Sem dúvida, zangou-se por eu não ter me animado com a nova ideia na qual está envolvido com fervor e por ter de prosseguir por um caminho tão difícil de caminhar. E, sobretudo, deve ter se ressentido por eu ter perguntado em que medida ele difere dos outros.

— Ele já havia se irritado uma vez hoje. Ao conversar com Neio, começou a falar alto. Ele deve estar melindrado também por causa disso. Tanto eu quanto Vladimir estamos entusiasmados com o novo plano. Deve ser de uma dimensão tal que viabilize sua realização a partir apenas de nossa *base operacional*. Além disso, se for exitoso em Tóquio, será possível disseminá-lo em todo o mundo.

"Entretanto, Neio é contra. O senhor Shigeru, Vladimir e eu ainda estamos em fase de estudos, mas ela percebeu que Takeshi e Take-chan seriam os principais executantes do plano. Ela começou a se opor quando os viu excitados com os desenhos do senhor Shigeru que levaram para a Casa Gerontion.

Vladimir e eu estamos apreensivos quanto ao posicionamento dela. Preocupa-nos que isso leve os dois rapazes a adotar uma atitude conformista. O senhor Shigeru também está preocupado, e não seriam por isso os acessos repentinos de cólera por qualquer banalidade? Ele está muito estranho hoje."

Shinshin caminhava a passos curtos com a ponta dos sapatos debicando a areia, e Kogito viu nisso um hábito da época de estudante em uma cidade do interior próxima a Qingdao. Ela reclamou, aproximando-se a ponto de sua cabeça quase tocar o ombro de Kogito. E o fez, embora em sentido oposto, da mesma maneira que o interrogara pouco antes como uma promotora pública, adotando comportamento diferente do de uma japonesa.

O caminho tornou-se plano e, ao sair na extremidade sul, na via que cruza transversalmente a Vila Universitária, Shigeru interrompeu o passo, balançando os ombros.

— É possível ver os fogos por cima das árvores do lado da chaminé no andar superior da Casa Gerontion! — disse Kogito depois de os três voltarem a caminhar lado a lado.

— Sendo assim, vamos dar uma passada na Casa Gerontion para contemplá-los.

— Shinshin, não temos tempo para isso! A conversa desta noite é importante — explicou Shigeru. — Exigirá de nós uma boa preparação.

Enquanto caminhavam calados por entre as frondosas árvores ladeando o caminho já envolto por uma leve penumbra, o barulho do espocar dos fogos de artifício foi aos poucos se espaçando, chegando a criar neles um clima de desassossego.

3

Mesmo de volta à Casa Gerontion, Shigeru não sugeriu beberem um drinque na varanda, como sempre fazia após o passeio vespertino. Logo atrás de Shigeru, Shinshin também desapareceu a passos céleres em direção aos carvalhos *konara*, cujas ramadas pareciam formar um túnel escuro.

Kogito entrou sozinho na casa e sentou-se na poltrona ao lado de Neio que, de pé, parecia esperar por ele.

— Shinshin falou algo sobre Takeshi e Take-chan?

— Disse que teme que eles sejam convencidos por você e acabem se conformando. Shigeru pensa o mesmo. Porém, se imagina de fato livrar os rapazes da influência de Shigeru, assim como Vladimir e Shinshin temeram em relação a mim, não seria suficiente denunciar em anonimato o novo plano de Shigeru à segurança pública ou à polícia? Eu me questiono por que Shinshin e Vladimir não colocam você em confinamento para evitar que isso aconteça.

— Ou por que não me matam, não? — assumiu Neio o comando da conversa. — Vladimir é bem capaz de fazê-lo. Mas eu não faria uma denúncia anônima. Takeshi e Take-chan sabem muito bem disso. Ponderei bastante e cheguei a uma espécie de conclusão. Acho ótimo se Takeshi e Take-chan executarem o novo plano como desejam e, durante os anos em que estiverem presos, até o fim da condenação, possam desenvolver sua personalidade. Não sei se prisioneiros podem trocar correspondência entre si, mas, como estarei do lado de fora, posso servir de intermediária. E quando os dois enfim saírem, já serão homens de meia--idade. A partir daí, farão coisas realmente interessantes.

"Dia desses, quando veio aqui, aquele antigo oficial das Forças de Autodefesa mencionou que havia um plano relacionado a Mishima. Foi isso que me levou a refletir desde então. Observando Takeshi e Take-chan vivendo a adolescência num país como este, eu me convenci do quanto é perigoso continuarem assim, fadados à autodestruição. Para evitar que isso aconteça, é necessário que vivam mais uma dezena de anos. Portanto, decidi ficar ao lado deles e estou aqui até agora.

"Sob pena de ser repetitiva, seria bom se, mesmo sendo presos, Takeshi e Take-chan pudessem retornar após uma moratória, assim como tramavam as pessoas mencionadas pelo senhor Hatori. Entretanto, ouvindo os dois falarem sobre o plano que os entusiasma, tenho medo de que morram ao executá-lo ou até que acabem assassinados. Se sucumbirem dessa forma, nada mais restará para mim.

"Afinal, que tipo de trabalho os dois pretendem fazer? Eles estarão encarregados de instalar os explosivos seguindo os desenhos do senhor Shigeru e de com efeito detoná-los. Dois rapazes conseguiriam realizar um trabalho de tamanha proporção? O plano que o senhor Shigeru propôs a 'Genebra' como sua grande empreitada contava com a participação do senhor para que ninguém terminasse morto. Takeshi e Take-chan retomaram a ideia e estão decididos a não causar vítimas.

"Não se tratando de uma explosão de enorme proporção como a da grande empreitada do senhor Shigeru, não desejam causar comoção com a evacuação de todos os habitantes por meio de notícias extraordinárias na NHK. Takeshi afirma que, na realidade, isso não deverá acontecer. Concluída a etapa preparatória e antes de passarem para a explosão em si, vão pedir que as pessoas sujeitas ao impacto da explosão, no mesmo andar e naqueles contíguos acima e abaixo, evacuem o prédio. E depois, *bang*! É o que eles dizem.

"A segurança pública e a polícia japonesas, porém, não estão colocando em prática, no momento, medidas antiterroristas em grande escala? Se houver a informação de que uma explosão ocorrerá em questão de meia-hora, eles não tentariam antes de mais nada invadir a sala principal da explosão? Takeshi e Take-chan, encarregados da explosão, usariam um detonador por controle remoto? Seria uma explosão com temporizador? Se a evacuação das pessoas próximas não for bem-sucedida, é capaz de os dois regressarem ao local para ajustar o horário previsto da explosão.

"A imagem que crio agora é dos dois fuzilados e seus corpos massacrados pelo esquadrão de polícia que invadiu antes de a explosão ter sucesso. Não quero que passem por uma situação tão lastimável. Senhor Choko, pense bem no que lhe falo."

Ao dizer isso, Neio se afastou caminhando para dentro da luz proveniente da cozinha. Depois, voltou-se e, ao checar o rosto de Kogito na penumbra do cômodo, moveu o dedo para o lado da cabeça. "Eu me recordo de tê-la visto fazer esse gesto", pensou Kogito. "Ela deve fazer isso desde que era uma criança impotente como forma de ameaçar as pessoas." Neio elevou a voz:

— Esta noite, haverá uma reunião na qual o senhor Shigeru apresentará formalmente o plano de ação a Vladimir e pedirá que o envie por e-mail para "Genebra". Takeshi e Take--chan estão confiantes de que desta vez não há possibilidade de rejeição. Talvez tenha sido para informá-lo sobre isso de antemão que veio com Shinshin convidá-lo para um passeio. Se falassem aqui, eu com certeza não ficaria calada. Senhor Choko, peço que o senhor aceite o que acabo de falar e que se expresse com responsabilidade. Devemos deixar que aqueles jovens passem por algo tão horrível?

4

De madrugada, quando Kogito se dirigia em meio à penumbra à Casa do Velho Louco iluminando o chão à sua frente com uma lanterna de mão, os fogos de artifício rebentavam aclarando uma ampla área para além dos carvalhos *konara* e produzindo uma sucessão de sons de explosão. Apesar disso, como a vozearia dos espectadores não chegasse até ele, as trevas lhe pareciam acentuadas.

A reunião foi ativamente liderada por Shigeru. Realizariam uma explosão em Tóquio para apresentar como modelo. Seria um evento para o lançamento mundial do "Manual do *Unbuild*". Dependendo do sucesso obtido, desejavam criar os alicerces para que os projetos e os desenhos do manual fossem recebidos com seriedade. Se o caminho pela internet estivesse disponível, seu efeito sinérgico mudaria a situação de modo extraordinário.

No momento das perguntas e respostas, Vladimir manifestou-se declarando que o manual não continha menção à forma de obtenção dos explosivos. O tom brusco na reação de Shigeru ressoava a maneira agressiva que demonstrara em relação a Kogito à tarde. Hoje em dia, em todos os locais do mundo

PARTE III : DEVEMOS ESTAR IMÓVEIS E CONTUDO MOVER-NOS

— Japão, Estados Unidos, Europa e África, e até nos rincões das Américas do Sul e Central — e mesmo sem ter relação com guerras, não estaria sendo usado um volume expressivo de dinamite? No mundo atual, será possível conseguir fácil uma determinada quantidade de explosivos e estocá-la? Vladimir, mais do que qualquer outro, deveria conhecer as respostas. Em seguida, Shigeru direcionou o ataque para Kogito, que tudo ouvia em silêncio.

— Kogi, cinco anos após o recebimento do prêmio, apesar de ter declarado que não escreveria mais livros, você lançou um longo romance intitulado *Salto mortal*. Nele, um grupo religioso fundamentalista arregimenta um estudante de pós-graduação da área de exatas para formar uma equipe científica que, junto com membros rapidamente radicalizados, ocupa uma usina nuclear. Havia o seguinte episódio.

"Iniciadas as operações, eles precisam converter a usina em arsenal nuclear no mais curto intervalo de tempo. Com isso, tinham que coibir a intervenção das autoridades. A tecnologia permitia a criação de um 'kit de fabricação de bomba atômica' em tamanho capaz de ser transportado num carro para, assim, ser levado para dentro da usina, não foi?

"Goro foi quem primeiro me contou que você retomara o romance, uma vez interrompido. Segundo ele, você estava com dificuldade de escrever de verdade sobre o kit. Foi na época em que ele abriu o estúdio de cinema em Los Angeles.

"Eu já era conhecido como especialista em *Unbuild* e, numa festa conjunta com a Faculdade de Física, falei em tom de chacota que um escritor japonês estava passando por esse tipo de dificuldade. Isso foi num sábado e, na segunda-feira, um homem foi até minha sala na universidade levando os desenhos do 'kit de fabricação de bomba atômica' e explicou-os para mim!

"Juntei um resumo explicativo aos desenhos e os enviei por fax a Goro. Ele os entregou a você. Quando a tradução em inglês do romance foi publicada sob o título *Somersault*, eu logo a folheei, e vi que constava mesmo o tal kit. Destituído, porém, do realismo grotesco que deveria ser expresso caso aqueles desenhos tivessem servido de base.

"Ao me queixar sobre isso ao telefone com Goro, ele disse que tinha lido *Salto mortal*, mas não encontrara nenhuma menção a um 'kit de fabricação de bomba atômica'. E criticou como se tratasse de autocensura sua, agraciado com o prêmio em Estocolmo. Que você teria alegado que seria um escândalo se o escritor do *Livro de Hiroshima* descrevesse de modo realista o *know-how* para a conversão de uma usina nuclear em bomba atômica, por isso você se absteve de escrever.

"Mas, no texto enviado ao tradutor americano, você acrescentou uma nota sobre a minha intervenção nos desenhos, com explicações anexas que recebeu por intermédio de Goro, e por ter um lado inseguro, escreveu uma saudação para mim, para me avisar que os recebera. Acertei na mosca, não foi? No entanto, se tivesse inserido os detalhes do 'kit de fabricação de bomba atômica' com afinco naquele longo romance, teria obtido um efeito sinérgico com o 'Manual do *Unbuild*' que pretendo postar na internet!"

Kogito não podia fazer nada a não ser permanecer calado. Percebendo a situação, Takeshi e Take-chan, que se limitavam a escutar a conversa como Kogito fizera até então, manifestaram-se. Quem falou foi Takeshi, mas Kogito entendeu que ele se pronunciava em nome de ambos.

PARTE III : DEVEMOS ESTAR IMÓVEIS E CONTUDO MOVER-NOS

— Recebemos os croquis e desenhos elaborados com base nas salas alugadas pelo senhor Shigeru como escritórios e que nós visitamos. O escritório foi batizado de "Unbuild Model n. 1".

Take-chan soltou uma risada infantil, ignorada por Takeshi, que continuou.

— O imóvel está situado em uma área sob vigilância especial, sendo objeto de rondas noturnas contínuas pelos agentes de segurança do prédio. Algumas vezes na semana, eles também atuam dentro do imóvel durante o dia, cumprindo uma cláusula contratual. A explosão terá de ocorrer logo após a abertura efetiva do escritório, em um dia em que os agentes de vigilância não estiverem no interior do edifício. Além disso, somente nós dois executaremos os preparativos, trabalhando de manhã à noite. Frequentaremos o escritório nos fazendo passar por funcionários da manutenção enquanto recebemos o treinamento do senhor Shigeru.

"No entanto, há algo que Neio me pediu para expor ao exame do senhor Shigeru, de Vladimir e de Shinshin. Por mais que tenhamos tido um bom treinamento, por estarmos sob as vistas dos agentes de segurança e das pessoas dos escritórios próximos, teremos de realizar os preparativos com celeridade, e Neio se preocupa se conseguiremos fazê-lo sem provocar algum incidente.

"Além disso, quando a ação começar a avançar, haverá muito trabalho, como a gravação do vídeo que acompanhará o 'Manual do *Unbuild*' na internet e o aviso de evacuação dos escritórios ao redor. Neio está insegura se conseguiremos realizar com urgência tarefas tão complexas. O que acham?"

Shigeru e Vladimir se mantiveram calados. Apenas Shinshin elevou a voz, demonstrando irritação.

— Takeshi e Take-chan, vocês dois aceitaram o encargo mesmo sabendo desde o início das dificuldades. Afirmaram que conseguiriam executar o plano se tivessem treinamento. Neio já reclamou acerca disso ao senhor Shigeru.

O jovem com *atitude incomum* dentro de Kogito começou a se mexer. E, em lugar de tentar contê-lo, teve a ideia de lhe prestar ajuda.

— O novo plano de Shige não tem como objetivo em si explodir o prédio, mas propagar ao mundo o quanto o método é efetivo, não é? — questionou Kogito. — Para isso, desejam gravar também um vídeo. Na realidade, pretendem provar que pessoas jovens conseguirão fazê-lo com um treinamento de curta duração.

"Sendo assim, será mesmo necessário correrem intencionalmente o risco de executar uma explosão em um prédio no centro da cidade? Se a ideia é aprender o método de explosão interpretando os desenhos de Shige, não poderiam apenas explodir a Casa Gerontion? Ela foi originalmente construída por Shige. Que o *Build* e o *Unbuild* sejam realizados sob a orientação do mesmo arquiteto tem, a meu ver, sua lógica. Sobretudo se nos lembrarmos da concepção de arquitetura que ele professa."

Demonstrando forte interesse, os dois rapazes olharam fixamente para Shigeru, que baixou os olhos. Depois, com uma rara voz hesitante disse:

— Não há significado algum em demolir o que construí! Havia algo semelhante em um filme de Gary Cooper, mas talvez tenha sido por questões éticas.

Como Shigeru não prosseguiu, Kogito retomou a conversa dirigindo-se a Takeshi e Take-chan.

— Foi na época em que surgiu a conversa de reformarmos esta casa sem destruir sua estrutura original. Minha esposa não via necessidade de mantermos a chaminé por haver muitas outras formas de aquecimento. Concordei com a opinião dela. Mas o jovem arquiteto encarregado da reforma alegou que a chaminé constituía um interessante eixo vertical da construção e que a demolição de uma torre de concreto sólida como uma casamata implicaria um custo exorbitante. Assim, optamos por conservá-la! Mas não cairá como uma luva para os exercícios de demolição de um arranha-céu de concreto armado?

Kogito entendeu que Takeshi hesitava. Take-chan, ao contrário, riu despreocupado.

— Havia entre os desenhos do senhor Shigeru um que demonstrava como demolir a Casa Gerontion! — exclamou. — Ao vê-lo, acreditei de verdade na possibilidade de executá-lo. O interior da casa, que conheço bem, estava reproduzido com fidelidade. Havia até mesmo o desenho da poltrona do senhor Choko. O que difere da Casa Gerontion de agora é apenas a tubulação de ferro da parte externa! Bastaria retirá-la. Mesmo que seja explodida como está, não deve causar empecilho, certo?

— Não é bem assim! — explicou Shigeru com cautela, em tom professoral — Se aquela tubulação de aço e suas juntas voarem se espalhando pelos quatro cantos, a Casa do Velho Louco acabará danificada! Se os andaimes forem conservados, é aconselhável circundá-los com uma lona. Porém, Kogi, o que tem a dizer sobre o que Chikashi pensará disso?

— Assim como os danos por um abalo sísmico, bastará informá-la após o ocorrido. Não há alternativa.

— Sendo assim, está decidido — declarou Shigeru, transbordando de vivacidade. — Take-chan, vá até Karuizawa e tire dez cópias coloridas dos croquis e desenhos da destruição da Casa Gerontion!

Depois disso, a reunião ganhou um tipo de impetuosidade que Kogito jamais experimentara. Pela primeira vez desde que chegara a Kita-Karu, ele próprio participava da execução do plano de Shigeru e seus companheiros.

5

Na manhã seguinte, Neio apressou-se em servir café a Kogito, que descera para a cozinha.

— Considero sua proposta melhor do que as ideias dos demais. Agradeço-lhe muito... Mas o que o levou a oferecer esta casa assim com tanta facilidade?

— Para ser bem sincero, foi que o desejo de possuir coisas materiais ou o apego a elas parece estar esmorecendo! Acho que é uma mudança fundamental por estar me aproximando dos setenta anos — Kogito contou o que pensara e sentira realmente na penumbra do andar superior até tarde após a reunião.

— Mas deve ser diferente para sua família, imagino.

— Mais do que isso, Shinshin afirmou que não entende minha atitude em relação à grande empreitada que Shige idealizou, e eu a compreendo. Não que não tenha interesse pelo plano de Shige e seus amigos, longe disso! Com certeza, o que Shige diz é interessante, como uma fanfarronice que não se sabe se tem

PARTE III : DEVEMOS ESTAR IMÓVEIS E CONTUDO MOVER-NOS

ou não fundamento. Shinshin e Vladimir têm, cada qual, um *background* distinto. São seres humanos que, durante o crescimento, tiveram a vida diretamente afetada pelas transformações históricas mundiais. Takeshi, Take-chan e mesmo você, Neio, não são do tipo comum.

"No entanto, a conversa sobre a grande empreitada de Shige terminou em um anticlímax. Depois, voltou à baila a 'Problemática Mishima', sobre a qual Vladimir comentou tão logo nos encontramos e imaginei que o plano avançaria se girasse em torno dele, porém duvidei de sua viabilidade.

"Em primeiro lugar, como um jovem russo proveniente dos Estados Unidos conseguiria estabelecer vínculos com uma facção das Forças de Autodefesa? Se faltava seriedade em minha atitude, como critica Shinshin, não seria porque prestei atenção à conversa despreocupada de Vladimir sabendo que, mesmo havendo alguma perspectiva em sua proposta de golpe de Estado das Forças de Autodefesa, demandaria muito tempo? Shige também levou a sério esse ponto e foi se encontrar com ex-oficiais das Forças de Autodefesa. E, ao que parece, teve uma impressão negativa.

"Entretanto, o novo plano de transmitir ao mundo os croquis e desenhos acumulados por Shige para o ensino do *Unbuild* é diferente. Pela primeira vez, achei que se tratava de um plano realista. E me convenci da ideia de Shigeru de juntar um vídeo ao manual com os jovens realizando uma explosão. Esse é o motivo."

— O risco de Takeshi e Take-chan serem assassinados a tiros pelo esquadrão de polícia ou de não terem tempo hábil para fugir depois de instalarem os explosivos não mais existe, mas o que acontecerá com eles depois da explosão?

— Eles discutiam justamente sobre isso na noite passada. Eles se interessaram pelo ensino do *Unbuild* de Shige. O aprendizado do método efetivo para a implementação, em uma escala menor, da grande empreitada de Shige após a ideia ter sido rejeitada. E, para isso, Shige planejou explodir de fato um prédio de Tóquio.

"Ele avançou no plano escolhendo Takeshi e Take-chan como seus executantes, mas, apesar de ambos estarem animados com a ideia, você se opôs, categórica. Nesse ponto, fiz uma contraproposta que foi aceita. Ou seja, experimentar os resultados do aprendizado na Casa Gerontion. Observar estritamente o 'Manual do *Unbuild*' de Shige mesmo se tratando de uma explosão de pequena escala. Gravar em vídeo a efetiva explosão e utilizá-lo no 'Manual do *Unbuild*'.

"Contudo, pessoas sem qualificação ou autorização demolirão a casa fazendo-a explodir. Como representa um ato ilegal, Takeshi e Take-chan serão sem dúvida interrogados pelos bombeiros e pela polícia. Considerados culpados, talvez passem alguns anos entre as grades. Porém, mais do que viverem frustrados *sem nada poder fazer*, não seria para eles uma ótima oportunidade de aprendizado? Entendo a sua opinião, mas também aceitei a ideia de Shige. Já havia decidido oferecer a Casa Gerontion.

"Bem, tratando-se de um treinamento prático valioso para o aprendizado de Takeshi e Take-chan, ele se afigura como um acontecimento feliz para Shige. De minha parte, será um capítulo fascinante a agregar ao *Romance de Robinson*. Depois, restará o trabalho de justificar à minha família a perda da casa de Kita-Karu…"

— O senhor tem uma boa memória para se lembrar dos detalhes das conversas, não é?

— Sobretudo por causa do *Romance de Robinson*. Na realidade, ontem à noite, quando estava deitado, tive até vontade de escrever um romance pela primeira vez desde meu grave ferimento. Senti que esse movimento físico e mental retornou.

— Fico agradecida pela sua nova proposta, mas como a explosão ocorrerá na sua casa e será realizada por jovens conhecidos seus, é certo que lhe causará um transtorno. É a minha opinião. Depois disso, o vídeo gravado da explosão e o 'Manual do *Unbuild*' do senhor Shigeru serão transmitidos em algum momento para o mundo todo pela internet. Acredito que o senhor se envolverá em um escândalo.

"Porém a publicação do *Romance de Robinson* é capaz de surpreender o meio literário japonês. O objetivo do senhor Shigeru em voltar ao Japão, pelo menos um dos objetivos, foi fazer com que seu amigo de toda a vida realizasse um *later work* excepcional. Tudo está bem arranjado. Mesmo assim, não consigo me libertar da inquietude. Pretendo continuar aqui para ver de perto o que Takeshi e Take-chan farão."

Capítulo 13
A Casa Gerontion é explodida

1

Shigeru concedeu a Takeshi e Take-chan, a dupla de executantes, uma semana para as preparações. O prazo curto também estava previsto no "Manual do *Unbuild*".

Para cumprir o prazo, não apenas Shigeru e os jovens como também Kogito teriam de começar logo a trabalhar. A Casa Gerontion seria destruída por completo. Durante mais de trinta anos, Kogito passou os verões nessa residência com Chikashi, Akari e Maki. Havia várias *coisas* que ele desejava retirar antes da destruição. Principalmente, as *coisas* que escolhera até então a cada arrumação e que permaneciam enfileiradas no quarto de Chikashi. Coisas especiais, como a louça da cozinha de que Chikashi cuidava com carinho.

No entanto, depois de colocar todos os objetos sobre uma manta, pressentiu que seria uma atitude mais transparente de sua parte para com Chikashi se, em vez de transportá-los para a Casa do Velho Louco, informasse a ela que foi tudo perdido em um "acidente". Achou que o que falara a Neio sobre seu desejo de posse estar esmorecendo — e ao verbalizá-lo, voltou a se convencer disso — deveria ser também experimentado por Chikashi.

Decidiu transferir para a casa dos fundos apenas a estante baixa de três prateleiras com livros de referência relacionados a Eliot, dicionários, fichas, cadernos e artigos de papelaria, bem como duas aquarelas legadas a ele pelo professor Musumi e uma maleta utilizada para guardar documentos.

Assim, Kogito percebeu seu desapego pelas coisas na Casa Gerontion, ou seja, que sua própria extinção em um futuro não muito distante impregnava suas sensações da vida cotidiana. Fora isso, Shigeru o orientou a deixar o relógio de parede e o aparelho de áudio, entre outros objetos, para demonstrar que a casa era habitada quando os investigadores entrassem após a explosão. E aconselhou-o também a esvaziar os dois grandes utensílios de gás propano, para evitar que a explosão provocasse um incêndio. Ele sabia que estavam quase vazios e era época de levá-los ao vendedor de gás para reabastecer.

Nessa fase preparatória, Shigeru decidiu manter Kogito, que escreveria o *Romance de Robinson*, informado da evolução pormenorizada da situação. Dentre os pontos importantes, estava o trajeto dos explosivos que seriam transportados por Koba no último dia dos preparativos.

— Vladimir executou os preparativos por uma rota bastante conhecida — disse Shigeru. — Já comentei, quando o apresentei a você, que ele e Shinshin trouxeram um vento novo para meu curso em San Diego, não? Logicamente, ele tem um passado.

"Kogi, a seita Aum se aproveitou da conturbação nos círculos militares após a debacle do Império Soviético para adquirir diversos tipos de armamentos e, tendo construído uma base para realizar suas atividades, conseguiu também atrair fiéis locais. Você com certeza sabe sobre isso. Aconteceu em 1993. Parece que foi Vladimir quem recebeu os dirigentes da Aum e

PARTE III : DEVEMOS ESTAR IMÓVEIS E CONTUDO MOVER-NOS

mostrou a eles como dirigir um helicóptero militar capaz de espalhar volumosa quantidade de gás sarin em Tóquio!

"O mesmo Vladimir que durante este período de preparativos não deu as caras na Casa Gerontion. Ele estava ocupado informando 'Genebra' por e-mail sobre os novos planos e efetuando os ajustes dos pontos problemáticos.

"Porém, desta vez, não será possível anular tudo na fase final. Antes mesmo de sua proposta, teria sido considerado terrorismo a fase decisiva ter como palco o ambiente de um prédio central da cidade. Até iniciar a emissão do manual em cada país, seja em fascículos ou em formato completo, e, se tudo correr bem, até começar a publicidade na internet, poderemos ter mais liberdade de ação no novo plano. Vladimir mandou um e-mail contendo algumas ideias preliminares de como as coisas poderão se desenrolar."

Bem no fim da tarde do quinto dia, apareceram Koba e alguns companheiros na casa dos trinta anos sob sua liderança. No compartimento de carga de um grande caminhão, trouxeram uma enorme quantidade de lonas tingidas de cores de camuflagem marrom e verde-escuro, que poderiam muito bem ser usadas como tendas de circo. Estavam, sem dúvida, bem surradas pelo uso, mas pareciam, à primeira vista, resistentes e surpreendia a dificuldade e a força de trabalho necessárias para seu manejo. Koba dirigia o caminhão, e o próprio Vladimir ocupava o assento do passageiro. Os homens estavam em meio à pilha de lonas no compartimento de carga. As manobras para posicionar o caminhão no interior da propriedade, guiadas pelos homens, que saltaram com agilidade do compartimento de carga, foram realizadas com uma *morosidade* que evidenciava extremo zelo.

Durante todo o tempo, Vladimir colou-se a Shigeru, que fora recepcioná-lo e lhe fazia um relatório pormenorizado. Enquanto Vladimir o ouvia, Shigeru esboçou um gesto *indiferente* mas repleto de teatralidade para Kogito, que estava de pé um pouco afastado, acerca do conteúdo no fundo das lonas empilhadas.

Após acompanhar com o olhar Vladimir partir para a Casa do Velho Louco — e até mesmo receber dele um aceno —, Shigeru aproximou-se de Kogito.

— Como o caminhão chegou atrasado, hoje só será possível descarregar. Depois disso, as tarefas de revestimento da Casa Gerontion com a lona serão executadas por Koba e sua equipe. Então, Kogi, de início eu e você nos afastaremos do local. Eu o levarei de carro para passarmos os próximos dois dias fora daqui.

"Vamos partir amanhã pela manhã. Como Takeshi e Take-chan começarão tarde o trabalho, basta sairmos antes disso. É imprescindível você levar em sua maleta os cadernos de anotações do *Romance de Robinson* e sua caneta-tinteiro! Depois de nos instalarmos tranquilamente nesse lugar, vou relatar nossas ações até o momento. Tendo em vista o ocorrido comigo há pouco, você deve estar temeroso que eu dirija. Seja como for, pedi a Shinshin para alugar um novo carro, um Land Rover. Quando chegarmos lá, você terá *recepção* VIP! Afinal, terá muito trabalho atendendo ao pessoal da mídia após a explosão."

— Caberá a você, sem dúvida, o trabalho mais árduo se estiver disposto a lidar com as perguntas dos bombeiros e da polícia no lugar de Takeshi e Take-chan.

— Mas a tarefa maior será você explicar a situação a Chikashi — concluiu Shigeru.

PARTE III : DEVEMOS ESTAR IMÓVEIS E CONTUDO MOVER-NOS

2

O andar térreo estava tão atravancado pelo material transportado que quase não se conseguia andar por ele. Kogito, que fora se deitar no quarto de Chikashi bem cedo naquela noite, ouviu Takeshi e Take-chan conversando com Neio na cozinha. Pela voz notadamente fervorosa dos jovens, entendeu que os três criticavam alguém.

No quarto de três tatames semelhante a uma guarita, todos os livros molhados pelas goteiras haviam sido destruídos, mas aqueles levados para o chalé das montanhas para serem lidos a cada verão permaneciam enfileirados nas paredes da escada e do patamar. Deitado de olhos cerrados, vinham à mente de Kogito as letras nas lombadas conhecidas dos livros que, em breve, estariam nos entulhos. Pouco depois, Neio subiu a escada parando no patamar, de onde o chamou. Pediu que descesse à cozinha parecendo ter urgência. Kogito, de pijama, a seguiu.

— O senhor Shigeru, Vladimir e os companheiros dele estão tentando conduzir as coisas de modo diferente do que foi pensado por Takeshi e Take-chan — explicou Neio, calando-se e erguendo as espessas pálpebras de seu rosto comum e quadrangular, incentivando os dois jovens, que estavam diante da pia, a falar.

— O senhor Shigeru e Vladimir disseram que essa seria a decisão final, mas trata-se de uma diretriz diferente da que nos incumbira até agora — disse Take-chan.

— Não se trata de suspender a explosão! — complementou Takeshi. — Checamos os explosivos de antemão. Sob a liderança do senhor Shigeru, verificamos também os procedimentos concretos de instalação. Amanhã, depois que o senhor Shigeru e o senhor partirem daqui, Vladimir e Shinshin viajarão para Bangkok. Mais tarde, será realizado o trabalho conjunto com o grupo do senhor Koba e só então será a vez do nosso trabalho. Take-chan chegou até a fazer um ensaio das gravações do vídeo no local, seguindo o roteiro criado pelo senhor Shigeru."

Neio parecia irritada ao perceber que Kogito demonstrava uma reação de indiferença, como se dissesse para si mesmo: "E eu com isso?"

— O problema será *depois* de executarmos a explosão seguindo o manual do senhor Shigeru! — redarguiu Take-chan com sagacidade. — No momento, somos tratados como crianças por ele. Se não bastasse, Vladimir e Shinshin também agem como se fizessem pouco caso de nosso descontentamento.

— Do que se trata mesmo? — perguntou Kogito a Neio, mas ela se calou. — Não poderiam me explicar tudo? Desde o início, tanto o que já sei como as partes que desconheço.

— Desde o início? Mas o senhor já não conhece a história? — revidou Take-chan, mas Takeshi, com paciência, tomou para si a tarefa de explicar.

— Decidimos participar da primeira grande empreitada do senhor Shigeru, realmente uma decisão infantil, após o plano nos ter sido apresentado por intermédio de Neio, e acabamos indo em frente. Mesmo naquela etapa, tudo era muito interessante para mim e Take-chan, até que chegou a fase denominada "anticlímax" pelo senhor Shigeru. A partir daí, ao contrário, ele começou a expor a ideia com mais detalhes.

"Pelo que eu e Take-chan entendemos, tratava-se de se posicionar contra as gigantescas violências mundiais por meio de pequenas violências. A violência que domina o mundo, incluindo a nuclear que o senhor imaginou, é colossal, mas o senhor Shigeru dizia que para nos opormos a ela deveríamos criar unidades individuais de dispositivos de destruição e agir de forma dispersa. Não se limitando a falar, ele estava elaborando um manual com o *know-how* necessário. Da perspectiva dele, baseava-se na teoria do *Build/Unbuild* que ele elaborou como arquiteto ao longo de muitos anos. A grande empreitada colocaria essa teoria na prática em um arranha-céu de Tóquio, mas, como ainda não tínhamos capacidade suficiente para tal, o plano foi rejeitado por 'Genebra'.

"Depois disso, o senhor Shigeru concluiu o manual concentrando-se especificamente nas unidades individuais de instrumentos de violência que acabei de mencionar. Ficamos fascinados com a minuta do manual que ele nos mostrou. Ele nos ministrou aulas sobre o tema. Além disso, deu-se ao trabalho de elaborar até um plano que seria colocado em prática por nós no local.

"Entretanto, devido às objeções de Neio, o plano tornou-se de difícil implementação e, por fim, o senhor ofereceu o chalé da montanha como local para podermos realizar o experimento."

— Na realidade, essa foi minha única participação nas decisões.

— Dali em diante, as coisas evoluíram para uma direção diferente da que eu e Take-chan imaginávamos. De início, nossa participação na *grande empreitada* do senhor Shigeru não teve motivação política. Naquela etapa, estávamos apenas diante de um projeto de grande escala e interessante. Porém o plano não vingou e acabamos nos interessando pelos croquis e desenhos do *Unbuild* que o senhor Shigeru mostrou.

"O senhor Shigeru explicou que eram unidades individuais de instrumentos de violência para fazer face à gigantesca violência mundial. Em *Os demônios*, não há menção a métodos ou *know-how* para deflagrar uma grande revolta. No entanto, ele logo de início nos forneceu o método e o *know-how*.

"Depois de executarmos a explosão, se nos conduzirem à uma delegacia de polícia — posto que certamente o interrogatório não se restringirá aos bombeiros nos perguntando sobre as circunstâncias —, tínhamos em mente alegar que decidimos pôr em prática o que aprendemos no 'Manual do *Unbuild*', que despertou nosso interesse. Por não ser mentira, não vimos problema em falar assim e foi com isso em mente que nos preparamos até o momento.

"O senhor Shigeru compartilhava desse pensamento e nos disse que quando o caso fosse parar nos jornais talvez provocasse um escândalo, pois se tornaria evidente que a explosão decorrera de sua teoria e que, para implementá-la, a casa utilizada foi a de um velho amigo, mas nos afirmou que seria um problema com o qual teríamos de lidar, e o senhor deve ter feito a nova proposta talvez por estar também consciente disso.

"E se algum tempo depois pudermos utilizar a internet, mesmo em formato de guerrilha, poderemos transmitir ao mundo as mais efetivas mensagens, e se for possível executá-lo, incluindo o vídeo gravado por Take-chan, passaremos para a fase subsequente. Desconheço qual seria a minha situação e a de Take-chan nesse momento, mas, de qualquer modo, seremos a primeira unidade individual de dispositivo de destruição baseada na teoria e método do *Unbuild*. Apesar de imaturo, era sobre isso que conversávamos.

"Agora, e desconfiamos que foi por influência da conversa de Vladimir com 'Genebra', nos disseram que, após a explosão, devemos restringir o teor de nossas declarações à polícia. Não afirmaremos mais que foi nossa vontade o plano de explodir a Casa Gerontion. Alegaremos que a explosão da chaminé, difícil

PARTE III : DEVEMOS ESTAR IMÓVEIS E CONTUDO MOVER-NOS

de demolir, fora consignada à empresa relacionada ao senhor Koba, mas eu e Take-chan, por conta e julgamento próprios, acabamos executando o serviço sem obter permissão. Como somos amadores, erramos no cálculo da quantidade de explosivo. Ele decidiu que esse será o teor de nossa *confissão* à polícia."

— Me pergunto se essa declaração será aceita assim, sem problemas.

— Na etapa atual, as coisas podem se resolver sem expor o "Manual do *Unbuild* "do senhor Shigeru — disse Neio. — E talvez as coisas simplesmente se acalmem se o senhor asseverar que foi vítima do coração aventureiro de dois jovens. Não seria nada mau, em minha opinião, se as coisas transcorressem dessa forma. Porém não é nada divertido ver Takeshi e Take-chan serem tratados como duas crianças brincando com explosivos. Eles não devem se sentir bem com isso.

— E vocês dois, o que desejam fazer, afinal? Pretendem boicotar as ações dos próximos dois dias? Me escolheram para notificar Shige?

— Não há motivo para boicotar — replicou Take-chan. — Fizemos um pacto de não retroceder diante de algo tão interessante.

Apesar de exibir uma expressão melancólica, Neio também concordou. Take-chan prosseguiu:

— Se tiver algo a dizer ao senhor Shigeru, nós mesmos o faremos. Chegamos a esta conclusão após *duras* discussões que tivemos esta noite. O senhor Shigeru e Vladimir ameaçaram nos responsablizar se não aceitarmos suas diretrizes e o projeto se tornar um anticlímax...

— Por que motivo vocês se queixam comigo? — indagou Kogito.

— O senhor é quem escreverá o *Romance de Robinson* descrevendo os acontecimentos na *base operacional* — explicou Takeshi. — Por isso, queríamos deixá-lo ciente de nossa maneira de pensar ao aceitar a mudança de planos do senhor Shigeru e de Vladimir. Porque, assim como disse Neio, seria uma tortura para nós se o senhor nos descrever como meras crianças brincando com explosivos.

Takeshi demonstrou que tinha concluído o que queria dizer. Pelo visto, Take-chan nada tinha a acrescentar. Kogito sentiu que apenas Neio parecia manter ainda algo guardado no peito.

Enquanto Takeshi e Take-chan entabulavam essa discussão tão incômoda na Casa do Velho Louco, Neio retirara a maquiagem, enrolara o cabelo avermelhado em um coque atrás da cabeça e se deitara. Normalmente, era difícil distinguir se Neio estava maquiada ou não, mas, como Kogito já percebera antes, sem maquiagem sua pele escurecida acentuava a miscigenação em seus traços japoneses. Neio parecia querer consultá-lo sobre algo que a incomodava. Porém, até Kogito beber todo seu uísque puro e se retirar ao andar superior, Takeshi e Take-chan não se afastaram do lado dela.

3

Antes de partir com Shigeru no Land Rover estacionado ao lado do caminhão de Koba em frente da varanda, Kogito pensou

PARTE III : DEVEMOS ESTAR IMÓVEIS E CONTUDO MOVER-NOS

em dar uma derradeira olhada em toda a casa. Não conseguiu, porém, concretizar seu desejo. A Casa Gerontion estava rodeada de andaimes e coberta com a lona rija de camuflagem e, até sair, acabou passando o tempo no interior da casa com as luzes acesas. Logo após entrarem na rodovia nacional, Shigeru falou sobre a recepção que os esperava no hotel em Okushiga, para onde se dirigiam.

Depois que o plano a ser executado por Takeshi e Take--chan obteve a anuência de Vladimir, Shigeru ligara para Chikashi em Tóquio. Kogito imaginou que Shigeru procurava se certificar de que ele não teria notificado a esposa sobre o plano de explodirem a Casa Gerontion. Apesar de haver prometido ao amigo que não contaria nada à esposa, não teria ele, receando não ser verdade, tentado sondar o terreno?

Segundo Chikashi dissera a Shigeru, ela estava bem, mas Akari mostrava-se melancólico. Dois anos antes, Akari, Chikashi e Kogito foram ao planalto de Shiga ver onde Tamotsu Izawa, regente de renome mundial que residia no mesmo bairro, realizava um treinamento de jovens musicistas. Chikashi o encontrara por acaso na clínica odontológica aonde levara Akari, e eles tiveram a oportunidade de conversar brevemente com o maestro. O treinamento no verão daquele ano também seria no mesmo local e estava previsto um concerto de conclusão. "Se seu marido tiver tido alta, que acha de virem os três assistir aos ensaios e ao concerto?", propôs ele a Chikashi. Ela respondeu, com sinceridade, que adoraria ir se fosse possível, mas não contatou Kogito em Kita-Karu. No entanto, Akari se convenceu de que a mãe aceitara o convite.

— Por acaso, os ensaios serão hoje e o concerto de encerramento, amanhã. Tentaremos compensar Chikashi de antemão pelo enorme sacrifício a que a submeteremos em breve. Pensando assim, adotei medidas urgentes. Chikashi e Akari virão de trem-bala até Nagano. Eu e você teremos como álibi esta viagem para Okushiga. Participei do projeto do salão de concertos do hotel. Foi fácil fazer os arranjos.

"A ideia caminhou às mil maravilhas. Kogi, estamos indo para Okushiga, passando agora por Manza e, depois, contornando o sopé do monte Shirane! Ainda estou sem graça por não ter liquidado minha dívida do terreno de Kita-Karu, de modo que estou convidando vocês. E há mais uma coisa que desejo lhe falar.

"Enquanto pedia a Chikashi que viesse com Akari a Okushiga, concebi em minha mente um pequeno ajuste ao plano. Na voz e nos gestos dela, surgiu nos últimos tempos um autoritarismo peculiar à idade, semelhante ao de Goro quando estava de mau humor, não concorda? Quando conversei com ela, embora impedido de comentar sobre o que pretendemos executar tendo como cenário a Casa Gerontion, ela me passou a impressão de haver compreendido meu projeto. Assim, mudei minha forma de pensar, ciente de que devemos tomar mais cuidado.

"Quando o 'Manual do *Unbuild*' for divulgado publicamente depois de decorrido algum tempo, a primeira explosão realizada será útil como propaganda. Mas não há necessidade de revelar o estado atual das coisas neste momento. No jantar de ontem à noite, expliquei a Takeshi e Take-chan sobre a importância de sermos prudentes em nossas declarações pós-explosão. Eles se opuseram. Insinuaram se não seria uma interferência por parte de 'Genebra', mas o ajuste se deveu ao que acabei de comentar. Seja como for, eu os convenci a adotar a nova diretriz! Conto também com sua compreensão.

PARTE III : DEVEMOS ESTAR IMÓVEIS E CONTUDO MOVER-NOS

"Falando sério, desde que decidimos adotar sua proposta, havia algo me fazendo sentir mal. Logo depois de *as coisas* acontecerem em Kita-Karu, o escritório da Vila Universitária deve informar o fato à sua família em Seijo. Ao ouvi-lo, Chikashi provavelmente imaginaria, mesmo que por um momento, que você também teria ido pelos ares junto com a casa. Essa perturbação dela não seria transmitida a Akari? Ficava atormentado toda vez que pensava nisso.

"Entretanto, como mencionei antes, o hotel está reservado e os bilhetes do trem-bala, comprados. Akari parece estar mais animado agora, e isso me alegra muito.

"Amanhã, Neio de início ligará para meu celular para relatar o que Takeshi e Take-chan fizeram. Algumas horas depois, assistiremos ao anúncio do que aconteceu em Kita-Karu pela TV do hotel. Afinal, é um evento local. 'Não se tem notícias de Kogito Choko, que passava as férias na casa que explodiu...' Deverá ser apenas esse o comentário. Mas você estará ao lado de Chikashi e Akari quando eles estiverem vendo a TV. E poderão telefonar para Ma-chan tranquilizando-a de que você está são e salvo."

Kogito e Chikashi levaram uma vez Akari e Maki — quando ainda eram pequenos — para caminhar pela floresta virgem em Kita-Karu. Chikashi se entusiasmava quando podia colher, nos prados de um planalto, plantas silvestres que abundavam na montanha, a começar por uma espécie de orquídea conhecida como sapatinho-de-vênus, e também scabiosas, mas, na floresta virgem, com as árvores de densas copas bloqueando a luz solar, não tinha nada para fazer. Ela acompanhou Kogito só porque ele gostava de contemplar as gigantescas árvores. Mas logo se deu conta de que, mesmo se descobrisse algo raro nessas árvores imensas, Kogito não se encantaria de verdade. Havia ali algo diferente da flora dos bosques de Shikoku que ele sempre vislumbrava em sua mente.

Mesmo agora, ao subirem pela área que ladeava a floresta virgem, ultrapassando o terreno de residências de veraneio, e mesmo começando a descer por entre o verde esplendoroso, Kogito apenas fixava o olhar adiante. Ao cair a altitude conforme se aproximavam de um local cujo entorno tinha vegetação semelhante ao do ambiente onde fora criado, pela primeira vez ele olhou pela janela.

Shigeru estava concentrado na direção. Ao entrar na rodovia onde uma placa indicava "Trajeto para os Vulcões Asama e Shirane", voltou a dirigir ao estilo americano, que aterrorizara Chikashi. Nas mais de duas horas de direção contínua, os dois não trocaram palavra. Quando entraram na estrada rumo a Okushiga, em meio à condução veloz por declives e curvas acentuadas, Shigeru voltou a falar, porém sobre outro assunto.

— Kogi, logo ao chegar em Kita-Karu, conversei com você sobre o plano do *Romance de Robinson*. Defini a Casa Gerontion como local da ação. O velho ancião, convalescente de sua doença, sentado em uma poltrona, tem uma almofada nos joelhos e, sobre ela, uma prancheta para escrever. Tem ar de que escreverá algo, mas não o fará sozinho. A seu lado, há outro ancião estendido no sofá. Na maior parte do tempo, está calado, mas em alguns momentos se torna loquaz. O escritor redige o registro do diálogo entre os dois idosos.

"Porém tornou-se complexo colocar essa ideia em prática. Posto que a Casa Gerontion será explodida, não se prestará mais como cenário, mas há algo que percebi. Quando *alguma coisa* está prestes a ocorrer comigo ou com você, não conversamos.

E quando *a coisa* acaba acontecendo, aí mesmo é que não nos falamos mais, não acha?

"Em geral, a escrita de Beckett parte do momento em que não acontece *coisa alguma*, não? É uma teoria literária muitíssimo óbvia, não se sinta obrigado a responder…"

4

Na recepção do hotel, Kogito recebeu a mensagem de que Chikashi estava almoçando com Akari. Seu quarto ficava no anexo a oeste do prédio principal, então pediu para levarem sua mala para lá e foi se juntar à mesa de Chikashi. Shigeru também recebera mensagem de que alguém lhe ligara e avisou que iria para o quarto para retornar o telefonema.

Já passava do meio-dia — Kogito e Shigeru haviam parado em um restaurante de soba no caminho, o único prato da culinária japonesa pelo qual Shigeru demonstrava apreço —, e o grande restaurante estava vazio. Kogito viu a esposa e o filho sentados no fundo do salão, ao lado da janela com vista para um gramado levemente inclinado, e, à frente de Chikashi, havia uma mulher de grande compleição. Do outro lado, Akari, com um casaco de gola mao cinza, havia aberto algo parecido a um grande livro — sem dúvida, uma partitura — e o olhava com atenção.

Mesmo com a aproximação de Kogito, como de costume Akari não ergueu a cabeça. Kogito sentou-se ao lado do filho e cumprimentou a mulher à frente de Chikashi.

— Esta é Hiroko, que muito nos auxiliou quando estávamos em Berlim — apresentou Chikashi. — Ela é amiga de Ura e nos ajudou na creche.

Kogito teve a impressão de já ter visto a mulher.

— Senhor Choko, nós nos encontramos uma vez. Frequentei um curso seu na Universidade Livre de Berlim. Atrasei bastante a apresentação de meu relatório e acabei enviando-o a Tóquio e, graças ao senhor tê-lo examinado logo, consegui obter meus créditos. Sou-lhe muito agradecida.

— A encarregada da secretaria da universidade era uma moça de Lyon casada com um filósofo alemão. O fato de ela ter me contatado em francês facilitou.

Depois de fazer esse comentário, Kogito lembrou que, embora Hiroko portasse agora cabelos curtos e tingidos de castanho, nas aulas ela mantinha presos seus abastosos cabelos negros. Na turma, com as cadeiras formando um círculo, ela parecia um bibelô deslocado.

— Que me lembre, seu marido era violoncelista da Filarmônica de Berlim.

— A cada aula, o senhor Choko distribuía o texto de palestras que ministrara em inglês em vários lugares, que nos lia e explicava — disse, dirigindo-se a Chikashi antes de prosseguir. — E um belo dia, muito alegre, distribuiu, junto com as cópias, um fax com uma ilustração feita por Akari. Foi então que lhe falei sobre meu marido.

— Akari — disse Kogito —, você se lembra de ter me enviado por fax a Berlim um desenho que fez quando estava com sua mãe a bordo do avião?

Akari manteve a grande cabeça oblonga inclinada sobre a capa azul do livro de partituras, mas respondeu. Lentamente, acentuando cada palavra.

— "Vou ouvir a Filarmônica de Berlim. Os senhores Schwabe e Yasunaga são ótimos primeiros violinos. Vou a Berlim com mamãe."

— Akari se lembra de quase todos os textos de todas as cartas e faxes que escreveu — explicou Chikashi.

— Você conhece bem a Filarmônica de Berlim, Akari. Desde os tempos de estudante, meu marido tem respeito pelos senhores Schwabe e Yasunaga.

— Neste treinamento, um quarteto de cordas de alunos formado por seu esposo estará tocando Beethoven, não? Eles farão um ensaio a partir das três da tarde. Há pouco, vi o senhor Izawa e o cumprimentei. Ele me confidenciou que também estará presente no ensaio e convidou Akari para assistir à apresentação.

— Porque eles tocarão o "Quarteto de Cordas em Lá Menor", Opus 132, n. 15 — disse Akari, pela primeira vez levantando a cabeça e apontando com o dedo a partitura que estava lendo.

Kogito, Chikashi e Akari caminharam pelo gramado atrás do prédio principal se dirigindo para seus quartos que se alinhavam no anexo. O andar superior do prédio principal se ligava ao anexo por um corredor em formato de caixa, conduzindo a uma torre de observação de onde se estendia uma passarela de ferro até o prédio da sala de concertos.

Ao passar sob a passarela, Akari chamou a atenção do pai para as flores amarelas desabrochando sobre o gramado. Na noite anterior, Hiroko comentara com Chikashi que, quando voltava para jantar após concluído o ensaio, sentiu uma estranheza ao ver as flores amarelas arredondadas, ao que parecia em plena floração durante o dia, e de súbito murchas à noite. Ao *se agachar* para olhá-las mais de perto, as flores amarelas estavam todas enroladas sobre elas próprias, finas e duras como o grafite de um lápis.

— Outra coisa que Hiroko me contou foi que as japonesas que trabalham em Berlim não hesitam em ter filhos, não só as casadas, óbvio, como também as divorciadas e as solteiras, razão da creche que iniciamos viver lotada. Há uma conversa sobre mudarem de endereço, e Ura comentou que arranjaria nessa região um apartamento onde eu e Akari poderíamos residir. Disse também que eu poderia passar metade do ano em Berlim e a outra metade em Tóquio, posto que gosto tanto do trabalho da creche, e Akari teria mais oportunidades de ir a concertos.

"Jantaremos esta noite com tio Shige. E como é a vida o tendo como vizinho em Kita-Karu?"

— Bem, sempre tem algo acontecendo — declarou Kogito num tom hesitante. — Até porque, conforme envelhece, Shige se torna mais ativo. Prova disso é que tão logo chegamos ele foi para o quarto para fazer uma reunião com seus novos discípulos de Kita-Karu.

Sem janelas nos quartos, as paredes brancas na extremidade oeste do prédio principal se elevavam até o terraço. Andorinhas-das-rochas entravam e saíam sem parar dos ninhos feitos sob uma estrutura de madeira escura do telhado. Kogito reparou que os pássaros revoavam em vários bandos no céu bem azul que se estendia entre o prédio principal e a sala de concertos.

— Você está com um aspecto saudável — declarou Chikashi enquanto levantava Akari, que, agachado, estava circundado pelas flores redondas amarelas. — Apesar disso, não aparenta muito entusiasmo.

PARTE III : DEVEMOS ESTAR IMÓVEIS E CONTUDO MOVER-NOS

5

Faltava apenas meia hora para começar o ensaio aberto ao público do quarteto de cordas e orquestra formado pelos estudantes selecionados pelo regente Izawa. Akari comunicou ao pai que as sinfonias de Brahms haviam sido, do mesmo modo, incluídas no programa do concerto do dia seguinte.

Kogito também desejava ouvi-las. Além dos trabalhos de crítica literária de Eliot da pesquisadora profissional Lyndall Gordon, ele apreciava os ensaios do poeta Stephen Spender. Livros de um contemporâneo, repletos de paixão viril. Quando vivia em Berlim, Spender escreveu uma carta a Eliot perguntando se ele ouvira falar dos quartetos de Beethoven publicados após a morte do músico, e citava a resposta do escritor.

Eliot escreveu sobre o "Quarteto em Lá Menor". Nessa obra dos últimos anos de vida de Beethoven, considerada inesgotável objeto de pesquisa — nas palavras dele, *some of later things* —, há algo que ultrapassa a vivacidade do ser humano. Pode-se imaginar ser fruto da reconciliação e do alívio após imensurável sofrimento. Afirmava que enquanto fosse vivo desejaria introduzir um pouco desse sentimento em sua poesia.

Enquanto tomava uma ducha e vestia um traje de verão, Kogito percebia sinais da presença de alguém no quarto ao lado, concedido a Shigeru. Do outro lado, estava o quarto de esquina de Chikashi e Akari, com vista para o oeste. Mas não se ouviam sons, e, mesmo checando na recepção, Shigeru não lhe deixara mensagem alguma.

Kogito juntou-se de novo à esposa e ao filho, e quando se dirigiam para o local dos ensaios, em um terreno plano do outro lado da sala de concertos, Chikashi inquiriu se Shigeru não havia deixado alguma mensagem.

— Não teve nenhuma ligação! — respondeu Akari.

Akari não trouxera o grande livro azul que mantivera aberto no restaurante, então Kogito comentou a respeito dele.

— Aquelas partituras são grandes demais — respondeu Akari.

— Mesmo sem partituras, você tem todas essas obras guardadas na cabeça, não?

— Nem *todas* — respondeu Akari com cautela.

— Quando Goro faleceu, recebi um fax de Wadie[1], no qual, além das condolências por ter tomado conhecimento ao ler a notícia no *New York Times*, havia uma lista de músicas que ele me recomendava ouvir, entre elas o "Quarteto em Lá Menor". Mesmo assistindo ao concerto amanhã, pensei em ouvir o ensaio com Shigeru e depois conversar com ele a respeito.

— Ele deve ter algum compromisso urgente — respondeu Chikashi. — Uma vez marcado o horário do encontro, é costume de tio Shige não dar sinal de vida até lá.

— O álbum *recomendado* por Wadie era o *Opus 132* com o Quarteto Busch — comentou Akari. — Como é uma gravação de 1950, infelizmente é monaural.

— O *later work* artístico era um dos objetos de análise de Wadie há tempos.[2] Também tem a ver comigo — complementou Kogito.

---

1. Edward Wadie Said (1935-2003), escritor palestino radicado em Nova York. Em entrevista publicada no *Le Monde* por ocasião do lançamento de *Adeus, meu livro!*, Oe declarou seu apreço pela definição de obra tardia ("*later work*") de Said.
2. Referência a Edward Wadie Said, *On Late Style: Music and Literature Against the Grain*, Londres: Bloomsbury Publishing, 2006.

PARTE III : DEVEMOS ESTAR IMÓVEIS E CONTUDO MOVER-NOS

A sala de ensaios assemelhava-se mais a um salão de reuniões com cadeiras de estrutura tubular metálica invertidas e amontoadas atrás dos estudantes. Os membros do quarteto de cordas faziam uma pausa sobre o estrado plano instalado no centro.

— O que acabamos de ouvir foi a parte final do primeiro movimento — explicou Akari.

Hiroko, que os esperava à porta, os conduziu até os assentos vazios na fileira dos estudantes.

— Hans me confidenciou que está contente e tocará no *bis* de amanhã uma composição para violoncelo de Akari!

Hans era um rapaz magro e de notável altura, cujos cabelos encaracolados acinzentados, grudados no couro cabeludo, evocavam um carneiro. Segurando o arco do violoncelo, ele fez um sinal balançando seu braço comprido. O ensaio recomeçou. O lindo tema do segundo movimento, que Kogito já ouvira anteriormente, foi executado de forma extremamente límpida.

O que impressionou Kogito foi a juventude dos estudantes, mais parecendo crianças. Era inacreditável terem sido escolhidos a dedo entre estudantes e graduados de faculdades de música que passaram por treinamentos de alto nível. Para Kogito, Akari, cerca de vinte anos mais velho do que eles, continuava mais do que tudo alguém jovem.

Hans interrompeu de súbito a execução. Estavam no início da parte central, o violoncelo e a viola estavam mudos, mas, virando-se para a estudante de primeiro violino, ele manifestou sua insatisfação.

— No álbum que Wadie recomendou, neste ponto tinha que soar como o órgão ou a gaita de fole escocesa — sussurrou Kogito ao ouvido de Akari.

— Por causa da corda Lá e da corda Mi — afirmou Akari, sem que Kogito entendesse.

Hans mandou a primeira violinista reexecutar. Ele a fez repetir cerca de dez compassos duas ou três vezes. O estudante que tocava viola pausara e estava imerso em pensamentos, mas, apesar de calado, olhava fixo para Hans, que chamara a atenção da moça, e para ela, de compleição pequena, que fora por ele advertida.

A advertência perdurava. A moça, de rosto redondo e branco, como se um pó lhe tivesse sido soprado, de óculos redondos prateados e o cabelo liso preso em um coque na *nuca*, era obstinada apesar da aparência. Por sua vez, Hans também não arredou pé, pertinaz como um carneiro. O inglês dele tinha o mesmo sotaque peculiar que Kogito ouvia entre os estudantes da Universidade Livre de Berlim, ao passo que o da moça denotava que havia estudado por um longo tempo na Inglaterra. Ela demonstrava por gestos não entender o inglês de seu interlocutor. Kogito achou que ela entendia o sentido das palavras mas não desejava obedecer.

Izawa estava sentado na fileira dos estudantes, vestindo camiseta e calça jeans como eles, mas levantou-se e, aproximando-se de Hans, fez um gesto de encorajamento sem nada dizer. Hans postou-se atrás da moça e com a grande mão hirsuta cobriu a mão branca que segurava o arco e a movimentou.

A execução recomeçou a partir da passagem anterior e decorreu sem problemas. Quando reexecutaram todo o movimento desde o início, surgiu uma música potente e carregada de força de expressão.

Izawa, que se mantinha de pé à frente, virou-se para Akari e o chamou com um gesto. Akari rapidamente se dirigiu até ele e os dois se sentaram lado a lado no chão em frente à fileira

PARTE III : DEVEMOS ESTAR IMÓVEIS E CONTUDO MOVER-NOS

dos estudantes. Ambos verificaram, descontraídos, a execução de quase dez minutos do segundo movimento, incluindo a parte problemática, que agora se tornara atrativa.

Pouco depois, o gerente do hotel, que surgira na entrada do salão e fora notado por todos, chamou Chikashi por trás da cadeira em que estava sentada. Ela o acompanhou passando pelo estreito vale formado pelas pilhas de cadeiras de estrutura tubular metálicas.

Após o segundo movimento ser executado a contento, fizeram uma pausa para o café. Pouco antes, Chikashi colocou o rosto à mostra na porta de entrada dirigindo a Kogito uma expressão bastante severa. Ao olhar através da onda de estudantes se movimentando, viu Akari receber de Hiroko um café e um pequeno lanche. Kogito se dirigiu sozinho até a porta.

— Ma-chan telefonou muito abalada — disse Chikashi. — Parece que aconteceu algo grave em Kita-Karu. Talvez por isso tio Shige tenha retornado para lá.

— Vou voltar ao quarto e tentar ligar também para Ma--chan. Vou chamar Akari.

— A partir de agora, começa o terceiro movimento, não? Ele disse que você lhe perguntou sobre esse movimento e por isso pesquisou na partitura. Chegou mesmo a pedir a Hiroko que traduzisse o que estava escrito em alemão na partitura. Era algo como "Canção de gratidão pela convalescença de um doente". Não será melhor ouvirem agora juntos o ensaio e se prepararem para ir ao concerto de amanhã? Como Ma-chan não sabe nada além do que me informou há pouco, vou dar alguns telefonemas em busca de novas informações.

Dessa forma, Kogito permaneceu no salão. Achou que também o terceiro movimento estava se concluindo com constância.

389

Akari virou-se duas vezes para o pai com uma expressão de alegria no rosto. Ao seu lado, Izawa parecia regozijar-se com os movimentos corporais e a expressão de Akari.

No entanto, antes de passarem para o quarto movimento, Kogito cumprimentou Izawa e saiu do salão levando o filho. Anoitecia e as altas montanhas frente ao hotel estavam escurecidas. Kogito se sentia intimidado. Apesar da excitação com o concerto, ao perceber a apreensão do pai, Akari lhe estendeu a mão como o tentáculo de um molusco. O tema fortemente ritmado pelas notas musicais acompanhava os dois, que se apressavam de mãos dadas.

Kogito entrou pela porta de serviço fazendo o contorno do lobby do anexo quando viu na televisão com tela de plasma, que transmitia ao vivo uma partida internacional de futebol, uma notícia extraordinária em formato de legenda. "EXPLODE A CASA DE VERANEIO DE KOGITO CHOKO EM GUNMA. DESCOBERTO CADÁVER DE UM JOVEM."

Kogito seguiu em frente antes que Akari pudesse olhar naquela direção.

Capítulo 14
A obra conjunta do *pseudo-couple*

1

Como o elevador do anexo se situava na extremidade leste, havia uma distância a percorrer até o quarto de Chikashi, no lado oposto. Kogito andava normalmente pelo corredor, mas Akari ficou para trás. Sem esperar pelo filho, Kogito abriu a porta do quarto de Chikashi e, parado, certificou-se de que a TV estava desligada.

Sentada próximo à mesinha de cabeceira ao lado de uma das duas camas enfileiradas, Chikashi virou-se e olhou para ele.

— Hiroko enviou uma nova gravação de Brahms da Filarmônica de Berlim. Que acha de pedir a Akari para escutá-la em seu quarto?

Kogito pegou o pacote com o CD que estava em cima da cama mais próxima e falou com o filho, que acabara de chegar.

— Já tenho todas as sinfonias regidas por Karajan — declarou Akari com ar alegre.

Os dois se transferiram para o quarto contíguo e enquanto Akari colocava a "Sinfonia em Mi Menor" para tocar, que retirara da caixa com três CDs, Kogito pediu à telefonista para que as ligações para seu quarto fossem redirecionadas ao da esposa. Como sempre fazia quando entrava pela primeira vez em um quarto de hotel, Akari foi checar o toalete, depois iniciou baixinho a reprodução do CD e se instalou com calma no sofá. Kogito tirou do frigobar uma lata de Pepsi Diet e depois de avisar o filho que estaria no quarto ao lado voltou para onde estava a esposa.

— Vi a notícia extraordinária na TV — disse Chikashi. — Parece que ainda desconhecem detalhes. Pelo que disse Ma-chan em seu segundo telefonema, aparentemente Take-chan, o mais jovem dos dois rapazes que nos visitaram em Seijo, morreu. Eu a aconselhei a se acalmar, a não atender ligações, sem se importar de onde viessem, e a deixar a secretária eletrônica ligada, tomar o remédio para o resfriado e se deitar. Disse também para nos telefonar assim que acordar. Ela estava aos prantos porque gostava do jovem Take-chan.

Shigeru informara a Kogito que Takeshi e Take-chan explodiriam a Casa Gerontion na tarde do dia seguinte. A notícia extraordinária da emissora de TV de Nagano sobre o acidente deveria ir ao ar bem tarde na noite do dia seguinte. Seria em um momento em que Kogito e a família estariam assistindo ao concerto de Izawa e ninguém ao redor teria conhecimento do que ocorrera. A reação da mídia só chegaria a Kogito a partir do dia subsequente à explosão. Shigeru com certeza planejara tudo como um convite para que, antes, Kogito pudesse desfrutar do concerto.

— Quem informou sobre o acidente a Ma-chan foi uma pessoa chamada Neio, que prepara as refeições dos dois jovens e as suas em Kita-Karu. O fato de tio Shige ter desaparecido logo após chegar ao hotel deve ser devido ao retorno a Kita-Karu após ter recebido a notícia do acidente. Ele conversou em seu lugar com os jornalistas dos periódicos e emissoras de televisão locais que estavam reunidos porque, pelo visto, o escritório da Vila

PARTE III : DEVEMOS ESTAR IMÓVEIS E CONTUDO MOVER-NOS

Universitária divulgou que a casa de veraneio de Kogito Choko explodira. Depois disso, buscando o paradeiro do cadáver de Take-chan, Shigeru compareceu ao comissariado de polícia de Karuizawa ou Naganohara. Antes, pediu a Neio para não revelar a ninguém sobre nossa estadia no hotel de Okushiga.

"Depois de ouvir tudo isso de Ma-chan, telefonei para a Casa do Velho Louco em Kita-Karu. Neio atendeu e me explicou o ocorrido. A explosão não fora causada por uma bomba lançada do exterior, mas por Take-chan, que morreu, e pelo outro rapaz."

— Takeshi — disse Kogito.

— Eles elaboraram o plano e o executaram. Shigeru teria mencionado na conversa com os jornalistas que os jovens são seus alunos e que eles pautaram a teoria e o método de execução em suas pesquisas e ensino de arquitetura de longos anos. Sendo assim, não foi uma surpresa tão grande para você, eu suponho?

Mesmo durante a viagem de carro com Shigeru para o planalto de Shiga, Kogito preparava na cabeça as palavras da explicação *a posteriori* que daria a Chikashi sobre o *acidente* na Casa Gerontion. Ao escrever um longo romance, quando um personagem começava até certo ponto a se movimentar, ele não conseguia pensar em nada mais nesse dia a não ser nos detalhes daquilo que escreveria. Não só enquanto com efeito escrevia, mas ao tomar o trem, ir à piscina, começar a nadar, também durante cada uma dessas ações imaginava as sentenças linha por linha. Era um *hábito* adquirido ao longo de sua *vida*.

Entretanto, o que ocorrera naquele momento, ao contrário do que ensaiara de antemão, foi o anúncio por Chikashi da explosão na Casa Gerontion e, inexistente na explicação que definira com suas próprias palavras, a consequente morte de

Take-chan. E diante dele, que se apressava, Chikashi parecia uma grande rocha humana.

Quando Chikashi avisou sobre o suicídio de Goro, Kogito estava deitado na cama de campanha da biblioteca e, abalado, não conseguiu imaginar o que estaria sentindo a irmã mais nova do suicida. Assim como naquele momento, agora também havia algo rígido como uma rocha na voz e na expressão circunspecta e sombria de Chikashi.

— O que mais me preocupou de início foi a possibilidade de um incêndio e os transtornos que isso causaria aos vizinhos. Neio contou de uma forma estranha que a Casa Gerontion fora toda destruída e os vidros do lado sul da Casa do Velho Louco foram estilhaçados, mas em ambas não houve incêndio, já que Shigeru é um especialista em explosões. Take-chan, apesar de conhecer a distância segura, aproximou-se demais para gravar o vídeo, ela complementou com igual estranheza.

"O que mais chocou Ma-chan foi o fato de Take-chan ter sido 'assassinado'. Ela não disse 'ele morreu'. Ela comentou que na época do colegial recebeu o convite de um colega para se juntar a uma facção política e recordou suas palavras ao se opor à ideia quando soube que havia me consultado.

"Tanto essa facção política como seu grupo rival vieram visitá-lo sem avisar ou o pressionaram com telefonemas de madrugada convidando-o, mas você se restringiu a discursar em uma reunião e a realizar um donativo em prol do movimento para a construção de um hospital para os filhos das vítimas da bomba atômica, nada mais. Isso porque entre esses dois grupos iniciaram-se assassinatos por 'violências intestinas'.

"Você disse: 'Creio que, ou por *violências intestinas* ou terrorismo semelhante a uma guerra, a pessoa que matar outra da facção contrária deverá estar ciente de que acabará sendo assassinada. Recebi um jornal de um dos grupos criticando essa moral sentimental que me faz acreditar que poderei continuar vivendo convicto de que diretamente não matarei nem serei morto. Ma-chan, se você, como jovem guerreira, ajudar a matar alguém da facção contrária, não terá alternativa a não ser esperar alguém vir assassiná-la!' Ma-chan acabou amedrontada e a conversa morreu por aí. Ela está novamente amedrontada porque acredita que você esteja envolvido no assassinato do jovem."

— Vocês precisam voltar para Tóquio — disse Kogito.

— Pedi para chamarem um táxi. Disseram que, se descermos até Nagano, dará tempo de pegar o trem das nove e meia com destino a Tóquio. Não posso deixar Ma-chan sozinha, exposta aos meios de comunicação que vão aparecer em grande número de agora até de manhã. Quando penso no que aconteceu quando Goro morreu... Desta vez, você é o centro do escândalo e a mídia poderá exacerbá-lo à revelia. Akari, desista do concerto de amanhã. Ma-chan está com medo e precisamos dar uma força a ela, ok?

Kogito inserira um calço na porta entre os dois quartos para que permanecesse entreaberta, mas se surpreendeu ao constatar que Akari entrara sem fazer ruído e escutava a conversa com a mãe.

— A Sinfonia de Brahms durou de trinta e nove a quarenta minutos. Vou acompanhar mamãe de volta a Tóquio — disse Akari esboçando um sorriso.

Sem sorrir, Chikashi retrucou:

— A partir de amanhã de manhã, vou responder aos telefonemas da mídia. Sem mencionar o nome de Izawa, direi apenas que você devia assistir a um concerto aqui e que, ao tomar conhecimento do acidente, retornou a Kita-Karu, e informarei o número de telefone da Casa do Velho Louco. Não tem outro jeito. Se você tiver algum tipo de responsabilidade, caberá a você próprio se explicar...

"Nossa casa foi pelos ares e um jovem morreu. Tio Shige parece ter comparecido à polícia para declarar sua responsabilidade. Ninguém acreditará em você mesmo alegando que não sabia de nada. Deixando de lado o acidente, não creio que tio Shige e você pudessem fazer algo que causasse a morte de um jovem... Dê um jeito de solucionar esse caso."

2

Quando Chikashi e Akari partiram do hotel, Kogito não os acompanhou até o saguão. Achava que Maki acordaria e telefonaria para ele antes de a mãe e o irmão chegarem. Pediu o jantar no quarto, onde permaneceu todo o tempo.

A campainha tocou quando Kogito assistia às notícias das nove horas da NHK. Ele abriu a porta e se viu diante de um cavalheiro de expressão gentil, bem mais velho do que os jornalistas cobrindo o local da explosão. Lembrava-se de ter dado uma entrevista a esse homem um bom tempo atrás.

— Senhor Choko, que coisa espantosa, não? — Dizendo isso, estendeu-lhe um cartão de visitas em que constava seu cargo de diretor em uma emissora de TV de Nagano. — Já se passaram vinte anos desde que estive na casa onde ocorreu o acidente para pedir sua colaboração para o plano do jornal de entrevistar moradores das residências de veraneio. Eram quase todos políticos e empresários, o artigo foi deveras interessante.

"Naquela ocasião, o arquiteto Shigeru Tsubaki também estava presente. Quando nossos focas, enviados ao local da explosão, perguntaram a razão de ele estar na sua casa de veraneio, contei sobre o longo relacionamento existente entre os senhores. O senhor Tsubaki participou de uma coletiva de imprensa com os jornalistas ali reunidos. Temos o vídeo gravado. Entretanto, há uma parte que não sabemos como tratar. O senhor não poderia assisti-la e nos dar sua opinião?"

Kogito o convidou para entrar. O homem entregou a Kogito um envelope contendo o vídeo e um outro envelope fino.

— Esta foi a declaração de responsabilidade que os executores da explosão enviaram à imprensa. Nós já divulgamos a notícia de que uma explosão ocorreu em sua casa de veraneio, causando uma vítima fatal. Mais detalhes serão noticiados amanhã de manhã em nosso jornal da TV, mas, para nos prepararmos, gostaria que o senhor visse uma parte do vídeo que pode se tornar problemática. Porque, se for divulgada, o senhor pode não ser considerado mera vítima de um ato terrorista de um grupo extremista, e será enfocada uma relação bem diferente.

Realizamos uma explosão experimental exitosa no chalé de montanha do escritor Kogito Choko, localizado na Vila Universitária em Kita-Karuizawa, província de Gunma. Nossa técnica de explosão se baseou nos croquis e desenhos do arquiteto Shigeru Tsubaki. Renomado nos Estados Unidos, ele é particularmente conhecido por sua teoria arquitetônica denominada Unbuild/*Destruir.*

A teoria e a técnica do Unbuild/Destruir *liberam para grupos de pessoas livres os meios para combater a gigantesca estrutura de violência mundial atual. Essa estrutura é por si representada pela vulnerabilidade dos arranha-céus urbanos. Num futuro próximo, milhares de microgrupos dominarão a teoria e a técnica do* Unbuild/Destruir *e deverão comprová-las. Realizaremos pela internet o lançamento mundial do manual em que aprendemos a teoria e a técnica.*

Enquanto Kogito lia a declaração, o diretor selecionara a parte do vídeo que devia lhe mostrar. O local da destruição recente, com os escombros de telhas, a torre de concreto da chaminé, as familiares vigas. Tubos de aço dos andaimes estavam enfileirados ao lado de um monte de lona amontoada.

Depois, nas pedras da varanda, projetando-se como uma ilha após a construção ter desaparecido, aparecia a imagem de Shigeru sentado, de joelhos colados um ao outro, como um *Gerontion* natural. Kogito refletiu como a expressão do corpo nessa postura se assemelhava à pessoa que ele tão bem conhecia. Logo percebeu o quanto a postura era parecida com a sua. Em frente a Shigeru, cinco ou seis jornalistas vestidos com camisas leves e aparentando sentir frio formavam um semicírculo.

De início, num tom de professor universitário ministrando aula, Shigeru falou sobre a teoria arquitetônica do *Unbuild* e o terrorismo do 11 de Setembro. Mais do que prestar atenção às palavras proferidas, Kogito não desgrudava os olhos da imagem de Shigeru envelhecido. No momento em que seu nome surgiu na pergunta de um repórter, Kogito apurou o ouvido.

PARTE III : DEVEMOS ESTAR IMÓVEIS E CONTUDO MOVER-NOS

3

— *Por que Kogito Choko se comprometeu com esse empreendimento e por que ofereceu a própria casa como demonstração da explosão? Bem, eu materializei o modelo original deste chalé na montanha com base em uma imagem literária de Choko quando estava na casa dos trinta anos. Lembrem-se da origem a que me referi de início.*

"Foi um desenvolvimento da literatura de Choko conceber uma construção a partir de um poema do primeiro período de Eliot. Porém isso se restringiria ao nível da imaginação e por eu ter materializado o poema em uma construção houve uma experiência real pela primeira vez.

"Foi um grande ponto de inflexão na carreira literária de Choko. Até então, seu mundo era limitado às palavras, mas, a partir desse momento, ele despontou para um mundo realmente responsivo. A partir daí, sempre que inicia a ideia de um novo romance longo, eu o ajudo servindo de ponte para o mundo real.

"Enfim, realizando a síntese das obras de Choko — a forma original está nas florestas de Shikoku —, o arquiteto Hiroshi Ara concebeu o que podemos denominar topologia imaginária. Eu também trabalhei como intermediário.

"Antes de iniciar seu trabalho, quando Ara leu toda a obra de Choko até aquele momento, eu desempenhei o papel de seu informante, posto que em minha infância vivi com Choko na floresta

e conheço bem a topografia dos vilarejos e os lugares relacionados às lendas locais. Passando pela topografia imaginária apresentada por Ara, o mundo dos romances de Choko foi ressintetizado, mas mais uma vez fui eu quem o ajudou a criar sua literatura.

"O gênio de Choko consiste em dar forma concreta de romance sempre que uma oportunidade lhe é apresentada. Porém, de modo geral, creio poder me autointitular colaborador de suas obras."

— Foi assim que o senhor apresentou a Kogito Choko o estranho plano de explosão para que ele o transformasse num romance? — perguntou um jornalista.

Kogito achou que, nesse caso, o jornalista que adotasse posição neutra deveria chamá-lo de senhor Choko.

— Choko passava por um longo período de estagnação. Nos primeiros anos depois de se tornar escritor, escrevia com certa espontaneidade. Porém suas obras foram se acumulando, tornando-se um peso. E ele se viu obrigado a continuar a escrever em reação a esse peso.

"Foi nesse momento que Ara juntou expressamente os modelos mitológicos dos romances de Choko, estruturando-os à topografia da floresta de seu torrão natal. Isso permitiu ao escritor traçar um esboço do universo de suas obras e possibilitou também reposicionar seus personagens. Ele trouxe personagens de volta e continuou a escrever. E o fez por vinte, trinta anos.

PARTE III : DEVEMOS ESTAR IMÓVEIS E CONTUDO MOVER-NOS

"Como sair do impasse? Em meio a um embate difícil consigo mesmo, sofrendo, ele aventou até a possibilidade de voltar a viver na floresta em Shikoku. Certamente pensou que, ao fazê-lo, se reconectaria às raízes das estruturas mitológicas. Nesse clima, tentou reviver o estranho evento das passeatas de que participou, na década de 1960, e teve um sério ferimento, cujo motivo deve ser do conhecimento de todos.

"Durante muito tempo, trabalhei nos Estados Unidos. Se voltei ao Japão com esta idade, foi para atender a um pedido da família de Choko. Ele se comportava de modo esdrúxulo tentando superar o impasse. Estávamos apreensivos. Porém, antes de mais nada, era necessário que se recuperasse do sério ferimento. E, depois, restabelecer-se física e mentalmente para só então reabilitar-se para as atividades criativas que representavam essa síntese. Foi essa a minha ideia. Assim, vim viver nesta casa em Kita-Karu construída em conjunto quando éramos jovens."

— Sua história revela uma intenção bastante nobre, mas não consigo determinar concretamente aonde o senhor pretende chegar com ela — interveio outro jornalista. *— O senhor quer dizer que, para sair da estagnação, Kogito Choko de novo dependeu do senhor? O senhor fez com que os jovens explodissem a casa. Esse método de execução deveria logo ser disseminado no mundo todo. O senhor o criou a partir de sua teoria e ensinou os jovens. Seguindo o projeto, eles executaram os preparativos da explosão, da confecção dos instrumentos até a instalação da bomba. Além disso, gravaram em vídeo a situação real da explosão. O vídeo, em conjunto com o manual da explosão, seria disseminado também.*

401

"E Kogito Choko acompanhou tudo isso para criar um romance. Dessa forma, se recuperou e se livrou da estagnação. Acumulando inúmeros atos ilegais... É possível criar literatura com base nesse pensamento? É uma história difícil de engolir. De qualquer forma, a conclusão de tudo isso é que a cabeça de um rapaz foi atravessada por um tubo de metal que lhe entrou pelo olho, não foi?"

— *Exato. Choko conhece os princípios arquitetônicos do meu Unbuild. Fui eu quem lhe contou. Mas ele ignora as técnicas. Tampouco conhece sobre seu desenvolvimento prático. Apenas ofereceu aos jovens um local onde pudessem concluir o aprendizado executando na prática uma explosão. E um dos jovens morreu. Essa é também uma realidade, mas não é possível vincular diretamente Choko ao acidente. Seria impossível para ele imaginar, de modo geral, que um dos executantes avançaria com a câmera de vídeo na mão no local da explosão.*

— *Sendo assim, sobre quem pesa a responsabilidade pela morte do rapaz?*

— *Sobre mim* — respondeu Shigeru. — *Por acaso, eu não estava no local da explosão, mas eu criei e ensinei o princípio e a técnica. Não posso me eximir da responsabilidade! Não pensei que meu manual e sua execução pudessem conter essa armadilha.*

— *Como conseguiram obter os explosivos? Posto que um amador não poderia obter autorização para tal explosão, torna-se evidente tratar-se de um ato criminoso. O rapaz sobrevivente decerto será indiciado. Além disso, o senhor admite a responsabilidade, conforme suas palavras.*

PARTE III : DEVEMOS ESTAR IMÓVEIS E CONTUDO MOVER-NOS

— Admito. No entanto, o que Kogito Choko fez, embora soubesse sobre a explosão, foi apenas oferecer a própria casa. O objetivo desta coletiva é declarar isso à mídia.

O vídeo terminou nesse ponto. O diretor da emissora de TV ejetou a fita sem rebobiná-la, realojou-a no estojo e o pôs sobre os joelhos.

— Seria isso. Claro, Shigeru Tsubaki tenta livrá-lo de uma situação constrangedora. Mas o senhor acha que pode ser inocentado e libertado?

— Seja como for, não lhe pedirei para não usar essa fita e acho que Shigeru acredita naquilo que explicou — disse Kogito. — Vejo a declaração dele como subjetiva! No entanto, prestei de fato ouvido às suas ideias sob várias formas e pretendia escrever um romance sobre o que ele e seus jovens amigos empreenderam.

"Shigeru Tsubaki falou acerca de meu impasse como escritor. Isso aconteceu com certeza diversas vezes. Neste verão, tive alta hospitalar e vim para Kita-Karu, mas na realidade não tinha em mente um novo romance. Conforme fui ouvindo o que Shigeru me falava, parece que fui recuperando as forças para escrever o romance. Logo, o que ele diz não é uma inverdade.

"Não imagino o que acontecerá com Shigeru Tsubaki doravante." Dizendo isso, Kogito deu-se conta de que tampouco sabia o que seria dele. "Mas se o que ele conta neste vídeo puder ser utilizado, por favor, vá em frente."

4

O telefone tocou. Era uma da madrugada. Kogito dormia deitado no sofá. Ao atender a ligação, Chikashi começou a falar em voz branda.

— Como chegamos a Omiya antes das onze, achei que a essa hora tardia a estrada estaria vazia e voltamos de lá de táxi, o que se mostrou um acerto. Ma-chan dormia *tranquila, tranquila*. O portão e a porta de entrada estavam às escuras e não vi nos arredores nenhum repórter de jornal ou TV. Acabei de checar a secretária eletrônica e havia inúmeras mensagens de alguns jornalistas conhecidos expressando solidariedade e pedindo, se possível, que você os contate. Todas com esse teor. Fico mais tranquila sabendo que você não se embebedou. Tio Shige ligou para você?

— Ele, mais do que nós, deve estar muito ocupado! Dos contatos externos, um conhecido, agora diretor de uma emissora de televisão, veio me visitar e me mostrou o vídeo com a gravação da coletiva de imprensa de Shige. De telefonemas, apenas Hiroko me convidando para jantar com seu marido e Izawa. Declinei justificando que esperava no quarto por um telefonema de família e parece que ela sabia do ocorrido em Kita-Karu, pois me perguntou se havia algo em que nos poderia ser útil. Disse-lhe que Akari recebeu as sinfonias de Brahms e que gostaria também de ouvir o CD com as peças do quarteto de cordas. Bastou falar isso e ela me mandou de imediato. Se Akari estiver preocupado com o que estou fazendo agora, diga-lhe que acabei de ouvir o *Opus 132* com o Quarteto Smetana. Supreendeu-me a execução bastante pungente.

PARTE III : DEVEMOS ESTAR IMÓVEIS E CONTUDO MOVER-NOS

— Dizem que Goro tomou muito conhaque antes de se suicidar, mas me pergunto se em sua última hora de vida teria ouvido música... Bem, procure descansar, não vou mais telefonar. Tem cerveja no frigobar, não? E também uísque... Essas garrafinhas não serão suficientes para deixá-lo bêbado, então beba e depois vá dormir.

Kogito foi até o frigobar, de onde tirou duas garrafinhas de uísque e duas latas de cerveja, e voltou para o sofá. Quando há pouco Chikashi dissera que Maki estava dormindo *tranquila, tranquila*, veio-lhe à memória um acontecimento ocorrido na Casa Gerontion trinta anos antes, por ocasião da reforma. Kogito recordou o seguinte:

Na época, Maki estava encantada com a história da Menina Fofura, uma versão da Chapeuzinho Vermelho. *Apesar de ela própria ter inventado o personagem principal, ficava ansiosa por ouvir novos desenrolares da história contados pela* mãe. *Em um dia sombrio e de chuva fina de outono em Kita-Karu, Chikashi fora até Karuizawa para fazer compras para seu retorno a Tóquio, e Maki, entendiada, foi até onde Kogito estava, algo que raramente acontecia.*

— A Menina Fofura está dormindo tranquila, tranquila... — disse ela.

Kogito irritou-se sem motivo.

— Nesse momento, o lobo apareceu, bateu muito, muito, muito na Menina Fofura e a atirou ao chão! — continuou Kogito a história, deixando Maki em pânico.

Embora nem Chikashi nem Kogito o colocassem em palavras — um deles sempre percebia que o outro se recordava disso —, ambos consideravam o episódio como o primeiro sintoma psicológico especial da filha.

Kogito retornou ao frigobar, retirou duas garrafinhas e duas latas de cerveja e bebeu despendendo mais tempo do que antes. Depois, pensou em dar alguns telefonemas, mas foi obrigado a admitir que não havia ninguém para quem pudesse telefonar de madrugada, nem Goro nem Takamura nem Kanazawa. Talvez Shigeru tivesse retornado da polícia para a Casa do Velho Louco, pensou.

Depois de o telefone tocar dez vezes, o interlocutor — na realidade não foi Shigeru, mas Neio, um pouco bêbada —, parecendo contar o número de toques, atendeu lentamente.

— Ah, é o senhor. O senhor Shigeru ainda não retornou. Logo depois de acontecer o incidente, Vladimir e Shinshin pegaram as malas, que já estavam arrumadas, puseram-nas no carro e partiram. Takeshi trabalhou bastante após a explosão, mas pegou o carro com o qual Shigeru retornou e também foi embora. Estou sozinha na Casa do Velho Louco.

"Take-chan morrer daquela forma, com um tubo de ferro enfiado em um olho, atravessando até o outro lado da cabeça... Era como se tivesse seis membros estendidos. Foi assim que o carregaram. Procederão a uma autópsia. Sei que isso não o fará ressuscitar. Quando indaguei se retirando o tubo de ferro o rosto esmagado voltaria ao normal, riram de mim.

"Se Takeshi tivesse se escondido, mesmo que fosse no depósito do subsolo, poderíamos esperar juntos conversando sobre Take-chan, mas... Ah, espere um pouco. Vou pegar mais um drinque e já volto."

PARTE III : DEVEMOS ESTAR IMÓVEIS E CONTUDO MOVER-NOS

Apesar de ter retornado e segurado o fone, Kogito ouviu o som de um líquido passando pela garganta antes de ela começar a falar e, depois de uma pausa, ele perguntou se teria visto notícias na TV relacionadas ao incidente da explosão. Ela explicou que, como a antena saíra voando devido ao impacto da explosão, a TV não estava pegando.

Ela repetiu que poderia ter esperado conversando com Takeshi, e Kogito perguntou quem ela esperava.

— Nenhuma pessoa específica — disse Neio. — Esperar a manhã chegar. Porque a noite me amedronta. O senhor sabia que Take-chan não enxergava do olho direito? Não sabia? Ele não mantinha isso muito em segredo, mas certa feita, junto com Takeshi, ele tomou emprestada uma coletânea de novelas do início de sua carreira, não foi? Ele não se sentia à vontade para lhe contar depois de ler em um deles que o narrador fora apedrejado por crianças e perdera um dos olhos.

"O campo de visão do olho de Take-chan devia ser limitado, não? Como o tubo de ferro voou direto no meio dessa metade obscura, ele não conseguiu se esquivar."

Kogito evitou questionar se o outro olho não estaria olhando pelo visor da câmera de vídeo.

— O olho direito era assim prejudicado porque, em uma partida de beisebol na aula de educação física na época do ginasial, o bastão do professor que havia entrado no time adversário quebrou e um fragmento voou e espetou esse olho.

"O fragmento do bastão fez uma trajetória ondulante em direção a ele, que estava de pé na terceira base e mantinha os olhos fixos na bola até que ela chegasse bem próximo, como o professor lhe orientara fazer. Quando ergueu a luva para agarrá-la, era tarde demais.

"Take-chan morreu e Takeshi, com medo, fugiu, não se sabe para onde. E, provavelmente, não terei mais a oportunidade de encontrá-lo, senhor Choko. Por isso, gostaria de lhe perguntar algo. Tenho a impressão de que uma escritora inglesa ou americana famosa passou por uma experiência semelhante. O senhor tem ideia de quem seria?"

Kogito não tinha uma resposta precisa para a pergunta inusitada de Neio. No entanto, o que ela sentira em relação ao fragmento do bastão que voara ondulante em direção ao jovem Take-chan despertou nele um sentimento parecido e, assim, ele falou:

— Talvez não seja exatamente sobre quem você está pensando, mas nos diários de Virgínia Woolf havia uma recordação de como ela, quando menina, não conseguiu pular uma poça d'água, e acrescentava que acabara por se questionar sobre quem ela de fato era, como a vida era misteriosa, para ser exato, e que a *essência da realidade* estava em meio a essas coisas. Cerca de cinquenta anos depois, Virgínia Woolf morreu ao se jogar em um rio em frente da própria casa.

— Sim, isso mesmo! — gritou Neio retomando sua voz juvenil. — Era de Woolf que eu tentava me lembrar. Antes de partir, Takeshi me falou sobre isso. E achando que eu não tivesse entendido direito, ele inclusive repetiu! Ele se perguntava se Take-chan não pressentira que morreria em um acidente. Porque ele disse que, com sua vida começando no dia em que aquele fragmento do bastão lhe perfurou o olho, ao morrer também *um outro bastão* (desta vez, um tubo metálico) viria voando, e sua vida se situaria entre esses dois acidentes.

"Também Virginia Woolf não teria vivido diligentemente entre uma poça d'água intransponível e um rio que ela vislumbrou antes de pular?

PARTE III : DEVEMOS ESTAR IMÓVEIS E CONTUDO MOVER-NOS

"Por que Takeshi, antes de partir, falou que Take-chan tinha de morrer em um acidente? Talvez ele desconfiasse que Take-chan não tenha morrido de forma acidental. É o que eu penso.

"Quando Takeshi e Take-chan chegaram da Casa do Velho Louco bem tarde ontem à noite, estavam insatisfeitos com a mudança de planos do senhor Shigeru. Como o senhor estava mantendo o registro escrito de todas as ações, não apenas do senhor Shigeru, mas também dos dois rapazes, eu somente lhe pedi para não banalizar as intenções de ambos ao escrever sobre elas. E eles conversaram com o senhor sobre isso, mas, na realidade, esperavam outra coisa: que o senhor conversasse com o senhor Shigeru e lhe pedisse para esclarecer os papéis dos dois. Na visão deles, pelo fato de o senhor estar oferecendo uma casa para a operação, o senhor Shigeru daria ouvidos à sua opinião.

"Entretanto, a conversa não avançou e os dois entraram no quarto depois que o senhor subiu ao andar superior. Conforme conversado com o senhor Shigeru e com Vladimir, a execução do plano se daria em dois dias, mas no dia seguinte (ou seja, hoje), eles decidiram levar a cabo a explosão e encaminhar uma declaração de culpa aos órgãos de imprensa antes mesmo de o senhor Shigeru ir à polícia fornecer explicações. Assim, decidiram dar uma rasteira no senhor Shigeru e em Vladimir. Eu havia tomado um sonífero e dormia. Porque eu desejava preservar minha força física para o trabalho a partir da manhã.

"Takeshi me contou tudo isso após a explosão, depois de o cadáver de Take-chan ser carregado, por sinal uma dificuldade, considerando o tubo metálico em sua cabeça.

"Ontem à noite, depois de as luzes do quarto onde o senhor dormia no andar de cima terem sido apagadas, Take-chan sugeriu a Takeshi: 'Sendo assim, que acha de adiantarmos o horário da execução do plano e mandar esta casa de veraneio pelos ares, incluindo o senhor Choko, que está dormindo? Nossa explosão tem embutida também uma crítica aos democratas, que acreditam poder mudar algo pela não violência, e seria coerente se o senhor Choko morresse na explosão, pois dessa forma o senhor Shigeru não poderia ignorar nossas demandas!'

"Takeshi parece ter se oposto dizendo: 'Também acredito que seria uma maneira de agir. Porém, o que faríamos com Neio? Se a acordarmos para que se refugie, ela com certeza vai opor-se a matarmos o senhor Choko na explosão.' E acrescentou: 'No ano passado, quando o senhor Choko estava à beira da morte, parece ter pretendido fazer voltar para o lado de cá seus amigos e o professor mortos, a começar pelo cineasta Hanawa Goro. Dizem que eles aparecem à noite para conversar com ele. Você pretende mandar pelos ares até esses fantasmas?'

"Essa pergunta talvez não passasse de uma galhofa juvenil, mas, seja como for, serviu para demover Take-chan de sua ideia. Mas o senhor escapou por pouco dessa, não?

"E conforme Takeshi e Take-chan planejaram, a explosão foi executada na tarde de hoje. Aproveitando a conversa da noite passada sobre incluí-lo na explosão, não teria Take-chan começado a pensar que seria um atrativo a mais se houvesse uma vítima? Mesmo que ele não estivesse mais presente, Take-chan se daria por satisfeito se servisse para reforçar as ações de Takeshi.

"Assim, no momento em que Takeshi apertou a chave do detonador de um lugar seguro, Take-chan avançou vacilante, de câmera em punho. Num impulso, sabendo que as chances de morrer ou viver eram as mesmas! Takeshi, mais

PARTE III : DEVEMOS ESTAR IMÓVEIS E CONTUDO MOVER-NOS

adulto do que Take-chan, deve ter pensado depois nessa possibilidade, mas se acovardou."

Conforme a conversa seguia, a voz de Neio voltara a ficar lúgubre e grave, própria a uma mulher de sua idade. Depois, voltou a soltar mais um grito juvenil.

— Ah, é um terremoto! Muito violento... Ah, balançou de novo... Senhor Choko, é um terremoto! Vou dar uma olhada na cozinha, tem água esquentando na panela. Se acontecer um incêndio agora, seria uma visão aterrorizante... Ah, voltou a tremer... Que medo. Este terremoto seria um *sinal* de que Take-chan escutou o que eu acabei de falar? Ai, que medo, realmente... Mais um tremor... Preciso ser forte, pois se houver um incêndio, Takeshi não terá um lugar para onde possa retornar... E também Take-chan, se resolver retornar do mundo dos mortos!

Kogito também sentia o tremor. Embora dentro de um grande hotel, estava em uma área simultaneamente afetada pelo terremoto. "Será que também atingiu Tóquio?", perguntou-se. Se Akari ainda estivesse acordado, deve ter se levantado e ligado a TV para saber a magnitude do tremor de terra. Desde o terremoto ocorrido em Kobe, ele se acostumou a agir assim sempre que sentia um abalo sísmico. Kogito esperava com o fone colado à orelha. O telefone ainda estava conectado, mas a voz de Neio não voltou a ser transmitida.

Somente a palavra incêndio que ela pronunciou pareceu chamar de volta o crepúsculo que tingira o amplo céu diante deles quando, no hotel, os três estavam sentados calados no quarto de Chikashi e Akari, com vista para o oeste, enquanto esperavam o táxi que levaria a mulher e o filho de volta para Tóquio. Kogito se sentiu impotente. Era ele quem precisava, como dissera Neio, "*preservar sua força física para o trabalho a partir da manhã*". Dentro de seu corpo debilitado, procurou pelo jovem com aquela *atitude incomum*, mas não havia sequer vestígio de sua presença.

Capítulo final
"As evidências"

1

Shigeru enviou um e-mail a Maki avisando que conseguiria ingressar no Japão graças à ajuda de um ex-diplomata, seu amigo desde a época em que participara da reforma do Consulado-Geral do Japão em São Francisco. Ele participaria do Primeiro Congresso Mundial de Arquitetura, na Tailândia e, em seu regresso, desejava visitar a Casa da Floresta de Shikoku, onde Kogito *se enclausurara*.

No e-mail seguinte enviado de Bangkok, informava que chegaria ao aeroporto de Kansai e o número do voo da conexão para o aeroporto de Matsuyama. Kogito foi de ônibus para a cidade vizinha, pegou um trem e, na estação de Matsuyama, tomou um ônibus para o aeroporto da cidade. Desde que regressara a seu torrão natal, havia se autoconfinado em casa e sentia agora como se tivesse realizado uma grande proeza pela primeira vez depois de muito tempo. Usando ainda os óculos quebrados, com o cabelo encanecido, magro, e o rosto transformado, ninguém reconheceria nele o escritor ou a pessoa cujas fotos *naquela época* ilustraram as páginas das revistas semanais em virtude do *incidente*.

Mesmo assim, quando se dirigia ao balcão da companhia aérea para confirmar o horário de chegada do voo de Shigeru, um funcionário o chamou e o acompanhou até a sala VIP. Shigeru estava sentado sozinho, bem empertigado no fundo do compartimento. Trajava, como de costume, um terno azul-marinho e uma camisa de seda, mas a roupa estava folgada, pois tinha perdido corpulência. Ele explicou que, como o voo de volta para os Estados Unidos pela mesma empresa aérea era de primeira classe, não apenas recebia tratamento VIP como aguardava a chegada de um Mercedes-Benz 400E, com direção à esquerda, enviado pela sede da empresa de locação de veículos, no centro da cidade.

Em Bangkok, ele fora palestrante na sessão plenária do congresso em que estavam presentes membros da família real tailandesa. Na ocasião, também pôde encontrar Vladimir e Shinshin vindos de Xangai. Os dois eram agora empreendedores bem-sucedidos. Eles não haviam contatado Kogito desde o ocorrido, mas lhe enviavam lembranças.

— Nos círculos que você frequenta, o *incidente* não se tornou um problema? — perguntou Kogito.

— Bem, foi algo ocorrido no Japão. Depois do incidente, desde o lançamento de um grosso livro com os croquis e desenhos do "Manual do *Unbuild*", sou chamado frequentemente para palestras em universidades! — disse Shigeru. — Sou um herói cultural num estilo *trickster* que mostrou o *delírio dos velhos*. Essa é minha segunda experiência. Desta feita, certamente recebi o convite porque tenho um elã para atrair plateias, e foi interessante poder encontrar velhos amigos europeus!

Depois disso, com o aspecto de um velho temperamental e enigmático, manteve-se calado pelo tempo em que acompanhou o carregador da bagagem durante o trajeto por uma passagem exclusiva até o carro, e mesmo ao começar a dirigir pela estrada engarrafada.

Quando subia a longa estrada em aclive que conduzia para o lado oposto da montanha, abriu a boca pela primeira vez para falar sobre automóveis.

— A estrada atual que conduz ao vale na floresta tem largura e asfaltamento diferentes, mas o trajeto em si é o mesmo de sessenta anos atrás, quando fui para sua casa. Naquela época, era também um Mercedes-Benz o caminhão trazido por meu pai da China servindo-se de seus *contatos* no Exército. Você olhava para ele embasbacado.

— Mais do que a admiração por um carro de fabricação alemã, todos os veículos eram alvo de minha estupefação. Falando nisso, lembro que, quando fui à China, há cerca de meio século, em uma época em que era comum o povo bradar "Viva as comunas populares!", me levaram para visitar uma fazenda em um caminhão Mercedes-Benz bastante velho.

"De qualquer forma, quando vi você descendo da cabine, pensei no longo percurso que o trouxera de Xangai a Nagasaki e depois até aqui. Foi algo que também me deixou boquiaberto. Minha irmã Asa e eu procuramos no mapa e nos admiramos com o fato de uma criança ter percorrido uma distância tão longa."

2

— Na época, sua casa tinha um aspecto lúgubre. Foi logo após o falecimento de sua avó, e, assim que cheguei, seu pai deixou a casa para se instalar em um centro de treinamento. Era mesmo uma casa soturna.

— Minha mãe considerava minha avó especial. As duas se ocupavam do santuário em louvor à divindade Koshin-sama, zelando também pela preservação das lendas do vilarejo. Até o dia em que ela, com quem contava fazia tanto tempo, morreu de uma forma que minha mãe não considerava natural. O ambiente sombrio que você sentiu foi causado pela morte.

"Minha mãe ficou preocupada porque, de madrugada, ouviu minha avó, que dormia a seu lado, gritar no momento de morrer! Ela despertou e se aprumou em direção ao futon de minha avó e constatou que ela morrera com as palmas das mãos pressionando as orelhas.

"Ouvi quando minha mãe contou isso a meu pai. E depois de eu ter ido para Tóquio, ela própria relatou a história para mim em um dos meus retornos ao vilarejo. Era como se tivesse pensado continuamente sobre o assunto e desejasse expor suas conclusões ao filho já em idade de ir para a universidade.

"Tinha a ver com o fato de minha avó ter morrido com ambas as mãos pressionando as orelhas. Quando começava a refletir sobre algo, ou seria melhor dizer, quando começava a se inquietar sobre algo, minha mãe era do tipo incapaz de sossegar, chegando até a tomar o analgésico Norshin.

"Minha avó teria sido acometida de uma dor tão lancinante que a levou a tampar os ouvidos por não suportar sua

PARTE III : DEVEMOS ESTAR IMÓVEIS E CONTUDO MOVER-NOS

voz? Se foi isso, minha mãe não teria acordado? Decerto ela tampara os ouvidos não por causa da própria voz, mas de algum *som agudo*. Como minha mãe, deitada ao seu lado, não ouviu nada, não devia tratar-se de um barulho ecoando no vale, mas de algum som interno do próprio corpo. Com a intensificação do som, ela tampou os ouvidos, mas, não aliviando, entrou em pânico, e não teria morrido em meio aos próprios berros?

"Somente Asa estava ao lado de minha mãe quando ela faleceu. Você sabe, mamãe tinha uma das orelhas avantajada e, mesmo no quarto de hospital, usava turbante. Perguntei-lhe se nossa mãe tapara os ouvidos por sobre o turbante e a resposta foi afirmativa. Disse também que não emitiu nenhum grito. Por ser uma mulher corajosa não gritou, mas imagino que o *som agudo* reverberou dentro dela."

— O "som agudo"... Isso me faz lembrar quando Chikashi foi até a biblioteca para dar a notícia do suicídio de Goro, e você estava deitado escutando uma das fitas gravadas que recebera dele. Você escreveu sobre isso, não? E nessa fita Goro declarava "*estou me transferindo para o outro lado*" e, logo depois, reverberou um baque surdo de queda.

"Se a fita foi gravada após Goro ter decidido pular do prédio em que ficava seu escritório, a intenção dele era justamente fazer você sentir bem a cena. Afinal, como diretor, ele dominava o uso de efeitos sonoros como ninguém. Quando imaginou a própria morte, pensou em conjunto num *som agudo*. Isso se vincula à sua narrativa de agora."

— Exato! Nos últimos tempos, tenho acordado muito cedo, quando ainda está tudo escuro, e abro os olhos na penumbra... Por vezes, me imagino *já* morto. Nessas horas, continuo pensando da seguinte forma: "Não, com certeza ainda estou vivo, pois não ouço emanando de dentro de mim o *som agudo.*"

— Enquanto estivesse residindo em Tóquio, não haveria motivo para se preocupar com esse problema. Ara procedeu à análise topográfica de seus romances. Eu ajudei você a interpretá-la. Todos os personagens de suas obras, dentre os quais você se inclui, haja vista seu modo de escrever, nascem dentro da topografia da floresta e do vale. E acabam saindo dali. Deparam com inúmeros perrengues. Mas nenhum deles morre em uma metrópole. Porque eles só desaparecem após retornarem a esta topografia.

"E você agora retornou para cá..."

— Por isso, a partir de agora, sempre que despertar durante a noite, enquanto ainda estiver escuro, preciso lembrar se ouvi ou não o *som agudo*. É a confirmação de que ainda estou do lado de cá.

"E outra coisa: desta vez há algo que ocorre depois que acordo. Agora que estou vivendo na Casa da Floresta, sinto o tempo passar mais rápido. E não percebo isso após um determinado período. É uma sensação de que o tempo está se esvaindo neste exato momento. Quando era criança e vivia no vale, acordava à noite com o relógio de parede soando onze horas. Até conseguir voltar a dormir, o tempo era de fato dolorosamente longo.

"Porém, se eu morresse agora enquanto estou desperto, poderia acompanhar o movimento dos ponteiros do relógio a meu lado por cinco ou seis horas. O tempo passa..."

— Então o *som agudo* vem de seu interior — concluiu Shigeru. — No "Manual do *Unbuild*", o instalador da bomba-relógio acompanha com o olhar o avanço do relógio.

— Para as vítimas da explosão, não existe o problema da espera, a menos que você tenha incluído no manual um item ensinando como evitar o assassínio de pessoas. O *som agudo* reverberará de súbito tanto no exterior quanto no interior. Mas, em meu caso, mesmo ciente disso, esperarei o *som agudo* do corpo orgânico em destruição com o relógio diante de mim. O tempo passa! De novo exclamo entusiasmado...

3

— Kogi, desde que o projeto do *Romance de Robinson* deu com os burros n'água, você não lançou nenhum outro romance? Ou você continua escrevendo, mas não há, desde o *incidente,* revistas literárias ávidas por publicá-lo? Tenho a impressão de que deveria ser possível publicar por uma editora pequena! Ou você perdeu a vontade de escrever romances?

— É bem o último motivo. Além disso, para ser exato, não consigo mais escrever em forma de romance. Faço anotações e tudo o mais. Há muito tempo não escrevo um romance. Eu me dei conta disso outro dia. E não foi por pensar em romances que cheguei a essa conclusão. Foi quando me perguntei onde estava a caneta-tinteiro com a qual eu os escrevia. Ainda estava no escritório de Seijo nessa hora. Quer dizer, estava no cômodo onde não lia mais livros *adequadamente.* Ao procurar por ela, percebi que meu corpo se contorceu para a direita e eu olhei para trás. Esse gesto me trouxe recordações.

"Eu estava sentado no vestíbulo da Casa Gerontion em Kita-Karu, de sapatos calçados. Minha mala já estava em seu carro. Você me perguntou se eu trouxera meus escritos, voltei para pegar a pasta de documentos e, antes de me sentar, coloquei-a sobre uma cadeira com espaldar de madeira que estava a um canto do vestíbulo.

"Ao sair, acabei deixando a pasta para trás. Algumas horas depois, a caneta-tinteiro voou pelos ares junto com a pasta de documentos."

— Entendo que até perceber a perda você não teve vontade de escrever com a caneta-tinteiro! Porém, quando chegou esse dia, você se pôs a procurar por ela, ou não?

— Sim, pelo seguinte. Maki me fez uma proposta. Talvez ela tivesse consultado Chikashi sobre o assunto. Porque eu estava melancólico, inativo havia um longo período. Maki trabalhou por um tempo na biblioteca de sua universidade pouco depois de se formar. Uma ex-colega lhe falou de um computador que permite imprimir textos com caracteres da fonte Mincho. Falou também de uma loja importadora de papéis de gramatura mais alta, do tipo que se usava em livros de qualidade antigamente, e Maki adquiriu uma variedade deles.

"Ela havia aprendido técnicas de encadernação. Por isso, sugeriu imprimirmos e criarmos uma versão particular de tiragem reduzida. Chikashi também estava entusiasmada em ilustrar com aquarelas essa quantidade de livros. Portanto, ela propôs que eu escrevesse um romance no estilo de quando me tornei escritor. Porque Chikashi e Maki gostavam de minha escrita de então.

PARTE III : DEVEMOS ESTAR IMÓVEIS E CONTUDO MOVER-NOS

"Fiquei animado com a ideia e saí à cata da caneta-tinteiro. Seja como for, pensei em tê-la em mãos para treinar a *escrita*, mas senti minha mente vazia sobre o que escrever. Foi então que eu lhes disse: 'Mesmo com esse *plano* de treinar a escrita, e mesmo que de alguma forma eu retorne à minha capacidade original de escrever, com certeza não terei tempo para encontrar algum tema novo.'

"Nesse ínterim, Chikashi aceitou o convite para ir a Berlim ver como estava a creche que iniciara com jovens que conhecera lá. Identificou alguns problemas, como é de seu temperamento, e decidiu ir até lá para corrigi-los com as amigas. Desta vez, levou Akari. Há uma instituição em Berlim que oferece ensino a crianças com deficiência mental dotadas de capacidade musical ou artística. Akari foi recomendado como consultor dessa instituição. Isso serviu de estímulo para Chikashi até aprender a dirigir.

"Ao mesmo tempo que se ocupava de levar e buscar Akari de carro, ela cuidava, em particular, de Genta, filho de uma jovem amiga de Goro. A moça trabalhava na creche. Em paralelo, Maki foi morar com o namorado dos tempos da universidade.

"Portanto, vi-me sozinho na casa de Tóquio com os telefonemas com críticas e outros se sucedendo desde o *incidente*. Cancelei o número de telefone mantido por longos anos e que Akari memorizara. Chikashi se comunicava comigo através de e-mails enviados a Maki. Sua mensagem também chegou até mim dessa forma. Mas eu ficava tenso a cada toque da campainha da porta de entrada. Na minha idade, para ser sincero, foi um sofrimento.

"Nesse momento, surgiu a ideia de nos desfazer da casa de Seijo e nos preparar para a vida futura de cada membro da família. Como consequência, eu me transferi para a Casa da

Floresta. Asa vive nesta região ainda com boa disposição. Ela cuida de mim, a começar pelas refeições.

"Esse é o histórico até o momento. Trouxe o computador e alguns papéis que Maki deixou para trás ao sair de casa. Além disso, ao me desfazer de nossa residência, fiz uma arrumação na biblioteca e trouxe apenas mil livros remanescentes. E toda a coleção de CDs de Akari…

"Dessa forma, meio ano se passou desde que iniciei esta nova vida e, em determinado momento, ativei a impressora de Maki."

— Eu já previa… Um romance… Está fazendo anotações?

— Como falei há pouco, não se trata disso. Em Kita-Karu, você disse que só me restava o *Romance de Robinson* e você estava correto. Se não bastasse, o meu Robinson se evadiu desde o *incidente* e não mais voltou.

— Robinson desapareceu do nada, mas, mesmo que reapareça, não é necessariamente por estar sendo esperado.

Kogito constatou que o cabelo de Shigeru havia encanecido por completo nos dois últimos anos e, embora continuasse com o rosto avermelhado, estava mais magro. Percebeu também que eram as mesmas mudanças ocorridas em sua própria silhueta.

— Mesmo assim, apesar das incertezas, não deixo um dia sequer de usar o computador. Quando alertei Maki que os papéis de gramatura mais alta que substituíram as fichas acabaram, ela repôs um volume substancial e, agora, eu mesmo me encarrego dos pedidos de compra.

"No entanto, meus escritos não têm como objetivo constituírem textos curtos que depois seriam encadernados por Maki. Ao contrário, se tomassem a forma de um livro, seria um livro bem volumoso. Não penso em transformá-los em livro. Tudo o que redijo e imprimo coloco em caixas que enfileiro nas prateleiras da estante. O marido de Asa, ex-diretor de uma escola ginasial, com frequência fabrica caixas de madeira para mim.

— Qual seria o teor?

— Batizei-os com o nome geral "*Choko*", ou seja, o vocábulo em japonês para "evidências"!

— *Choko*? Soa como uma autobiografia.

— Autobiografia? Ah, claro, por muitos anos adotei um estilo contínuo de narrar sobre mim. Mas me livrei por completo desse incômodo de falar sobre meu "eu", perdi o interesse. É uma forma descritiva que surgiu só mais tarde.

— O som "*Choko*" não me traz nada à mente além de seu sobrenome. Desde o *incidente*, eu me distanciei ainda mais da língua japonesa e, a bem da verdade, mesmo os e-mails que envio para Ma-chan e Neio, redijo em inglês.

— Desde que recebi o fax de Maki com o *print* de seu e-mail informando que ao retornar de uma conferência em Bangkok viria dar uma olhada em como estou vivendo em Shikoku, pensei numa explicação.

"Por '*Choko*' entende-se, em primeiro lugar, o inglês '*sign*', uma expressão, uma *marca*, uma evidência; e '*indication*', que parece ter também o sentido de indício, prova, sintoma de doença; e também pode ser '*symptom*', mas como sinal, *marca*, indicando uma doença, indesejável. Há também '*hint*', que é uma evidência leve, e além disso '*stigma*', usado como *marca* ou evidência, assinalando uma anormalidade.

"Agora, não estou lendo livros. Estiro-me na cama e com meus óculos de ópera observo por longo tempo os títulos dos livros enfileirados na estante. Leio apenas jornais. Qualquer periódico japonês, o *New York Times*, *Le Monde*, todos de cabo a rabo.

"O que eu procuro interpretar dessa forma? As *evidências*. Alguma palavra que se enquadre em um dos vocábulos em inglês que acabei de enumerar. Expressão, *marca*, indício, prova, sintoma de doença. Continuo lendo artigos longos e curtos e anotando as *evidências* que assinalem anormalidades. É um trabalho constante.

"O que está acontecendo neste mundo no qual sobrevivemos? Sobretudo em relação ao meio ambiente, mas não apenas isso. Quando era escritor novato, escritores veteranos me encorajaram a escrever um romance absoluto. Interpretava e anotava todas as *evidências*, mesmo as levemente estranhas, incluindo as dos seres humanos, imbuído dessa visão de romance absoluto. Indicando o dia, o local e, se for conhecido, o nome da testemunha. Todo dia encontro com certeza duas ou três!

"Às vezes, acontece algo que julgo crucial. Nesse caso, abundam interpretações sobre os sinais premonitórios e o acúmulo de processos conduzindo à situação. O que eu faço é coletar os ínfimos sinais anteriores à ocorrência de um fato. Para além desse acúmulo, estende-se um caminho rumo ao insubstituível, ao irreversível, à destruição. O Japão do início da Era Showa, ou seja, dos anos 1920 a 1930, é retratado em inúmeros livros nossos velhos conhecidos, que nos permitem acompanhar esses processos. As *evidências* que eu anoto visam rastrear *previamente* esses processos."

— Com isso, você pretende publicar as anotações e ser reconhecido enfim como um profeta?

— DE QUE ADIANTA FAZER ALGO SEMELHANTE? — bradou Kogito enfurecido.

Repreendido de tal forma, Shigeru emudeceu. Essa atitude surpreendeu Kogito. Ele continuou em tom de justificativa.

— Já disse que seria muito volumoso para ser publicado. Mesmo que fosse lançado em fascículos, precisaria encontrar um colaborador para criar um índice de grande dimensão, mas não tenho tempo para isso. Diariamente, estou ocupado procurando ler e anotar as *marcas*.

— E por meio desse trabalho, Kogi… enquanto executa essa tarefa… será possível pela primeira vez… ter uma ideia, um projeto, correto?

Essa maneira titubeante de se expressar não era nem um pouco comum em Shigeru. Kogito sentiu ódio de si próprio por ter se enfurecido repentinamente com a reação natural demonstrada por Shigeru em relação ao que ele expusera sobre as *evidências*. Ele recordou, com ódio ainda mais intenso, quando, sessenta anos antes, no vale da floresta, em direção ao qual os dois rumavam agora, bateu com *um seixo* na cabeça de Shigeru ferindo-o, algo que as crianças locais jamais fariam.

Durante um tempo, Kogito não dirigiu a palavra a Shigeru, que continuava a dirigir em silêncio, completamente desanimado com a reação injusta de seu interlocutor.

— Você não terminou sua história, mas parece que já entramos no vale, pois vejo o formato da montanha — disse Shigeru com doçura. — Enquanto não escurece, gostaria de visitar o túmulo… E também queria ir ver minha *árvore pessoal*.

"Depois, mostre-me as caixas com as *evidências*. Somente assim acho que poderei entender direito a dimensão desse empreendimento."

4

Kogito caminhava à frente de Shigeru por uma estreita senda, tendo a leste um denso bosque de ciprestes e a oeste bambuzais transpondo o vale. Havia uma velha castanopsis de galhos espalhados de forma que bloqueavam a visão do fundo do vale. No espaço escuro entre suas raízes, havia apenas duas lápides de pé. Eram praticamente do mesmo formato, com pedras naturais e recobertas com musgo, mas apenas em uma delas a inscrição na pedra era recente. Era a sepultura da mãe de Kogito que, ao construir a sua própria, enfileirara as lápides para que o musgo se tornasse uniforme entre elas.

— Os túmulos de sua família estão no alto de uma encosta de onde se avista toda a extensão do vale. Mais ao fundo, havia um abeto que você, quando criança, definiu como sua *árvore pessoal*.

— Vamos até lá daqui a pouco.

— Apesar de haver sepulturas naquele local luminoso, por que decidiu enterrar apenas as duas neste local?

— Minha mãe alegou que o túmulo de minha avó estava aqui, logo foi ela quem resolveu dessa forma. Havia muitas coisas que ela evitava comentar conosco!

Kogito fez uma vênia diante do túmulo da mãe, cedendo em seguida o lugar a Shigeru e, dando a volta por trás do túmulo, pisou nos tufos de samambaia gleichenia para facilitar a circulação do vento. Shigeru rezava em voz baixa e contida, imbuída de dolorosa emoção.

— Mamãe! — chamou ele (Kogito não acreditou no que ouvia).

PARTE III : DEVEMOS ESTAR IMÓVEIS E CONTUDO MOVER-NOS

O caminho estreito e escuro clareou ao chegarem à encosta diante do rio, encontrando um caminho mais amplo.

— Pretendia ir até minha *árvore pessoal* subindo desde o sopé daquela ponte — disse Kogito. — Nesse momento, você se ofereceu para me acompanhar. Um dia desses, quando contava isso a Ma-chan, outra recordação me ocorreu. Eu hesitava em ir sozinho, lembra? Havia a lenda de que sob a *árvore pessoal* você poderia encontrar o *eu* que se tornaria na velhice e, apesar de até então não me importar com isso, de chofre me amedrontei. Você então se ofereceu tranquilamente para me acompanhar. Na época, ainda éramos bons amigos.

"Em seguida, lembrei com riqueza de detalhes que você alojou um pedaço de madeira na cinta e enfiou um monte de pedrinhas nos bolsos do blusão. Foi no ano anterior ao término da guerra e, embora eu também estivesse vestindo um blusão, ele estava deformado e minha mãe havia costurado um papelão nos bolsos. Quer dizer, eu não carregava pedrinhas comigo.

"Você me disse que o pedaço de madeira seria para se proteger. As pedrinhas seriam para atacar o idoso que porventura estivesse esperando sob a árvore. Acabei apanhando também um pedaço de madeira adequado. Nosso empreendimento familiar era a produção de papel a partir da casca negra da árvore *mitsumata* que, grudada nas raízes, era difícil de arrancar. Impossível embranquecê-la. Era preciso cortá-la em pedaços. Eu e Asa fizemos cintos com os cordões finos cortados, que trançamos. Lembro-me de ter enfiado com força o pedaço de madeira nesse cinto!

"Bem, mesmo entendendo que o pedaço de madeira serviria para nossa proteção, por que você pensou em atacar o ancião que estaria debaixo da árvore frondosa, ou seja, o meu *eu* idoso?"

— Não, nesse ponto sua memória não estaria lhe pregando uma peça? Você pretendia procurar sua *árvore pessoal* e encontrar o seu *eu* idoso que viria até ela, e pensei em fazer o mesmo debaixo da minha *árvore pessoal*. Por isso, coloquei o pedaço de madeira no cinto, enchi os bolsos de pedregulhos e saí cheio de coragem.

Kogito se calou. Admitiu que estava desenterrando as memórias exatas ao ouvir o que Shigeru dissera.

— Achava que minha *árvore pessoal* ficava bem do lado da sua.

— Será que estava?

— Pelo menos, eu teimava que estava! Você ficou de pé debaixo do abeto que eu, criança, julgava magnífico. Nenhum ancião à vista. Eu subi então até o fim da encosta.

"Descobri uma árvore que, sem sombra de dúvida, era minha. Era grande, com todos os galhos inclinados para o solo. Julguei ser uma árvore melhor do que a que você havia achado. Dei um grito. Você logo veio ver e disse que era um abeto-de-maries!

"Ao ouvir isso, pensei duas coisas. A primeira, que era verdade que você conhecia o nome de todas as árvores ao redor do vale. E a segunda, que você parecia não acreditar que aquela era a minha *árvore pessoal*. E, por isso, eu insistia que aquele grande abeto-de-maries era em absoluto a minha *árvore pessoal*. Naquele momento, tirei do bolso as pedrinhas e disse que, se um ancião aparecesse, eu as atiraria nele."

Kogito recordou-se.

— É mesmo, você fez isso... Porém, por que você pensou em atirar pedras e machucar o seu *eu* idoso que surgisse sob sua *árvore pessoal*?

— Mais do que feri-lo, pensei em assassiná-lo. O ancião que surgisse atrás dos galhos tombados da minha *árvore pessoal*, dando voltas de um jeito ávido e tentando encontrar o meu *eu* de sessenta anos antes? Era óbvio que pretendia me deprimir, não acha? Além disso, ele era o meu *eu* envelhecido! Eu esperava um futuro bem melhor para mim e por isso pensei em acabar com a vida desse *eu* de sessenta anos que porventura surgisse naquele momento.

— Lembro-me de que discutimos acaloradamente sobre isso quando eu tinha nove e você onze anos!

— E eu tinha razão. Por isso, nunca esqueci.

"Você era um garoto dos confins da montanha, infantil sob todos os aspectos. Você se impunha e dominava absoluto apenas no que dizia respeito ao conhecimento sobre as árvores. Por isso, eu me apressava por fazer algo que me distinguisse em relação a você. Tive, então, uma ideia genial. Fiquei animado por vencê-lo.

"Eu tinha onze anos, ou doze, porque, na época, a maneira de contar a idade era diferente, mas deixemos como onze mesmo... O fato de matar a pedradas o meu *eu* velho de setenta anos *em estado miserável* não afetaria de forma alguma o meu *eu* menino de onze anos. Viveria livre os próximos sessenta anos e poderia me tornar um ancião *melhor*."

— Eu lembro! — exclamou Kogito. — Repliquei o que você disse. Quem saísse de trás do abeto-de-maries seria um homem grande e forte apesar da idade avançada e, talvez, ele acabasse jogando pedras em você. Se acertasse em sua cabeça de criança, a vida do Shigeru de onze anos teria um fim. Perguntei o que você faria nesse caso.

— Naquele instante, o ancião lançando pedras também desapareceria num átimo!

— Eu me dei conta de que você era mais inteligente do que eu. Depois disso, vendo você gargalhar enquanto balançava os galhos tombados do abeto-de-maries, disse para mim mesmo que aquele guri de Xangai era muito mais ousado do que eu.

— Porém, Kogi, e isso é algo para você pensar como escritor (e mesmo que agora já não esteja escrevendo romances, você foi um romancista por muitos anos), dessa conversa sobre as *árvores pessoais*, é possível uma outra versão.

"É a seguinte. Estamos agora de fato na floresta. Fique um pouco mais sob esse grande abeto. Vou mais para o fundo. Sessenta anos já se passaram e deve estar ainda mais espetacular... E ficarei de pé sob o abeto-de-maries. Aparecerá uma criança aqui, outra ali. E elas lançarão pedras.

"Não, a criança sessenta anos mais jovem do que o Kogi atual não atiraria pedras, por ser o Kogito Choko jovem. Mas o jovem Shigeru Tsubaki que surgisse diante de meus olhos tiraria as pedrinhas de dentro dos bolsos e esboçaria o movimento de atirá-las. E eu, o velho de agora, sem perspectiva e sem opções, acabaria tombando. Nesse instante, um outro *eu* se ergueria, um novo Shigeru Tsubaki que, aos onze anos, matou um idoso e teve uma vida diferente da que eu levei durante sessenta anos!

"Para confirmar se isso não passa de um sonho, vou tentar subir no abeto-de-maries!"

Shigeru desistiu. Porque um grupo de crianças (parecia que numa aula prática de ciências) dando gargalhadas descia pelo caminho estreito de pedregulhos incrustados no solo depois de pisoteados por muitos anos e repleto de raízes de árvores. De imediato, Kogito lembrou-se de um verso de Eliot. Por sua vez, para evitar as crianças, Shigeru pôs-se ao lado de Kogito entrando em uma moita fora do caminho, na parte mais

PARTE III : DEVEMOS ESTAR IMÓVEIS E CONTUDO MOVER-NOS

elevada do aclive, e achou que Kogito também estava pensando o mesmo.

> *Retine o riso oculto.*
> *Das crianças na folhagem.*
> *Depressa agora, aqui, agora, sempre.*

5

Seis meses após a mudança para a Casa da Floresta, enquanto continuava a anotar as *evidências*, Kogito reformou o dormitório conjugado com o escritório. Circundou de estantes as partes dos lados oeste e norte. Preencheu as prateleiras do centro e as superiores com os livros trazidos de Tóquio, com o terço inferior ocupado por caixas de madeira abarrotadas de *evidências*. Ele as dispunha de forma que os escritos mais recentes ficassem na frente, para facilitar a retirada dos grossos papéis impressos. As prateleiras estavam repletas de livros enfileirados, mas havia espaço suficiente, mesmo que continuasse a escrever por cinco anos.

— As *evidências* têm, pelo visto, o formato básico de diário, e mesmo a parcela relativa ao ano corrente é bastante diversificada. Conforme você mesmo disse, criar um índice seria uma tarefa espinhosa.

— Até o momento, como índice, escrevo apenas os itens das partições internas para cada parcela de dez dias de anotações, mas elas não param de crescer. Bem, espaço para guardá-las em caixas é o que não falta. Mas não é questão apenas de armazená--las, é preciso pensar na conveniência do leitor, o que me levou a reduzir a altura das prateleiras de caixas.

— Você estima que alguém venha aqui para ler suas anotações?

— Se não for para isso, qual é o sentido de escrevê-las?

— Sendo assim, posso entender o que você está fazendo, Kogi!

Shigeru retirou as fichas de uma partição da caixa, depositou-as no espaço livre em frente à estante e, após lê-las, reorganizou aquelas impressas com o uso do computador e as devolveu por fim à caixa.

— Há algumas com fotos coladas, como manuscritos ilustrados, além do texto.

Kogito tirou os óculos para presbiopia usados para escrever e verificou as fichas mostradas.

— Quando jovem, um cinegrafista com quem trabalhei se tornou *freelancer* e tirou fotos para reportagens ao redor do mundo. Ele me enviou essas como consolo pela minha vida isolada e reclusa. Mas o teor é um doloroso relatório. Extraí dele uma *evidência*.

"No pós-guerra, surgiu no Japão uma grande legião de desempregados. Na época, muitos foram enviados como imigrantes para a América do Sul. Tínhamos cerca de vinte anos de idade. Esta é uma foto atual de campos não cultivados distribuídos a imigrantes na República Dominicana. Não passam de um monte de pedregulhos. Grandes demais

PARTE III : DEVEMOS ESTAR IMÓVEIS E CONTUDO MOVER-NOS

para garotos como éramos conseguir atirá-los. Campos terríveis.

"Quando reclamaram que não era possível arar os campos, os oficiais do Ministério dos Negócios Estrangeiros os conclamaram a esperar três anos, alegando que as pedras virariam adubo. Esse tipo de declaração foi uma das primeiras *evidências* que separei.

"Pessoas abandonadas de tal forma nunca se recuperam. Continuam destruídas. Porém, mais do que isso, o que descubro nas *evidências* é que jovens burocratas que emitem declarações como a que acabei de mencionar estão destruídos e são irrecuperáveis. Se olhar as rubricas Declarações de Pessoas Destruídas e Declarações de Pessoas sem Vontade de se Recuperar, você se convencerá!"

— Você, Kogi, tem um lado moralista que aprendeu com o professor Musumi e não duvido que tenha conversado com Takeshi e Take-chan sobre esse tipo de pessoa que denomina "ajudante de embarcadouro". Essas duas coisas não estariam interligadas?

— A crítica a pessoas de estilo moralista não é voltada àqueles que ainda não foram destruídos por completo e que têm vontade de se recuperar? O que eu anoto nas *evidências* não está nesse nível. São as palavras de pessoas que desistiram de pensar em recuperação e que ultrapassaram esse ponto de inflexão. A declaração que mencionei há pouco tem mais de cinquenta anos e, mesmo hoje, nada mudou e declarações similares são proferidas.

— Seu interesse pessoal vai desde os movimentos sociais até as anormalidades climáticas. E usa isso para criar romances cujo narrador é você próprio.

— O que estou fazendo agora não é romance. É algo mais pessoal. Há casos de *evidências* citadas em cartas que Neio me manda. *Evidências* que podem se tornar itens positivos se houver a intenção de lê-las e de interpretá-las.

"Mesmo agora, Neio escreve sobre Takeshi e Take-chan! No caso de Take-chan, ele era alguém de difícil recuperação e que acabou destruído. Ele é em si uma *evidência*. Um novo rapaz surge nos esboços de Neio. Além disso, ele tem um lado que nos obriga a pensar que não havia outra alternativa a não ser ter sido destruído daquela forma."

— Para mim, ela também escreve colocando-se na posição de Takeshi e Take-chan. Neio é o médium de Takeshi, imerso na clandestinidade, e do falecido Take-chan. Sinto até vontade de dizer que ela própria tem o *kotodama*, o poder místico das palavras. Tem algo que ela diz com insistência. É assim com você?

"Neio quer argumentar que Takeshi e Take-chan constituíam uma dupla especial, ao contrário do *pseudo-couple* formado por nós dois. Primeiro, ela raciocina da seguinte forma: arriscando a vida, as pessoas empreendem algo. Nesse momento, qualquer pessoa experimenta o remorso. Ela acredita que, no caso de Mishima, ele sentiu remorso por querer saber de que forma o mundo o elogiaria como escritor ao sacrificar a vida em prol das próprias convicções.

"O mesmo acontece em relação ao *incidente* com Takeshi e Take-chan, os dois queriam saber como seriam avaliados, e era realmente grande o desejo, em particular pelo fato de Take-chan ter arriscado a vida. E ela confidenciou que, antes do *incidente*, os dois rapazes firmaram um pacto tácito.

"Segundo esse pacto, um deles, Takeshi ou Take-chan, morreria na explosão e, no pior cenário, os dois. É o que ambos mais temiam. Tentaram evitar isso a qualquer custo. Quando o momento chegasse, o sobrevivente se incumbiria de tudo o que o amigo falecido fazia, via, ouvia e lia. Dessa forma, sucederia o morto em uma nova vida!

"Que acha, Kogi? Desde que começaram a morar com você em Kita-Karu, eles se puseram a ler seus primeiros livros que escaparam às infiltrações da Casa Gerontion. E o faziam até com bastante afinco. E foram influenciados por eles. Você narra as lendas que sua mãe lhe transmitiu quando era um menino dos confins da floresta, não é?

"Assim, eles imaginavam formar uma dupla na qual, após a morte de um deles, o outro viveria em seu lugar. Não fazia diferença qual morreria acidentalmente na explosão ou metralhado pelos esquadrões policiais. É o que Neio assevera. Ela diz também que a ideia era mais verdadeira do que a existente entre nós, de você tomar meu lugar quando eu estiver moribundo.

"E, agora, acredito que Takeshi, o sobrevivente, esteja se esforçando para refazer a vida substituindo Take-chan. Neio acha que Takeshi e Take-chan formam agora um único ser. E se ela mantém contato comigo é por acreditar que se em algum lugar do mundo um pequeno dispositivo de destruição for acionado, o relatório chegará até mim. E porque ela deseja informá-lo a Takeshi, segundo ela própria me disse!

"Kogi, eu próprio, por saber que existe essa expectativa sobre mim, mesmo quando estou no exterior, não desgrudo do notebook. De manhã e à noite passo os olhos nas mensagens postadas em meu site.

"Takeshi e Take-chan divulgaram a declaração de culpa, tornando impossível transmitir para o mundo inteiro o 'Manual do *Unbuild*' pela internet, como planejado antes. Porém meus croquis e desenhos foram bastante difundidos em livro. Os que aprenderam com ele devem contar em meu site de coleta de informações sobre a ativação de algum pequeno dispositivo de destruição.

"Mais do que tudo, aguardo que Takeshi mande mensagem. Agora, sonho em cores realmente vívidas. Se você pudesse, Kogi, ver meus sonhos comigo, talvez os entendesse como uma *evidência* realmente positiva."

Pela primeira vez, Kogito sentiu vontade de revelar a Shigeru o que lhe passava no coração.

— As prateleiras com as *evidências* estão em uma altura tal que qualquer pré-adolescente de treze ou catorze anos pode abrir as caixas com as fichas e as ler. Porque eles são justamente os leitores que almejo. E a forma com que redijo minhas *evidências* os estimularão a repensar todas as *marcas* de destruição descritas nas fichas.

"Asa diz que, mesmo quando eu não estiver mais aqui, abrirá a porta de entrada durante o dia para que as crianças criadas nesta floresta venham à Casa da Floresta. Os homens de minha família têm vida curta, mas como tanto minha mãe quanto minha avó viveram até os cem anos, Asa vai poder realizar o trabalho por um longo tempo. Penso em crianças que, ao folhear essas *evidências* contidas nas caixas, comecem a ler as que julgarem interessantes. Ou seja, esses serão os meus leitores no futuro.

"Assim, não seria possível que uma dessas crianças, empregando toda a sua força, reagisse para contar o que leu nas *evidências* e escrevesse um livro sobre como continuará a pensar e a viver? O menino resolve escrever, dedica a vida ao aprendizado das técnicas e começa a redigir! E por que esse livro não traria resultados concretos?

"Embora eu continue, todos os dias, a escrever minhas *evidências* — e aqui há pontos em comum com você, Shige —, não significa que não tenha ideias para uma reviravolta."

— Se você fosse aquele menino que veio de Xangai para esta floresta, Kogi, apesar de criança, você teria lido todas as *evidências* e, até a idade que tem agora, talvez tivesse escrito livros se opondo a elas. Se tivesse recebido desde o início uma educação mais orientada a isso. Porque você, Kogi, é do tipo que, quando começa algo, vai até o fim.

— Lógico, o que eu lhe disse agora é um sonho dentro de um sonho e, em breve, provavelmente ouvirei um *som agudo* abafado por uma montanha de *evidências*. No entanto, até o momento, continuo a tarefa! Não há nada melhor que eu possa fazer.

6

— No dia em que ocorreu o *incidente*, você se apresentou ao comissariado de polícia e foi detido para averiguações. Para ingressar desta vez no Japão, deve ter contado com a ajuda de algum figurão — disse Kogito. — Naquela noite, pude permanecer só no quarto de hotel, graças a você, que trabalhou sem descanso, inclusive na coletiva de imprensa um pouco antes, e de Neio, Takeshi e daqueles que, mesmo me vendo de passagem no hotel de Okushiga, se mantiveram calados.

"Pude passar a noite tranquilo, bebendo pouco a pouco e ouvindo música até tarde, também recebendo a visita de pessoas relacionadas ao incidente, além de conversar por telefone com quem eu desejava falar. Quando penso na agitação depois de voltar para Tóquio no dia seguinte, fico muito agradecido por ter tido aquele dia de descanso.

"Assim, nos separamos e, como até agora não havíamos nos reencontrado, não tivemos oportunidade de conversar. Naquela noite, Neio me contou algo por telefone. Será que você sabe disso?

"Você mudou a diretriz e desistiu de manifestar uma intenção política, informando sobre a explosão da Casa Gerontion como acidente. Ao saber disso, Takeshi e Take-chan se enfureceram. Isto posto, decidiram continuar com o plano adiantando em um dia a explosão, além de emitir uma declaração de culpa. Desnecessário dizer que isso pôs você em apuros, e tanto a minha 'democracia do pós-guerra' quanto o meu 'pacifismo', até então objetos de diversas críticas, foram ridicularizados. Mesmo assim, de alguma forma, sobrevivemos, e aqui estamos. Ultrapassamos os setenta anos.

"Entretanto, no telefonema de Neio bem tarde da noite, ela contou que havia mais uma proposta no programa de Takeshi e Take-chan. Até a noite da véspera de nossa partida para Okushiga, eles planejavam adiantar ainda mais a explosão e mandar pelos ares a Casa Gerontion comigo dentro!

"Mas a sugestão de Take-chan foi rejeitada por Takeshi. Muitas pessoas sabiam que, toda noite, eu passava o tempo sentado na poltrona em frente à lareira bebericando e conversando com meu professor e meus amigos falecidos. Neio os informou sobre isso.

"Takeshi convenceu Take-chan de que seria *too much* explodir a mim que, moribundo devido ao grande ferimento, me salvara e, ao mesmo tempo, os espíritos do professor Musumi, Goro, Takamura e Kanazawa que trouxera de volta comigo... Ao menos, é o que eu imaginava quando estava bêbado tarde da noite. Assim, sobrevivi, apesar do pouco de vida que ainda me resta."

— De fato, resta pouco tempo, mas... Quando fui visitá-lo no hospital, sobrevivente de um grave ferimento, pensei que não podia deixá-lo *sucumbir à morte* sem fazer nada de positivo. Cheguei mesmo a revelar minha preocupação a Ma-chan. Assim, decidi fazer algo e, por isso, fui viver com você em Kita-Karu e acabei conduzindo você até o *incidente*. Entretanto, agora que enfim nos reencontramos após o *incidente*, sinto que você não é mais o mesmo Kogi que visitei no hospital. Você não estaria mesmo convencido de que não deveria ter sido explodido junto com os *espíritos* do professor Musumi e dos outros?

"Dentro do carro, quando vínhamos para cá, você se enfureceu como eu não via há muito tempo. Ao repensar as palavras que você gritou, percebi algo. Em Kita-Karu, você me contou um caso engraçado. Mishima procurava informações sobre uma suposta tentativa de teu suicídio. Porém a fumaça não era assim tão sem fogo. Após o nascimento de Akari, você foi levado ao hospital e, ao receber alta, conforme me disse Chikashi, o professor Musumi o teria chamado e esbravejado dizendo: 'De que adianta fazer algo semelhante?' Foram as mesmas palavras que você gritou no carro.

"Você agora coleta *evidências* de pessoas destruídas que pisaram em lugares de onde já não podem retornar, mas não porque deseja ser reconhecido como profeta de um mundo em vias de extinção. Porque, justamente, '*de que adianta fazer algo semelhante?*'.

"Você tenta buscar nessas anotações um *sinal* para algum tipo de reviravolta. Mesmo sem reconhecer o que faz como um *travail* inútil, você deseja que as próximas gerações leiam suas anotações e as entendam. Sendo assim, Kogi, é melhor não contar com o que os leitores farão de suas *evidências* ao se tornarem idosos. É preciso incentivá-los a escrever enquanto forem jovens, a começar a agir enquanto forem jovens! Não há mais tempo e, a meu ver, restam apenas alguns anos. Eu não sou tão pacato como você."

— E o que acontecerá com o seu próprio *travail*, Shige? — indagou Kogito, imbuído de sincera comiseração.

— Bem, na realidade, eu já comecei faz tempo. Vou, enfim, parar de viver na clandestinidade e, seja em Tóquio ou em San Diego, vou contemplar o grande monitor de meu computador junto com Takeshi, que aparecerá diante de mim. Na tela, haverá um mapa-múndi com contornos finos, sobre o qual estarão dispersos pequenos pontos de luz vermelha por todo canto. Os companheiros que aceitarem minha ideia do *Build/Unbuild*, mesmo sendo de pequena dimensão, relatarão seu trabalho de *Unbuild* executado por toda parte!

— Isso, claro, se uma violência gigantesca, seja de um único país ou por meio de uma aliança entre vários países, não tiver eliminado antes os finos contornos expressos nesse mapa-múndi — revidou Kogito. — Nesse caso, creio que será difícil até encontrar um local alto onde pôr seu notebook.

7

— Kogi, enquanto eu estiver na sua Casa da Floresta, por mais três dias, há algo que desejo fazer — disse Shigeru. — Ma-chan me ajudou tanto que gostaria de lhe oferecer um presente. Quando fui visitá-lo no hospital, você me contou que traduziu a conclusão, quase poética, do romance que Nabokov escreveu ainda jovem pouco antes de deixar Berlim, não foi?

— *Adeus, meu livro! O olho vivo se cerra, e o inventado imita.*

— A princípio, os personagens criados sobrevivem, mas quem escreveu o livro deve desaparecer... Onegin é oposto a seu criador Pushkin. Você também está na idade de dizer adeus aos livros que escreveu. Apesar disso, sem saber quando o fim chegará, escreve algo diferente de um romance. Decidi, então, dar um fim, eu próprio, aos livros que você escreveu. No fim das contas, é para Ma-chan, mas acabará servindo de leitura complementar em japonês para as trinta crianças da creche de Chikashi em Berlim.

"Sei que você está executando seu trabalho com as *evidências*, mas gostaria de utilizar o computador com a fonte tipográfica que Ma-chan escolheu. Quero produzir trinta exemplares, além do de Ma-chan, e pedir a ela para fazer pequenos livros seguindo minha ideia inicial e eu mesmo os encadernarei. Bastará um pequeno livro para guardar na memória o verdadeiro Kogi.

"Já defini o texto. Será de um romance do início de sua carreira de escritor. Eu era bem jovem e, em meio à luminosidade atravessando as folhas verdes de gingko, abri a edição especial das festas de maio do jornal da Universidade de Tóquio e deparei com o nome do Kogi que eu deixara nas florestas de Shikoku. Voltei às pressas para a pensão e transcrevi o conto que acabara de ler. Teria sido minha vontade de, ao fazê-lo, trocar de lugar com você?

"Seja como for, eu o fiz com entusiasmo e até hoje recordo do último parágrafo. Memorizar foi uma técnica que provavelmente herdamos de nossa mãe! Já havia no texto a palavra 'ambíguo' que você utilizou no discurso de recebimento do prêmio. Ao ver a transmissão ao vivo direto de Estocolmo, tive a impressão de que era eu quem discursava.

>*Entardecia. Um cão ladrava alto.*
>*Com voz ambígua, eu disse que pretendíamos matar o cão. Mas, de fato, éramos nós a sermos mortos.*
>*A estudante franziu o sobrolho e riu apenas com a voz. Exaurido, eu também ri.*
>*O cão tombou morto, foi esfolado. Nós, mesmo mortos, andamos de um lado para o outro.*
>*Porém, despojados de nossas peles, retrucou a estudante.*
>*Todos os cães começaram a ladrar. Seus latidos se comprimiam subindo em direção ao céu crepuscular. Durante as duas horas seguintes, eles deveriam continuar a ladrar.*

"Mais uma coisa aproveitando o uso do computador. Esta é uma citação que eu preparei para ser inserida na edição final das *evidências* quando você estiver morrendo. As pessoas que, como você, passaram a vida escrevendo romances devem, em algum momento, colocar um ponto final no trabalho! No entanto, se você ouvir o *som agudo* antes de fazê-lo, pretendo

PARTE III : DEVEMOS ESTAR IMÓVEIS E CONTUDO MOVER-NOS

acrescentar uma página ao texto passado a limpo no papel de gramatura mais alta.

"Você deve imaginar que escolhi o primeiro verso do "East Coker", não? Porque há pouco indiquei que em seu primeiro conto havia a expressão contida em seu discurso comemorando '*o começo do fim*'. '*Em meu princípio está meu fim.*' Correto? Mas, não será esse o verso. E tampouco '*Em meu fim está meu princípio*', verso final do "East Coker". Escolhi quatro versos intermediários. O *nós* nos versos exprime nosso *pseudo-couple*.

> *Os velhos devem ser exploradores,*
> *Aqui ou ali, não interessa*
> *Devemos estar imóveis e contudo mover-nos*
> *Rumo a outra intensidade.*"

***

ESTE LIVRO FOI COMPOSTO EM ADOBE GARAMOND PRO CORPO 12 POR
16 E IMPRESSO SOBRE PAPEL AVENA 80 g/m² NAS OFICINAS DA RETTEC
ARTES GRÁFICAS E EDITORA, SÃO PAULO — SP, EM FEVEREIRO DE 2023